D1876431

J. R. WARD
Into the Fire

J. R. WARD

INTO THE *fire*

Roman

Ins Deutsche übertragen
von Marion Herbert

LYX

LYX in der Bastei Lübbe AG
Dieser Titel ist auch als E-Book und als Hörbuch erschienen.

FSC
www.fsc.org
MIX
Papier aus verantwortungsvollen Quellen
FSC® C014496

Die Originalausgabe erschien 2018 unter dem Titel
»Consumed« bei Gallery Books, an Imprint of Simon & Schuster,
1230 Avenue of the Americas, New York, NY 10020.

Textredaktion: Christiane Wirtz
Umschlaggestaltung: © Sandra Taufer unter Verwendung von Motiven von
© shutterstock (seeshooteatrepeat / Shebeko)
Satz: Greiner & Reichel, Köln
Gesetzt aus der Adobe Caslon
Druck und Verarbeitung: GGP Media GmbH, Pößneck
Printed in Germany
ISBN 978-3-7363-1100-8

1 3 5 7 6 4 2

Sie finden uns im Internet unter www.lyx-verlag.de
Bitte beachten Sie auch: www.luebbe.de und www.lesejury.de

Für Elizabeth und Steve Berry,
mit all meiner Liebe, meinem Respekt
und meiner Wertschätzung

EINS

Harbor Street, Ecke Eighteenth Avenue
Old Downtown, New Brunswick, Massachusetts

Rufsäulenalarm. Eins-neun-vier-sieben. Zwei Löschfahrzeuge und ein Leiterfahrzeug von der 499 rücken aus.

Mit anderen Worten: Anne Ashburns Verabredung für Freitagabend war pünktlich und schenkte ihr den Eintritt zu einer Vorstellung. Okay, mit »pünktlich« war genau der Moment gemeint, als sie sich mit ihrer Crew auf der Feuerwache zum Essen an den Tisch setzte, und die »Vorstellung« war ein Feuer in einem Lagerhaus, zu dem sie gerufen wurden. Aber schließlich zeichnete sich eine gesunde Beziehung doch durch Verlässlichkeit aus und dadurch, dass sie dem eigenen Leben Erfüllung und eine tiefere Bedeutung schenkte, oder nicht?

So betrachtet war dieser Feuerwehrjob mit Abstand der beste Partner, den eine Frau sich wünschen konnte.

Als Löschfahrzeug 17 mit Sirene und Blaulicht in die Harbor Street abbog, sah sich Anne im engen Sitzbereich des Wagens um. Es gab vier Klappsitze hinter dem Führerhaus, zwei in Fahrtrichtung und zwei gegenüber, die paarweise durch einen Gang mit Ausrüstungsgegenständen voneinander getrennt waren. Emilio »Amy« Chavez und Patrick »Duff« Duffy saßen auf der einen Seite, Daniel »Dannyboy« Maguire und sie auf der anderen. Ganz vorn befanden sich der Maschinist Deshaun »Doc« Lewis am Steuer und Captain

Christopher »Chip« Baker, der Einsatzleiter, auf dem Beifahrersitz.

Annes Spitzname war »Sister«. Kein Wunder, wenn man die Schwester des bekannten Feuerwehrchefs Thomas Ashburn junior und die Tochter des – zu Unrecht, wie sich herausgestellt hatte – verehrten Thomas Ashburn senior war.

Aber nicht alle nannten sie so.

Sie konzentrierte sich auf Danny. Er starrte aus dem offenen Fenster, der kalte Novemberwind blies seine schwarzen Haare nach hinten, und seine müden blauen Augen blickten ins Leere. In der dicken Einsatzkleidung berührten sich ihre Knie jedes Mal, wenn das Fahrzeug über Kanaldeckel oder durch Schlaglöcher fuhr.

Okay, schon gut, wollte sie dem Schicksal sagen. *Ich weiß schon, dass er da ist. Du musst mich nicht ständig daran erinnern.*

Auf den dickköpfigen Dreckskerl trafen einige Bezeichnungen zu; die meisten würde man vor der eigenen Großmutter nicht in den Mund nehmen, aber er wusste, dass Anne den Spitznamen »Sister« hasste, also war sie für ihn Ashburn.

Er hatte sie auch schon mal Anne genannt – ein einziges Mal. Spät in der Nacht, vor etwa drei Wochen.

Ja, sie waren dabei nackt gewesen. Oh Gott … hatten sie es wirklich getan?

»Ich mach dich fertig beim Tischtennis«, sagte er, ohne sie anzusehen. »Sobald wir zurück sind.«

»Keine Chance.« Mist, er hatte gemerkt, dass sie ihn beobachtet hatte. »Träum weiter, Dannyboy.«

»Na gut.« Er wandte sich ihr zu. »Dann lass ich dich eben gewinnen, was meinst du dazu?«

Er lächelte durchtrieben, und natürlich sprang sie sofort auf die Provokation an.

»Wage es ja nicht.« Anne beugte sich vor. »Wenn du schummelst, spiele ich nicht mehr mit dir.«

»Auch wenn du gewinnst?«

»Das ist kein Gewinnen.«

»Hm. Das musst du mir genauer erklären, wenn wir wieder auf der Wache sind – während ich dich fertigmache.«

Anne schüttelte den Kopf und schaute demonstrativ zum offenen Fenster hinaus.

Den ersten Klaps an ihrem Bein schrieb sie der unebenen Straße zu. Der zweite, dritte und vierte waren offensichtlich …

Sie sah wieder zu Danny. »Lass das.«

»Was denn?«

»Bist du zwölf?« Als er anfing zu lächeln, wusste sie genau, woran er dachte. »Nicht Zentimeter. Jahre.«

»Ich bin ziemlich sicher, dass ich mich eher der Dreißig nähere.« Er senkte die Stimme. »Oder was meinst du?«

Dank der Sirenen und der offenen Fenster bekam niemand ihr Gespräch mit. Danny würde niemals eine derartige Anspielung wagen, wenn das Risiko bestand, dass jemand mithörte. Aber ja, Anne verfügte in der Tat über intime Kenntnisse seiner gesamten muskelbepackten, tätowierten Anatomie – wenn auch nur von einem einzigen Mal.

Doch etwas so Unvergessliches musste auch nur ein einziges Mal geschehen.

»Ich meine, dass du spinnst«, murmelte sie.

Und dann waren sie am Einsatzort. Das alte Lagerhaus aus der Zeit um 1900 war nur noch ein Schatten seines früheren Selbst, seine ehemalige Funktion ließ sich vage erahnen. Mittlerweile bestand es lediglich aus sechstausend Quadratmetern zerbrochener Glasscheiben, verrottender Balken und weggewehter Dachverkleidung. Die Außenwände waren aus

Backstein, aber dem Alter nach zu schließen, bestanden die Zwischengeschosse und mögliche weitere Unterteilungen im Inneren aus Holz. Das Feuer brannte in der Nordostecke im ersten Stock, Rauchwolken stiegen in die vier Grad kalte Nachtluft auf und wurden dann von einem Südwind fortgetragen.

Anne sprang aus dem Fahrzeug und schloss die obere Hälfte ihrer Einsatzkleidung. Sie trug hoch am Hinterkopf einen Pferdeschwanz, zog das Gummiband heraus, strich sich durch die schulterlangen Haare und band sie im Nacken wieder fest zusammen. Das Braun war vom Sommer noch durchzogen mit blonden Strähnen, aber sie musste dringend zum Friseur.

Wenn sie eine Frau wäre, die »auf ihr Äußeres achtet«, würde sie sich in den Wintermonaten natürlich helle Strähnchen machen lassen. Zumindest rieb ihre Mutter ihr das gern unter die Nase. Aber wer hatte schon Zeit für so was?

»Sister, du suchst das Gebäude mit Amy nach Junkies ab«, wies Captain Baker sie an. »Halt dich von der Ecke fern. Danny und Duff, ihr verlegt die Schläuche!«

Während Captain Baker weitere Kommandos erteilte, wandte sie sich ab. Sie wusste, was sie zu tun hatte. Bis sie damit fertig war, musste sie, solange es kein unüberwindbares Hindernis oder neue Anweisungen gab, diesen Befehl ausführen und sonst nichts.

»Pass auf dich auf, Ashburn.«

Die Worte klangen weich und leise, sie waren allein für ihre Ohren bestimmt, und als sie über ihre Schulter sah, blickten Dannys irische Augen sie ernst an.

Eine leise Vorahnung zwang sie, sich über den Nacken zu streichen. »Ja, du auch, Maguire.«

»Ein Kinderspiel. Um zehn sind wir wieder beim Tischtennis.«

Sie trennten sich, und Danny ging zu den aufgerollten Schläuchen hinten im Fahrzeug, während Anne zu Chavez trat. Sie bildete gern ein Team mit Emilio. Er war seit vier Jahren dabei und gebaut wie ein SUV, dazu hatte er den Verstand eines *Jeopardy!*-Kandidaten, und man konnte sich absolut auf ihn verlassen.

Ein echter Glücksfall.

Die beiden gingen zu einem Fach außen am Wagen, schoben den schützenden Aluminiumrollladen hoch und schnappten sich ihre Atemgeräte. Nachdem Anne sich die Schutzhaube über den Kopf gezogen hatte, schloss sie die Klettverschlüsse und Riemen ihrer Jacke und nahm den Sauerstofftank auf den Rücken. Sie ließ die Maske hinunterhängen und setzte sich den Helm auf.

Dann öffneten die beiden ein weiteres Fach an der Seite des Wagens, und Anne schnallte sich eine kleine Axt sowie ihr Funkgerät und einen Handscheinwerfer an die Hüfte. Als Emilio fertig war, streiften sie sich Handschuhe über und liefen über das mit Reif bedeckte, strohige Gras und haufenweise Schrott in Form von verrosteten Autoteilen, altem Baumaterial und verwittertem Müll. Ihre schwerfälligen Bewegungen warfen unförmige Schatten im rot blinkenden Licht der Fahrzeuge, und Anne genoss noch einmal bewusst die saubere Luft in ihrer Kehle.

Es würde eine Weile dauern, bis sie sie wieder schmecken würde.

Sie kamen an einen verschlossenen Seiteneingang, aber die Tür selbst hing so lose in den Angeln wie die Schneidezähne eines schlechten Boxers.

»Ich kümmere mich darum«, sagte Anne.

Sie schob eine Schulter vor, warf ihr Gewicht gegen die schwache Barriere und brach die Tür auf. Die Bruchstücke landeten krachend auf dem Fußboden, und Anne schaltete das Licht an ihrem Helm ein und sah nach drinnen. Der erste Eindruck bestätigte nicht ihre Erwartungen – und das war normal. Man wusste nie sicher, wie es im Inneren eines Gebäudes aussehen würde, bis man einen Blick hineinwarf, und statt in einer großen Halle standen Emilio und sie nun in einem provisorischen Flur. Enge, niedrige Büros gingen davon ab. Offensichtlich war das Lagerhaus zu Geschäftsräumen umfunktioniert worden, für irgendeine Art von Verwaltungstätigkeiten vermutlich. Oder Telemarketing. Oder Börsenhandel.

Aber was auch immer es gewesen war, vor gut zehn Jahren war die Sache aufgegeben worden. Jetzt waren die Räume nicht mehr nutzbar.

Emilio und sie übernahmen jeweils eine Seite, und während sie sich vorarbeiteten, bemerkte Anne eine Menge alter Büroausstattung aus *Ally-McBeal*-Zeiten. Alles war kaputt, voller Feuchtigkeitsflecken und dreckverkrustet, was erklärte, warum das Gebäude nicht geplündert worden war.

Kein Brandgeruch. Keine Hitze. Aber die Luft war nicht sauber. Der Geruch von Fäulnis, Urin und Schimmel raubte ihr fast den Atem.

Sie beeilten sich auf ihrem Weg durch das Labyrinth. Dabei hielten sie einander über ihre Funkgeräte auf dem Laufenden. Anne nahm das abwechselnde Rauschen und die Stimmen unbewusst wahr.

»… Wind dreht. Nordost.«

»… öffnen jetzt die Dachbelüftung.«

Ersteres registrierte sie im Hinterkopf, machte sich aber keine Sorgen. Der Brand war klein gewesen, das Löschfahrzeug war im Einsatz, eine stabile Wasserversorgung füllte die Schläuche, und sie hatten über die Leiter einen guten Zugang von oben. Außerdem war das Gebäude so riesig, dass Emilio und sie noch sehr weit vom Feuer entfernt waren.

Als sie an eine Treppe kamen, blieb Anne stehen. »Übernimm du den ersten Stock, ich mache hier weiter.«

»Das war nicht so abgesprochen.«

»Es gibt keinen Grund, dass wir zusammenbleiben. Das Feuer ist weit dort drüben – so sind wir schneller fertig.«

»Aber das war nicht …«

»Willst du etwa behaupten, ich komme nicht allein klar?«

Emilio schüttelte den Kopf. »Schon gut, ich gehe nach oben.«

»Ich komme nach, sobald ich hier unten fertig bin. Nur noch eine Ecke – und das war's.«

Während Emilio die schmalen behelfsmäßigen Stufen hinauflief, ging sie weiter geradeaus. Mit jedem Schritt beeinträchtigte der Schimmel die Luftqualität mehr und mehr. Sie trug zwar Sauerstoff für dreißig Minuten auf dem Rücken – fünfzehn, wenn sie sich körperlich anstrengte –, aber den würde sie nicht wegen eines unangenehmen Geruchs verschwenden.

Vor ihr durchquerte jemand den Gang, dann verschwand die Gestalt in der Dunkelheit.

»Stopp!«, rief sie und rannte hinterher.

Anne lief nach links, nach rechts, dann geradeaus, ihre Lungen pumpten, ihre Schenkel brannten, die Geräte prallten gegen ihren Körper. Immer wieder tauchte die Person im hüpfenden Lichtstrahl des Helms auf, ein in Lumpen gekleidetes Gespenst.

Schließlich landeten sie in einem engen Raum ohne Türen oder Fenster, der Zugang war ein Rundbogen, durch den sie beide hereingekommen waren. Der Obdachlose war schmutzig wie ein Straßenhund, die Haare so verfilzt, dass Rattenschwänze aus seinem Kopf zu wachsen schienen. Seine Atmung machte ihr Sorgen. Sehr schwerfällig. Dazu gerötete Haut. Er war sicherlich high und hatte wahrscheinlich eine Lungenentzündung.

Sie hielt die behandschuhten Hände hoch. »Ich bin nicht die Polizei. Ich will nur, dass Sie rausgehen, damit Sie nicht verletzt werden …«

»Ich bring dich um!«, keuchte er. »Verdammt, ich bring dich um!«

Sie trat einen Schritt zurück und legte eine Hand auf ihre Axt. »Mir ist egal, was Sie nehmen und warum Sie hier sind. Im Gebäude hinter uns brennt es. Wissen Sie, wo die Ausgänge sind?«

Der Mann nickte.

»Dann gehen Sie. Ich halte Sie nicht auf.«

»Ich geh nicht wieder ins Gefängnis!«

»In Ordnung. Ich bin von der Feuerwehr, nicht von der Polizei. Aber Sie müssen das Gebäude verlassen – wenn auch nur, weil die Polizei bald hier sein wird. Wenn Sie nicht verhaftet werden wollen, gehen Sie jetzt. Ich stehe Ihnen nicht im Weg.«

Der Obdachlose setzte sich in Bewegung, huschte an ihr vorbei und rannte so schnell davon, wie es ihm mit einem Schuh und einem Stiefel an den Füßen möglich war. Wäre er noch zu retten gewesen, hätte sie sich anders verhalten. Aber sie wollte sich nicht in Gefahr bringen, indem sie versuchte, jemandem klarzumachen, dass er Hilfe brauchte, und ihm eine Klinik und eine Behandlung zu empfehlen, wenn es zwei Türen weiter womöglich noch einen medizinischen Notfall gab.

Drei Minuten später war sie am Ende des Gebäudes angelangt. »Erdgeschoss sauber«, sprach sie in ihr Funkgerät.

Als sie wieder an die Treppe kam, roch sie zum ersten Mal Rauch. Durch den Wechsel der Windrichtung hatte sich das

Feuer in Richtung des brennbaren Materials ausgebreitet, nicht davon weg …

Rums!

Der Stoß von vorn kam so schnell und heftig, dass sie nach hinten umkippte und auf ihrem Sauerstofftank landete, die Schwerkraft zog sie nach unten. Während Anne nach Luft schnappte, wurde ihr einen Moment lang schwarz vor Augen, und sie hörte einen weiteren Obdachlosen davonrennen.

Sie rollte sich zur Seite, ging auf alle viere und versuchte zu erkennen, wer sie erwischt hatte. Aber sie sah nur noch eine schwarze Gestalt, die um die Ecke verschwand.

»Dreckskerl.«

Stöhnend stand sie wieder auf und atmete ein paarmal tief durch. Ihr Rücken tat weh, aber sonst war ihr nichts passiert.

Dem Junkie nachzulaufen lohnte sich nicht. Er oder sie hatte schon kapiert, dass er abhauen musste.

Anne drehte sich einmal um die eigene Achse und ließ ihren Lichtstrahl über die mit Graffiti beschmierte Wand und dann die Treppe hinaufgleiten. Emilio musste die Person aus dem ersten Stock runtergeschickt haben …

Die Explosion war so laut, dass ihre Ohren sie gar nicht als Geräusch wahrnehmen konnten. Sie spürte nur einen Schmerz, ging in die Hocke und schützte ihren Kopf – ihr Instinkt und ihr Training befahlen es ihr. Ihr erster Gedanke war: ein illegales Drogenlabor. Erst letzten Monat waren sie auf etwas Ähnliches gestoßen, als die zur Drogenherstellung verwendeten Chemikalien ein zweistöckiges Doppelhaus in die Luft gejagt hatten.

Hastig griff sie nach ihrem Funkgerät. »Emilio, alles in Ordnung? Emilio …«

»Roger«, antwortete er. »Ich bin in der südwestlichen Ecke im ersten Stock. Was war das?«

Gott sei Dank, dachte sie. Sie wollte ihn nicht verlieren …

Über ihr krachte es leise, dann wurde es zu einem Grollen. Dabei blieb es nicht. Der Einsturz kam ebenso unerwartet wie schnell, eine harte schwere Lawine aus weiß Gott was stürzte auf ihren Körper herab.

Und dann waren überall Flammen.

Unter Schutt begraben, an den Betonboden gepresst und ohne Atemmaske im Gesicht hatte Anne nur einen einzigen Gedanken: Ihr ganzes Leben lang war sie entschlossen gewesen, in die Fußstapfen ihres Vaters zu treten.

Nun sah es so aus, als würde sie auf die gleiche Art sterben wie er.

ZWEI

»Wo zur *Hölle* warst du gerade?«

Als Danny Maguire um das Löschfahrzeug herumging, um eine Axt zu holen, warf er Captain Baker über die Schulter einen Blick zu. »Schläuche verlegen, wie du gesagt hast.«

»Und warum arbeitet Duff dann allein dort drüben, Maguire?«

»Ich war bei Doc. Wir hatten ein Problem mit der Pumpe.«

»Du machst, was ich sage, verdammt noch mal! Doc kommt schon klar!«

Captain Baker war mies drauf. Das war keine Seltenheit, wenn man mit dem Rauchen aufhörte. Ganz ehrlich, der Typ sollte erst mal selbst sehen, dass er klarkam.

»Brauchst du ein Nicorette?«, murmelte Danny.

»Nein.« Captain Baker ging weg – und kam zurück. »Ja.«

Danny griff unter seine Einsatzkleidung und holte zwei Kaugummis aus der hinteren Tasche seiner Arbeitshose. »Nimm beide. Glaub mir. Ich habe schon drei eingeworfen, und erst jetzt wird es erträglich.«

»Duff und du, ihr sollt …«

Eine laute Explosion dröhnte durch die kalte Luft, sodass Danny die Druckwellen im Gesicht spüren konnte. Über dem roten Helm des Einsatzleiters schlugen Flammen und Funken aus dem ersten Stock des verlassenen Lagerhauses und drangen durch die zersplitterten Scheiben nach draußen wie Feuer durch die Nüstern eines Drachen.

»Meldet euch, Leute! Meldet euch!«, rief Baker ins Funkgerät.

Während die Feuerwehrleute ihre Nummern nannten, schnappte sich Danny ein Atemgerät – und erstarrte, als er eine weibliche Stimme vernahm. »Zwölf-zehn down. Unter der Nordtreppe. Erdgeschoss.«

Es durchfuhr ihn eiskalt, und er war völlig fokussiert auf diesen Brand, der sich in diesem Moment für ihn zu einem absoluten Albtraum entwickelt hatte. Er sah Baker an. »Schick mich rein, Captain …«

»Nein, Maguire. Ich hab gerade die 617 als Verstärkung angefordert, und ich brauche dich an den Schläuchen. Du bist der Kräftigste von uns, und Duff hat die kaputte Rippe …«

Danny schob sein Gesicht ganz nah an das des Einsatzleiters. Er musste sich beherrschen, dass er dem Kerl nicht mit den Eckzähnen die Kehle aufriss. »Schick mich da rein!«

Baker drückte ihn von sich weg. »Du bist an den Schläuchen. Das ist ein Befehl, und jetzt reiß dich zusammen!«

Danny überkam unbändige Wut, aber bevor er völlig durchdrehen konnte, packte ihn ein Paar starke Arme und wirbelte ihn herum. Patrick Duffy alias Duff verpasste ihm eiskalt eine Ohrfeige.

»Hör auf damit.« Duff hielt ihn am Jackenkragen und schüttelte ihn. »Schau mich an, Danny. Wir haben bei diesem Fall schon mehr als genug Papierkram, und du willst doch nicht noch mal suspendiert werden.«

Zwölf-zehn war die Nummer von Anne Ashburn, der einzigen Frau bei der 499, und »down« bedeutete, dass sie vom Feuer eingeschlossen war. Unter normalen Umständen hätte Danny für sie seinen rechten Arm gegeben, wenn sie darum gebeten hätte. Die Tatsache, dass sie Hilfe brauchte und möglicherweise verletzt war …

Duff schüttelte ihn noch mal am Kragen und zog daran, sodass sich der knapp zwei Meter große Danny hinunterbeugen musste. »Amy holt sie raus. Du und ich, wir kümmern uns um die Schläuche.« Leiser fügte er hinzu: »Du musst dich beherrschen. Das hier hat nichts mit Sol zu tun.«

Nein, es war noch schlimmer. Wenn er Anne im Stich ließ, wäre die Erinnerung daran, wie er den Sergeant der Wache verloren hatte, im Vergleich dazu eine Lappalie.

Die beiden standen sich Nase an Nase gegenüber, gefühlte hundert Jahre lang – doch im Grunde war es nur ein Wimpernschlag.

Akzeptieren. Anpassen. Ändern.

»Okay«, sagte Danny schließlich. »In Ordnung.«

Er schüttelte den Hundert-Kilo-Kerl von seiner Jacke ab wie einen Fussel. Dann setzte er sich die Schutzhaube auf und schnallte sich die Sauerstoffflasche um.

»Was willst du denn damit?«, fragte Duff.

»Der Wind hat gerade gedreht. Ich gehe nicht ohne Sauerstoffversorgung mit einem Schlauch da rüber. Ist dir das recht? Oder willst du dich noch mal mit mir anlegen?«

Er ließ Duff keine Zeit zu antworten, und alle gingen ihm aus dem Weg, als er sich auf seinen Posten begab.

Bei der Feuerwehr gab es eine Kommandostruktur wie beim Militär. Befehle mussten befolgt werden, sonst war man raus. Selbst wenn das bedeutete, dass man die Liebe seines trostlosen Lebens in einem Feuer, für das nun Verstärkung angefordert worden war, verbrennen lassen musste.

Na dann, noch einen schönen Freitagabend, ihr Arschlöcher.

Nachdem Anne sich über Funk gemeldet hatte, verschaffte sie sich als Erstes genug Spielraum unter dem Schutt und den herabgestürzten Balken, damit sie sich die Atemmaske aufsetzen und die Luftzufuhr einschalten konnte. Während sie den ersten Schwall Sauerstoff mit Metall- und Plastikaroma einatmete, überprüfte sie ihren Körper. Ihr linker Arm war über ihrem Kopf verrenkt, und ein Fuß war verdreht und eingeklemmt, sodass das Kniegelenk strapaziert wurde.

Die Helmlampe war ausgegangen, und Anne befreite ihre rechte Hand, um danach zu tasten. Keine Chance. Die Lampe war abgefallen, und den Handscheinwerfer konnte sie nicht erreichen.

»Melden, zwölf-zehn!«, rief Captain Baker durch das Funkgerät. »Zwölf-zehn, was ist los?«

Sie zwang ihre Lungen zu arbeiten und antwortete heiser: »Es wird heiß hier drinnen.«

Im Kopf hörte sie Dannys Stimme: *It's getting hot in here. So take off all your clothes. I … am … getting … so … hot … Iwannatakemyclothesoff.*

Sie wusste, dass sie Ärger bekommen würde, wenn Captain Baker erfuhr, dass sie sich von Emilio getrennt hatte. Aber Emilio wäre vielleicht tot, wenn sie beide hier unten geblieben wären.

»Wir holen dich da raus, Anne«, sagte der Einsatzleiter. »Bist du verletzt?«

»Negativ.«

Sie drehte den Kopf nach rechts, schaffte es aber nur zur Hälfte, weil ihr Helm irgendwo hängen blieb …

Durch das Visier ihrer Maske hatte sie einen klaren Blick auf die Masse orangefarbener Flammen, die die Treppe herunter und über die Decke jagten. Die wimmelnde Bewegung erinnerte an Hunderte Ratten auf der Flucht vor dem steigenden Wasser in einem Kanal, um durch das große Loch über ihr zu entkommen. Der drei mal fünf Meter große Teil des oberen Stockwerks lag jetzt in Form von Schutt auf ihr.

Anne stemmte sich gegen alles, was sie niederdrückte, und entstieg der Asche wie ein Zombie in *The Walking Dead* – eine steife, gebückte Version von ihr erhob sich vom Boden. Als sie sich zu halber Höhe aufgerichtet hatte, stellte sie erleichtert fest, dass ihre Beine sie problemlos tragen konnten.

Das war die letzte gute Nachricht.

»Zwölf-zehn, wie geht es dir?«, kam durch das Funkgerät.

»Ganz okay.« Sie sah sich um und versuchte, sich zu orientieren. »Ich bin auf den Beinen.«

»Braves Mädchen …«

»Nenn mich nicht ›Mädchen‹.«

»Roger. Wir holen dich raus …«

Plötzlich verschob sich etwas über ihr, das alte Holz ächzte, als es eine unerwartete Last tragen musste. Anne schaute hinauf. Das Feuer war näher gekommen, sie spürte die Hitze nun stärker. Allmählich bildete sich Rauch und brachte eine Galaxie glühender Sterne mit sich, die unschuldig wie Glühwürmchen über einer Sommerwiese umherschwebten.

Anne merkte, dass sie feststeckte, als sie versuchte, sich ganz aufzurichten. Ihre rechte Seite war in Ordnung. Die linke Hälfte kam nur so weit hoch, wie es ihr Arm zuließ.

Sie lehnte sich nach hinten und zog an ihrer Fessel. Ihre Hand war viel dicker durch den Handschuh und kam nicht frei. Der festgeklemmte Schrott verwandelte ihren Arm in ein blutdurchtränktes Seil.

Die flackernden orangefarbenen Wellen über ihr erzeugten genug Licht, dass sie das Problem erkennen konnte. Ein Schreibtisch. Er war durch das zerklüftete Loch in der Decke gefallen; irgendwie hatte sich das Ding mit einem der dicken Deckenbalken verkeilt. Nein, mit zwei alten Balken.

Ihre Hand war bei diesem höllischen Tetrisspiel zwischen die Fronten geraten.

Sie legte ihre rechte Hand im Handschuh auf den nächsten Eichenbalken, suchte mit den Füßen in ihren Stahlkappenstiefeln einen festen Halt und drückte mit aller Kraft dagegen.

Nichts.

Sie versuchte es mit einer anderen Handposition auf dem Balken. Und dann einem neuen Winkel für die Gegenkraft. Ihr dicker Handschuh war schuld, und da sie ihn nicht erreichen konnte, um ihn aufzumachen, hatte sie unterhalb des Handgelenks nun ein Popeye-Problem.

Und die ganze Zeit über breitete sich das Feuer weiter aus, fraß sich durch den leicht brennbaren, uralten Teppichboden auf der Treppe, verteilte sich über die Balken, die noch an der Decke verliefen, und verschlang die billigen Spanplatten, aus denen die Wände bestanden.

»Zwölf-zehn, halte durch …«

Wieder stürzte etwas in Annes Nähe ein, erneut flogen Funken auf, und sie bekam eine weitere Schicht Schutt ab.

Sie zog fester, drückte kräftiger dagegen.

In ihrer Einsatzkleidung floss eine Flüssigkeit an ihr herab. Sie konnte nur hoffen, dass es Schweiß und nicht Blut war – und obwohl sie wusste, dass sie Sauerstoff sparen musste, fingen ihre Lungen hektisch an zu pumpen wie bei einem Sprint, und ihre Gedanken ließen sich immer schwerer kontrollieren.

Sie bemühte sich, ruhig zu klingen, als sie ins Funkgerät sprach: »Seid ihr bald da? Seid ihr …?«

Beim dritten Einsturz landete ein lichterloh brennender Holzbalken fünf Zentimeter vor ihrer Maske.

»Zwölf-zehn!«, schrie Captain Baker durch das Funkgerät. »Melde dich, zwölf-zehn!«

DREI

New Brunswicker Feuerwache Nr. 617
McGinney Street, Ecke Benedict Avenue

Feuerwehrchef Thomas Ashburn blickte über seinen chaotischen Schreibtisch zu den beiden Genies vor ihm. Idiot Nummer eins, auf der linken Seite, war ein italienischer Feuerwehrmann in dritter Generation, absolut loyal und gebaut wie ein Profiwrestler, der im Angesicht des Todes keine Miene verzog und sich nie irgendwas zuschulden kommen ließ – außer vielleicht, dass er in seiner Freizeit gelegentlich zu tief ins Glas schaute.

Wenn Tom auf seiner Wache ein Dutzend Chuck Parnesis hätte, wäre er nicht vorzeitig ergraut und geschieden.

Na gut, okay, geschieden wäre er wohl trotzdem. Aber seine Haare wären nicht fast weiß.

Genie Nummer zwei war das Problem – und die Wurzel allen Übels. Damian Reichmann, Heavy-Metal-Fan mit Igelfrisur, war ein wandelndes Geschwür, der Tunichtgut schlechthin. Er schaffte es sogar, einen relativ gestandenen Kerl wie Chuckie P. zu dem Verhalten eines Zwölfjährigen im Ferienlager zu verleiten. Damian maß den Wert seines Lebens eindeutig daran, wie viele Leute um ihn herum sauer auf ihn waren. Spitzname: Verdammt. Denn so gut wie jedes Mal, wenn man den Scheißkerl ansprach, begann man mit: »Verdammt, warum hast du …?«

»Ich bin zu alt für diesen Mist.« Tom sah Damian wütend an. »Und du auch, verflucht noch mal.«

Verdammt grinste von einem Ohr zum anderen. »Was hab ich denn getan?«

Tom lehnte sich auf seinem alten Holzstuhl zurück und starrte Damian durchdringend an.

Verdammt zuckte die Achseln. »Mann, bei Chuckie P. herrscht tote Hose. Ich wollte ihm doch nur helfen.«

»Du hast einen eHarmony-Account eingerichtet«, schaltete sich Chuck ein. »Und Frauen zu mir nach Hause eingeladen. Für Dates. Mit mir.«

»Ist was daraus geworden?« Verdammt hielt beide Daumen hoch. »Hast du ihn reingesteckt?«

»Das waren Fetisch-Models!«

Bei diesem Detail horchte Tom auf. »Ich wusste gar nicht, dass solche Frauen auch bei eHarmony sind.«

Verdammt schüttelte den Kopf. »Eigentlich war es eine Kleinanzeige.«

»Scheiße, Mann!« Chuck funkelte ihn an. »Bei so was können Leute sterben!«

»Tja, du atmest aber noch. Und du hast meine Frage nicht beantwortet. Was ist mit dieser Rothaarigen, die auf Bondage stand ...«

»Das reicht.« Tom rieb sich mit einer Hand über den verspannten Nacken. »Also, ich kann das nicht durchgehen lassen. Diesen Monat hast du dir einfach schon zu viel geleistet.«

»Komm schon, Chief.« Verdammt lächelte weiter und ließ den goldenen Eckzahn blitzen, den er sich letzten Monat hatte machen lassen. »Das war nur ein Streich. Er hätte einen Blowjob kriegen können ...«

»Chuck, hau ihm eine rein, dann seid ihr quitt.«

Verdammt wurde ernst und plusterte sich auf. »*Was?*«

»Du bist großartig, Chief.« Chuck legte sich eine Hand auf die muskelbepackte Brust, direkt aufs Herz. »Und das meine ich als Anführer, als Freund, als Vorbild für gute Taten in allen Bereichen …«

Verdammt unterbrach Chucks Gefühlsausbruch. »Ich geh vor Gericht. Im Ernst, ich verklage dich, die Stadt, ihn, diese Wache. Schließlich gibt es Regeln.«

»Ja, stimmt.« Tom holte das Personalhandbuch der Stadt aus dem Regal hinter sich. Er schlug es auf, fuhr mit dem Zeigefinger das Inhaltsverzeichnis entlang und öffnete das Buch dann etwa in der Mitte. »Gut, ich werde mich also an die Regeln in einem solchen Fall halten … Okay, ich soll dich vorher warnen.« Er sah Verdammt an. »Damian Reichmann, Chuck Parnesi wird dir ordentlich in die Eier treten. Chuckie, leg los.«

»Nimm es wie ein Mann, Verdammt.« Chuckie lächelte voller gemeiner Vorfreude. »Außerdem triffst du in der Dusche dann die hohen Töne besser …«

Das Schrillen der Alarmglocke bereitete dem Spaß ein jähes Ende.

»Zurück an die Arbeit«, sagte Tom, während er sich seinem Computerbildschirm zuwandte.

»Was gibt's?«, fragte Chuck.

»Einen Brand, bei dem Verstärkung benötigt wird, unten an der Harbor Street, Ecke Eighteenth Avenue. Wie es aussieht, ist die 499 schon dort.«

»In einem der Lagerhäuser?«, fragte Damian.

»Ja. Sie brauchen nur ein Löschfahrzeug. Kümmert ihr Jungs euch darum. Ropes hat immer noch die kaputte Schulter von letzter Nacht …«

Vic Rizzo alias Ropes stürmte ins Büro. Er hatte ein Handy am Ohr und einen Arm in einer Schlinge. »Es geht um Anne. Deine Schwester ist dort eingeschlossen.«

Tom stand so ruckartig auf, dass sein Stuhl umfiel. »Ist sie allein? Wo ist die restliche Crew?«

Später fragte Anne sich, was genau sie veranlasst hatte, über ihre Schulter zu schauen. Es konnte kein Geräusch gewesen sein, denn ihr schwerer Atem in ihrer Maske übertönte sogar das Tosen des Feuers. Und es war auch keine visuelle Wahrnehmung, schließlich hatte sie keine Augen hinten an ihrem Helm. Aber irgendein Instinkt zwang sie, sich umzusehen, also drehte sie sich gegen ihren linken Arm und blickte zu der Feuerwand, die sich entlang der senkrechten Spanplatten ausgebreitet hatte.

Inmitten der wütenden roten und gelben Flammen bahnte sich eine riesige Gestalt mit so gewaltiger Kraft einen Weg durch die Trennwand, dass alle Hindernisse nicht nur zu Bruch gingen, sondern sich regelrecht in Funken auflösten.

Und die Gestalt hatte eine Kettensäge.

Es gab nur eine einzige Person dieser Größe, die wahnsinnig genug wäre, mit einem benzinbetriebenen Werkzeug hier reinzukommen, um Anne zu retten.

Als ein brennender Teil der Wand von Danny Maguires breiter Schulter fiel, traf sein Helmscheinwerfer sie genau im Gesicht, und sie schaute weg, während sich ihre Pupillen verengten.

Gott sei Dank, dachte sie und blinzelte, um wieder klar zu sehen.

»Ich bin hier gefangen, Danny! Ich stecke fest …« Doch sie hörte ihre Stimme nicht im Funkgerät, es musste kaputtgegangen sein.

Sie zerrte an ihrer Hand und gestikulierte, um ihm das Problem zu zeigen. Er nickte, und sein Lichtstrahl bewegte sich auf und ab. Mit einem kräftigen Ziehen am Starter ließ er die Kettensäge an, kam auf Anne zu und trug das knapp zwölf Kilo schwere Gerät dabei so mühelos wie eine leere Kaffeetasse. Das schrille Kreischen übertönte den Lärm des Benzinmotors, während Danny sich dem Holzbalken näherte, der zuletzt heruntergefallen war und Anne nun ebenfalls festhielt. Sie bewegte sich zur Seite und schob etwas relativ Leichtes von sich weg – einen Laptop, oder was noch davon übrig war.

Das Sägeblatt und die Kette kamen bis auf wenige Zentimeter an ihre Gesichtsmaske heran, aber Anne schreckte nicht zurück. So unbesonnen der Mann im wahren Leben sein konnte, sobald er etwas in der Hand hielt, was Holz oder Baumaterial schnitt, war er präzise wie ein Chirurg.

Ohne Vorwarnung löste sich ein weiterer drei mal drei Meter großer Teil der Decke, und Anne duckte sich, um sich zu schützen. Als nichts auf ihr landete, dachte sie zuerst, Danny würde jenen Teil des Gebäudes tragen – aber nein. Der Balken, den er gerade absägen wollte, hatte die Last aufgefangen und hielt sie ihnen vom Leib.

Wenn er den Balken nun jedoch durchschnitt, würden sie davon begraben werden.

Der Motor der Kettensäge verstummte, und als Danny sie neben seinen Füßen ablegte, sah Anne, dass er in seiner Maske fluchte. Er kniff die Augen finster zusammen und betrachtete die Trümmer. Dann beugte er sich zu ihr und griff nach ihrem eingeklemmten Unterarm. Als sie nickte und sich hinkniete, konzentrierte sie sich auf den Rand seines Helms, während der sich dreimal kurz senkte.

Eins ... zwei ... *drei.*

Sie zogen gemeinsam, und der Schmerz, der durch ihren Arm in ihre Schulter schoss, zwang sie, die Zähne zusammenzubeißen, um nicht zu schreien. Als sie es keine Sekunde länger aushalten konnte, schüttelte sie den Kopf und stieß mit ihrem Körper gegen seinen.

Danny ließ sie los und sah sich noch einmal um. Hinter seiner Maske bewegten sich seine Lippen: Er sprach in sein Funkgerät. Und sie konnte sich denken, was er sagte.

Anne zog noch ein paarmal halbherzig an ihrem Arm. Dann deutete sie fluchend auf die Wand, durch die er gekommen war. »Geh!«, schrie sie in ihrer Maske. »Lass mich zurück!«

Danny beugte sich wieder zu ihr und packte sie am Arm, sein Griff umschloss sie so fest, dass ihre Knochen zusammengedrückt wurden. Als er mit seiner unglaublichen Kraft zog, verkrampfte sich ihr Kiefer, und sie atmete keuchend aus – sie machte mit, solange sie konnte.

»Stopp! Stopp!« Sie sank nieder, und er ließ los. *»Stopp …«*

Anne schüttelte den Kopf und zeigte in die Richtung, aus der Danny gekommen war. »Geh! Vergiss es!« Stöhnend drückte sie seinen starken Körper weg. »Geh.«

Als das keine Wirkung zeigte, öffnete sie ihre Maske und schob sie beiseite. Heiße tödliche Luft, die einem die Speiseröhre toastete und die Lungen grillte, schoss in ihre Kehle.

»Geh!«

Danny wurde wütend hinter seiner Maske und versuchte mit seinen behandschuhten Händen sofort, Annes Sauerstoffzufuhr wieder zu befestigen.

»Nein! Verschwinde von …«

Als es über ihren Köpfen krachte, duckten sie sich beide reflexartig. Funken regneten durch den Rauch herab, und Annes Beine wurden schwach. »Du wirst hier drinnen sterben! Geh!«

Danny kam mit seinem Gesicht ganz nah. Er schäumte vor Wut und zeigte ihr das nur allzu deutlich hinter seiner Maske. Für einen Sekundenbruchteil beobachtete sie ihn aus großer

Distanz, obwohl ihre Gesichter nur wenige Zentimeter voneinander entfernt waren.

Ich werde dich vermissen, dachte sie. *Von all den Menschen, mit denen ich zusammenarbeite, und allen, die ich kenne ... werde ich dich am meisten vermissen.*

Auch Danny schob seine Atemmaske weg. »Schalte deinen Sauerstoff wieder ein, verdammt noch mal!«

»Du wirst sterben!«, schrie sie.

»Ich hole dich hier raus!«

»Für mich ist es zu spät! Geh!«

Wie durch ihren Streit angestachelt schoss neben ihnen eine Flamme empor und berührte die Haut auf Annes einer Gesichtshälfte. Danny fluchte und setzte ihr die Maske wieder auf, und sie schrie ihn weiter an, während er seine eigene Sauerstoffzufuhr wiederherstellte und sich dann bückte. Er hob die Kettensäge hoch, trat ein paar Schritte zurück und holte weit aus, bevor er sie in hohem Bogen fortschleuderte, sodass das Gerät mit dem Motor voran in der Feuerwand landete. Dann beugte er sich schützend über Anne.

Die Explosion war laut und erfolgte sofort. Das Benzin im Tank erhitzte sich, bis die Kettensäge durch den Druck zersprang und die Bombe mit einem brutal heißen Kuss detonierte.

Anne riss sich die Maske wieder herunter. Danny rief etwas in sein Funkgerät, aber die Zeit für Pläne und ihre Befreiung und Rettung war abgelaufen.

»Du musst gehen«, befahl sie ihm. »Jetzt.«

Danny sprach nicht weiter, sein Gesicht versteinerte hinter dem Visier. Und dann unterbrach auch er seine Sauerstoffzufuhr. »Dann sterben wir eben zusammen.«

Er war genauso entschlossen wie sie, eine unaufhaltsame Kraft traf auf ein unbewegliches Hindernis. So, wie es immer zwischen ihnen gewesen war. Gott, warum hatte sie geglaubt, dass der Tod daran irgendwas ändern würde? Und dieser Mann würde sie nicht verlassen. Nachdem sein Bruder vor drei Jahren bei einem Einsatz gestorben war und er vor einem Jahr Sol verloren hatte, würde er mit seiner sturen »Nein, ich bin nicht traumatisiert«-Haltung unmöglich noch einmal eine solche Trauer bewältigen können.

Anne blickte hinunter auf ihren Arm. Es war der linke. Nicht die Hand, mit der sie schrieb. Und sie würde sowieso nie heiraten, also musste sie sich auch wegen des Ringfingers keine Gedanken machen.

Ein sauberer Schnitt, dachte sie.

»Schneid sie ab«, sagte sie über das Krachen und Zischen des Feuers hinweg. Um es noch deutlicher zu machen, zeigte sie auf ihren Unterarm. »Abbinden und dann ein Schnitt!«

Dannys blaue Augen blitzten zornig, und er schüttelte den Kopf, während er sich wieder umsah und alle nicht vorhandenen Optionen durchging.

Anne löste die Riemen des Sauerstofftanks unter ihren Armen und warf das Gewicht ab. Dann zog sie sich mit den Zähnen den rechten Handschuh aus und ließ ihn fallen. Sie öffnete nacheinander alle Verschlüsse ihrer feuerfesten Jacke und streifte das schwere Kleidungsstück ab, sodass sich das gesamte Gewicht an dem Ärmel über ihrem gefangenen Handgelenk sammelte.

»Binde ihn ab!«

Verflucht, war das heiß! Sie spürte, wie ihre Haut gefährlich kribbelte – oder vielleicht schmolz ihr Oberteil auch gerade an ihren Armen fest. Aber sie hatte jetzt andere Sorgen.

Danny schob seine Maske weg und kam ihrem Gesicht ganz nah. »Pass mal auf, James Franco, wir spielen hier nicht 57 Hours!«

»Der Film heißt *127 Hours!*«

»Willst du jetzt *ernsthaft* darüber streiten?«

»Binde ihn ab und mach es!«

»Schluss jetzt. Ich rufe Verstärkung …«

»Willst du uns alle umbringen? Entweder du lässt mich zurück, oder du machst es!«

Sie hätte sich selbst um das Problem gekümmert, aber die Schneide musste im richtigen Winkel auftreffen … und, oh Gott, war sie denn völlig wahnsinnig? Was sagte sie da?

»Schneid mir die Hand ab – oder lass mich zurück!«

VIER

Danny kochte vor Wut, während er versuchte, Anne die Jacke wieder anzuziehen. War sie jetzt komplett durchgedreht?

Ein durchdringendes Krachen steigerte sich zu einem Grollen, und weitere Teile des Stockwerks über ihnen stürzten um sie herum ein, rutschten über die Rampe, die durch das Stück Decke und den verkeilten Balken entstanden war. Danny beugte sich schützend über Anne, während Teile von Backsteinen und Spanplatten auf seine Schultern und seinen Helm herabregneten.

Als nichts mehr auf ihn fiel, entdeckte er etwas unerwartet Positives. Der Rauch wehte schnell in eine neue Richtung davon, und der eilige Abzug deutete darauf hin, dass sich möglicherweise ein zuvor nicht da gewesener Ausgang eröffnet hatte. Aber die Flammen waren so dicht, dass Danny nicht sicher sein konnte.

»Schneid ihn ab!«, schrie Anne ihn an.

»Hör endlich auf damit!«

Er schob den neuen Schutt beiseite und versuchte, ihr die Maske wieder aufzusetzen, aber sie wehrte sich – obwohl sie nun immer wieder das Bewusstsein verlor, ihre Augen sich nach hinten drehten und sie taumelte. Und noch immer war ihre Hand eingeklemmt in einer Falle aus Balken und Schrott, der nach Büroausstattung und einem Schreibtisch aussah.

»Lass uns zusammen daran ziehen!« Er umklammerte sie noch einmal von hinten und nahm ihren Unterarm in beide

Hände. »Auf drei. Eins!« *Vielleicht klappt es.* »Zwei!« *Bitte, Gott, mach, dass es klappt.* »Drei!«

Sie zogen beide, Annes starker Körper bog sich, bis ihre Stiefel unter ihr wegrutschten und Danny sie auffangen musste.

»Dan!«

Anne rief seinen Namen, woraufhin er sich wieder auf sie konzentrierte – und sie legte ihre freie Hand an seine Maske.

»Mach es, Dan«, sagte sie. »Oder geh. Ich bin bereit zu sterben. Ehrlich.«

Er sah ihr durch seinen Gesichtsschutz in die Augen. Seine Atmung klang in seinen Ohren wie ein Güterzug. Sein Körper zitterte unter der Schutzkleidung. Sein Verstand suchte fieberhaft nach Lösungen, aber zu viele waren aussichtslos.

Nein – *alle* waren aussichtslos.

»Scheiße«, sagte er.

»Es tut mir leid.«

Er lockerte seine Maske, schob sie beiseite und sah Anne nun direkt in die Augen. *So sollte es nicht enden …* aber noch während er das dachte, fragte er sich, welche Option sie sonst gehabt hätten. Anne Ashburn und er waren beide lebensmüde Spinner, Menschen, die immer Grenzen überschritten, auch ihre eigenen, bis irgendwas kaputt ging.

Danny schaute sich ein letztes Mal um. Dann richtete er den Blick auf ihren Arm und fragte sich: *Schaffe ich das?*

»Es ist die einzige Möglichkeit«, sagte sie in den Rauch und die Hitze. »Wenn du dich nicht in Sicherheit bringen willst.«

Er traf keine Entscheidung. Er setzte sich einfach in Bewegung. Denn wenn er einen Augenblick – eine einzige verdammte *Millisekunde* – darüber nachdachte, dass er sie verletzen würde …? Dann würden ihm die Salami-Zwiebel-Pizza, die Portion Pommes, zwei Cola und ein Stück Kirschkuchen, die er zum Abendessen hatte, auf der Stelle wieder hochkommen.

Mit zitternden Händen zog er sich die Handschuhe aus, öffnete seine Jacke und griff unter der Einsatzkleidung nach seinem gewebten Nylongürtel. Als er das Band herauszog, schloss Anne die Augen und streifte ihre schwere Jacke wieder ab.

Danny legte den Gürtel um ihren Oberarm, brach den Dorn aus der Schnalle und zog das Band fest. Anne machte mit, griff mit ihrer freien Hand nach dem Ende und spannte es, bis ihr Bizeps um die Abschnürung herum anschwoll.

Nein, dachte Danny. Wenn sie ohnmächtig wurde und nicht mehr so fest ziehen konnte, würde sie verbluten. Und er würde sie tragen müssen, sobald sie frei war, denn wahrscheinlich würde sie einen Schock erleiden – also konnte auch er den Gürtel nicht festhalten.

Er schob ihre Hand weg, löste den Gürtel und machte einen Laufknoten. »Bereit?«

Als sie nickte, setzte er seine ganze Kraft ein, um den Arterienabbinder so straff zu ziehen, dass er sich von selbst hielt, und ihr Schmerzenslaut drang wie eine Kugel mitten in seine Brust. Aber es funktionierte. Obwohl ihr Oberarm recht muskulös war, schnitt ihr das Nylon tief und unbeweglich ins Fleisch.

Mit einem Ruck schob er Annes Einsatzjacke wieder hoch, damit sie vor der Hitze geschützt war, dann vergewisserte er sich, dass der robuste Stoff glatt und eng um ihren Unterarm lag, für einen sauberen Schnitt …

Ein weiteres warnendes Krachen von oben zwang ihn, sich zu ducken und zur Decke zu schauen.

»Mach es!«, schrie sie.

Die lange Axt war an seinem Gürtel befestigt, und er löste sie und entfernte den Schutz von der Schneide. Der Griff war isoliert und für bis zu zwanzigtausend Volt Strom zugelassen. Schade, dass das Ding keine Absicherung gegen den Schock hatte, wenn man ein Stück von seiner Partnerin abhacken musste – nur damit man ihr vielleicht, möglicherweise, wahrscheinlich nicht, aber wer weiß, das Leben retten konnte.

Anne sah unerschrocken zu ihm auf, und ihr entschlossener Gesichtsausdruck erinnerte ihn daran – auch wenn das gar nicht nötig war –, dass sie mit Abstand der mutigste Mensch war, den er kannte.

Ich liebe dich, dachte er. Nicht zum ersten Mal.

»Setz deine Sauerstoffmaske auf«, befahl er. »Sonst mache ich gar nichts.«

Nachdem sie das getan hatte, schloss Danny die Augen, aber nur eine Sekunde lang. Dann setzte er seine eigene Maske auf und wechselte die Position, damit er weit ausholen und gut zielen konnte. Um den Winkel zu testen, senkte er die Schneide, sodass sie den Ärmel der Schutzjacke in der Mitte von Annes Unterarm berührte. Und dann brachte er seinen Körper in die richtige Stellung und dachte an all das Feuerholz, das er für den Winter gehackt hatte.

Das hier ist nichts anderes, sagte er sich. *Das ist ein Stück Holz.*

Denn wenn er auch nur einen Augenblick lang daran dachte, dass es Annes Fleisch und Blut war, würde er die Nerven verlieren und sie übel zurichten.

Ein sauberer Schnitt.

Eine einzige Chance.

Anne fühlte sich wie betäubt und sah aus großer Entfernung zu, wie Danny die Axt über seine Schulter hob und seine starken Arme weit ausholten. Für einen Sekundenbruchteil ließ die Spiegelung der Flammen auf der polierten Stahlschneide das Metall orange glühen.

Sie konnte nicht wegschauen, aber auch nicht zusehen. Also konzentrierte sie sich auf sein Gesicht. Die wütende flackernde Beleuchtung durch das Feuer ließ seine Züge lebendig erscheinen, obwohl sie sich hinter der Maske nicht bewegten. Vor gerade mal zwei Minuten hatte sie ihn mit einem Chirurgen verglichen. Wer hätte ahnen können, dass er …?

Aus dem puren menschlichen Überlebensinstinkt heraus öffnete sie den Mund, um ihn aufzuhalten – doch dazu kam es nicht. Die Decke am anderen Ende des Raums brach mit dem Lärm galoppierender Hufe ein, Backsteine einer Außenmauer landeten keine fünf Meter von ihnen entfernt.

Anne betrachtete den verkeilten Balken. Die Rampe. Wie viel noch über ihnen war. »Mach es!«

Danny bewegte sich nicht.

Dann ging es ganz schnell.

Mit einem einzigen entschlossenen Schwung schlug er mit der Axt zu. Es dauerte einen Augenblick. Nicht länger als ein kurzes Einatmen.

Dann war sie frei. Die Kraft des Schlages warf sie zurück, weg von der tödlichen Falle, der Schneide … ihrer Hand, die sie zurückließ.

Das harte Auftreffen hallte nicht nur in ihrem Hintern, sondern in ihrem ganzen Körper nach. Ihre Zähne schlugen aufeinander, ihre Beine knallten auf den Fußboden, eine Schulter fing die Wucht auf, und ihre Wirbelsäule wurde gestaucht.

Den Schnitt spürte sie überhaupt nicht.

Anne hielt ihren Arm hoch, und ihr Gehirn war so von der Leere ab der Mitte des Ärmels gefesselt, dass es sogar das Feuer und die Gefahr ausblendete. Das starke Material der Schutzjacke war glatt gezogen worden, weil Anne sich von der Axt weggebeugt hatte, Stoff und Futter waren nicht ausgefranst. Aber da war Blut und …

Dann, als wollte die Zeit ihre Verzögerung wettmachen, schaltete alles von Zeitlupe auf Lichtgeschwindigkeit.

Plötzlich spürte sie Dannys festen Griff durch die schwere Jacke, er hob Anne hoch und warf sie sich über die Schulter. Er rannte los, sie baumelte hin und her und versuchte herauszufinden, wohin er lief – und dann sah sie es. Der letzte Einsturz hatte die Backsteinfassade des Lagerhauses zum Teil zerstört. Das war zwar kein freier Fluchtweg, aber immerhin besser als die Flammen …

Wieder drehte sich alles, als Danny sie schwungvoll ablegte und über einen Schutthaufen schob, durch ein zerklüftetes Loch etwa anderthalb Meter über dem Boden.

Hände streckten sich nach ihr aus. Leute von draußen … zerrten an ihr und fingen sie auf. Feuerwehrmänner, darunter Dannys ehemaliger Mitbewohner Moose, zogen sie nach draußen.

Doch dann wurde ihr schlagartig klar, was das bedeutete.

»Nein«, schrie sie und schlug und trat um sich. »Nicht ohne ihn, ich will nicht ohne …«

Sie vernahm Stimmen, wirre Gespräche um sie herum, während sie über Bruchstücke von Balken, Blechteile und zerbrochene Backsteine geschleppt wurde.

»Danny!«, schrie sie und schob ihre Maske weg. »Holt Danny raus!«

Ein Windstoß fegte den Rauch zurück ins Gebäude, und für einen Sekundenbruchteil entdeckte sie seinen Helm und seine Maske, seine Arme, während er versuchte, über die Lawine zu klettern. Ihre Blicke trafen sich ein letztes Mal, und obwohl der Abstand zwischen ihnen so groß war, erkannte sie das Blau in seinen Augen – oder zumindest bildete sie es sich ein …

Ohne weitere Vorwarnung fiel das gesamte Gebäude in sich zusammen, alle drei Stockwerke stürzten ein, und aus dem Loch stoben Asche, Ruß, Rauch und Flammen zusammen mit einem staubigen Schwall Beton, Backsteinen und Mörtel.

»Nein!«, schrie sie. »Danny!«

FÜNF

Tom hatte zwei Jahre auf diesen Notruf gewartet. Die Fahrt mit Sirenen und Blaulicht durch die Stadt. Das Eintreffen am Einsatzort mit quietschenden Reifen und schwitzigen Händen, die erdrückende Panik, die lähmende Angst.

Das Wissen, dass seine Schwester in einem brennenden Gebäude gefangen war.

Die Diashow in seinem Kopf bestand aus einzelnen Bildern aus der Vergangenheit, ohne Ton: Anne, wie sie mit sieben von einem Baum in seine Arme sprang, weil sie anders nicht runterkam; wie sie mit zehn wie verrückt in die Pedale ihres Fahrrads trat, um mit ihm und seinen Freunden mitzuhalten; wie sie sich mit zwölf mit dem Taschenmesser ins Bein geschnitten hatte und ihn bat, sie in die Notaufnahme zu bringen, aber Mom nichts zu sagen …

Wie sie bei der Beerdigung ihres Vaters in Schwarz gekleidet vor hundert Feuerwehrleuten neben ihrer weinenden Mutter saß.

Und dann schließlich Anne an ihrem ersten Arbeitstag in dem marineblauen NBFD-Shirt und der gleichen Arbeitshose, die er selbst ebenfalls jeden Morgen anzog.

Von dem Moment an, als er sie in der Uniform gesehen hatte, wusste er, dass dieser Tag kommen würde. Aber einen Gang runterschalten, es locker angehen, weniger riskieren, das kam für seine Schwester nicht infrage. Sie hatte sich immer geweigert, auf ihn zu hören, ganz egal, was er sagte. Als er am

Unglücksort aus seinem SUV sprang, hasste er sie aus tiefstem Herzen und hätte zugleich sein Leben geopfert, um sie zu retten.

Seine Mutter hatte bereits ein Familienmitglied verloren. Aber Anne schien schon immer entschlossen gewesen zu sein, dass sie die Zweite wurde.

Tom rannte, so schnell er konnte, zu der Reihe von Rettungswagen neben dem Posten des Einsatzleiters. Das Lagerhaus dahinter war ein tosender Feuerball und erinnerte eher an einen Meteor, der in die Erde eingeschlagen war, als etwas von Menschen Erbautes, und Tom betete, dass Anne draußen war.

Bei Chip Baker angekommen fragte er nur: »Wo ist sie?«

Er erhielt die Antwort, noch bevor der Einsatzleiter etwas erwidern konnte. Als das Lagerhaus zusammenbrach, stürmten drei Feuerwehrleute vom Ort der Katastrophe weg, als würden sie von Dämonen aus dem Gebäude gejagt werden. Eine gewaltige Rauchwolke und orangefarbene Flammen begleiteten ihre Flucht. Zwei der Feuerwehrleute trugen jemanden.

»Sister!«, schrie Tom.

Er eilte zu ihr und hätte die medizinische Einschätzung am liebsten selbst durchgeführt, als er in ihr verrußtes, verschmiertes Gesicht sah – oder was er davon erkennen konnte. Sie schrie und wand sich gegen den festen Griff an ihren Armen und Beinen. Die blinkenden Lichter der Löschfahrzeuge und Rettungswagen verwandelten ihr Leid in einen surrealen Trickfilm.

»Sanitäter«, rief Moose, während die Männer weiterrannten. »Wir brauchen Sanitäter!«

Anne wehrte sich weiter gegen die Feuerwehrleute, die sie trugen. »Danny!«

Mit einer Drehung und einem Tritt gelang es ihr fast, sich zu befreien. Ihr Arm schoss nach oben, und vor dem leuchtenden Hintergrund der Flammen spritzte in hohem Bogen Blut durch die Luft.

Tom packte den Feuerwehrmann, der ihre Knie festhielt, und schubste ihn weg. »Du bist verletzt!« *Schwer verletzt.* »Anne, hör auf, dich zu wehren, du blutest …«

»Dannnnnnnnnny!«

Die Rettungssanitäter eilten mit einer Trage und einer Halskrause herbei, und Moose und er legten Anne ab.

Tom kniete sich neben ihren Kopf. »Sie werden ihn rausholen. Sie werden Dannyboy rausholen. Schwesterchen, schau mich an, du musst dich beruhigen …«

Sie blickte ihn mit wilden Augen durch ihre zerzausten braunen Haarsträhnen an. »Er ist noch da drinnen!«

Noch mehr Blut rann aus ihrem linken Ärmel, und er packte sie am Ellbogen und drehte das Gelenk nach oben …

Als er den Stumpf am Ende ihres Arms sah, konnte er es nicht fassen.

Keine Hand.

Wo war ihre Hand, verdammt?

»Wir kümmern uns um sie, Tom.« Einer der Sanitäter zog ihn weg. »Lass uns unseren Job machen.«

»Wo ist ihre Hand?«

Aber dann lag Anne auf der Trage, die Halskrause wurde befestigt, und sie wurde untersucht.

Wo *zur Hölle* war ihre Hand?

»Danny!«, schrie sie. »Kümmert euch nicht um mich, ihr müsst ihn da rausholen!«

Tom blickte zum Lagerhaus, das gerade noch weiter einstürzte – wie bei einer kontrollierten Sprengung, die das Gebäude dem Erdboden gleichmachte. Wenn Danny nicht draußen war, musste er tot sein. In einem solchen Trümmerfeld konnte es keine Überlebenden geben.

Als Tom sich wieder auf Anne konzentrierte, überkam seinen Kopf und dann seinen ganzen Körper eine eisige Taubheit. Die Sanitäter hatten den Ärmel ihrer Schutzjacke an der Schulter abgeschnitten und entfernt, und was da zum Vorschein kam, ergab überhaupt keinen Sinn. Ein behelfsmäßiger Arterienabbinder war um ihren Bizeps geschlungen, der rote Nylongürtel festgeknotet. Darunter ein chirurgischer Schnitt: Das Weiß der Knochen leuchtete neben dem tiefen Rot des Muskels und den blassen Streifen Sehnen und Haut.

Sie war nur mit diesem Ding am Arm über einen Schuttberg getragen worden, und die Vorstellung weckte in ihm das Bedürfnis, jemanden anzubrüllen. Die Binde hätte aufgehen können! Sie hätte verbluten können! Was *zur Hölle* war da drin passiert?

»Bereit zum Transport.«

Die Sanitäter standen auf und hoben die Trage an den Griffen hoch. Tom nahm unaufgefordert den Infusionsbeutel, und niemand versuchte, ihn daran zu hindern. Alle wussten: Wenn es um seine Schwester ging, würde er helfen, und er würde im Krankenwagen mitfahren, und wer ein Problem damit hatte, der würde sich mit ihm anlegen müssen.

»Danny!«

Anne wand sich noch immer, und er versuchte, sie zu beschwichtigen: »Beruhige dich, Schwesterchen. Beruhige dich.«

Ihre Hand. Du lieber Gott … Ihre Karriere bei der Feuerwehr war beendet.

Genau das hatte er sich gewünscht. Aber nicht so. Er hatte nicht gewollt, dass es auf diese Weise geschah.

Danny lag mit dem Gesicht nach unten, wie ein auf dem Schlachtfeld gefallener Soldat, und ein enormes Gewicht lastete auf ihm. Sein Notsignalgeber schaltete sich ein. Wasser tropfte ihm hinten auf den Helm und fand irgendwie einen Weg in sein Ohr … bevor es ihm durch die Risse seiner kaputten Atemschutzmaske in die Nase und den Mund rann. Es war definitiv kein Blut. Das Zeug floss zu schnell und war kühl – und es schmeckte nach Asche.

Okay, seine Maske hatte einen riesigen Sprung und war nicht mehr dicht, aber wenigstens war die Sauerstoffzufuhr intakt, und es wurde genug Luft durchgepumpt, sodass er etwas Anständiges einatmen konnte. Das war gut.

Alles andere war schlecht. Er hörte nichts durch sein Funkgerät, und er hatte keine Ahnung, wie lange er schon hier lag. Der Sauerstoff reichte für etwa dreißig Minuten, und er war nur sechs oder sieben bei Anne gewesen …

»Anne«, stöhnte er.

Plötzlich musste er wieder daran denken, was er ihr angetan hatte. Immerhin war es ein Trost, dass er sie hinausbringen konnte. Er hatte gesehen, wie sie weggetragen worden war. Das war das Letzte, woran er sich erinnerte, bevor alles über ihm eingestürzt war …

Moment, was war mit seinem Notsignalgeber los? Warum ging der Alarm aus?

Dannys Motivation zu kämpfen war das Bedürfnis zu erfahren, was mit Anne passiert war. Hatte der Arterienabbinder an ihrem Arm gehalten? Oder war der Knoten aufgegangen oder der Gürtel gerissen oder …

Scheiße, er musste hier raus, um sich zu vergewissern, dass es Anne gut ging.

Aber er konnte nichts sehen … Er konnte absolut nichts erkennen, und unterhalb seiner Taille spürte er auch nichts. Lähmung? Schock? Das Gewicht auf seinen Beinen? Er lag auf dem Bauch, so viel wusste er, und der eine Arm war übel verdreht. Wahrscheinlich sollte er dort Schmerzen haben, aber … nichts.

Fluchend versuchte er, ein Körperteil zu bewegen … irgendwas … Fehlanzeige. Er war gefangen. Nach ein paar weiteren Versuchen schaffte er es, einen Arm zu befreien – den, der nicht verdreht war wie ein Pfeifenputzer –, und mit großer Mühe konnte er den Kopf ein paar Zentimeter bewegen. Aber seine Beine rührten sich immer noch nicht, und für einen Sekundenbruchteil stieg blanke Panik in ihm auf. Bewegten sie sich nicht, weil sie feststeckten oder weil der Schrott, der auf ihn gefallen war, sein Rückenmark verletzt hatte?

Konzentration. Er schwitzte in seiner Schutzkleidung, vielleicht blutete er auch – das wusste er nicht. Aber die Hitze war erträglich, also war zumindest das Feuer eingedämmt. Und es war nicht mehr so laut um ihn herum, aber vielleicht glaubte er das auch nur durch den Schock. Wie auch immer.

Er musste zu Anne.

»Hilfe …«

Okay, das würde nicht viel bringen. Er holte tiefer Luft. »*Hilfe …*«

Er hatte einen Leuchtstab und eine Pfeife in der Brusttasche. Wenn er die irgendwie erreichen würde, könnte er vielleicht mit Geräuschen und Licht auf sich aufmerksam machen, sodass die Crew ihn leichter fand.

»Hilfe …«

Mit schwindender Kraft versuchte er ein letztes Mal, sich zu bewegen, obwohl das sicher keine gute Idee war, wenn er wirklich eine Rückenmarksverletzung hatte. Keuchend und unter größter Anstrengung hob er den Kopf und befreite seinen linken Arm. Aber es kostete ihn viel Kraft. Ihm wurde wieder schwarz vor Augen, und er verspürte einen Schmerz in der Brust.

Herzinfarkt? Möglich.

Er war jung, aber sein Vater und sein Großvater waren daran gestorben. »Witwenmacher« nannten die Ärzte solche Verengungen …

Aber er hatte ja niemanden, den er zur Witwe machen könnte.

Anne war die einzige Frau, die ihn jemals über die Dauer eines Orgasmus hinaus interessiert hatte. Und sie war nicht der Typ zum Heiraten. Verdammt, sie hatte sich den Arm abschneiden lassen, bevor sie jemandem erlaubt hatte, ihr einen Ring anzustecken …

Oh Gott, was hatte er ihr angetan?

Stöhnend tastete er mit seiner behandschuhten Hand nach etwas, womit er Lärm machen konnte oder – Moment … war das ein Rohr? Er war sich nicht sicher, aber als er die Hand darumlegte, fühlte es sich auf jeden Fall an wie ein zylindrischer, sehr harter Gegenstand.

Mit der Geschwindigkeit und Kraft eines Hundertachtzigjährigen packte er zu und schlug das Ding gegen alles, was er fand. Nasses Holz klang dumpf und war nicht lauter als seine Stimme, aber der Betonboden?

Der hörte sich schon besser an.

Danny knallte das Rohr immer wieder auf den Boden und konzentrierte sich mit aller Macht darauf, den Arm die zwölf Zentimeter anzuheben, die er Spielraum hatte, und schlug weiter zu. Mit jedem Mal wog das Ding mehr und machte weniger Lärm.

Irgendwann gab er auf. Das Atmen fiel ihm nun schwerer.

Der Sauerstoff war aufgebraucht. Seine dreißig Minuten waren um. Also musste er fast zwanzig davon bewusstlos gewesen sein.

Noch immer hörte er nichts außer dem tropfenden Wasser. Keine Stimmen, die seinen Namen riefen. Keine Sirenen. Kein Wegräumen von Schutt. Immerhin stürzte das Gebäude nicht noch weiter ein, aber die Schwerkraft hatte den erbitterten Zweikampf gegen das Lagerhaus sowieso schon gewonnen und drehte Siegesrunden durch die Ruine, die sie geschaffen hatte.

Wie es aussah, würde er hier sterben – und was bedeutete das?

Während er sich diese Frage stellte, wartete er auf den Beginn der Diashow seines Lebens, dieses Alles-noch-mal-im-Schnelldurchlauf-Sehen, von dem die Leute erzählten.

Als seine mentale Leinwand leer blieb, dachte er sich: *Ist wohl auch besser so.* Es gab nicht viel, was er noch mal erleben wollte. Aber, hey, sollte er nicht mit mehr sterben als … gar nichts?

Okay … na gut. Es ärgerte ihn, dass er nicht wusste, wie *Game of Thrones* endete. Und den Geschmack von kaltem Bier an einem heißen Augustnachmittag würde er vermissen. Aber, Scheiße, warum hatte er sich bloß die Mühe gemacht, mit dem Rauchen aufzuhören?

Papierkram zu erledigen, im Stau zu stehen und sein chronisch schmerzender Ellbogen würden ihm nicht fehlen. Er war froh, dass seine Eltern schon tot waren, und hoffte, im Jenseits seinen Zwillingsbruder wiederzusehen.

Ja, das Ganze hier hätte fast sein Gutes, wenn er dann John Thomas wiedersehen würde. Wenn auch mit großer Wahrscheinlichkeit nicht im Himmel, nach allem, was sie in der Vergangenheit so angestellt hatten. Aber die Hölle machte sowieso mehr Spaß, oder? Und er würde dort unten garantiert mehr Leute kennen.

Er würde nie erfahren, wer der nächste Präsident sein würde und ob sein Antrag auf eine Gehaltserhöhung durchging und ob der Leberfleck auf seinem Rücken Hautkrebs war oder nicht. Und seine Vermieterin wäre sauer. Von den ursprünglichen vier, die ihre Bruchbude gemietet hatten, war Mick in einer Entzugsklinik, Moose hatte gerade geheiratet, Jack wollte zu seiner Schwester ziehen … also war nur noch Danny übrig.

Wer würde sein ganzes Zeug wegschaffen?

Wahrscheinlich die Jungs von der Crew, und die guten Sachen würden sie unter sich aufteilen …

Ach, Scheiße. Er würde auf der Liste landen, das stand fest. Auf dieser schrecklichen Liste, auf die sie nach einem langen dienstfreien Abend mit Whiskey anstießen, wenn sie betrunken genug waren und die Emotionen, die sie eigentlich ertränken wollten, durch den Rausch mit voller Wucht zurückkamen.

Es war die Liste derjenigen, die im Dienst gestorben waren, derer, die Tag und Nacht vermisst wurden, der Geister, die ihnen zu jedem Notruf folgten … Die Trauer hatte nicht nur Namen in Großbuchstaben, sondern auch Gesichter.

Daniel Michael Maguire. Würden sie ihn der Reihenfolge entsprechend als Letzten nennen oder zusammen mit seinem Bruder John Thomas Maguire?

Anne würde auf ihn trinken. Anne würde ihr Glas heben und an diesen Abend denken, mit einem Stich im Herzen und brennenden Augenwinkeln. Vielleicht würde sie sich an die Scherze erinnern. Auf jeden Fall würde sie an diesen Einsatz denken.

Und vielleicht würde sie sich an das eine Mal erinnern, als sie miteinander geschlafen hatten.

Aber letztendlich wäre Danny nur eine weitere Sache, vor der sie davonlief.

Wenn er die Gelegenheit gehabt hätte, sich dafür bei ihr zu entschuldigen, hätte er es getan. War das Schicksal nicht eine miese Schlampe? Wenn er Anne nicht gerettet hätte, würde er jetzt nicht sterben, und sie müsste nicht um ihn trauern und den Rest ihres Lebens diese Schuld mit sich herumtragen.

Einhändig.

Als Danny bei der Erinnerung an die Axt, die er geschwungen hatte, die Augen schloss, dachte er kurz daran, noch einmal mit dem Rohr Lärm zu machen.

Und das war's.

Das Ende.

SECHS

Victor »Ropes« Rizzo stieg aus dem Pick-up und schnippte seine Zigarette auf den Boden. Dann trat er sie mit dem Stiefel aus und ignorierte, wie heftig das Herz in seinem Brustkorb schlug. Vor ihm, in einem Ring aus gefrorenem Schrott, erinnerten die verkohlten Überreste eines alten verlassenen Lagerhauses an eine Leiche nach der Obduktion.

Überall Löcher. Triefnasse Backsteine. Große Gebäudeteile – zusammengebrochen.

Feuerwehrfahrzeuge standen um die eingestürzte Nordosthälfte, und die blinkenden Lichter erzeugten gemeinsam ein pulsierendes rotes Glühen, das wenig Gutes verhieß. Die Backsteinfassade war zu einem Hügel zusammengefallen, der so hoch war, dass man ihn erklettern musste, und Rizzos erster Gedanke war: Falls sich noch jemand unter diesen Gebäudemassen befand, brauchten sie einen Sarg. Aber wenigstens hatten sie den Brand vollständig unter Kontrolle, und die Schläuche waren abgeschaltet. Der Dampf stieg noch in den Nachthimmel auf, während sein enger Verwandter, der Rauch, wie der Geist der Toten in der kalten posttraumatischen Luft verweilte.

Während ihn der vertraute Geruch von Ruß und Chemikalien in der Nase kitzelte, beobachtete Rizzo die Feuerwehrleute sowohl seiner eigenen Wache 617 als auch der 499, wie sie sich durch den Trümmerhaufen kämpften und ihre Körper auf den Backsteinen, Betonblöcken und Holzstücken Schatten warfen.

Er schob seine Schulterbandage unter dem Parka zurecht und ging über den rissigen Asphalt. Die Einsatzleitung hatte ihren Posten in einem der Löschfahrzeuge, aber er marschierte direkt vorbei an …

»Du bist nicht einsatzfähig, Rizzo.«

Er schüttelte den Kopf und sah Captain Baker an. »Ich gehe rein. Sorry.«

»Du bist krankgeschrieben.«

»Dann verbuche mich eben als besorgten Bürger.«

»Ich habe dermaßen die Schnauze voll von euch allen!«

Rizzo warf ihm eine Kusshand zu und ging weiter zu den Rettungskräften. Seine Stiefel knirschten auf den Steinen, die vom gefrorenen Löschwasser rutschig waren. Einige der Jungs, die die Trümmer durchsuchten, schauten zu ihm, und einer sagte sogar: »Vergiss es, Rizzo.«

Natürlich war das sein Kamerad Chuck Parnesi von der 617 – die 499er-Crew hielt sich immerhin raus. Man mischte sich nun mal nicht in die Familienstreitigkeiten anderer Leute ein.

»Im Ernst, Rizzo …«

»Hat da jemand was gesagt?« Rizzo machte sich daran, auf den Schutthaufen zu klettern, aber aufgrund seiner lädierten Schulter glich sein Gleichgewicht einer Murmel auf einem wackeligen Tisch. »Ich glaube, nicht.«

»Dein Arm steckt in einer Schlinge.«

»Es wäre eindeutig Zeitverschwendung, wenn jemand sich in meine Angelegenheiten einmischen würde.«

Während Chuck weiter vor sich hin redete, stolperte Rizzo und landete mit den Knien auf dem unebenen Hügel – aber eine behandschuhte Hand streckte sich ihm entgegen, um ihm aufzuhelfen. Es war Robert Miller alias Moose von der 499. Dannys ehemaliger Mitbewohner. Die Zivilkleidung des

Mannes war triefnass und voller Asche, das Shirt vorn mit Blut beschmiert. Seine Augen drückten tiefes Leid aus, und er war ganz blass unter dem gepflegten Bart.

Rizzo zögerte nicht, die Hilfe anzunehmen.

Die Leute von der 617 und der 499 waren keine Freunde. Keine Kumpel. In der Timeout Sports Bar setzten sie sich nicht zusammen. Sie gingen nicht gemeinsam ins Fitnessstudio oder trafen sich bei Nebenjobs in ihrer Freizeit. Sie schlugen einander nicht auf die Schulter und scherzten nicht miteinander, wenn sie sich in der Stadt begegneten.

Dass sie sich eine Bierflasche über den Kopf zogen, war wahrscheinlicher. Sie waren Konkurrenten: um Mittel von der Stadt, Nachwuchs aus der Akademie, die beste Leistung beim Einsatz. Aber das war noch nicht alles. Beide Seiten litten am »Keiner fasst meinen kleinen Bruder an«-Syndrom. Sie durften aufeinander herumhacken, aber das durfte niemand sonst, und in dieser Situation, wenn ein Feuerwehrkamerad unter Trümmern begraben war, galt er für Ropes und alle anderen von der 617 als einer der ihren. Niemand würde aufhören zu suchen, bevor sie Danny Maguire – oder seine Leiche – gefunden hätten.

Keuchend und fluchend schleppten die Feuerwehrleute verkohlte Balken, verbrannte Bürogegenstände und noch zusammenhängende Backsteine aus dem Lagerhaus, sodass der Haufen vor dem riesigen Loch an der Seite des dreistöckigen Gebäudes stetig wuchs.

Ropes wusste, dass er das mit seinem Arm gar nicht erst zu versuchen brauchte, also nutzte er seine Taschenlampe.

Ach du Scheiße. So viel schweres Zeug.

Das Gebäude musste zuerst eine Fabrik gewesen sein, bevor ein Lagerhaus und dann ein Drogenlabor daraus wurde. Wer stellte denn Maschinen in den ersten Stock? Man hatte eine ziemlich große Last da hinaufgeschafft.

Aber die Leute waren eben bescheuert.

Während er sich einen Weg bahnte und sorgfältig darauf achtete, wohin er seine Füße setzte, hörte er ringsum überall Wasser heruntertropfen. Die kalten Tränen der Löscharbeiten. Das Gelände war uneben, gefährlich, und obwohl ein Dutzend Männer und Frauen mit Aufräumen beschäftigt waren, lag noch so viel herum, dass er kraxeln musste, während er mit der Lampe nach unten leuchtete.

Rizzo hielt etwa eine Nanosekunde lang durch, bevor er sich die Schlinge herunterriss. Seine kaputte Schulter, die er sich wieder einmal ausgerenkt hatte, protestierte sofort gegen die Bewegungsfreiheit, aber er ließ sich davon nicht beirren.

Er richtete die Taschenlampe auf die Trümmer und suchte nach einer Reflexion des Lichtstrahls, dem Ansatz einer Bewegung, einem Zeichen, einem Geräusch, einem …

Sie hatten schon zu viele verloren.

Der Gedanke machte sich breit und beeinträchtigte alles bis auf Rizzos scharfen Blick. Verdammt noch mal, wie oft würde das noch passieren? Wie viele Suchaktionen nach wie vielen Unfällen, bei denen sie gute Frauen und Männer verloren? Als das Gedankenchaos in seinem Kopf losging, tat er sein Bestes, um den Lärm zu ersticken; doch letztendlich konnte er ihn nur ignorieren und versuchen, sich trotz der Ablenkung zu konzentrieren.

Die gewohnte mentale Anstrengung war schwerer und weniger erfolgreich denn je: Rizzos Fähigkeit, dem Chaos in seinem Kopf Widerstand zu leisten, wurde nicht stärker, je häufiger sie beansprucht wurde, sondern immer schwächer, und er befürchtete einen Burn-out.

Wenn er diesen Job nicht mehr machen konnte, was blieb ihm dann noch?

Er machte weitere vorsichtige Schritte, stieg höher auf den Haufen von verbogenem, verbranntem Schrott, und strengte sich stärker an. Im Herzen wusste er, dass das hier keine Rettung war, sondern eine Bergung, und er beeilte sich, denn ihm war klar: Die Wahrscheinlichkeit war hoch, dass jemand das irgendwann auch für ihn tun musste …

»Ropes.«

Er blieb stehen und blickte nach links in der Erwartung, dass dort jemand stand und seine Aufmerksamkeit verlangte. Doch da war niemand.

Aber er hatte seinen Namen gehört. Er hatte ganz deutlich seinen Namen gehört.

Stirnrunzelnd wandte er sich in jene Richtung und stieg über einen zerbrochenen Schreibtisch. Als er seine helle Taschenlampe auf das Gewirr richtete, blendeten ihn die nassen Flecken auf dem geschwärzten Metall und den verkohlten Holzbalken, sodass es vor seinen Augen flimmerte.

Ein Instinkt, den er sich nicht erklären konnte, zog ihn zu einem Spalt zwischen zwei Stahlträgern, einem Ding, das aussah wie eine Druckerpresse, und ein paar Reisekisten. Er war knapp fünf Meter von der Öffnung entfernt, durch die Sister geschoben worden war, wie er gehört hatte – eigentlich viel zu weit weg. Demnach, was er am Telefon erfahren hatte, war alles genau in dem Moment eingestürzt, als Danny sie aus dem Gebäude hob, also, nein, schloss Ropes. Nicht hier …

Gerade, als er den Lichtstrahl wegschwenkte, nahm er eine Bewegung wahr, so schwach, dass er sie fast übersehen hätte. Und als er sich zurückdrehte und noch mal hinsah, war er überzeugt, dass ein kleines Stück Holz oder Metall auf den Betonboden gerutscht war und das Licht reflektiert hatte.

Stirnrunzelnd bückte er sich und stützte seine gesunde Hand auf etwas, was noch warm war vom Feuer.

Und da war es. Ganz tief unten. Es war eindeutig der reflektierende Blitz vom Ärmel der Schutzkleidung eines Feuerwehrmanns.

Rizzo pfiff laut durch die Zähne und ließ sich auf alle viere nieder. »Danny! Maguire! Danny! Gib mir ein Zeichen. Beweg die Hand!«

Während alle aus dem Trümmerfeld zu ihm schauten, schien das Warten auf eine Antwort eine Ewigkeit zu dauern. Und danach noch eine Ewigkeit.

Aber die Hand bewegte sich. Sie bewegte sich tatsächlich.

»Maguire!«, schrie Rizzo, während die anderen sich zu ihm durchkämpften. »Halte durch, Maguire!«

Komm schon, Mann, dachte er. *Du wirst doch nicht jetzt noch sterben.*

Aber der Arm rührte sich nicht noch mal … Als wäre es seine letzte Tat im Leben gewesen, um Hilfe zu rufen, die ihn nicht mehr rechtzeitig erreichte.

»Halte durch, Maguire.« Rizzos Stimme brach, während die anderen überlegten, wie sie am besten alles wegräumen konnten, ohne eine weitere Lawine auszulösen. »Verflucht, Mann, halte durch …«

SIEBEN

Universitätsklinikum New Brunswick
Downtown New Brunswick

Für Anne war der Weg zurück ins Bewusstsein weniger ein Aufwachen als vielmehr ein Kraftakt. Ihr Wille zog sie unter größten Anstrengungen wieder in Richtung Wahrnehmung und Erkenntnis, und mit dem Wachzustand kam ein dumpfer Schmerz. In ihrem ganzen Körper meldeten sich Empfindungen, die das Morphium, das sie bekam, bisher gedämpft hatte.

Es musste Morphium sein. Von Percocet wurde ihr übel.

Als sie die Augen öffnete, schaltete sich auch ihr Gehör wieder ein, und das leise Piep-piep-piep eines EKGs versicherte ihr, dass sie am Leben war. Das Krankenhauszimmer hatte die Farbe von Haferbrei und eine entsprechend karge Einrichtung: keine unnötigen Möbel, keine Vorhänge, nicht einmal eingerahmte Poster. Der Minifernseher war ausgeschaltet und das Bett neben ihr leer …

Ihr Denkvermögen kehrte mit der Geschwindigkeit und Zielgenauigkeit eines Bumerangs zurück und brachte ein messerscharfes Bild mit sich: Kurz vor dem tödlichen Einsturz lichtete sich der Rauch und gab den Blick ins Innere des Lagerhauses frei.

»Danny!«

Mit einem Ruck wollte sie sich aufsetzen, aufstehen, ihn suchen, aber da war ein Infusionsschlauch an ihrem rechten

Arm – ach, scheiß drauf. Sie griff danach, um ihn herauszuziehen …

Und blickte auf einen Stumpf.

Einen sorgfältig bandagierten, ärztlich versorgten Stumpf. Der Verband war strahlend weiß, und am Ende lagen immer mehr Schichten übereinander, sodass es aussah wie ein umgedrehter Kegel – als wäre eine Fenchelknolle unten an ihrem Arm.

Der Schock – ein medizinischer, kein emotionaler – löste auf dem EKG einen Alarm aus, aber dank ihrer medizinischen Ausbildung als Rettungssanitäterin wusste sie, wo sie drücken musste, um den Lärm abzuschalten. Dann starrte sie einfach auf den Stumpf, blinzelte wieder und wieder und wieder – in der Hoffnung, diesen Anblick von einem Horrorfilm in einen Kindertrickfilm zu verwandeln.

Aber … nein. Die Batterien ihrer imaginären Fernbedienung hatten wohl den Geist aufgegeben. Anne sah noch immer eine traumatische Verletzung vor sich, auch wenn sie professionell behandelt worden war …

Und sie fühlte Schmerzen, und zwar an einem Ort, den es nicht mehr gab, wie sie feststellen musste. Die fehlende Handfläche und die Finger meldeten durchdringende heftige Qualen. Die abgetrennten Nerven taten noch immer so, als hätte es keine Scheidung in der Kernfamilie gegeben, als würden an Weihnachten immer noch dieselben fünf am Tisch und um den Baum herum sitzen.

Übelkeit machte sich in Annes Bauch breit – das Biest erwachte –, aber zum Glück hatte jemand das vorausgesehen. Sie hatte eine hässliche rosa Plastikbettpfanne in Reichweite …

In Reichweite ihrer noch vorhandenen Finger.

»Oh Gott …«

Als sie die Pfanne heranzog und sich auf die Seite legte, damit die Schwerkraft half, ihren Magen zu entleeren, schrien alle Muskeln und Knochen in ihrem Körper auf, und durch ihre Tränen sah sie alles verschwommen. Allerdings spielte ihre Sehkraft im Moment sowieso keine Rolle. Die Erinnerungen stürzten rasend schnell auf sie ein, verdrängten das Krankenhausbett, das anonyme Zimmer, die medizinischen Geräte und sogar den Schmerz.

Danny, wie er sich durch das Feuer gekämpft hatte, um sie zu retten. Danny, wie er sie durch seine Maske hindurch anschrie. Danny … mit der Axt.

Und dann, wieder einmal, jener letzte Moment, als er sie durch das Loch in der Wand hinausgeschoben hatte und ihr Retter zurückblieb.

Er konnte unmöglich überlebt haben.

Annes Tränen brannten auf ihren Wangen, während sie weitere Bilder von Danny vor sich sah. Der Verlust wurde immer schwerer, je mehr sie daran dachte, was sie beide alles miteinander geteilt hatten. Moose' Hochzeit war die schlimmste Erinnerung: wie sie miteinander getanzt hatten, wie sie … getan hatten, was sie später getan hatten.

Es war unmöglich, diese Serie von Erinnerungen nicht als Phantomschmerz ihres Gehirns zu betrachten, diese Sehnsucht nicht als Nervenbahnen zu etwas, was nicht mehr existierte: Danny gab es nicht mehr. Was auch immer zwischen ihnen gewesen war, die enge Verbindung, die explosive Leidenschaft … jetzt existierte nur noch völlige Leere. Für den Rest von Annes Leben, ob es nun lang oder kurz sein würde, würde all dieses Potenzial niemals Erfüllung finden.

»Danny«, stöhnte sie. »Es ist meine Schuld …«

Und wie auf sein Stichwort erschien er und öffnete die Tür.

Nein, nicht Danny Maguire, sondern ihr Bruder, Feuerwehrchef Thomas Ashburn jr., die Legende höchstpersönlich.

Tom war so groß und breitschultrig, dass das Krankenhauszimmer auf die Größe einer Schuhschachtel zusammenschrumpfte, als er hereintrat. Die Decke war nur noch wenige Zentimeter hoch, und die Wände rückten zusammen, bis Anne kaum noch atmen konnte. Er sah aus wie immer, mit seinem vorzeitig ergrauten Haar, dem kantigen attraktiven Gesicht und der Ausstrahlung von Macht und Autorität – und doch war er überhaupt nicht derselbe.

Ausnahmsweise hatte er die Augen nicht misstrauisch zusammengekniffen. Ganz im Gegenteil.

»Oh Gott, Anne«, sagte er heiser. »Du bist wach.«

Sie wich seinem mitleidigen Blick aus. Die Versuchung war groß, sich an ihn zu lehnen, sich von seiner Kraft helfen zu lassen, darauf zu vertrauen, dass ihr großer Bruder alles in Ordnung bringen würde. Aber das war ein Fluchtwagen ohne Bremsen und mit einem Kidnapper am Steuer.

»Du sagst sonst nie meinen richtigen Namen«, flüsterte sie.

»Heute ist alles anders.«

Sie schloss die Augen und nahm all ihren Mut zusammen. »Wurde Dannys Leiche gefunden? Sei ehrlich. Ich will es lieber gleich wissen.«

»Sie haben ihn lebendig rausgeholt. Er wird gerade operiert.«

»Was?« Sie setzte sich so ruckartig auf, dass ihr schwindelig wurde. »Danny? Danny – sie haben ihn gerettet?«

»Ja, das haben sie.«

Augenblicklich überkam sie ein heftiges Zittern, und als sie nach hinten auf die Kissen sank, machte Tom einen Schritt vorwärts, als wollte er sie stützen. Doch er hielt sich zurück, bevor sie ihm sagen konnte, dass er sie in Ruhe lassen sollte.

»Anne.«

Sein Blick war ungewöhnlich traurig, und das war alles andere als ein Trost. Sein Mitleid zeigte ihr, dass sie niemandem in ihrem Leben vertrauen konnte.

»Wann kann ich zu ihm?«, fragte sie.

Die Tür ging auf, und eine genervte Zwanzigjährige in Schwesternuniform platzte herein.

»Jetzt nicht«, blaffte Tom sie an.

Die junge Frau blieb abrupt stehen und sah ihn an, als hätte er angedeutet, sie habe Trump gewählt. »Wie bitte?«

»Ich spreche jetzt mit meiner Schwester. Ich sage Ihnen Bescheid, wenn Sie reinkommen können.«

Die Pflegerin schaute zu dem Berg vor ihr auf. »Ich bin hier, um die lebenswichtigen Organe der Patientin zu überprüfen …«

»Ihr Blutdruck ist hochgegangen und normalisiert sich gerade. Genau wie ihr Puls. Sauerstoffwerte unverändert. Die Infusionsschläuche sind in Ordnung, und der Urinbeutel muss nicht geleert werden. Auf Wiedersehen.«

»Ich hole meinen Vorgesetzten.«

»Tun Sie das.« Er öffnete die Tür und nickte zum Flur. »Den werfe ich dann auch gleich raus.«

»Ich weiß nicht, für wen Sie sich halten, aber Sie haben hier nichts zu sagen …«

Tom beugte sich zu ihr hinunter und sprach so langsam, als wollte er damit ihren IQ kommentieren, und zwar in keiner positiven Weise. »Ich erzähle meiner Schwester gerade von dem Mann, der fast gestorben ist, weil er ihr das Leben gerettet hat. Er wird gerade operiert wegen einer inneren Blutung, die ihn umbringen könnte. Wenn er nicht verblutet, kriegt er wahrscheinlich einen Schlaganfall und wird den Rest seines Lebens dahinvegetieren. Also, ja, holen Sie Ihren beschissenen

Vorgesetzten, holen Sie den Krankenhauschef, holen Sie den Papst, verdammt – und ich werde jeden aus diesem Zimmer schmeißen. Ist das klar, oder muss ich Ihnen ein Diagramm malen?«

Die Schwester starrte ihn schockiert an. Dies war eindeutig das erste Mal, dass jemand ihr keinen sicheren, unterstützenden, emotional aufmerksamen und fördernden, mikroaggressionsfreien Lernprozess ermöglicht hatte.

Außerdem war Tom ein Riesenarschloch.

Während die Pflegerin über ihre Crocs stolperte, als sie den Raum verließ, schloss Anne die Augen. »Du hast wirklich ein Händchen für Menschen.«

»Ich bin ein Naturtalent.«

»Kann man wohl sagen.« Sie hob ihre schweren Augenlider. »Wie lange haben sie gebraucht, um ihn rauszuholen? Und wo wird er behandelt? Hier?«

»Können wir uns jetzt vielleicht auf dich konzentrieren?« Als sie ihn stur ansah, presste er die Lippen aufeinander. »Na schön. Er wurde unter einem drei Meter hohen Haufen von Balken und Schutt gefunden. Als er hier reinkam, hatte er alle möglichen Knochenbrüche, eine ausgekugelte Schulter, einen Milzriss, einen Leberriss und den Blutdruck einer Leiche.«

Dank Annes Erfahrung als Rettungssanitäterin konnte sie sich vorstellen, was das bedeutete. »Er wird es schaffen«, log sie. »Er wird wieder gesund.«

Tom schüttelte den Kopf und blickte zum Fenster. Auf der anderen Seite der Glasscheibe war alles pechschwarz, und seine Stimmung passte zu der undurchdringlichen Dunkelheit der Nacht.

»Warum hasst du ihn so sehr?«, murmelte Anne, obwohl sie wusste, dass sie zu schwach war für jegliche Art von Konfrontation – vor allem mit jemandem wie ihrem Bruder.

»Ich mache mir Sorgen um dich.«

»Tja, ich werde ebenfalls wieder gesund. Gib mir eine Woche, dann bin ich zurück auf der Feuerwache.«

»Und was willst du da machen?«, fragte er bitter.

»Meinen Job.« Als ihr Bruder schwieg, funkelte sie ihn an. »Jetzt fang nicht schon wieder damit an.«

»Dann hör auf, dich zu belügen.«

»Was meinst du damit?«

»Deine Karriere ist beendet.« Ihr Bruder sah sie an. »Aus und vorbei.«

Einen Augenblick lang musste sie an den schockierten Gesichtsausdruck der Pflegerin gerade eben denken. Ja, ihr Bruder hatte ein großartiges Timing und war die Liebenswürdigkeit in Person: Wenn jemand mit einem fehlenden Körperteil in einem Krankenhausbett lag, musste man unbedingt die Jobsituation ansprechen. Es wäre unhöflich, das nicht zu tun.

»Gott, Tom«, sagte sie. »Konntest du damit nicht wenigstens warten, bis ich wieder draußen bin? Halt die Klappe. Ich kann alles.«

»Soll das ein Scherz sein? Anne, jetzt mal im Ernst.«

»Warum bist du dann so sauer? Genau darauf hast du doch gewartet, oder? Dass ich am Rand stehe und zuschaue, wie ein braves kleines Mädchen, während die echten Männer die Arbeit machen. Die letzten zwei Jahre hast du nur darauf gewartet, dass ich …«

»Dass du stirbst.« Er beugte sich vor. »Ganz genau, Anne. Ich habe auf den Abend gewartet, an dem ich zu unserer Mutter fahren und ihr sagen muss, dass du tot bist, weil …«

»Ich lebe!«

»Du hast ein Körperteil verloren!«

»Eine Hand! Und ich kann immer noch kämpfen, auch nach diesem …«

»Nein«, stieß er hervor und gestikulierte mit einem Arm. »Du bist berufsunfähig. Dauerhaft. Und weißt du was? Du hast es verdient.«

Anne zuckte zurück. »Du mieses *Arschloch.*«

»Du hältst dich nie an die Anweisungen, Anne. *Nie.* Du hast die Sicherheitsvorschrift verletzt, indem du Chavez in den ersten Stock geschickt hast, statt mit ihm zu zweit weiterzugehen …«

»Damit habe ich ihm das Leben gerettet. Sonst wäre er mit mir eingeschlossen worden …«

»Vielleicht hätte er dich auch befreien können, bevor Maguire mit einer beschissenen Kettensäge aufgetaucht ist.« Tom schüttelte den Kopf. »Du willst wissen, warum ich ihn nicht leiden kann? Schön. Weil er genauso ist wie du. Er hält sich nicht an die Regeln und glaubt, er weiß alles besser. Und dabei werden Menschen verletzt.«

»Wie ich sehe, hast du deine Hausaufgaben gemacht. Hast du alle ausgefragt, bevor du hier reingekommen bist, nur damit du mit deiner ganzen Überheblichkeit vor meinem Krankenbett stehen und mir das Regelbuch um die Ohren hauen kannst?«

»Nein, ich habe gewartet, bis ich mit Maguires Chirurg persönlich sprechen konnte, weil ich wusste, dass du mich als Erstes nach ihm fragen würdest.«

»Jetzt hast du ja Bericht erstattet. Also kannst du nun gehen.«

»Fordere mich nicht heraus. Du warst im Unrecht. Maguire war wahnsinnig. Und ihr seid beide im Krankenhaus gelandet. Die Tatsache, dass es dich nicht mehr gekostet hat als …«

»Die Hand, an den man einen Ehering steckt«, fuhr sie bissig fort und hob ihren verstümmelten Arm. »Stimmt's? Du willst, dass ich brav zu Hause bleibe, von irgendeinem Typen geschwängert und genau wie Mom werde. Ich soll nur darauf warten, dass mein Mann von der Arbeit kommt und meine Existenz rechtfertigt. So war das in den verdammten Fünfzigern, Tom. Leute wie ich müssen nicht mehr in Pantoffeln herumsitzen und schwanger sein – hey, hast du schon gehört, dass wir jetzt auch Auto fahren und sogar wählen dürfen?«

»Halt Mom da raus. Das hier hat nichts damit zu tun, dass du eine Frau bist …«

»Bist du dir da ganz sicher? Ach, und von Mom kann ich reden, wann ich will. Ich werde *nicht* so wie sie. Auf gar keinen Fall lasse ich mich dazu verdonnern, ihr Leben zu leben, im Schatten des Ruhms von jemandem, der die Ehre nicht verdient hatte.«

Tom wurde still. »Ich verstehe dich nicht.«

»Vor allem verstehst du unsere Eltern nicht.«

»Tja, tut mir leid, wenn ich nicht besonders scharf auf deine Sicht der Dinge bin. Erstens liegst du im Krankenhaus, verdammt noch mal, weil du dich falsch verhalten hast in einer Situation, in der dein Leben und das anderer Menschen davon abhing, dass du die Anweisungen befolgst. Und zweitens, danke, dass du die beiden Menschen in den Dreck ziehst, die uns großgezogen und sich den Arsch aufgerissen haben, damit wir hier landen und uns in diesem Krankenzimmer streiten können. Du hast eindeutig eine wunderbare Menschenkenntnis.«

»Du kannst mich mal, Tom.« Anne hatte gar nicht gemerkt, dass sie sich aufgesetzt hatte, und ließ sich nun wieder in die dünnen Kissen fallen. »Du wolltest nie, dass wir auf derselben Stufe stehen. Nenn es, wie du willst, aber genau darum geht es hier im Grunde.«

»Blödsinn. Du wirst nie so sein wie ich, und das hat nichts damit zu tun, dass du eine Frau bist, sondern liegt einzig und allein daran, dass du Komplexe hast, sodass man unmöglich mit dir diskutieren oder dir im Job vertrauen kann. Aber wie gesagt, das ist jetzt vorbei. Du bist raus, Anne. Bravo.«

Sie starrte auf die Bandage, und ihr wurde gleich aus mehreren Gründen schlecht. »Weißt du, was witzig ist? Ich kann meine Uhr nach dir stellen. Du kannst gar nicht anders, als mir in die Eier zu treten, vor allem wenn ich schon am Boden bin – und spar dir den Hinweis, dass ich keine habe. Du hast die letzten fünfundzwanzig Jahre damit verbracht, mir das immer wieder zu sagen und zu zeigen. Deine Einstellung zu dem Thema ist mir klar.«

»Vielleicht hörst du nicht gern die Wahrheit.«

»Wenn du sie mir auch nur ein einziges Mal sagen würdest, erkläre ich dir gerne, wie es sich für mich anfühlt.«

Es folgte eine lange, lange Pause. »Du musst Mom anrufen. Sie ist ganz krank vor Sorge um dich.«

»Da kann ich ihr nicht helfen, dafür fehlt mir die Energie.«

»Klar. Weil du es zu sehr genießt, ihr Kummer zu machen.«

»Sieht es etwa so aus, als hätte ich hier Spaß?«

»Ruf Mom an.«

Wieder eine Konfrontation. Die beiden starrten einander quer durch den kahlen Raum an, und es erinnerte Anne an so ziemlich jede einzelne ihrer Begegnungen, seit sie sich an der Feuerwehrakademie eingeschrieben hatte.

Damit waren ihr Bruder und sie Feinde geworden.

»Geh jetzt«, sagte sie. »Verschwinde von hier. Ich bin müde, mir tut alles weh, und ich will dich nicht mehr sehen.«

»Ruf Mom an. Der Rest interessiert mich nicht.«

Als Tom zur Tür hinausging, verpuffte Annes gesamte Energie aus ihrem Körper, und sie blieb mit einem schmerzenden Skelett in einem Sack Haut zurück, der überall juckte. Sie schloss die Augen und merkte, dass ihr Magen rumorte.

Im Hintergrund begann der Alarm zu piepsen, als hätte er einen Anfall.

Oder vielleicht hatte sie selbst einen?

Medizinisches Personal rannte herein, ein Schwarm in Blau und Weiß. Anne dachte an Danny, ihren Bruder, ihren Job, ihre Familie und war froh, das Bewusstsein zu verlieren und sich von anderen retten zu lassen … oder auch nicht.

Eigentlich war es ihr egal.

ACHT

Und das taten sie.

Sie retteten sie.

Als Anne am nächsten Morgen aufwachte, drehte sie den Kopf zum Fenster und sah einen grauen Novembertag. Es war unmöglich, das Krankenhaus nicht als Gefängnis und all die Leitungen und Schläuche an ihrem Körper nicht als Fesseln zu betrachten.

Sie musste pinkeln. Zumindest glaubte sie das. Oder drückte sie der Katheter?

Ein Blick unter die Decke zeigte ihr, dass dieser weg war. Irgendwann vor Tagesanbruch hatte sie gedroht, sich das Ding selbst zu entfernen, und als das Personal sagte, sie solle es nur versuchen, hatte sie einmal kräftig daran gezogen.

Sie hob den linken Arm, starrte auf den Verband und hörte im Kopf die Stimme ihres Bruders. Dazu gesellte sich die Angst, eine alte böswillige Bekannte, und mischte sich ein, indem auch sie Anne alles Mögliche ins Ohr flüsterte – und selbst das wurde übertönt von dem bleibenden Gefühl, dass sie jetzt viel lieber tot wäre.

Inmitten der Flammen und ohne Alternative war ihr die Selbstverstümmelung vernünftig erschienen. Jetzt, in diesem Krankenzimmer, mit nichts als einem Rest von Rauch tief in ihrer Kehle und einer jahreszeitenuntypischen »Bräunung« ersten Grades auf den Armen, kam ihr jene Notwendigkeit vor wie eine Verzerrung der Realität.

Sie fühlte sich zu einem Leben verdammt, das sie sich nicht einmal vorstellen konnte: Sie hatte den vorübergehenden Albtraum ihres bevorstehenden Todes gegen einen nie endenden getauscht, in dem sie in einer Existenz ohne Sinn feststeckte.

Aber dann sagte sie sich, dass sie es gewohnt war, es allen zu zeigen. Sie würde sich wieder aufrappeln. Sie würde auf die Wache und zu ihrer Crew und ihrem Job zurückkehren. Zu ihrem Leben. Schließlich gab es Prothesen. Man konnte alles anpassen.

Es gab doch auch Paralympics-Athleten, die genauso leistungsstark und beeindruckend waren wie die sogenannten normalen. Nur die Einstellung zählte. Und sie musste sofort anfangen, denn sie hatte einen langen Weg vor sich.

Mit diesem Gedanken setzte sie sich auf und griff nach dem Festnetztelefon auf dem Nachttisch. Sie nahm den Hörer in die Hand und wollte …

Als sie den Stumpf bewegte und ihr klar wurde, dass sie keine Finger hatte, um die Null zu wählen, wurde ihr schwindelig. Sie erstarrte mit dem altmodischen Hörer in der Hand und konnte nicht atmen … aber dann konzentrierte sie sich und machte weiter – und war das nicht immer so? Sie wählte mit dem rechten Zeigefinger und wartete.

»Ja, ähm …« Sie musste sich räuspern. »In welchem Zimmer ist Danny … ich meine, Daniel Maguire?«

Nachdem sie die Antwort erhalten hatte, legte sie auf und ließ sich erleichtert nach hinten fallen. Leichen bekamen keine Krankenhauszimmer, also musste er die OP überlebt haben.

Anne ruhte sich kurz aus, entfernte dann alle Kontrollsensoren von ihrer Brust und überlegte, ob sie auch die Infusion abnehmen sollte. Letztendlich ließ sie sie dran, da sie darüber ihr Morphium bekam und der Beutel an einer Stange mit Rädern hing. Beides würde ihr das Gehen erleichtern …

Eine Schwester stürmte so schnell ins Zimmer, dass ihre Schuhe auf dem Linoleum quietschten, als sie stehen blieb. »Was tun Sie da?«

Anne hielt eine Hand hoch – die einzige, die sie noch hatte. »Ich gehe auf die Toilette. Bin gleich wieder da.«

Während sie die Beine über die Bettkante schwang und ihr Gewicht auf ihre Füße verlagerte, wirkte die Schwester noch immer verwirrt. »Wieder da?«

»Ja.« Sie griff nach ihrem Tropf und bewegte sich in Richtung Toilette. »Das heißt, ich komme gleich zurück.«

Mann, war ihre Stimme heiser! Ihre Atmung klang eher wie die eines Asthmatikers beim Treppensteigen als die einer sportlichen Fünfundzwanzigjährigen.

»Ms Ashburn, wenn Sie nicht wieder ins Bett gehen, rufe ich die Oberärztin …«

»Bitte sehr. Wie Sie wollen. Aber ich werde ihr genau dasselbe sagen.«

In dieser Hinsicht ließ sich nicht verleugnen, dass sie und ihr Bruder aus derselben Familie stammten. Und wie Tom war Anne es gewohnt, Leute zu ignorieren, also humpelte sie weiter. Aus dem Augenwinkel sah sie, wie die Schwester auf- und abwippte und alles Mögliche redete, aber wen kümmerte das schon?

Sie schloss die Toilettentür, um ihre Ruhe zu haben.

Der Spiegel an der Wand über dem Edelstahlwaschbecken zu ihrer Linken war wie eine Kristallkugel, die schlechte Nachrichten für die Zukunft brachte, völlig unnötig und zugleich absolut erbarmungslos.

Du lieber Himmel, Anne sah aus wie eine Anime-Version ihrer selbst, die von einem Dämon durch einen Kohlegrubenschacht gejagt und mit Handgranaten beworfen worden war. Ihre blauen Augen waren zu groß, ihre zerzausten Haare, ihr ganzes Gesicht und ihr Hals noch mit Ruß und Asche beschmiert. Das Krankenhausnachthemd passte nicht zu den temporären Feuertattoos, vielmehr ließen die fröhlichen rosa Blümchen auf weißem Grund sie aussehen, als hätte sie sich an Großmutters Kleiderschrank vergriffen.

Ihr anfänglicher Ausbruch von »Ich schaffe das« fiel unter dem kalten harten Windstoß ihres Spiegelbilds wie ein Kartenhaus in sich zusammen.

Und es hätte sie nicht überraschen dürfen, aber all das wurde noch schlimmer, als sie sich wegdrehte und zur Toilette schleppte. Ihre neue Lebensrealität drängte sich ihr sofort auf, als sie versuchte, das Nachthemd hochzuheben. Mit einer Hand. Sonst nichts. Überall hingen lose Zipfel des Saums herunter, und dann konnte sie das Ding nicht oben halten und die Infusionsstange näher an den Sitz ziehen und ihr Gewicht richtig verlagern.

Als sie sich endlich hinsetzte, wollten nicht nur ihre Augen weinen, sondern auch ihre Seele.

Ich kann das nicht, dachte sie, als sie mit der rechten Hand umständlich nach dem Toilettenpapier griff, während sie das Nachthemd weiter hochhielt, während sie pinkelte, während sie nicht in Ohnmacht fiel, während sie sich nicht im Infusionsschlauch verhedderte, während sie vor absolut allem Angst hatte, während sie traurig an ihre Mutter dachte, an ihren Vater, an ihren Bruder … an Danny.

Im Bad fühlte sie sich plötzlich von dem Chaos und den Sorgen in ihrem Kopf so eingeengt, dass sie Atemnot bekam. Ihre Lungen sogen keinen Sauerstoff mehr ein, und sie fing an zu hyperventilieren.

Es dauerte, bis sie sich wieder unter Kontrolle hatte. Und sie hätte sich gerne die Hand und das Gesicht gewaschen, aber das hier war kein Hotel. Da waren keine Gästehandtücher neben dem Waschbecken, keine kleinen Seifenstücke, keine Badematte unter ihren nackten Fußsohlen und kein gedrucktes Schild, dass es an der Rezeption Kosmetik gebe, falls sie etwas zu Hause vergessen habe.

Das hier war kein Urlaub. Und sie würde nicht fliehen können vor dem, was sie verloren hatte.

Die Hand, die nicht mehr existierte, würde mehr Raum einnehmen als je zuvor, als sie noch zu ihrem Arm gehört hatte.

Im Zimmer standen schon zwei Schwestern, ein Assistenzarzt und eine Oberärztin in einer Reihe und stimmten sofort ein ihr nur allzu bekanntes Lied an: »Sie könnten ausrutschen. Bitte legen Sie sich wieder hin.«

Es war der Titelsong des recht unbekannten Disneyfilms *Warum kann sie nicht ein einziges Mal vernünftig sein?*

Anne verließ einfach die Vorstellung. Sie wusste schon, wie die Story enden würde, denn sie hatte das T-Shirt, den Download und das Buch.

Sie ging mit ihrem Tropf den Flur entlang und musste sich zwingen, ganz genau aufzupassen, um nicht das Gleichgewicht zu verlieren. Jeder Schritt verlangte eine enorme Konzentration, und ihr Vorwärtskommen war nichts Natürliches, sondern eher eine bewusste Ausrichtung ihrer Beine, Hüften und Schultern, die ständig überprüft werden musste.

Die Marschkapelle des medizinischen Personals hinter ihr war wirklich nervtötend.

Am Aufzug brauchte sie ein paar Versuche, um den Knopf zu drücken, denn ihr Zeigefinger musste ein immer wieder ausweichendes Ziel treffen – was ziemlich seltsam war, da das Krankenhaus ja eigentlich ein stillstehendes Objekt sein sollte. Schließlich schaffte sie es.

Die Türen gingen auf, und sie wollte die Kabine gerade betreten, als etwas sie fest in den Kniekehlen traf. Sie sackte zusammen und bekam Panik.

Sie war auf dem Sitz eines Rollstuhls gelandet.

»Ich habe denen gesagt, dass du ein hoffnungsloser Fall bist und wir einfach mitspielen müssen.«

Anne blickte über ihre Schulter, als sie die vertraute Stimme hörte. »Ach Gott, Moose …«

Robert »Moose« Miller, Dannys ehemaliger Mitbewohner, trat vor sie und ging vor ihren Füßen in die Hocke. Beim Anblick seines vertrauten bärtigen Gesichts traten ihr Tränen in die Augen.

»Komm her, Mädchen«, flüsterte er.

Er streckte ihr die Arme entgegen, und auch in seinen blutunterlaufenen Augen standen Tränen, erst recht, als er auf ihren Verband blickte.

»Nenn mich nicht ›Mädchen‹«, würgte sie hervor.

»Okay, Anne. Mach ich nicht.«

Sie lehnte sich an seine Brust, hielt sich an seinen Schultern fest und starrte in den Flur, ohne etwas zu sehen.

»Ich wollte zu ihm«, sagte sie heiser. »Zu Danny.«

»Ich helfe dir dabei, aber es kann sein, dass wir nicht reindürfen. Er liegt auf der Intensivstation.«

»Ich will's trotzdem versuchen.«

»Okay.« Als sie sich voneinander lösten, holte er ein Halstuch aus seiner Tasche. »Hier.«

Sie entfaltete das rot-schwarze Tuch und drückte ihr heißes, geschwollenes Gesicht in den verwaschenen weichen Stoff. »Ich will vor ihm nicht schwach aussehen.«

»Du kannst gar nicht schwach sein, Anne.«

Moose verscheuchte das medizinische Personal und schob sie dann in den Aufzug, wobei sie ihren Tropf festhielt wie die Leine eines bissigen Hundes. Sie fuhren vier Stockwerke nach oben und gingen dann einen Flur mit Schildern entlang, die Anne nicht entziffern konnte. Hier bewegten sich alle mit nur zwei Geschwindigkeiten: schnell und abgelenkt oder langsam und düster.

»Wie schlecht geht es ihm?«, fragte sie, während sie dicht an der Wand entlanggingen. »Weißt du das?«

»Schlecht.«

»Ist er gelähmt?«

»Sie sind noch nicht an dem Punkt, dass sie sich Gedanken darüber machen, ob er je wieder laufen kann.«

Als sie die Stationstheke erreichten, merkte Anne, dass das Personal seine Tätigkeiten unterbrach und sie anstarrte, aber sie blickte weiter geradeaus und überließ Moose das Reden. Offenbar erhielten sie die Erlaubnis weiterzugehen, denn sie setzten sich wieder in Bewegung.

Sie kamen an mehreren verglasten Räumen vorbei, und Anne sah Patienten, die wie verpuppte Raupen in Decken eingehüllt waren. In diesem Stockwerk gab es kaum Besucher, und niemand lief mit Blumen oder Ballons herum. Auf dieser Station ging der Tod auf und ab, spielte mit seinem knochigen Finger »ene, mene, muh« und wählte zufällig oder auch nach einem Plan aus, wen er sich als Nächstes vornehmen würde.

Moose blieb etwa auf der halben Länge des Flurs stehen und öffnete eine Glastür. »Willst du allein reingehen?«

»Ja.«

Anne war entschlossen aufzustehen und wollte sich mit beiden Händen von den Armlehnen hochstemmen, aber als ein heftiger Schmerz ihren linken Arm durchzuckte, schnappte sie nach Luft. Da war keine Hand. Nur diese offene Wunde, eingewickelt in Bandagen.

Sie schloss für einen Moment die Augen, um den Schmerz

zu verdrängen. *Ich komme damit nicht klar*, dachte sie. *Was soll ich mit dem Rest meines Lebens anfangen?*

Was soll nur aus mir werden?

Sie schob all das beiseite, stand mühsam aus dem Rollstuhl auf und wollte ins Zimmer gehen …

»Halt. Vergiss das hier nicht.«

Als sie Moose verwirrt ansah, schob er den Tropf in ihre Richtung. »Oh«, murmelte sie. »Ach so, danke …«

Er ließ die Stange nicht los. »Du sollst wissen, dass ich versucht habe … Ich meine, wir alle wollten ihn schneller finden. Wir haben alles getan, was wir konnten, um ihn zu befreien. Aber … ach, Scheiße, Anne, er lag unter diesen Balken, die so verdammt schwer waren, dass sie ein Auto zerquetscht hätten, und …«

Als er nicht weitersprechen konnte, umarmte sie ihn, und es war ein trauriger Trost für sie, dass noch jemand Schuldgefühle hatte. »Niemand hätte ihn besser retten können.«

»Das hier ist mein Fehler, ich hätte …«

Anne stieß ihn zurück. »Hör auf damit. Wie hättest du ihn früher finden können? Und du kannst überhaupt nichts dafür, dass er dort war. Ich bin der Grund dafür gewesen. Du und die Jungs, ihr seid Helden.«

»Was ist, wenn er's nicht schafft?« Moose fuhr sich mit einer Hand durch die Haare. »Jedes Mal, wenn ich daran denke, kriege ich keine Luft mehr. Er ist mein bester Freund.«

Sie sah das Leid in seinen Augen und wusste, dass sie alle verrückt waren. Jeder Einzelne von ihnen, der sich die Einsatzkleidung anzog und Körper und Geist den offenen Flammen aussetzte, für wenig Geld, mit hohem Risiko, für Fremde, für Tiere, die ihnen nicht gehörten, für Häuser, die ihnen nicht gehörten, für Menschen, mit denen sie nicht verwandt waren … Sie waren alle wahnsinnig. Denn das hier war die andere Seite des Adrenalinrauschs, des Helfersyndroms, des Kampfes.

Die Tragödie dauerte nur einen Moment. Die Verantwortung dafür lastete für immer schwer.

Und irgendwann breitete sich Finsternis in einem aus, die Schuld vergiftete und verseuchte alle Gefühle, obwohl man von außen aussah wie immer. Anne kannte viele Feuerwehrleute, die einen Einsatz mit Verletzungen oder gar nicht überlebt hatten, und mindestens ebenso viele, die im Inneren tot waren und weiterlebten.

In der Akademie lernte man nichts von alldem.

Das war auch besser so.

»Mach dir keine Vorwürfe«, sagte sie heiser. »Du hast ihn nicht im Stich gelassen, und du wirst für ihn da sein, wenn er wieder auf die Beine kommt. Und das wird er. Schließlich reden wir hier von Danny Maguire. Den bringt nichts um.«

»Du hast ihn noch nicht gesehen, Anne. Du musst dich auf was gefasst machen.«

Sie warf einen Blick ins Zimmer. So viele Maschinen und Leitungen und Schläuche – eine Erinnerung daran, dass der menschliche Körper ein unfassbares Wunder war. Seine unzähligen autonomen Funktionen waren ein Geschenk, wenn sie wie vorgesehen arbeiteten, aber sie waren unheimlich mühsam zu regulieren, wenn sie es nicht taten.

Anne griff nach ihrer Infusionsstange, betrat den sterilen Raum, und bei all dem Brummen und Piepen bekam sie wirklich Angst.

Und dann sah sie Danny ins Gesicht.

Sie schnappte nach Luft. »Oh … Gott.«

Die eine Seite war genäht, als wären ein Teil seiner Wange und die Hälfte seiner Stirn abgelöst gewesen. Alles war geschwollen, ganz lila und rot, die Gesichtszüge so entstellt, dass sie ihn gar nicht erkannt hätte, wenn sie nicht gewusst hätte, dass er es war.

Und dann seine Beine. Beide waren eingegipst, das eine lag erhöht, sodass ein Dreieck entstand, bei dem nur die dritte Seite fehlte. Außerdem waren sein Arm und seine Schulter bandagiert … und er war intubiert worden.

Sie ging zu ihm und setzte sich auf die Bettkante, weil der Fußboden vor ihr plötzlich wilde Wellen schlug. Sie versuchte zu atmen. Erfolglos.

Jetzt musste sie wieder weinen, aber es war ihr egal. Danny würde es nicht mitkriegen.

Sie nahm seine lädierte Hand, ließ den Kopf sinken und ließ die Tränen aus ihren Augen tropfen.

Sie hatte ihm das angetan.

Mit dem Verlust ihrer Hand konnte sie leben als Strafe für ihre impulsive Entscheidung und ihr unüberlegtes Verhalten beim Einsatz. Aber das hier? Dannys … katastrophale … Verletzungen? Selbst wenn er überlebte, würde sie sich das nie verzeihen, und er würde nie wieder derselbe sein.

Sie dachte daran, wie er gesagt hatte, dass sie um zehn wieder auf der Wache seien und Tischtennis spielen würden.

Wie falsch er gelegen hatte. Wie furchtbar … furchtbar falsch.

»Warum hast du mich nicht einfach zurückgelassen?«

Sobald sie die Worte ausgesprochen hatte, bereute sie sie, denn sie schienen ihm die Verantwortung zuzuschieben, obwohl das hier wirklich alles allein ihre Schuld war …

Etwas klickte.

Sie schaute auf und zuckte zusammen. Danny hatte die Augen geöffnet, das Weiße um das linke Auge war blutrot, die Pupillen unterschiedlich groß und glühend, als er sie ansah und versuchte, etwas zu sagen.

»Schhh«, machte sie, während er sich weiter bemühte, trotz der Intubation zu sprechen. »Nein, bitte … sag nichts …«

Das Piepen wurde schneller, dann kamen Alarmsignale hinzu, und sie schüttelte den Kopf. »Nicht … es ist okay …«

Medizinisches Personal stürmte ins Zimmer und zögerte keine Sekunde damit, sie hinauszuwerfen. Die Pfleger übergaben ihren taumelnden, zitternden Körper an Moose, der Anne im Flur stützte, damit sie nicht umfiel.

Auf der anderen Seite der nun geschlossenen Glastür stellte sie sich auf die Zehenspitzen, um zwischen den Leuten einen Blick auf Danny zu erhaschen. Sein Gesicht war ihr zugewandt, und obwohl das Personal um ihn herumwuselte, sah er sie immer noch an. Bei seinen geschwollenen Augenlidern und all den Blutergüssen war es ein Wunder, dass er überhaupt etwas erkennen konnte.

Doch dann versperrten ihr die Ärzte und Pfleger die Sicht auf ihn.

Tief in ihrer Seele wusste sie, dass sie ihn zum letzten Mal sah. Dass dies ihre letzte Erinnerung sein würde …

… an den einzigen Mann, den sie je geliebt hatte.

ZEHN MONATE SPÄTER

NEUN

Harbor Street, Ecke Twenty-Second Avenue
Old Downtown, New Brunswick

Als Anne in die Harbor Street abbog, knirschten die Reifen ihres Dienstwagens auf dem rissigen Asphalt, und sie kniff in der blendenden Septembermorgensonne die Augen zusammen. Die Sonnenblende half nicht, aber es gab auch nicht viel, was sie hätte umfahren können – keinen Verkehr, keine Fußgänger. Die Geschäftsgebäude in der Nachbarschaft waren seit Jahrzehnten verlassen.

Knapp zweihundert Meter weiter trat sie auf die Bremse und blieb gegenüber den versengten Ruinen eines Gebäudes stehen, das einmal ein Lagerhaus gewesen war.

Zumindest bis zu dem großen Feuer letzte Nacht.

Von dem Bauwerk war nicht mehr viel übrig. Die fast vollständig zusammengebrochene Fassade war schwarz und grau vom Ruß und Rauch des Brandes. Der komplexe widerliche Duft eines gelöschten Feuers, der in der Herbstbrise zu ihr herüberwehte, war Anne so vertraut, dass sie sogar tief einatmete und einen sehnsuchtsvollen Stich verspürte …

Der Nieser kam aus dem Nichts und warf ihren Kopf nach vorn – und als sie danach schniefte, fühlte es sich an, als wäre ihre Nase aus der Form geraten. Während sie abwartete, ob sie noch einmal niesen musste, fragte sie sich, wann genau ihr Geruchssinn so empfindlich geworden war. War das in den wirklich harten ersten Wochen ihrer Genesung passiert … oder später, während der Physiotherapie? War es passiert, als sie an der Weiterbildung zur Brandermittlerin teilgenommen hatte? Oder vielleicht bei den Vorstellungsgesprächen für ihren neuen Job?

Oder erst vor zwei Wochen, als sie von der Stadt New Brunswick diese Einstiegsstelle in der Abteilung Brandermittlung und Feueruntersuchung bekommen hatte?

Womöglich reagierte sie auch erst seit heute so anders, an ihrem ersten Arbeitstag?

Sie blickte auf das Revers ihres billigen Hosenanzugs. An einem silbernen Clip hing ihr laminierter Dienstausweis mit Foto, und sie drehte ihn zu sich, um ihr Gesicht zu betrachten.

Ihre Haare hatten sich nicht verändert. Nicht sehr. Sie waren jetzt länger und lagen ihr offen auf den Schultern – und die blonden Strähnchen aus dem vorletzten Sommer waren längst verschwunden. Ihr Gesicht? Na ja, das war gleich geblieben – oder doch nicht, überhaupt nicht. Ihre Augen blickten finster drein, und wenn sie es nicht besser wüsste, würde sie sagen, dass sie ganz aus schwarzen Pupillen bestanden, kein Blau war mehr zu sehen. Die Haut war so weiß und fahl wie Wandfarbe. Die eingefallenen Wangen zeigten ihr, dass sie noch ein paar Kilo zunehmen musste.

Der rosa Lipgloss, den sie aus irgendeinem Pflichtgefühl heraus aufgetragen hatte, wirkte albern auf der schmalen geraden Linie ihres Mundes.

Sie ließ den Ausweis los und wischte sich den Lippenstift ab. Sie hasste den Geschmack von dem Zeug, und wen wollte sie denn damit täuschen? Sie war einfach nicht der Typ für Schminke und Parfüm, auch wenn sie jetzt im Büro arbeitete.

Als sie die Autotür öffnen wollte, stieß sie mit ihrer Prothese dagegen und schloss die Augen. Tief durchatmen!

Wie aus dem Nichts erinnerte sie sich an den Morgen nach dem Feuer, das alles für sie verändert hatte … Als sie im Krankenhausbett aufgewacht war und sich einreden wollte, sie könnte auf die Wache zurückkehren und ihr Leben weiterführen wie zuvor, als siegreiche Para-Feuerwehrfrau, wie die Athleten bei den Paralympics.

Tja … nein. Tom hatte recht behalten. Ihre Karriere war beendet.

Aber Anne hatte in den letzten zehn Monaten vieles besiegt, einschließlich einer Staphylokokken-Infektion, an der sie fast gestorben wäre. Körperlich war das das Schlimmste gewesen, da sie in ein künstliches Koma versetzt werden musste, weil ihre Organe nicht mehr arbeiteten. Der Rest war hauptsächlich eine Frage der inneren Einstellung gewesen, und sie hatte ständig neue Lösungen suchen müssen, um ihre verlorene Hand zu ersetzen.

Inzwischen konnte sie mit ihren verschiedenen Prothesen eine Menge tun, aber einen schweren Schlauch in ein Feuer zu ziehen und damit Flammen zu löschen, gehörte nicht dazu.

Du schaffst das, Anne, sagte sie sich.

Nachdem sie ausgestiegen war, betrachtete sie das Lagerhaus, ihren ersten eigenen Fall, und versuchte zu ignorieren, dass sie einen Anzug und keine Einsatzkleidung trug, dass sie nach und nicht während der Action da war – und dass es hier eigentlich nichts mehr zu tun gab.

»Ausgangspunkt und Ursache«, sagte sie und überquerte die Straße.

Auf halbem Weg fiel ihr ein, dass sie ihr Klemmbrett, ihren Stift und ihr Diktiergerät im Auto vergessen hatte.

Anne blieb stehen – und konnte nicht weitergehen.

Die ganze Harbor Street war ein typisches ehemaliges Industriegebiet, nichts als ein Streifen Asphalt mit riesigen verfallenen, verlassenen Gebäuden auf beiden Seiten, die in ihrem früheren, hoffnungsvolleren und nützlicheren Leben Fabriken und Schiffsbaufirmen beherbergt hatten. Die Anlagen waren Anfang des zwanzigsten Jahrhunderts aus Backsteinen errichtet, mit Holzdielen und Balken gestützt, unterteilt und ausgelegt und mit Blechdächern gedeckt worden.

Sie wurden genutzt, bis sie durch eine andere Gewinnstrategie zu Anachronismen wurden.

Als Anne ins grelle Sonnenlicht blinzelte, holten ihre Erinnerungen sie ein und brachten sie zu einem anderen, aber ähnlichen Gebäude zurück: Es war Nacht, und sie fuhr mit Danny im Löschfahrzeug vor, um den Brand zu bekämpfen, der ihr Leben auf den Kopf gestellt hatte.

»Du *musst* das hier durchziehen, Anne«, befahl sie sich.

Sie zwang sich, noch mehr von dem Willen aufzubringen, der sie bisher angetrieben hatte, und war erschöpft davon, sich immer wieder zu motivieren. Sie hatte es satt, immer wieder eine Mauer aus »Ich kann nicht«, »Ich will nicht«, »Ich halte das nicht aus« niederreißen zu müssen. Das Leben war zu einer Reihe von Herausforderungen geworden, die sich nur durch ihren Schwierigkeitsgrad und die unterschiedlich große Gefahr des Versagens unterschieden.

»Ausgangspunkt und Ursache«, wiederholte sie.

Eine Bewegung ließ sie nach rechts schauen. Ein grauer Hund, der an einen Pitbull erinnerte, mit einem auf die doppelte Größe angeschwollenen Ohr und einer Narbe auf der Schulter beobachtete sie von der Seite des abgebrannten Gebäudes, als wollte er abschätzen, ob sie eine Bedrohung darstellte.

Die beiden starrten einander an – und aus irgendeinem Grund musste sie an Danny Maguire denken. Wahrscheinlich wegen der Verletzungen des Hundes.

Sie hatte Maguire seit ihrem Besuch auf der Intensivstation nicht mehr gesehen. In der Rehaklinik war sie ein paarmal in Versuchung gewesen, sich bei ihm zu melden, aber jeder hatte mit seiner Genesung mehr als genug zu tun. Und dann hatte sie gehört, dass er wieder seinen Dienst bei der 499 angetreten hatte.

Diese Nachricht hatte sie verletzt, auch wenn es keinen logischen Grund dafür gab. Wollte sie, dass er ihr Unglück mit ihr teilte? Erwartete sie etwa, dass er ihr zu Ehren resigniert das Schwert niederlegte?

Wohl kaum.

Er hatte ihr ein einziges Mal auf die Mailbox gesprochen – vor ungefähr drei Monaten. Es war mitten in der Nacht gewesen, und er hatte offensichtlich getrunken, denn seine Worte waren undeutlich und teilweise unverständlich. Und dann hatte eine weibliche Stimme so andeutungsvoll und einladend seinen Namen gesagt, dass sie damit den Lack einer Autotür zum Schmelzen hätte bringen können.

Also, nein, es hatte keinen Kontakt gegeben.

»Hast du Hunger?«, fragte Anne, als der Hund nicht weglief.

Mit langsamen Bewegungen ging sie noch einmal zum Auto zurück, holte ihre Tasche und trug sie über die Straße zum Bürgersteig. Dann nahm sie einen Müsliriegel und ihre Wasserflasche heraus, ging in die Hocke und machte, wie sie hoffte, ermutigende Geräusche.

Der Hund näherte sich langsam und hinkend, mit gesenktem Kopf, das geschwollene Ohr so weit wie möglich angelegt, eine Vorderpfote offensichtlich verletzt. Unter dem dünnen Fell traten die Rippen des Tiers so stark hervor, dass Anne gar nicht hinsehen konnte.

»Hier«, sagte sie und brach ein Stück von dem Frühstücksriegel ab.

Sie warf es direkt vor den Hund, und er beäugte sie misstrauisch, während er die Schnauze senkte und daran schnupperte. Den ersten Bissen nahm er langsam. Der zweite ging ein wenig schneller. Der dritte?

Hinuntergeschlungen.

Sie gab dem Hund den ganzen Riegel und lockte ihn allmählich näher zu sich, indem sie ihm die Stücke in immer kleinerem Abstand hinwarf. Als sie sich umdrehte, um die Wasserflasche zu öffnen, büßte sie ein Stück der Strecke wieder ein, denn das Tier schreckte zurück, und die Bewegung kostete sie ein paar Schritte.

Es war schwierig, etwas von dem frischen sauberen Wasser in ihre verbleibende Hand zu schütten, aber sie schaffte es. Und dann wartete sie.

Als der Hund schließlich seinem Durst nachgab und sie die erste vorsichtige Berührung seiner rauen Zunge spürte, traten ihr Tränen in die Augen.

Sie hatte seit vielen Monaten nicht mehr geweint, nicht mehr seit jener schlimmen Zeit, als die Infektion sie wirklich gequält und der Tod ihr die Hand geschüttelt hatte, um sie ins Grab zu ziehen. Sie hatte wählen müssen: leben oder loslassen, sich mit aller Macht zurückkämpfen … oder aufgeben?

»Darf ich dir helfen?«, flüsterte sie schniefend. »Ich tu dir nicht weh, versprochen … Ich tu dir nicht weh.«

New Brunswicker Feuerwache Nr. 499
Harbor Street, Ecke Second Avenue

Verdammt! Danny hatte überall Schmerzen, als er seinen Pickup hinter der Wache parkte und überlegte, ob er aussteigen und seine Schicht antreten sollte.

Die Hintertür schien etwa sechshundert Kilometer entfernt zu sein. In Wirklichkeit waren es wohl knapp zehn Meter. Aber wenn man einen Brummschädel hatte, der Rücken auf der siebenminütigen Fahrt hierher steif geworden war und die geheilten Brüche in beiden Oberschenkelknochen und die verdammte linke Wade schmerzten, weil es regnen würde, kam einem jede Strecke über fünf Zentimeter wie ein Marathon vor.

Als Danny die Fahrertür öffnete, schrie seine Schulter auf, und er dachte liebevoll an seine neue Freundin. Er hatte sie zuletzt vor sechs Stunden gesehen – oder vielleicht weniger? Und er sehnte sich bereits wieder nach ihr.

Bei dem Gedanken schob er eine Hand in die Sporttasche auf dem Beifahrersitz und wühlte darin herum. Als seine Finger fanden, was sie suchten, lächelte er. Dann zog er eine riesige Flasche Ibuprofen hervor, auf deren Etikett mit schwarzem Permanentmarker »BETTY FUCKING MAGUIRE« stand.

Richtig, er hatte Dates mit einer Flasche Ibuprofen.

Er öffnete den Deckel und dachte wieder einmal, dass dies eigentlich die gesündeste Beziehung war, die er je geführt hatte. Betty ließ ihn nie im Stich, war immer verfügbar und verbesserte sein Leben ungemein. Trotzdem war er eifersüchtig und weigerte sich, sie mit irgendjemandem zu teilen – aber sie beschwerte sich nie, dass er ein besitzergreifender Bastard war.

Er schüttelte sechs Kapseln heraus, nahm alle auf einmal und spülte sie mit einem Schluck noch heißen Kaffees hinunter.

Dann schaute er wieder zur Hintertür der Wache und atmete tief ein. Einer der Jungs briet Speck und Eier. Er hoffte, dass es nicht Duff war. Der Depp briet Ersteren immer zu kurz und Letztere zu lang – und für jemanden, der auf superknusprigen Bacon und flüssigen Dotter stand, war das eine größere Tragödie, als Danny an einem Dienstagmorgen verkraften konnte.

Um sich die Zeit zu vertreiben, holte er seine Zigaretten heraus und zündete sich eine an. Nachdem er letzten Frühling aus der Reha entlassen worden war, hatte er sofort wieder angefangen – aber Betty hatte nichts gegen Passivrauchen, und da er nun im Prinzip keine Mitbewohner mehr hatte, gab es auch bei ihm zu Hause niemanden mehr, der sich über die Aschenbecher beschwerte.

Perfekt.

Er lehnte sich zurück und schloss die Augen. Die Feuerwehrleute in New Brunswick hatten einen unregelmäßigen Arbeitsplan, der immer voller war als der landesweite Standard von zwei Tagen Dienst und drei Tagen Pause. Weil die Stadt finanziell schlecht dastand, mussten sie mehr Schichten übernehmen. Immerhin bekamen sie endlich ein paar Nachwuchskräfte, auch wenn die alle bei der 617 landeten.

Feuerwehrchef Ashburn, der nun aufgrund von Budgetkürzungen auch als Einsatzleiter tätig war, arrangierte es immer so, dass er von allem das Beste bekam: eine neue Wache, neue Ausrüstung, zusätzliche Hilfe.

Das war sicher schön.

Dannys Augenlider öffneten sich wie von selbst wieder, und er richtete den Blick auf seine Hände. Er hatte in beiden Handflächen Blasen, nachdem er am Samstag fünf und am Sonntag sieben Stunden mit einer Kettensäge und einer Heckenschere gearbeitet hatte. Er musste verrückt gewesen sein, als er die alte Farm gekauft hatte. Das leer stehende Haus war von Bäumen und Gestrüpp umgeben, und auch die diversen Schuppen auf den zwanzig Hektar waren von baumstammdicken Ranken überwuchert.

Vielleicht wäre es mit einer Axt leichter gegangen, aber die benutzte er nicht mehr. Er schwang sie nicht mehr und schnitt nichts mehr damit.

Wenigstens gab es auf der Farm immer etwas zu tun. Wenn er zwischen den Schichten nicht zu dem verwahrlosten Grundstück fahren könnte, wäre er schon völlig durchgedreht.

Und, hey, immerhin hielt sie ihn davon ab, noch mal Anne Ashburns Nummer zu wählen. Oh Gott, es schüttelte ihn jedes Mal, wenn er an die Sprachnachricht dachte, die er ihr in betrunkenem Zustand hinterlassen hatte.

Nach der Reha hatte er ständig nach Gründen gesucht, um Anne anzurufen, zu ihr zu fahren oder ihr zu mailen – vernünftige Gründe, kein Rumgeheule, weil er bei dem Einsatz mit ihr versagt hatte.

Er fand einfach nicht die richtigen Worte, obwohl die Sehnsucht immer größer wurde. Zu viel Bier plus die Tatsache, dass er ihre Nummer seit dem Moment, als sie sie ihm vor fast drei Jahren gegeben hatte, auswendig kannte – das hatte zu dem besoffenen Anruf geführt, der niemals hätte passieren dürfen.

Sie hatte nicht zurückgerufen. Warum auch? Mittlerweile erschien es ihm unmöglich, sich jetzt noch bei ihr zu melden.

Er ballte die linke Hand zur Faust, sodass die wunden Stellen brannten und die dicken Schwielen beim Zusammendrücken schmerzten. An den Fingerknöcheln hatte er unzählige Schnitte von den Dornbüschen, die er ausgerissen hatte, und auf der Oberseite des Handgelenks einen blauen Fleck, weil er gegen irgendwas gestoßen war.

Jetzt hasste er seine linke Hand …

»Kommst du zum Frühstück rein, oder willst du nur da draußen rumhängen und rauchen, bis du Krebs kriegst?«

Danny schaute hinüber zu dem knallgelben Dodge Charger mit schwarzen Felgen, verdunkelten Scheiben und einem roten Streifen an der Seite. Moose lehnte mit verschränkten Armen an der Tür und sah mit seiner verspiegelten Sonnenbrille aus wie eine bärtige Actionfigur aus den Achtzigern.

»Wenn Duff am Herd steht, krieg ich lieber Krebs.«

Moose runzelte die Stirn. »Sag nicht so einen Scheiß.«

»Stimmt aber.« Danny zog genüsslich an der Zigarette. »Mich nervt diese ganze Political Correctness.«

»Das hat nichts mit Politik zu tun. Es bringt Unglück.«

Danny lachte bitter. »Ach, davon habe ich meinen Teil schon abbekommen. Ich habe den Jackpot gewonnen, vielen Dank auch.«

Als Moose ihn nur anstarrte, schüttelte Danny den Kopf. »Hast du noch was zu sagen?«

Aber eigentlich konnte er es sich schon denken.

»Duff hat mir erzählt, dass er dich Samstagnacht nach Hause gebracht hat.«

»Bist du neidisch? Keine Sorge, mehr als Vorspiel ist nicht gelaufen. Und außerdem hast du ja deine schöne Ehefrau, die dich nachts warm hält.«

»Das nimmst du mir wohl immer noch übel.«

Danny machte den Mund auf, hielt sich dann aber zurück. Sein Menschenhass war seit letztem November nur noch schlimmer geworden. Doch manche Leute konnten ihn immer noch schocken, und Moose' Ehefrau Deandra gehörte dazu.

Aber er war nicht neidisch auf die Ehe. Gott, er müsste nur einmal mit den Fingern schnipsen, und schon würde die geldgeile Tussi auf dem Rücken in seinem zerwühlten Bett liegen – und das wusste Moose. Aus dem Grund wollte er auch unbedingt heiraten.

Als könnte er sich dann sicher sein, dass sie ihn nicht verlassen würde.

»Vergiss es«, murmelte Danny und blies den Rauch in die Luft.

Moose schaute weg. Schaute wieder zu ihm. »Einige Leute machen sich Sorgen um dich.«

»Das ist ihr Problem.« Er betrachtete die glühende Spitze seiner Zigarette. »Bin ich auch nur ein einziges Mal zu spät zur Arbeit gekommen?« Als er keine Antwort erhielt, sah er seinen ehemaligen Mitbewohner an und hielt sich eine Hand ans Ohr. »Hast du Nein gesagt? Dachte ich mir. Und war ich bei einem Einsatz unkonzentriert? Moment mal … wieder Nein? Es klingt ganz so.«

»Dein Alkoholkonsum …«

»Und noch was: Habe ich dich oder sonst irgendjemanden gebeten, einen Kommentar zu meinem Leben abzugeben, verdammt?« Er schnappte sich die Sporttasche und stieg aus. »Die Antwort darauf kennen wir beide.«

Er nahm einen letzten Zug und blies den Rauch über seine Schulter. »Wie wär's dann, wenn ihr alle die Klappe halten und euch um euren eigenen Scheiß kümmern würdet? Ich weiß zum Beispiel nur zu gut, wie wenig perfekt deine Ehe ist, aber das kommentiere ich ja auch nicht, oder?«

Bevor der Streit eskalieren konnte, wandte Danny sich ab und ging los.

»Grüß Anne von mir«, knurrte Moose. »Wenn du sie das nächste Mal siehst.«

Danny blieb abrupt stehen. Seine Hand verkrampfte sich um die Riemen seiner Tasche, und er spürte eine so tiefe Wut, dass er zweifellos jemanden hätte umbringen können.

Aber hinter dem Zorn verbarg sich etwas noch Gefährlicheres: eine solche Lawine von Selbsthass und Schmerz, die alles, was er nach dem Tod seines Bruders und dem Verlust von Sol durchgemacht hatte, daneben wie eine Aufwärmübung für die wahre Herausforderung wirken ließ.

Wenn er sein Leben von außen betrachtete, schleppte er sich durch die Minuten und Stunden der Gegenwart. Doch in Wirklichkeit steckte er mit Anne in jenem einstürzenden Gebäude fest … in dem Augenblick, als er mit seiner Axt zugeschlagen hatte. Bei ihm war jeden Tag Murmeltiertag, und der Scheiß machte ihn fertig. Aber so verlief das Leben mancher Leute nun mal.

Trotzdem musste sein bester Freund ihn nicht daran erinnern.

»Du kannst mich mal, Miller«, sagte er und ging weiter.

ZEHN

New Brunswicker Feuerwache Nr. 617
McGinney Street, Ecke Benedict Avenue

Tom saß am Steuer seines Dienstwagens und wechselte mit dem Handy zum anderen Ohr, als er in die McGinney Street abbog.

»Keine Ahnung, ob die Bürgermeisterin das ernst meint oder nicht … nein, weiß ich nicht. Jetzt stell dich nicht so an, Brent. Sie ist Politikerin, verdammt, und sie hat gerade verkündet, dass sie noch mal kandidiert. Sie wird uns alles sagen, was wir hören wollen, nur damit sie von der Gewerkschaft unterstützt wird. Also nein, ich traue ihr nicht.« Er ließ den Gewerkschaftsvorsitzenden noch einen Moment weiterreden, bis er ihn schließlich abwürgte. »Hör mal, glaub bloß nicht, die Frau wäre ehrlich, nur weil sie gut aussieht. Sie wickelt dich um den Finger, und ich will verdammt sein, wenn ich zulasse, dass wir in die falsche Richtung gesteuert werden, nur weil du den Duft ihres Parfüms magst.«

Nachdem er den Anruf beendet und das Handy auf den leeren Beifahrersitz seines Explorers geworfen hatte, begann er nachzudenken … Oh ja, das hier war *sein* Auto. Obwohl er das Fahrzeug von der Stadt bekommen hatte und es ihm nur aufgrund seiner Position als Feuerwehrchef gehörte, war es sein persönlicher Besitz, verdammt noch mal.

Aber er betrachtete ja auch alle Feuerwachen und jedes der

Lösch- und Leiterfahrzeuge, jeden Pick-up, jeden Rettungswagen und die ganze übrige Flotte als sein Eigentum.

Und die Leute genauso. Aus diesem Grund musste er auch dafür sorgen, dass Brent Mathison seinen Job in der Feuerwehrgewerkschaft loswurde. Der Kerl hatte eine Schwäche für die Bürgermeisterin und merkte nicht, wie sie ihn manipulierte.

Wie dumm. Dabei hatte er nichts gegen Brent persönlich. Wie denn auch? Alle Männer und Frauen bei der Feuerwehr waren … na ja, nicht seine Kinder, nein. Er taugte nicht zum Vater, und sie waren auch nicht seine Familie.

Nicht mal seine Familie war seine Familie. Seine Frau war abgehauen. Anne meldete sich nicht mehr und tauchte nicht mehr auf den Weihnachtsfotos auf. Er hatte nur noch seine Mutter, und die bedeutete jede Menge Verpflichtung – er war ihr Ein und Alles.

Dabei sehnte sie sich eigentlich nach Kontakt zu ihrer Tochter.

Die Gedanken an Anne versetzten ihn in noch schlechtere Stimmung, als er auf die vier Parkbuchten seiner Wache zufuhr. Alle Tore waren offen, und all das Chrom und Glas und die roten Lösch- und Leiterfahrzeuge glänzten in der Sonne.

Die 617 war die neueste der sechs Wachen in New Brunswick und diente als Feuerwehr- und Rettungsleitstelle. Das erst vor sechs Monaten erbaute viergeschossige Backsteingebäude verfügte über die modernste Einrichtung, einschließlich eines Büros für ihn mit einem Konferenzraum, einer Küche in Restaurantqualität, eines Speise- und Gemeinschaftsraums, eines Kraftraums, und im zweiten sowie im obersten Stock gab es Zimmer zum Übernachten. Kein Gemeinschaftsschlafsaal, keine Gemeinschaftsdusche mehr. Sehr erfreulich.

Aufgrund der Scheidung war das hier nicht sein zweites Zuhause, sondern sein einziges.

Und der Bonus bei dem Ganzen – zumindest für die überlastete Stadt: Das Gebäude war ein Geschenk von Charles Ripkin, einem Immobilienmilliardär, als Dank, weil die Feuerwehr bei einem Brand seine Tochter gerettet hatte. Wenn es nach Tom gegangen wäre, hätte er die paar Millionen Dollar lieber für Renovierungen unter den fünf älteren Feuerwachen aufgeteilt. Aber reiche Leute wollten beeindrucken, und die Stadt konnte es sich unmöglich leisten, eine solche Finanzspritze abzulehnen.

Er fuhr um das Gebäude herum und parkte den SUV zwischen Chuckies Jeep und Vic Rizzos F-150 mit verdunkelten Scheiben. Hinter dem schmalen Parkplatz gab es einen Rasen mit einem Volleyballnetz, ein paar Picknicktischen und einem Grill. Die großen Bäume, die von den Bauarbeiten verschont geblieben waren, leuchteten in Rot und Gold, und das Gras war noch grün – auch wenn das nicht mehr lange so sein würde. Der graue November und die eisigen Dezember- und Januarwochen waren nicht mehr weit.

Bevor Tom ausstieg, nahm er sein Handy vom Beifahrersitz. Das Display hatte einen Sprung, weil er es häufig irgendwohin schleuderte, und seinem aktuellen Verfallszustand nach zu urteilen, würde es wohl höchstens noch einen Monat lang funktionieren.

Er hätte nie gedacht, dass er als Erwachsener einmal so wütend sein würde. Und als er an seine Schwester dachte, die beharrlich seine Anrufe ignorierte, stellte er fest, dass er sich so einiges im Leben anders vorgestellt hatte.

Ohne das Fahrzeug abzuschließen, ging er zur Hintertür …

Was zur Hölle war *das* denn?

Ein Schatten auf dem Rasen, der von jemandem an der Seite des Gebäudes stammen musste, ließ vermuten, dass irgendein Drecksack an die Wache pinkelte.

Der Bastard stand tatsächlich da, mit der Hand an seinem besten Stück, und aus der Spitze strömte in hohem Bogen ein feiner Strahl Urin.

Tom ging hin, ohne sofort loszuschreien, damit er sich den Mistkerl schnappen und sein Gesicht in die Sauerei drücken konnte, wie bei einem Hund …

An der Ecke blieb er stehen und wurde noch wütender. Der Typ trug ein marineblaues T-Shirt der New Brunswicker Feuerwehr, eine marineblaue Arbeitshose und Arbeitsschuhe. Die komplette Ausstattung war nagelneu, und sowohl am T-Shirt als auch an der Hose sah man noch Spuren von der Faltung aus der Fabrik.

»Verdammte Scheiße!«

Als sich der neue Rekrut ruckartig umdrehte, schwenkte sein Penis ebenfalls herum, sodass Tom vor dem goldenen Strahl zur Seite springen musste.

Der Neuling, höchstens zwanzig, zweiundzwanzig, wurde weiß wie ein Gipsverband. Aber Toms Gesicht war auch oft in der Zeitung, es gab wohl kaum jemanden in der Stadt, der seine grau melierten Haare nicht erkannt hätte.

Die sekündlich weißer wurden.

»Ogottogottogott.«

»Der Trick mit der Limo, stimmt's?«, murmelte Tom.

»Die Toiletten sind außer Betrieb! Chief, ich schwöre, ich …«

»Mach deinen Hosenstall zu, und geh sofort wieder rein – aber vorher wäschst du gefälligst noch mein Haus wieder sauber!«

Tom ließ den Neuling stehen und riss fast die Tür aus den Angeln, als er hineinstürmte. Na klar, mitten auf dem Tisch des Speisesaals stand ein riesiger Krug Limonade – der zu drei Vierteln leer war. Daneben ein Glas.

»Verdammt!«, schrie er. »Beweg deinen Arsch auf der Stelle in mein Büro!«

Anderer Tag, gleicher Scheiß.

Am anderen Ende der Stadt in der Metro Emergency Veterinary Clinic stand Anne von ihrem Stuhl auf, als die Tierärztin zu ihr kam. Sie hatte seit einer Stunde vor dem Untersuchungsraum gewartet und wischte sich die schwitzige Handfläche an der Hose ab.

»Wie geht es ihm?«, fragte sie.

Dr. Delgado war um die fünfzig, ungeschminkt, hatte dichtes dunkles Haar und ein Gesicht, bei dem man sich sofort entspannte.

»Nun ja«, antwortete sie, »er ist unterernährt. Er hat Würmer. Flöhe. Zecken. Eine Infektion am Ohr und an der Schulter. Eine Pfote hat einen Riss zwischen den Ballen. Einer der hinteren Zähne ist zerbrochen und muss gezogen werden. Wollen Sie den Hund sehen?«

»Ähm … ja. Klar.«

Die Tierärztin lächelte. »Kommen Sie mit. Übrigens ist er kastriert, also muss er einmal jemandem gehört haben.«

Anne folgte der Frau durch den Flur mit den Untersuchungsräumen. Das gedämpfte Bellen und Miauen hinter den geschlossenen Türen deutete darauf hin, dass in der Praxis viel los war. Sie betraten einen klinischeren Bereich und gingen weiter zu einer Reihe von Käfigen. Der Streuner lag in einem ganz am Ende, in einer Ecke zusammengerollt, als hätte er Angst, wäre seine Hilflosigkeit aber schon gewohnt.

»Na, mein Großer«, sagte Anne leise und hockte sich vor ihn hin. »Wie fühlst du dich?«

Er begrüßte sie zögerlich, indem er mit der Schwanzspitze wedelte.

»Er erkennt Sie«, sagte Dr. Delgado. »Sie können ihn morgen abholen, wenn er die Antibiotika gut verträgt. Ich musste ihm ein paar starke …«

»Abholen?« Anne stand auf. »Ich verstehe nicht.«

Das Gesicht der Tierärztin wurde ernst. »Ich dachte, Sie nehmen ihn bei sich auf.«

»Ich kann nicht … Ich meine, nein. Ich bin kein Hundemensch. Ich bin überhaupt kein Haustiermensch. Aber ich übernehme natürlich alle Kosten«, fuhr sie schnell fort. »Auch für sein Futter und alles andere, bis jemand ihn nimmt.«

»Wir sind eigentlich nicht dafür ausgestattet, ihn hierzubehalten, nachdem er behandelt wurde.«

»Aber Sie müssen doch Kontakt zu Leuten haben, die Hunde wollen.«

»Ich tue, was ich kann. Aber er ist ein Pitbullmischling, und das kann schwierig werden. Wenn wir niemanden finden, muss er ins Tierheim.«

Anne holte tief Luft. »Na gut, dann nimmt jemand ihn eben von dort mit.« Es folgte eine Pause. »Oder? Ich meine, die Leute holen sich doch ständig Hunde. Irgendjemand wird sich um ihn kümmern.«

»Er bekommt eine Woche Zeit. Wenn er Glück hat. Aber wie gesagt, aufgrund der Pitbullmischung bezweifle ich, dass ihn jemand will.« Die Tierärztin trat einen Schritt zurück. »Wir haben Ihre Kreditkarte. Ich informiere Sie wegen der Kosten.«

»Und wie es ihm geht?«

»Wenn Sie das wollen« – die Tierärztin streckte ihr die Hand entgegen –, »melde ich mich.«

Anne schüttelte ihr die Hand und sah dann noch einmal durch das Gitter des Käfigs. Der Hund schaute zu ihr auf, und seine erschöpften hellbraunen Augen ließen erahnen, dass alles, was mit ihm gemacht wurde und was in seinen schwachen Körper gepumpt wurde, für ihn nur eine weitere Szene in dem Albtraum war, der vor langer Zeit begonnen hatte.

»Es tut mir leid«, sagte sie zu ihm. »Ehrlich.«

Er wedelte ein letztes Mal mit dem Schwanz und legte den Kopf auf die Pfote, die nicht verbunden war. Anne drehte sich weg und sah sich zur Ablenkung den Klinikbereich genauer an. Alles war ordentlich und sauber, die Assistenten und Tierärzte bewegten sich energisch, und mit den Edelstahltischen, den Röntgengeräten und gläsernen Medizinschränken wirkte alles ebenso professionell wie eine Klinik für Menschen.

Dann saß sie wieder am Steuer ihres Dienstwagens auf dem Parkplatz. Auf dem Beifahrersitz, wo der Hund gesessen hatte, bemerkte sie Schmutzspuren und ein paar Flecken, die Blut sein mussten. Das würde sie putzen müssen.

Als ihr Handy klingelte, zuckte sie zusammen und wühlte in ihrer Tasche danach. Dann sah sie, wer sie anrief, und fluchte. »Hallo? Mr Marshall?«

»Ich habe Ihnen doch gesagt, Sie sollen mich Don nennen«, sagte ihr neuer Boss. »Ich wollte nur mal hören, wie es läuft. Kommen Sie voran?«

Sie blickte auf die Tierarztpraxis vor sich. »Ja, es läuft gut.« Sie drehte den Schlüssel und startete das Auto. »Ich schätze, ich bin in etwa einer Stunde wieder im Büro. Vielleicht auch in zwei.«

»Das wäre sicher gut. Aber, sagen Sie mal, haben Sie auch vor, etwas Zeit am Ort des Brandes zu verbringen?«

»Wie bitte?«

»Das GPS in dem Fahrzeug, das Ihnen zugeteilt wurde, meldet, dass Sie sich seit einer Stunde und zwanzig Minuten knapp zwölf Kilometer vom Brandort entfernt aufhalten. Ich würde gerne wissen, was Sie machen und wo?«

Anne verzog das Gesicht und legte die Stirn aufs Lenkrad. »Ich, ähm, ich habe einen Streuner gefunden.«

»Einen Straßenjungen?«

»Einen Hund.«

Kurzes Schweigen. »Würden Sie bitte zurück ins Büro kommen? Wir müssen uns unterhalten.«

»Ja, Sir.«

Don Marshall legte auf, und Anne verlor keine Zeit mehr. Sie ließ das Fenster herunter und fuhr zurück zur Brandschutzbehörde. Es herrschte recht wenig Verkehr, und sie brauchte weniger als zehn Minuten.

Während sie ausstieg und das Auto abschloss, legte sie sich eine kurze Rede zurecht, wie ernst sie ihren neuen Job nahm und wie wichtig ihr die Arbeit für …

Don erwartete sie am Haupteingang des großen schwarzen Stahl- und Glasgebäudes, stand in der Sonne und aß etwas. Er war groß und schlank, gebaut wie ein Basketballer, und sie hatte gehört, dass er tatsächlich einer gewesen war. Sein kurz geschnittener Afro war an den Schläfen grau. Angeblich war er nach dem Studium an der Syracuse University, wo er in der Division I College-Basketball gespielt hatte, zur Army gegangen. Danach zu urteilen, wie kurz angebunden er war, konnte Anne ihn sich gut in einer Militäruniform vorstellen.

Und er wirkte auf jeden Fall so abgebrüht wie jemand, der bereits Kampfeinsätze mitgemacht hatte.

»Es tut mir wirklich leid«, begann sie. »Ich werde mich nie wieder ablenken lassen …«

»Folgen Sie mir«, forderte er sie auf und drehte sich weg, ohne auf sie zu warten.

Es war ein Bagel. Er aß einen halben Zwiebelbagel mit etwa fünf Zentimetern Frischkäse darauf.

»Wissen Sie, wie viele Leute Ihren Job haben wollten?«,

fragte er, nachdem sie ihn eingeholt hatte und auf dem Bürgersteig um das quadratische Gebäude herum neben ihm herlief.

»Nein, Sir, das weiß ich nicht.«

»Raten Sie mal.«

Sie dachte an die schlechte Wirtschaftslage. »Zehn? Fünfzehn?«

»Niemand.« Er blieb stehen und sah sie an. »Niemand. Der Posten war schon sechs Monate lang unbesetzt, bevor Sie sich gemeldet haben.«

»Oh.« Sollte sie sich entschuldigen? »Das tut mir leid.«

»Ich glaube, wir beide sollten ehrlich zueinander sein.« Er steckte sich den letzten Bissen in den Mund und wischte ihn dann mit der Serviette ab, die er als Teller benutzt hatte. »Ich werde Sie lieber feuern und wieder mit einem fehlenden Mitarbeiter leben, als jemanden zu dulden, der sich nicht bemüht. Mit Ihnen bin ich ein Risiko eingegangen …«

»Wegen meines Arms«, sagte sie bitter.

»Nein, sondern weil ich weiß, dass Sie eigentlich nicht hier arbeiten wollen.« Er ging mit langen Schritten weiter. »Sie würden lieber wieder in einem Löschfahrzeug zu einem Feuer fahren und Schläuche verlegen. Aber leider haben Sie diese Möglichkeit nicht mehr, und ich habe eine lange Liste von Fällen, die ich mit nur drei Ermittlern bearbeiten muss – von denen einer weggeht, weil seine Frau einen Job in St. Louis angenommen hat. Ach, und habe ich schon erwähnt, dass eine weitere Mitarbeiterin schwanger ist und wahrscheinlich ab nächster Woche Bettruhe verordnet bekommt? Sie wird erst nach dem Mutterschutz zurückkommen. Aber lassen Sie es mich noch mal sagen: Ein leerer Schreibtisch ist mir lieber als jemand, der nicht arbeitet. Mir macht es nichts aus, selbst zu den Brandorten zu fahren. Also entweder knien Sie sich rein und nehmen diese Chance wahr, oder Sie können sich nach den ersten vierundzwanzig Stunden wieder arbeitslos melden.«

Anne schüttelte den Kopf. »Sie kennen mich nicht.«

»Oh doch. Sie sind eine Frau, die ihren Arbeitsort verlässt, noch bevor sie angefangen hat. Und die mich anlügt, wenn ich sie anrufe und frage, wie es läuft.«

»Es tut mir leid. Ich hätte das nicht tun dürfen, und von jetzt an werde ich Sie nicht mehr enttäuschen.«

»Mich? Sie werden *mich* nicht enttäuschen?« Don Marshall blieb wieder stehen. »Da haben Sie etwas falsch verstanden. In dem Feuer, das Sie links liegen gelassen haben, um zum Tierarzt zu fahren, ist jemand gestorben. Es wurde ein Eigentumsdelikt begangen, und dabei ist jemand ums Leben gekommen. Vielleicht ein Obdachloser. Ja, die Wahrscheinlichkeit ist groß. Aber auch er hatte eine Mutter und einen Vater, sonst hätte es ihn nie gegeben. Sie müssen eines begreifen: Bei diesem Job, von dem Sie glauben, er hätte mit Ihrer Berufung, Ihrer Leidenschaft nichts zu tun, geht es um Gerechtigkeit. Solange es sich nicht um eine fehlerhafte Verkabelung handelt – und das ist ausgeschlossen, denn der Strom für diesen Bereich wurde vor zwei Jahren abgeschaltet –, ist jemand da reinspaziert, hat ein Feuer gelegt und das Gebäude abbrennen lassen. Ich kann Sie nicht dazu zwingen, der Polizei bei der Suche nach dem Verbrecher helfen zu *wollen*. Ich kann Ihnen nicht eintrichtern, dass diese Arbeit, die Sie wahrscheinlich für einen langweiligen Bürojob halten, für die Sicherheit der Menschen hier entscheidend ist. Aber ich *werde* Sie aus meiner Abteilung kicken, wenn Sie mir nicht beweisen, dass Sie meinen Ansprüchen genügen. Sie haben Ihre Berufung ausgelebt. Das hier ist meine. Ist das klar?«

Anne schluckte. »Ja, Sir.«

»Jetzt steigen Sie wieder ins Auto, fahren noch mal zum Brandort und versuchen, den Job zu machen, für den die Steuerzahler dieser Stadt Sie bezahlen. Und denken Sie daran, dass Sie noch drei Monate lang in der Probezeit sind und ich Sie ohne Grund oder Vorwarnung feuern kann.«

»Ja, Sir.«

Mr Marshall nickte zum Parkplatz. »Na los. Gehen Sie.«

»Ja, Sir.«

Anne wandte sich ab und ging benommen weg. Sie war schon fast bei ihrem Auto, als Don ihr nachrief: »Was ist mit dem Hund?«

Sie drehte sich wieder um. »Mit dem Hund?«

»Was haben Sie mit ihm gemacht?«

»Ich, ähm, ich habe ihn in eine Tierklinik gebracht.«

»Da hat er's besser als auf der Straße.«

»Ja, bestimmt.«

Sie winkte und ging zum Auto zurück, statt sich noch mal zu entschuldigen oder Versprechen zu wiederholen, die der Mann nicht hören wollte.

Sie sollte keinem Tier nachtrauern, das sie im Stich ließ, obwohl es ihr nie gehört hatte.

Gott, sie hatte das Leben satt.

Aber so was von satt.

ELF

Rufsäulen-Alarm. Zwei Löschfahrzeuge und ein Leiterfahrzeug von der 617 rücken aus, um die 499 zu unterstützen.

Als Tom am Einsatzort ankam, parkte er hinter dem Rettungswagen und stieg aus. Das brennende Haus war ein heruntergekommenes zweistöckiges Gebäude, und das ebenso vernachlässigte Nachbarhaus sah ebenfalls ziemlich angekohlt aus, denn der Wind trieb die Flammen über den winzigen Garten an die trockene Hausverkleidung.

Der Geruch eines Elektrobrandes in der Luft war ungewöhnlich. Aber einer fehlerhaften Verkabelung fielen nicht nur 1920er-Bungalows und Ferienhäuser aus den Fünfzigerjahren zum Opfer.

Das Wasser, mit dem der Brand bekämpft werden sollte, spritzte *aus* den Fenstern im Erdgeschoss *heraus*. Klar, die 499 war ja schon da, und diese dämlichen Cowboys hatten die Schläuche natürlich bis ins Haus verlegt, statt die Flammen von außen zu löschen.

Tom lief zu Captain Baker, dem Einsatzleiter, und hatte nicht vor, diplomatisch vorzugehen. »Was zur *Hölle* soll das werden, Chip?«

Der Mann hielt abwehrend eine Hand hoch. »Komm mir nicht so!«

»Warum sind diese Idioten im Haus?« Aber er kannte die Antwort schon. »Chip, du musst dafür geradestehen. Komm schon. Du führst hier das Kommando.«

»Das Feuer ist fast aus.«

Tom schüttelte den Kopf und machte den Mund auf, doch dann bemerkte er den Pinkel-Neuling, der an ihm vorbeiging.

Er streckte eine Hand aus und packte den Jungen am Ärmel seiner Einsatzkleidung. »Halt. So geht das nicht.«

Der Neue blieb stehen und sah ihn mit großen ängstlichen Augen an. Er hieß Reggie, hatte aber schon den Spitznamen »Wedgie« erhalten.

»Zuerst klappst du diese Seite um, sicherst sie hier … und schnallst sie hier fest. Das hast du doch in der Akademie gelernt.«

Während Tom sich an der Jacke des Jungen zu schaffen machte, nickte dieser und stammelte etwas. Da zersprang plötzlich im ersten Stock eine Scheibe.

Rauch quoll nach draußen – und dann Flammen.

»Verdammte Scheiße«, knurrte Tom, »es ist in den Wänden hochgekrochen.«

Wedgie blinzelte. »Hä?«

»Geh und hilf den anderen dabei, das Haus nebenan nass zu machen.« Er schob den Jungen weg. »Chip, hol deine Leute da raus. Sonst mache ich das.«

»Bringt die Schläuche raus«, rief Baker ins Funkgerät. »Ich wiederhole, alle Schläuche und Einsatzkräfte raus. Sofort. Neue Position: Südwestecke draußen, die Leute von der 617 nebenan.«

Drei Feuerwehrleute kamen durch die offene Eingangstür heraus und zogen Schläuche hinter sich her. Emilio, Duff und Moose, vermutete Tom aufgrund ihrer Statur.

»Wie viele hast du da reingeschickt?«, fragte er. Als er keine Antwort bekam, boxte er Chip in die Rippen. »Ich sagte: wie viele?«

»Vier.«

»Und wer ist der Vierte?«

Seine Frage wurde beantwortet, als der Kerl ein Fenster im ersten Stock einschlug und auf das schindelgedeckte Vordach über der Eingangstür sprang.

Danny Maguire hatte ein junges Mädchen in den Armen und hielt der Kleinen seine Sauerstoffmaske ans Gesicht, obwohl sie sich gegen ihn wehrte. »Sanitäter!«, rief er.

Einige Leute rannten zu ihm und streckten ihm die Arme entgegen. Es gab kein freies Leiterfahrzeug, aber das brauchten sie auch nicht – zumindest nicht für diese Rettung. Maguire kniete sich hin und übergab das Opfer, dabei drückte er dem Mädchen seine Maske weiterhin fest aufs Gesicht.

»Haltet ihr das an!« Er streifte seinen Sauerstofftank ab. »Nehmt das hier mit!«

Das Mädchen schrie, schlug aus irgendeinem Grund um sich und deutete hinter sich ins Haus.

»Wage es ja nicht«, murmelte Tom. »Oh nein, du gehst ganz sicher *nicht* noch mal da rein ohne … Gib her!« Er riss Chip das Funkgerät aus der Hand. »Maguire! Du gehst auf keinen Fall noch mal da rein …«

Dannyboy zögerte keine Sekunde. Er stand auf, drehte sich um … und bückte sich, um seinen großen Körper wieder durch das Fenster zu schieben, das er zerbrochen hatte.

»Willst du mich verarschen, Maguire?«, schrie Tom.

Das Feuer schickte eine graue Rauchwolke durch die kaputte Scheibe, dann lodernde Flammen. Und Maguire war da drin, ohne Atemmaske.

»Leute, haltet euch vom Gebäude fern.« Tom umklammerte das Funkgerät so fest, dass das Plastikgehäuse knackte. »Bleibt weg!«

Die Schläuche wurden wieder eingeschaltet, und Wasser landete in eleganten Bögen auf dem Brand. Kein Mensch wusste, wo im Haus sich Maguire befand und warum er noch mal reingegangen war. Aber wenigstens war das Mädchen auf dem Rasen auf der anderen Straßenseite in Sicherheit gebracht worden. Sanitäter beugten sich über die Kleine, die immer noch hustete und sich wehrte, als würde sie am liebsten selbst wieder reinrennen.

Katze oder Hund, zweifellos.

Scheißhaustiere.

»617, ihr konzentriert euch auf die linke Seite, damit es sich nicht weiter ausbreitet«, kommandierte Tom.

Sofort legten seine Jungs Schläuche zum Nachbarhaus, das sich das Feuer eingefangen hatte wie eine Erkältung von einem niesenden Mitfahrer im Bus. Zunder hätte bessere Chancen, einer offenen Flamme zu widerstehen, als diese Spanplatten aus den Achtzigerjahren. Das Zeug fing so leicht Feuer wie eine Geburtstagskerze.

Wedgie war von der Arbeit mit dem Schlauch überwältigt, das war zu erwarten gewesen. Das erste Feuer öffnete einem die Augen. Der Junge bemühte sich zwar, den Deckel von einem Hydranten ab- und das Ende des Schlauchs anzuschrauben, aber er schaute immer wieder zum ersten Haus.

Als rechnete er damit, dass Maguire brennend herauslaufen würde.

»Maguire, kannst du antworten?«, fragte Tom ins Funkgerät. »Maguire, komm da raus – over.«

Er erwartete keine Reaktion.

»Maguire, wo genau bist du?«, fragte er weiter. »Over.«

Ein Feuerball flog aus dem Fenster, das Maguire eingeschlagen hatte, und Tom dachte nur: *Na, großartig.*

»Wir brauchen Wasser im ersten Stock«, befahl er. »499, Chavez und Duffy sollen sich darum kümmern. Wir verlieren an Boden.«

Neben ihm ging Chip Baker mit den Händen in den Hüften und gesenktem Kopf auf und ab, als verfluchte er innerlich seinen Chef. Zum Glück war Tom es gewohnt, dass Leute, die ihre Leistung nicht brachten, auf ihn sauer wurden, wenn er übernahm. Denn wenn ihm das was ausmachen würde …?

Tja, dann würde er wohl Chip Baker heißen …

Das Erkerfenster im Erdgeschoss krachte, und Glas splitterte nach draußen, als etwas Riesiges hindurchbrach. Aber es war kein Fernseher, kein Polsterhocker oder sogar ein Sofa, das als Fluchtwerkzeug diente. Nein, es waren zuerst Danny Maguires Schulter und danach sein massiger Körper – zu dem auch sein großer, leerer, helmloser Schädel gehörte.

Seltsamerweise befand der sich noch auf seinem Hals. Und war das nicht ein Wunder für jemanden, der schon seinen Luftbehälter, sein Funkgerät und den zur Gefahreneinschätzung notwendigen Teil seines Gehirns losgeworden war?

Letzteres war in Maguires Fall wohl eher ein Geburtsdefekt.

Der Kerl hielt etwas in den Armen und beugte schützend seinen Oberkörper darüber, aber es war unmöglich zu erkennen, was es war.

Maguire landete. Taumelte. Fiel mit dem Gesicht auf den Boden und brach zusammen, weil er garantiert zu viel Rauch eingeatmet hatte.

»Sanitäter!«, kommandierte Tom. »Schickt mir sofort einen Sanitäter, verdammt noch mal!«

Zwei Stunden nachdem Anne zum zweiten Mal bei dem abgebrannten Lagerhaus angekommen war, saß sie wieder am Steuer ihres Dienstwagens. Sie hatte sich Notizen gemacht, ihre vorläufigen Ergebnisse dokumentiert und den Plan für die nächsten Schritte im Kopf.

Aber sie kehrte nicht ins Büro zurück.

Sie fuhr ein paar Straßen weiter nach Norden und hielt vor einem fast kahlen Grundstück, das mit großer Sorgfalt und Gewissenhaftigkeit geräumt worden war. Überall lag noch von Unkraut überwucherter Schrott, hauptsächlich Bauschutt und nicht verwesender Müll, der sicherlich noch eine Generation und länger dort liegen bleiben würde. Oder bis jemand dort etwas anderes baute, aber wann würde das in diesem Stadtteil schon passieren?

Sie stieg aus, ging über die Straße und stellte sich mit den Händen in den Hüften auf den Bürgersteig.

Sie konnte das Feuer ihres letzten Einsatzes immer noch riechen, das Gewicht ihrer Einsatzkleidung und ihres Luftbehälters spüren. Sie sah die Flammen und den Rauch, der zuerst vom Lagerhaus weggeweht war und dann später, nachdem der Wind sich gedreht hatte, hereingekommen war. Ganz deutlich hörte sie noch Emilios Stimme, wie er sie an die Vorschriften erinnerte, und ihre eigene, die ihn aufforderte, sich von ihr zu trennen.

Sie ging weiter und versuchte, sich an den Grundriss zu erinnern, dann blieb sie an der Stelle stehen, wo sie ihrer Einschätzung nach beim Einsturz festgesteckt hatte. Gott, sie sah noch genau den Schreibtisch vor sich, den Balken, den Schutt, das Feuer und den Rauch. Sie erinnerte sich genau, wie sie an ihrer eingeklemmten Hand gezogen hatte, wie sie sich gegen alles gestemmt hatte, was sie festhielt.

Und dann war Danny Maguire mit der Kettensäge in der Hand durch die Wand aus orangefarbenen Flammen hereingestürmt.

Kein Wunder, dass sie in dem Job immer so gut zusammengearbeitet hatten. Es war verboten, einen Brandbeschleuniger in die Nähe eines Feuers zu bringen, also war alles, was mit

Benzin betrieben wurde, natürlich tabu. Aber er hatte gewusst, dass sie feststeckte und ihnen die Zeit davonlief. Da das Gebäude ein Holzgerüst hatte, war ihm klar gewesen, dass eine Kettensäge viel effizienter sein würde als eine Axt.

Anne hätte genau das Gleiche auch für ihn getan.

Sie senkte den Blick und schaute auf die Prothese, die an die Mitte ihres Unterarms anschloss. Es war ihr Alltagsmodell, eine gewöhnliche Hand in ihrer Hautfarbe, die Leuten wie der Tierärztin Dr. Delgado gar nicht immer auffiel.

Ohne einen bestimmten Grund hob Anne die Hand und fuhr mit ihren echten Fingerspitzen über die starren Finger, die unbewegliche Handfläche, die steifen Fingerknöchel. Sie spürte nichts – und zwar nicht nur an der Oberfläche, denn dort gab es schließlich keine Nervenenden, um eine Berührung wahrzunehmen. Sie hatte aber auch keine Gefühle für das Ding. Es war nun mal, was es war – es gehörte nun zwangsläufig ebenso zu ihr wie alles, womit sie geboren worden war.

Was würde es bringen, sich ständig deswegen Gedanken zu machen?

Dann musste sie an Danny denken, und sie fragte sich, wann sie nicht mehr das Bedürfnis haben würde zu erfahren, wie es ihm ging. Nun, da sie keine Kollegen mehr waren, waren sie Fremde. Was hatten sie schließlich noch gemeinsam, wenn es die Arbeit bei der Feuerwehr nicht mehr gab? Es war nur logisch, dass sie beide ihr Leben getrennt weiterführten, und sicher auch gesund angesichts des Traumas. Nach einem Autounfall mit Totalschaden stellte man sich ja auch nicht das ausgebrannte Wrack in den Vorgarten, damit man es jeden Tag sehen konnte.

Außerdem ... wenn die Frau in der betrunkenen Sprachnachricht irgendwas bedeutete, dann war ziemlich klar, welche Art der Selbstmedikation er anwandte.

Immer wenn ihre Schuldgefühle sie zu sehr plagten, musste sie sich daran erinnern, dass es Danny gut ging und ihr auch. Nach dem Lagerhausbrand waren mittlerweile so viele Stunden, Tage, Wochen und Monate vergangen, dass sie beide jetzt völlig verschiedene Leben führten, und der grausame Moment, in dem Anne dachte, für die Ewigkeit in diesem Feuer festzustecken, war vorbei.

Sie musste einfach weitermachen.

Während sie auf das geräumte Grundstück blickte, hatte sie das Gefühl, dass die Ereignisse während des Brandes aus der Chronik ihrer beiden Leben gelöscht worden waren, ebenso wie man die Überreste des Lagerhauses weggeschafft hatte.

Und damit war auch die Verbindung verschwunden, die einmal zwischen ihnen bestanden hatte.

In Annes Auto begann ihr Handy zu klingeln. Einen Augenblick später drehte sie sich um und kehrte zu ihrem Wagen zurück, um den Anruf anzunehmen.

ZWÖLF

»Hast du 'ne Kippe?«

Als Danny diese völlig normale Frage stellte, sah Emilio ihn an, als hätte er Kokain verlangt.

»Ist das ein Nein?«, knurrte Danny.

»Du sitzt in einem Krankenwagen …«

»Dann zünd ich sie mir eben dort drüben an.«

»… und ich behandele dich wegen einer Rauchvergiftung.«

Daraufhin versuchte Emilio, ihm die Sauerstoffmaske wieder aufzusetzen, aber Danny wehrte sich. Er schob Emilio weg, stützte die schmutzigen Hände auf die Knie und beugte sich vor, um seinen Lungen mehr Raum zu geben. Das pfeifende Geräusch konnte er nicht verbergen, und um das Gespräch zu beenden, starrte er auf die beiden rauchenden Häuser. Sie sahen aus, als wäre dazwischen eine Bombe explodiert, der Küchenbereich des rechten und das Wohnzimmer des linken waren geschwärzt, ruiniert und trieften vom Löschwasser.

Als der Löschwagen der 499 wegfuhr, fluchte er. Er wollte mitfahren.

Emilio versuchte es noch einmal mit der Maske. »Komm schon, Danny. Du kriegst ja kaum Luft …«

»Das stimmt doch gar nicht …«

Der darauf folgende Hustenanfall strafte ihn Lügen, aber er hatte die Nase voll. Er stand auf, streifte sich die Träger seiner Einsatzhose wieder über die Schultern und bückte sich nach seiner feuerfesten Jacke.

»Ist es okay, wenn ich mit der Leiter mitfahre?« Er klopfte Emilio auf die Schulter. »Super, danke. Ich bin dann hinten …«

»Du fährst nicht auf die Wache.«

»Doch, auf jeden Fall. Das Feuer ist aus – und ich …«

»Du fährst zur Notaufnahme.«

»Amy, du musst dringend dein Helfersyndrom unter Kontrolle bekommen. Das steht dir nicht.«

»Wenn du keinen Ärger machst, muss ich dir auch nicht helfen.« Chavez zeigte zur Seite. »Außerdem darfst du dich jetzt mit dem da unterhalten. Viel Spaß.«

Danny schloss die Augen und wappnete sich.

Feuerwehrchef Thomas Ashburn war wütend wie ein Stier in der Arena. Seine Augen, die Annes viel zu ähnlich waren, glühten, und ihm standen die vorzeitig ergrauten Haare zu Berge, als hätte er sie sich ordentlich gerauft. Sein Blick war auf Danny fixiert.

»Fang gar nicht erst an«, sagte der Chief bissig, als er mit der Sanftheit einer Granate in einer Feuerwerksfabrik vor Danny aufschlug. »Du lässt dich in der Notaufnahme untersuchen, und zwar jetzt, nicht später.«

Gott, er brauchte driiingeeeend eine Kippe. »Du kannst mich zu gar nichts zwingen.«

Tom ignorierte ihn. »Chavez, leg den Patienten auf eine Trage und fahr mit ihm zur Notaufnahme in der Uniklinik.«

Amy fluchte, doch Danny schüttelte den Kopf. »Ich gehe nicht …«

»Oh doch …«

»Mir geht's gut …«

Der Chief holte unter seinem Arm eine versengte Mappe hervor. »Nein, du hast dienstfrei und bist auf Bewährung, bis ein psychiatrisches Gutachten vorliegt.«

Okay, jetzt wurde er hellhörig. »Wovon redest du da?«

Tom wedelte mit der gelben Mappe vor Dannys Gesicht herum. »Du bist noch mal ins Haus gegangen, um das hier zu holen. Du hast für ein paar Blätter Papier dein Leben riskiert …«

»Das sind ihre Mathehausaufgaben. Ich musste sie holen …«

»Du hast für nichts und wieder nichts dein Leben aufs Spiel gesetzt, verdammt noch mal, nachdem du ihr dein Sauerstoffgerät gegeben hast …«

»Sie hat Asthma! Sie konnte nicht atmen!«

»… und ich habe es satt, dir die Regeln erklären zu müssen, nur damit du sie dann ignorierst, weil du lebensmüde bist.«

Danny senkte die Stimme und beugte sich vor. »Mein Mitbewohner Jack war in den letzten drei Monaten schon zweimal hier im Einsatz, und du weißt ganz genau, dass er zum SWAT-Team gehört und kein Streifenpolizist ist. Das Mädchen hat gar nichts außer ihren Hausaufgaben, kapierst du das? Ihr Vater sitzt im Knast, und ihre Mutter mogelt sich am System vorbei. Also, ja, ich bin reingegangen, um das hier zu holen – und ich würde es wieder tun.«

»Du findest immer einen Grund.«

»Das Mädchen hat rein gar nichts mehr!«

»Und du hast bald keinen Job mehr, wenn du nicht grünes Licht von einem Gutachter bekommst.«

Danny kniff die Augen zusammen. »Hey, warum kannst du die Sache nicht einfach wie ein Mann regeln?«

Einen Moment lang schwiegen beide. Dann trat Tom einen Schritt vor und sah Danny in die Augen. »Wie bitte?«

Danny blickte zu Chavez, aber der war nicht blöd. Er schüttelte den Kopf und wich so schnell zurück, dass er fast über seine eigenen Füße stolperte.

»Du bist immer noch sauer wegen der Sache mit Anne«, sagte Danny so leise, dass niemand sonst es mitbekam. »Warum sagst du mir das nicht einfach ins Gesicht, statt mir hintenrum eins auszuwischen?«

Der Chief sah zu Boden, und sein Kiefer arbeitete sichtbar. Als er wieder aufschaute, war sein Blick kalt. »Ich dulde keinen Feuerwehrmann in meiner Mannschaft, der sich selbst und andere in Gefahr bringt. Wenn du dir kein psychiatrisches Gutachten besorgst, kannst du verschwinden. Das sind deine beiden Optionen – und nach dieser Bemerkung über meine Schwester ist es mir völlig gleichgültig, wie du dich entscheidest. Chavez, verfrachte diesen Scheißpatienten in den Wagen!«

Danny blinzelte und sah plötzlich rot. Ihn überkam eine unbändige Wut.

Das Nächste, was er wahrnahm, war Moose' bärtiges Gesicht. Sein alter Mitbewohner stand ganz nah vor ihm und sagte etwas, jedenfalls bewegte sich sein Mund.

Danny verstand kein Wort. Alles war gedämpft, als wäre er unter Wasser.

»… jetzt gehen. Ich fahre mit dir mit.«

Jemand zerrte an seinem Arm, und er schaute hinunter auf Moose' Hand, die seinen Bizeps gepackt hatte, um ihn in den Krankenwagen zu ziehen.

»Spiel mit«, sagte Moose ruhig. »Du hast zu viel zu verlieren, wenn du es nicht tust. So soll es nicht enden.«

Chavez stellte sich neben ihn. »Komm schon, Dannyboy. In der Notaufnahme geht es sicher schnell, und danach treffen wir uns im Timeout. Okay?«

»Mach mit«, drängte Moose. »Ich wollte dir zwar schon den ganzen Tag in die Eier treten, aber du musst den Chief jetzt in Ruhe lassen. Du kannst der Stimme in deinem Kopf nicht vertrauen, Danny. Das weiß ich aus eigener Erfahrung. Die Stimme, die gerade zu dir spricht, lenkt dich immer in die falsche Richtung.«

Um siebzehn Uhr verließ Anne ihr Büro und nahm die Treppe aus dem zweiten Stock hinunter ins Erdgeschoss. In der Lobby stellte sie sich in die Schlange vor der Glastür. Ihre Kollegen aus dem öffentlichen Dienst strömten alle hinaus in den sonnigen Spätnachmittag und zu ihren Autos auf dem Parkplatzlabyrinth. Auf dem Heimweg hielt sie bei Papa Joe's Pizza, einem inhabergeführten Lokal, bei dem sie Stammkundin war, seit sie in die Gegend gezogen war.

Mit ihrer Salami-Zwiebel-Pizza auf dem Beifahrersitz fuhr sie weiter bis zur Mapleton Avenue und bog dann links ab. Ihr gut achtzig Quadratmeter großes Haus im Neuenglandstil stand in der Mitte der Straße. Die Garage war ein separates Gebäude daneben, und Anne parkte vor dem geschlossenen Tor.

Pizza in die gesunde Hand. Tasche auf die linke Schulter. An ihrer Haustür angekommen, tippte sie mit dem Zeigefinger ihrer Prothese einen Zahlencode in das neue Schließsystem, das sie einen Monat nach dem Feuer hatte installieren lassen.

Wenn man nur eine funktionsfähige Hand hatte, waren Schlüssel ein Problem.

Drinnen roch es nach Zuhause, einer Mischung aus Waschmittel, Zitrone und dem typischen Mapleton-Avenue-1404-Geruch.

Sie ließ die Tür ins Schloss fallen und war auf der Stelle erschöpft.

Der Weg durch den Wohnbereich in die Küche war ganze zwölf Schritte lang. Sie aß die Pizza im Stehen neben der

Spüle, weil sie sich immer als Erstes die Hand wusch, und zudem kam es ihr übertrieben vor, den Crate-&-Barrel-Tisch für nur eine Person zu decken. Sie schaffte die Hälfte der mittelgroßen Pizza und verpackte den Rest, um sie am nächsten Abend im Ofen aufzuwärmen – niemals in der Mikrowelle, denn davon wurde der Rand schwammig weich, solange er heiß war, und steinhart, sobald er abkühlte.

Dann blieb Anne einfach dort stehen.

Gott, war es still bei ihr.

Zum Glück war es kein Freitag- oder Samstagabend. An einem gewöhnlichen Dienstag war es keine große Sache, wenn man allein zu Hause war und keine anderen Optionen hatte als eine CrossFit-Stunde, Wiederholungen von *Big Bang Theory* oder ein tadellos geputztes Haus zu putzen. Aber an den Wochenenden war es schlimm. All ihre Freunde waren Feuerwehrleute gewesen, doch das war nun vorbei. Es lag gar nicht daran, weil sie sie nicht mehr mochten, im Gegenteil. Obwohl sie die einzige Frau in dem Männerverein gewesen war, hatten sie sie immer wie ihresgleichen behandelt.

Aber nachdem sich für Anne alles verändert hatte, war sie zu einer Erinnerung an die Risiken geworden, mit denen die anderen täglich leben mussten, ein Stimmungskiller, ohne dass sie etwas dafür konnte. Außerdem erzählten die Jungs im Timeout Insiderwitze und üble Geschichten und sprachen über Dinge, die ihnen bei der Arbeit passiert waren.

Bei Letzterem konnte sie nicht mitreden, und was die üblen Geschichten anging? Sie steckte selbst in einer, bei der die witzige Pointe am Ende fehlte.

Anne blickte auf ihre Prothese. Als sie nach ihrer verbleibenden Hand modelliert worden war, hatte der Typ sie gefragt, ob die Nägel in einer bestimmten Farbe lackiert werden sollten. Sie hatte gedacht, dass er das ernst meinte, aber es war ein

Scherz – und kein böswilliger. Er war ein Kriegsveteran, dem beide Beine fehlten, und bewegte sich ganz natürlich auf seinen künstlichen Gliedmaßen.

Sie schaffen das, hatte er zu ihr gesagt. *Glauben Sie mir.*

»Ich schaffe das«, sagte sie zu ihrem leeren Haus.

Die fehlende Antwort erschien ihr wie ein Kommentar zu ihrem Leben, und dabei musste sie an die neuste grandiose Idee ihrer Mutter denken. Sie bot ihr ständig an, vorbeizukommen und Annes Haus noch »das gewisse Etwas« zu verleihen. Sie wollte unbedingt »alles ein wenig aufpeppen« und »gemütlicher machen«.

Daher wollte sie einen Ficus vorbeibringen – und zwar keinen aus Plastik.

Anne hatte per E-Mail abgelehnt, weil das effizienter war als ein Telefongespräch, bei dem sie nach einer einminütigen Begrüßung neunzehn Minuten lang im Grunde immer wieder nur einen Satz zu ihrer Mutter sagte: »Ich muss jetzt aufhören.« Und das mit der Einrichtung? Das hatte ihre Mutter nie kapiert. Diese vier Wände mit Dach waren sozusagen der Kühlschrank von jemandem, der ständig auswärts aß. Als Anne noch auf der Feuerwache gearbeitet hatte, war sie nur hergekommen, um sich auszuschlafen und so weit zu erholen, dass sie die nächste Schicht antreten konnte.

Ihr Zuhause war da gewesen, wo ihr Job war.

Außerdem hatte sie dank ihrer Mom in den Neunzigern in so viel Laura-Ashley-Deko gewohnt, dass es für zwölf Leben reichte.

Als ihr Knöchel zu schmerzen begann, schaute sie auf die digitale Uhr an der Mikrowelle. Anne stand seit einer guten halben Stunde auf demselben Fleck.

Sie gab sich einen Ruck und ging zu der verglasten Veranda, von wo aus man ihren kleinen eingezäunten Garten sah.

Um sich an ihr neues Leben zu gewöhnen, hatte sie sich dort ein Büro eingerichtet, weil sie fand, dass eine Ermittlerin ein Homeoffice brauchte. Dafür hatte sie sich einen Laptop und einen Drucker sowie einen einfachen Schreibtisch und einen billigen schwarzen Bürostuhl gekauft.

Sie setzte sich hin und klappte den Laptop auf, schaltete ihn aber nicht ein.

Sie hatte auch Stifte, Büroklammern und ein paar Mappen besorgt. Drei Notizblöcke und Druckerpapier.

Sie betrachtete alles und gestand sich ein, dass sie vierhundert Dollar verschwendet hatte für eine Büroeinrichtung, die im Grunde nur Dekoration war …

Anne runzelte die Stirn und musterte den Laptop erneut. Dann lehnte sie sich zurück und sah sich den Schreibtisch genauer an. Den Drucker.

Wieder den Laptop.

Büromaterial. Ganz gewöhnliches … Büromaterial. Wie das in dem Lagerhaus, in dem sie ihren Arm verloren hatte. Und in dem Feuer, das sie jetzt gerade untersuchte.

Mit einem Ausbruch neuer Energie sprang sie auf, lief in die Küche und schnappte sich ihre Tasche.

Sie hatte es so eilig, das Haus zu verlassen, dass sie vergaß abzuschließen.

DREIZEHN

Timeout Sports Bar & Grill war 1981 eröffnet worden und somit bereits ein ehrwürdiges Etablissement. Damals, als »Bette Davis Eyes«, »Super Trouper« und »In the Air Tonight« im Radio rauf- und runterliefen, war die Bar absolut angesagt gewesen mit ihrer Videospielecke, den Billardtischen im hinteren Bereich und den noch nicht verblassten Fotos von Larry Bird, Bobby Orr und dem »Miracle on Ice«-Eishockeyteam.

Mehr als fünfunddreißig Jahre später hingen die Originalposter immer noch da, aber neben den alten Sportstars grinsten Nomar und Dustin, Tom Brady und Cam Neely von der Wand herunter, und statt der Videospielecke gab es nun einen Bereich mit Sitznischen und mehr Flachbildfernseher als in einem Elektromarkt. Aber die Billardtische waren immer noch da, und Carls Frau Terri, die den Laden nach seinem Tod weiterführte, erlaubte, dass man hinten eine rauchte, solange man ein Fenster aufmachte und in eine Bierflasche statt auf ihren Fußboden aschte.

Wie bei den Helden in den Bilderrahmen war auch bei den Gästen eine neue Generation in die Fußstapfen ihrer Vorgänger getreten. Die Feuerwehrleute, Cops und Detectives, die jetzt an den Tischen saßen, Billard spielten oder an der Bar standen, waren die Söhne und Neffen, Töchter und Nichten derjenigen, die in den Achtziger-, Neunziger- und Nullerjahren da gewesen waren.

»Hier hast du noch eins.«

Danny schaute zu der Kellnerin auf, die ein neues Budweiser vor ihn hinstellte. Josefina arbeitete seit einem Jahr hier, und mit ihren langen schwarzen Haaren und den dunkelbraunen Augen war sie definitiv kein schlechter Anblick.

»Du kennst mich zu gut«, sagte er.

»*Sí*, Dannyboy, ich kenne dich.«

Die Frau zwinkerte ihm zu und ging an einen anderen Tisch, während Moose fluchte. »Muss das sein?«

Danny trank einen Schluck und lehnte sich auf dem harten Stuhl zurück. »Was denn?«

»Warum musst du mit jeder Frau hier was haben?«

»Ich habe nichts mit ihr.«

»Noch nicht.«

»Nee.« Er musterte die Dunkelhaarige, während sie die Bestellung eines Detectives aufnahm. »Chavez würde mich umbringen.«

»Ach ja?« Moose beugte sich vor. Unter seinem massigen Körper wirkte der Sechsertisch wie ein Post-it-Zettel. »Amy ist scharf auf sie?«

»Keine Ahnung. Ist mir auch egal.«

»Komm schon, Mann. Erzähl's mir.«

»Ich weiß von nichts.« Danny nickte deutlich zu den Billardtischen. »Wir sind die nächsten bei Nummer drei.«

»Ja, nach den Vollidioten. Haben die das Polo-Outlet leer gekauft, bevor sie hergekommen sind?«

Danny betrachtete deren Schuhe. Die Uhren. Die Haarschnitte. »Moose, Alter, diese Jungs shoppen nicht in Outlets.«

Die vier gleich ausstaffierten, etwa einundzwanzig- bis fünfundzwanzigjährigen Elite-Studenten waren vor zwanzig Minuten im Timeout aufgekreuzt, und er vermutete, dass sie mit dem Segelboot an einem privaten Liegeplatz des New Brunswicker Jachtklubs angelegt und sich hier unter das gemeine Volk gemischt hatten, nachdem sie mit Mami und Papi Hummer Thermidor und zum Nachtisch Baked Alaska verspeist hatten. Garantiert erhofften sie sich heißen wilden Sex mit einem einfachen Mädchen von hier, bevor sie in ihre Villen am Strand und zu ihren spießigen patriotischen Verlobten zurückkehrten.

Er kannte solche Typen. Sie würden immer wieder hier auftauchen, denn sie waren das gesellschaftliche Pendant einer Grippe: von Zeit zu Zeit eine Plage, aber nicht tödlich, und wenn man sich fernhielt, lief man weniger Gefahr, davon belästigt zu werden.

Deshalb würde er ihnen am Billardtisch jede Menge Zeit lassen – solange sie von selbst weiterzogen.

»Du machst mich wahnsinnig.«

Er konzentrierte sich wieder auf Moose. »Normalerweise habe ich Spaß daran, die Leute zu nerven, aber bei dir habe ich heute großen Erfolg, ohne es zu wollen.«

»Wenn du was über Amy weißt, warum sagst du 's mir nicht?«

»Rede doch direkt mit Chavez.«

»Er spricht nie über sein Privatleben.«

»Dann hast du wohl Pech gehabt.«

»Arschlo...«

Ein Pfeifen unterbrach ihren Streit, und Moose und er schauten zum Billardtisch.

»Mehr Bier«, rief einer der Verbindungsbrüder über den Lärm hinweg. »Und zwar schnell, *Chiquita.*«

Danny runzelte die Stirn und musterte das Großmaul. Der Typ sah aus wie ein Jurastudent. Oder Mediziner – jedenfalls mehr Stirn als Kieferpartie. Die goldene Uhr und die Bermudas waren weitere Hinweise darauf, dass er sicherlich ein paar römische Zahlen hinter seinem Nachnamen hatte.

Danny drehte seinen Körper leicht in Richtung des Billardspiels, trank noch einen Schluck Bier und nahm sich vor, sich nicht einzumischen.

Zwei Minuten später ging Josefina zu dem Quartett hinüber, natürlich mit – wie konnte es auch anders sein? – irgendeinem albernen Craftbier auf ihrem runden Tablett. Und natürlich starrten die James Spaders aus *Pretty in Pink* sie auf eine Weise an, die Chavez sicher nicht gefallen würde.

»Hat man dir im Krankenhaus irgendwas Gutes gegeben?«, fragte eine männliche Stimme.

Als Duff sich setzte, nickte Danny zur Begrüßung und bemerkte dann, dass die Frage an ihn gerichtet war. »Nein. Nur eine Rechnung, die ich mir von der Verwaltung erstatten lassen muss.«

»Muss deine Atemfunktion noch nachbehandelt werden?«

»Nein.«

»Wo ist Chavez?«

»Kommt noch«, antwortete Moose. »Es ist noch früh.«

Danny schaute wieder zum Billardtisch – und sah, wie Josefina sich bückte und etwas vom Fußboden aufhob. Dann ging sie mit finsterem Blick zurück an die Bar.

»Na super, da kommt Rizzo«, murmelte Moose.

Rizzo kam mit ein paar anderen von der 617 herein, und wie immer gingen sie in die andere Richtung, nach vorn zu den Nischen bei den Fenstern.

»Willst du noch eins, Dannyboy?«

Danny sah zu Josefina hoch. »Ich wusste gar nicht, dass ich schon fertig bin. Aber, klar, gerne.«

Die Frau lächelte. »Wann soll heute Abend denn Schluss sein?«

»Erst wenn ich umkippe.«

»Du machst mich traurig, Danny.« Sie legte ihm eine Hand auf die Schulter. »Aber deine Freunde sind ja da. Die passen immer auf dich auf ...«

»Hey! *Chiquita!* Wo bleiben unsere Shots?«

Danny schob seinen Stuhl langsam ein wenig weiter vom Tisch weg, doch Josefina schüttelte den Kopf. »Schon okay, Danny.« Lauter antwortete sie: »Schon unterwegs. Ich bringe sie euch sofort ...«

»Wird auch Zeit, sonst rufe ich die Grenzpolizei ...«

Danny war augenblicklich auf den Beinen. »Was hast du da gesagt?«

Wie auf Kommando unterbrachen die übrigen fünfzig Gäste in der Bar ihre Gespräche, nur die Musik lief im Hintergrund weiter. Doch der Segler mit der großen Klappe schien das nicht mitzukriegen. Er grinste, sodass seine perfekten perlweißen Zähne blitzten.

»Ich habe ihr gesagt«, wiederholte er deutlich, »dass sie mir die Shots bringen soll, sonst lasse ich sie abschieben.«

Ein kräftiger Arm legte sich um Dannys Brust, und Moose flüsterte ihm ins Ohr: »Setz dich wieder hin. Wir warten, bis sie gehen, und fangen sie dann in der Seitengasse ab. So gibt es keine Zeugen.«

»Schon okay, Danny«, sagte Josefina. »Mir macht das nichts aus ...«

»Entschuldige dich bei ihr.« Danny zeigte zum Ausgang. »Und dann verschwindet von hier.«

»Bist du hier der Besitzer?« Der reiche Schnösel sah zu seinen Kumpels. »Dein Vater muss *so* stolz auf dich sein. Aber er war wahrscheinlich Gärtner. Oder Müllmann. Ach, warte mal – war er Maurer? Vielleicht kann er dann diese Mauer bauen, die wir als Grenze für unser Land brauchen?«

Als der Typ zu Josefina nickte, stürzte Danny mit so viel Kraft nach vorn, dass selbst Moose ihn nicht halten konnte.

In der nächsten Sekunde warf er den Jungen auf den Billardtisch und legte ihm die Hände um den Hals, um den Hinterkopf des Arschlochs wieder und wieder und wieder auf die harte Filzplatte zu schlagen.

»Du bringst ihn um!«, schrie jemand.

»Hör auf!«

Und dann hörte er Moose in vernünftigem Ton sagen: »Gott, Danny, ich hab dir doch gesagt: Warte, bis wir sie in der Seitengasse erwischen. Das gibt weniger Ärger.«

Vic Rizzo hatte noch nicht mal sein Bier bestellt, bevor der Streit losging, und als er hinübersah, überraschte es ihn nicht, dass Dannyboy Maguire den Sohn eines Jachtklubmitglieds plattmachte. Und ja, Danny brachte dem Lackaffen eigenhändig eine Gehirnerschütterung bei.

Moose, der fette Faulpelz, stand derweil untätig daneben. Genau wie der Schönling Duff. Oh Mann, diese beiden Genies würden einfach zulassen, dass ihr Kumpel vor den Augen mehrerer Cops einen Typen umbrachte …

»Hey, Italiener.«

Er sah sich um. Wenn man vom Teufel sprach … »Wie geht's, Grieche?«

Officer Peter Andropolis zeigte mit dem Daumen über seine Schulter. »Willst du dir das noch lange anschauen?«

»Was habe ich damit zu tun?«

»Der Junge gehört zu dir.«

»Zu mir gehören diese Jungs hier.« Er nickte zu den dreien von der 617, mit denen er reingekommen war. »Du weißt doch, dass das da drüben die 499 ist.«

»Scheißegal, Rizzo. Wir müssen ihn festnehmen, wenn er

nicht aufhört. Sieh es als kollegiale Gefälligkeit, dass wir dir erlauben, dich darum zu kümmern – aber dann jetzt. Sonst nehmen wir ihn mit. Anders geht's nicht.«

Officer Mikey Lange kam herüber. »Na? Wie sieht's aus, Feuerteufel? Das ist übrigens mein Lieblingsbillardtisch. Er wird noch den Filz ruinieren mit dem Hinterkopf von diesem Arschloch, wenn das nicht schon längst passiert ist.«

Alle Augen richteten sich auf Rizzo, und er fragte sich, warum immer *er* gerufen wurde, wenn jemand einen Babysitter brauchte. Denn er hasste Kinder – vor allem solche, die Führerscheine und zugleich Probleme mit ihrer Impulskontrolle und mit Alkohol hatten.

»Verdammte Scheiße.«

Rizzo rutschte aus der Nische und schob sich zwischen den anderen Stammgästen der Bar durch, die alle gespannt die Prügelei verfolgten. Da Geld getauscht wurde, schlossen sie eindeutig Wetten ab, aber wohl nicht darauf, ob der Matrose ein Comeback schaffen würde. Nee, die Frage war eher, ob die Anklage Totschlag oder nur tätlicher Angriff mit schwerer Körperverletzung lauten würde.

Als er an Moose vorbeikam, funkelte er den Hünen wütend an, der sich vor einem Trio von Hosenscheißern in Polo-Kluft aufgebaut hatte – um die Gaffer in Schach zu halten, die sowieso nie eingreifen würden. »*Du* solltest dich um das hier kümmern.«

»Tue ich doch.«

Ja, klar, indem du diese Schlappschwänze davon abhältst, ihrem *Walking-Dead*-reifen Kumpel zu helfen. Meisterleistung.

Rizzo verlor keine Zeit damit, Danny strafrechtliche und rationale Argumente zu präsentieren, warum er seinen Würgegriff lösen sollte. Er schlang ihm einfach die Arme um die

Brust, ballte die linke Hand zur Faust und hielt sie mit der rechten fest.

Das Heimlich-Manöver setzte man vorwiegend bei drohender Erstickung durch Verschlucken ein, aber es war auch in anderen Situationen praktisch.

Rizzo spannte die Armmuskeln an und drückte seine Faust in Dannyboys Brustkorb, sodass Danny keine Luft mehr bekam und sein Herz kurz aussetzte. Die Überraschung zwang ihn, die Kehle des Jungen loszulassen, und Rizzo setzte seinen Rettungsplan fort, indem er Danny ruckartig nach hinten riss, was seiner kaputten Schulter gar nicht gefiel.

Danny flog von dem Segeltypen und dem Tisch weg wie der Korken aus einer Sektflasche, und zwar mit solcher Wucht, dass sie beide eine Pirouette drehten. Ihr jeweiliger Alkoholpegel sorgte dafür, dass Rizzo sich auffangen konnte. Danny weniger. Der Hitzkopf von der 499 landete auf seinem Arsch.

Aber natürlich blieb er nicht dort – Alkis liefen volltrunken schließlich zu Hochform auf. Er sprang hoch wie aus einem Toaster und wollte sich sofort wieder auf sein Opfer stürzen.

Rizzo versperrte ihm den Weg. »Nein.«

»Lass mich …«

»Du musst nach Hause, Maguire.«

»Du kannst mich mal, Rizzo.«

Uuuuund damit begann die nächste Prügelei.

VIERZEHN

Es war schon nach zweiundzwanzig Uhr, als Annes Handy klingelte. Das altmodische Läuten zwang sie, vom Laptop aufzuschauen, aber die Sache, mit der sie sich gerade beschäftigt hatte, blieb nicht nur auf ihrem Bildschirm, sondern auch in ihrem Kopf, als sie den Anruf annahm.

»Hallo?«

»Anne?«

Sie runzelte die Stirn. »Ja? Moose, bist du das?«

»Ja, ich bin's. Lange nichts gehört, was?«

»Kann man wohl sagen.« Sie räusperte sich. »Ähm, wie geht's dir? Und wie geht's Deandra?«

»Ach, ihr geht's super, uns geht's super, mir geht's super. Wir sind jetzt in unser Haus gezogen, weißt du? Ich habe einen neuen Charger und schraube schon am Motor herum. Du weißt schon, damit er noch ein paar Pferdchen mehr unter die Haube kriegt. Ich habe mich wohl nicht verändert, was?«

»Sieht nicht so aus.« Sie ließ den Blick über ihre Veranda schweifen und überlegte, wie sie das Gespräch beenden konnte, ohne unhöflich zu sein. »Also, ähm ... Was gibt's sonst noch Neues?«

»Also, ja, also Deandra geht's echt super. Sie hat einen neuen Job im Avento Salon. Das ist dieser schicke Laden in der Innenstadt. Wusstest du, dass Reese Witherspoon letzte Woche dort war, um sich Strähnchen machen zu lassen? Die hat ordentlich Trinkgeld gegeben. Ich glaube, sie dreht hier irgendwo einen Film. Deandra ist am Empfang, aber sie wird auch bald Stylistin. Wusstest du schon, dass sie ihren Abschluss an der Kosmetikschule gemacht hat?«

Anne blickte wieder auf den Laptopbildschirm. Sie hatte sich einen Plan des alten Teils von Downtown angesehen, weit weg von der New Brunswicker Innenstadt, wo Moose' Frau arbeitete. In der Innenstadt war es sauber wie in Disneyland, und es gab schicke Läden und Restaurants, die fast Beverly-Hills-Format besaßen. Anne war heute im alten Teil gewesen, in der Harbor Street, dort, wo die verlassenen Gebäude standen … wo Leute aus kriminellen Gründen Feuer legten. Zum Beispiel, wenn sie … ach, sagen wir mal … Büromaterial loswerden wollten, das vielleicht niemand sehen oder finden sollte.

»Das klingt super. Ähm, Moose …« Sie klickte auf »Drucken«, und ihr drahtloser Brother fing in der Ecke ihres Schreibtischs an zu brummen. »Eigentlich arbeite ich gerade. Wolltest du was Bestimmtes?«

»Ach, schon okay. Du bist Brandermittlerin. Wie läuft's?«

»Ich hatte heute meinen ersten Arbeitstag.« *Und er war durchwachsen, danke, Moose.* »Was kann ich für dich tun?«

»Hey, ist Don Marshall dein Boss?«

»Ja.«

»Wusstest du, dass er für die Syracuse University College-Basketball gespielt …«

»Warum hast du angerufen, Moose?« Als es still wurde in der Leitung, schlug ihr Herz ein wenig schneller. »Moose?«

»Ja.« Sein langes langsames Ausatmen beruhigte sie keineswegs. »Hör zu … es geht um Danny.«

Ihr Herz pochte wild. »Ist er tot?«

»Ach, nein. Das ist es nicht.« Eine weitere Pause. »Ich meine, noch nicht. Zumindest, soweit ich weiß, und ich habe mich vor etwa einer Viertelstunde von ihm verabschiedet. Aber, na ja, er … ihm geht's nicht so gut. Er braucht jemanden, der wirklich mit ihm reden kann. Jemand muss ihm klarmachen, was er sich selbst antut.«

Sie wollte fragen, was genau das war, aber sie wusste es. Oder ahnte es zumindest.

»Hallo? Anne?«

Sie konzentrierte sich auf ihre Prothese und dachte daran, wie Don Marshall ihr so eindrucksvoll die Leviten gelesen hatte.

Danny machte alles komplizierter. Viel komplizierter. Sie hatte jetzt einen neuen Job, musste die ganze Sache immer noch weiter verarbeiten und …

Sie sehnte sich viel zu sehr nach ihm.

»Versteh mich nicht falsch.« Sie räusperte sich. »Aber ich kann mich da nicht einmischen, Moose. Ich bin jetzt raus aus dem Leben mit euch allen. Ich weiß gar nicht, warum du mich angerufen hast.«

»Niemand sonst hat eine Chance, zu ihm durchzudringen, Anne. Und du bist ihm was schuldig. Du weißt *ganz genau*, warum ich dich angerufen habe.«

Zehn Minuten später stieg Anne in ihr Auto. Dann stieg sie wieder aus, ging zu ihrer Haustür zurück und prüfte, ob sie abgeschlossen war. Das war sie, aber Anne stemmte sich trotzdem dagegen, um den Widerstand des Riegels zu spüren. Und es war ihr unmöglich, das nicht auch noch ein drittes Mal zu tun.

Sie zwang sich, zu ihrem Subaru zurückzugehen, und redete sich ein, dass sie wüsste, was mit ihr los war. Dass sie genau wüsste, warum sie sich so obsessiv verhielt und was sie tun musste, um nicht immer wieder in das schwarze Loch der Irrationalität hineinzustürzen. Die einzige Lösung lag darin weiterzumachen, ganz egal, wie panisch sie war. Seit dem Feuer hatte ihr Gehirn stressbedingte Aussetzer. Es schien fast, als wäre die Angst in diesen Minuten, in denen sie festgesteckt hatte, so groß gewesen, dass sie einige Nervenbahnen in ihrem Gehirn zerstört hatte. Wenn sie sich nun unwohl fühlte, verfiel sie in zwanghafte Handlungen, die sie mehrfach wiederholen musste, statt in sich hineinzuhorchen und ihre Gefühle zu verarbeiten. Der äußerliche Ausdruck ihrer Unruhe erzeugte in ihr die Illusion, dass alles gut werden würde, wenn sie nur ganz sicher sein könnte, dass sie etwas korrekt ausgeführt hatte.

Es klang logisch, war aber auch absolut unsinnig, und sie war es leid, immer wieder gegen diesen Kontrollverlust ankämpfen zu müssen.

Das Gute daran war, dass sie auf der Fahrt durch die Stadt über all das nachdenken konnte. Das war besser, als sich zu fragen, was Danny Maguire wohl tun würde, wenn sie an seine Tür klopfte.

Wie sich herausstellte, tat er gar nichts.

Er und seine drei Mitbewohner wohnten seit ihrem Abschluss an der University of Massachusetts, New Brunswick, im Erdgeschoss eines blassblauen Vierzigerjahre-Doppelhauses in Pleasant Heights. Soweit sie wusste, wohnte die Vermieterin über ihnen und war eine Cousine von Jacks Mutter, oder so ähnlich.

Anne war nur ein paarmal dort gewesen. Einmal bei einer Independence-Day-Party und dann bei Moose' und Deandras Horrorverlobung. Wenn man nicht mal angemessen verkünden konnte, dass man heiraten wollte, war das wohl ein deutlicher Hinweis darauf, dass man besser nicht vor den Traualtar treten sollte. Aber wie auch immer.

Anne betrat die schmale Veranda mit den zwei identischen Türen und Briefkästen, zog den Ärmel ihrer Fleecejacke über die Prothese und klopfte mit den Fingerknöcheln der rechten

Hand an die Tür. Da nichts geschah, versuchte sie es noch einmal, sodass die kleine Kette oben gegen den billigen Metallrahmen schlug.

Es gab keine Klingel und keinen Grund für einen Türspion. Zwei Feuerwehrmänner und zwei SWAT-Typen mussten sich nicht vor möglichen Eindringlingen fürchten.

Sie holte ihr Handy heraus und wählte Dannys Nummer. Sie wusste nicht mehr, wann sie sich die Zahlen eingeprägt hatte, aber sie kannte sie ebenso gut wie die Adresse ihres Elternhauses, den Todestag ihres Vaters und alle Nummern der New Brunswicker Feuerwachen.

Nichts.

Sie drehte am Türknauf und stellte fest, dass abgeschlossen war. Nachdem Anne noch eine Weile geklopft hatte, trat sie zurück und schaute nach oben – als würde das irgendwie helfen.

Fluchend ging sie die fünf Stufen wieder hinunter, über den schmalen Rasen und dann durch die asphaltierte Einfahrt, die zu der frei stehenden Garage führte. In Dannys Wohnung brannte kein Licht, aber aus einem der hinteren Fenster drang das bläuliche Flackern eines Fernsehers hinaus in die Dunkelheit.

Ihre Schritte kamen ihr extrem laut vor, als müsste das Rascheln des trockenen Laubs die gesamte Nachbarschaft wecken. Die Hintertür lag im Schatten der Treppe zum ersten Stock, und Anne war froh, dass die billige Lampe darüber aus war. Sie wollte diese Situation lieber nicht bei hellem Licht betrachten.

Schließlich klopfte sie an den Türpfosten, legte die Hände an das Glasfenster und spähte hindurch. Die Küche sah aus, als hätte eine Bombe eingeschlagen: schmutziges Geschirr in der Spüle, leere Bierflaschen auf allen Arbeitsflächen, dazwischen überall zerdrückte Zigarettenschachteln wie Autowracks nach einem Stockcarrennen.

Sie klopfte noch einmal und versuchte es dann mit dem Türknauf, in der Erwartung, dass abgeschlossen wäre und sie gehen könnte …

Die Tür ging so leicht auf, als hätte sich die Wohnung mit denjenigen verbündet, die sie zu Dannys Retterin auserkoren hatten. Mist.

»Danny?« Als keine Antwort kam, trat sie über die Schwelle. »Danny, komm schon … wach auf, okay?«

Um ins Wohnzimmer zu gelangen, musste man durch die Küche und dann weiter durch den Flur. Es war der letzte Raum vor den Schlafzimmern und den zwei Bädern. Während Anne darauf zuging, warf der flimmernde Fernseher Schatten auf den Fußboden, die sie an einen Leuchtturm aus dem Jenseits denken ließen.

Und wenn Danny wirklich tot war?

Sie blieb stehen und rief noch einmal: »Danny?«

Keine Antwort. Fluchend ging sie weiter, dann erreichte sie mit klopfendem Herzen und schwitzender Hand die Wohnzimmertür. Beim Geräusch des leisen Schnarchens wurde sie schwach vor Erleichterung.

Danny Maguire lebte, aber er war völlig weggetreten. Er lag mit nichts als einer schwarzen Boxershorts bekleidet auf der Couch. Sein Kopf ruhte auf einem muskulösen Arm, den er über der Schulter angewinkelt hatte, und sein durchtrainierter Körper war so sexy ausgestreckt, dass Anne wegschauen musste und nach Luft schnappte.

Gott, sie hatte vergessen, wie viele Tattoos er hatte.

Sie musste wieder hinschauen, und ihre Wangen brannten. Seine Brust war riesig, die Brustmuskulatur ausgeprägt und trainiert durch die Anforderungen seiner Arbeit, und sein

Waschbrettbauch war das Gegenteil von Moose', ein richtiges Sixpack. Dann kamen seine Hüftknochen und sein …

Sie schüttelte sich und betrachtete die Tattoos. Die Motive, die er sich im Lauf der Jahre hatte stechen lassen, waren nicht das Ergebnis irgendeines metrosexuellen Hipster-Plans. Sie standen für ein Geflecht bedeutungsvoller Ereignisse, allesamt Verluste: Danny trug die Toten der Feuerwehr auf seinem Körper, die Geburts- und Todestage, die Spitznamen, teilweise sogar Porträts der Verstorbenen, die nun auf seiner Haut eine ebenso schöne wie tragische Landkarte der Trauer bildeten.

Wo hättest du mich platziert?, fragte sie sich.

»Anne?«

Als er ihren Namen sagte, riss sie den Blick vom Bund seiner schwarzen Shorts los.

»Danny.«

Er blinzelte ein paarmal und hob den Kopf. »Träume ich?«

Seine Stimme war ein heiseres Flüstern, und sie wusste, dass das vom Alkohol kam, von der Prügelei im Timeout mit dem reichen Schnösel und mit Vic Rizzo. Moose hatte sie informiert. Und nun, da Danny wach war und sie anstarrte, bemerkte sie den Bluterguss in seinem Gesicht. Morgen würde er ein blaues Auge haben.

»Du siehst nicht gut aus«, sagte sie. »Sorry.«

Danny setzte sich stöhnend auf, und sie ignorierte das Knacken, das von seinem Rücken oder seiner Schulter gekommen sein musste. Oder vielleicht von beidem. Während er sich durch die kurzen schwarzen Haare strich, schaute sie rasch auf den Fernseher – sonst hätte sie den Blick nicht mehr von seinem hervortretenden Bizeps abwenden können.

Als er nach einer Packung Zigaretten griff, schüttelte sie den Kopf. »Ist das dein Ernst?«

»Was denn?« Er steckte sich einen der Sargnägel in den Mund. »Dann wirst du mir wohl nicht mein Feuerzeug holen, oder?«

»Ganz sicher nicht. Ich bin nicht dein Dienstmädchen, und du wurdest gerade erst wegen einer Rauchvergiftung behandelt, verdammt noch mal.«

»Welche von den Omis hat dich angerufen, damit du herkommst?«

Als er aufstand, wandte sie sich ab und musste weggehen, also schlenderte sie durch den Flur in Richtung der Schlafzimmer. Es war ein merkwürdiger Anblick, in zweien der vier Räume nur Wollmäuse und vergessene Kleiderbügel zu sehen. Aber Moose war ja mit Deandra zusammengezogen, und Mick war in einem anderen Bundesstaat in einer Rehaklinik für Suchtkranke. Im dritten Zimmer, Jacks, standen nur ein abgezogenes Bett und eine Kommode, aus deren Schubladen Hemden und Hosen herausquollen. Das letzte Zimmer war Dannys, und Anne warf nur einen Blick hinein, bevor sie sich umdrehte, um zurückzugehen …

Sie blieb stehen. Er lehnte an der Wand des Flurs wie James Dean, mit einer glühenden Zigarette zwischen den Fingern.

Er sah sie mit schläfrigem Blick an, und sie wollte ihm sagen, er solle sich gefälligst was anziehen, aber damit hätte sie zugegeben, dass sie seinen Körper wahrnahm.

»Wie du siehst, habe ich zweieinhalb meiner Mitbewohner verloren.« Er deutete mit der freien Hand auf die leeren Räume. »Die gehen ein wie die Fliegen, kann ich dir sagen.«

»Die Zeiten ändern sich.« Sie verschränkte die Arme vor der Brust. »Dein Gesicht sieht übel aus.«

»Vic sollte deine Nummer verlieren.«

»Moose hat mich angerufen.«

»Der dann auch.«

»Was tust du da, Danny?« Sie nickte zu seinem chaotischen Zimmer. »Ich meine, schau dich doch mal um.«

Wäsche lag auf dem Fußboden – in zwei Haufen, was wohl bedeutete, dass der eine sauber und der andere schmutzig war. Das Bett war ein Chaos aus Laken und Decken mit einem unbezogenen Kissen am Kopfende. Den Vorhang vor dem Fenster gab es nicht mehr, die Stange hing schief herunter, und Danny hatte eine Decke vors Fenster genagelt, damit er vor den Nachbarn nicht nackt herumlief.

»Ich verbringe nicht viel Zeit da drin«, murmelte er und zog an seiner Zigarette.

Sie bückte sich und hob einen Spitzen-BH auf. »Aber wenigstens bist du nicht allein.«

Er zuckte mit den Schultern. »Ich könnte genauso gut allein sein.«

»Ach, komm schon.« Anne ließ den BH hin und her baumeln. »Was hat dir an ihr nicht gepasst? Der Körbchengröße nach hat es wohl nicht an ihrer Anatomie gelegen.«

Danny schwieg eine Weile. Dann sagte er leise: »Sie war nicht du. Das war das Problem.«

FÜNFZEHN

In der bedeutungsvollen Stille beschloss Anne, dass sie sich wohl verhört hatte. Ja. Sie musste sich verhört haben.

»Hör auf mit dem Quatsch.« Sie ließ das Victoria's-Secret-Teil fallen und wischte sich die Hand an der Hüfte ab. »Moose macht sich Sorgen um dich. Einige Leute machen sich Sorgen um dich.«

Danny zuckte die Achseln. »Nicht nötig.«

»Du hast eine Prügelei angefangen.«

»Nein. Ich wollte den Kerl erwürgen, nachdem er Josefina beleidigt hat. Also habe ich ihn im Grunde nicht verprügelt.«

»Ich meine die Sache mit Vic. Du hast einen von uns geschlagen – ich meine, von euch. Du hast einen Feuerwehrmann geschlagen …«

»Er stand mir im Weg …«

»… weil er nicht zulassen wollte, dass du jemanden umbringst, nachdem du in sechzig Minuten sechs Bier getrunken hattest.«

»Ich bin nüchtern.«

»Warst du aber nicht, als du ihn gewürgt hast. Und wenn deine Leber durch irgendein Wunder all den Alkohol noch verarbeiten konnte, dann solltest du Micks Beispiel folgen und dich selbst einweisen.« Sie schüttelte den Kopf. »Im Ernst, was machst du mit dir? Heute bei dem Feuer hast du dein Leben riskiert. Du hast dich über die Vorschriften hinweggesetzt …«

»Moose sollte *dringend* vergessen, dass er dich kennt.«

»… und dich in Gefahr begeben …«

»Das sagt ja die Richtige.«

»… und fast wärst du nicht lebend wieder rausgekommen. Und all das wegen ein paar Hausaufgaben.« Sie hielt abwehrend die Hand hoch. »Und spar dir die Predigt, wie wichtig es für das Mädchen war. Das ist eine Ausrede. Wenn du Selbstmord begehen willst, tu deiner Mannschaft einen Gefallen und jag dir einfach eine Kugel in den Kopf oder häng dich an der Decke auf. Aber mach es nicht bei einem Einsatz, sodass sich jeder und jede vor Ort dafür verantwortlich fühlt. Das ist den anderen gegenüber nicht fair. Wirklich nicht.«

Es folgte eine angespannte Pause. Dann fiel sein Blick auf ihre Prothese.

Während er sich das Modell ihrer Hand ansah, schüttelte sie den Kopf. »Wage es ja nicht! Benutze auf keinen Fall das, was mir passiert ist, als Rechtfertigung für deine Selbstzerstörung. Dazu hast du *kein* Recht.«

»Erwartest du etwa, dass ich mich gut fühle, weil ich dir den Arm abgeschnitten habe, verdammt?«

»Es waren mein Handgelenk und meine Hand, um genau zu sein. Und ich erwarte, dass du nicht so tust, als wäre es *dir* passiert.« Sie hielt die Prothese hoch. »*Ich* bin diejenige, die damit leben muss. *Ich* habe meine Karriere verloren. *Ich* muss neu anfangen. Aber *du* hast dein Leben, deinen Job, deine Freunde und deine Berufung noch. Du hast alles, was du in dem Moment hattest, als du unter der Treppe erschienen bist. Für dich hat sich nichts geändert.«

Danny richtete sich auf und kam auf sie zu. Sein Körper schien die ganze Breite des Flurs auszufüllen. Er blieb vor ihr stehen und sah ihr herausfordernd ins Gesicht. »Ich war unter Tonnen von Schutt begraben. Ich habe einen Teil meines

Dickdarms verloren, meine ganze Milz und ein Viertel meiner Leber. Das ist zwar nicht so dramatisch wie eine Hand, aber wenn du schon so anfängst, wollen wir 's genau nehmen. Und würdest du vielleicht aufhören, mir zu sagen, wie ich mich fühlen soll? Aber danke für den Selbstmordtipp. Ich merke ihn mir für später.«

Bei der Erinnerung an Danny auf der Intensivstation wurde Anne übel. »Ich wollte damit nicht sagen, dass du unverletzt geblieben bist.«

»Oh, dann habe ich den Teil mit ›Für dich hat sich nichts geändert‹ wohl falsch verstanden. Für mich klang es so, als wärst du der Meinung, ich hätte einen Riesenspaß dabei gehabt. Aber das habe ich wohl missverstanden. Offensichtlich.« Er beugte sich vor. »Es ist ja nicht so, als hätte ich eigenhändig eine der besten Rettungskräfte dieser Stadt verstümmelt und dann drei Monate lang wieder laufen gelernt. Es ist ja nicht so, als hätte ich mit dir im Bauch der Bestie festgesessen. Es ist ja nicht so, als wären wir beide in der Gewalt dieses Monsters gewesen, das sich die Mitglieder unseres Teams schnappt, einen nach dem anderen, Jahr um Jahr …«

»Sei still.«

Als er zurückwich, trat Anne einen Schritt vor und hob das Kinn. Sie war groß für eine Frau, aber er war ihr dennoch um gut fünfzehn Zentimeter und fünfzig Kilo überlegen. Doch sein Größenvorteil spielte keine Rolle, wenn sie ihre Meinung vertrat.

»Du kapierst das nicht.« Sie schüttelte den Kopf. »Das Feuer ist keine Bestie. Es ist nicht böse. Es ist kein Tier, das umherstreift und sich für seine Kumpels rächt, die wir mit unseren Schläuchen erlegt haben. Herrgott noch mal, Danny.« Sie deutete auf seine Tattoos. »Du nimmst das alles zu persönlich …«

»Was hast du gerade gesagt?«

»Du hast mich schon verstanden.«

»Ich …« Er schaute an die Decke. »Weißt du, eigentlich bin ich erleichtert. Denn die Tatsache, dass du mir gerade gesagt hast, es soll mir egal sein, dass meine Freunde und Familienmitglieder im Dienst ums Leben gekommen sind, bedeutet, dass das hier ein abgedrehter Traum ist …«

»Du täuschst dich …«

»… und ich gleich mit einem Kater aufwachen und *genervt sein werde, weil ich zur Arbeit muss!*«, schrie er weiter.

Anne sah zu ihm auf und wünschte sich nichts sehnlicher, als ihn erkennen zu lassen, was ihr selbst in diesen vergangenen Monaten voller Leid und Veränderungen klar geworden war. Aber das konnte man nicht. Jeder musste sich selbst weiterentwickeln. Oder auch nicht.

»Du siehst das alles falsch, Danny. Das Feuer ist wie Krebs. Ihm ist egal, was es tötet. Wir bedeuten ihm nichts, weil es nicht lebendig ist. Du kämpfst gegen keine Bestie. Da ist kein Monster, sondern es ist wie ein bösartiger Haufen Zellen, der ein junges Mädchen oder einen alten Mann umbringt, einen Reichen oder einen Armen. Mein Vater, dein Bruder und Sol sind alle gestorben, weil sie ihren Job gemacht haben – nicht weil das Feuer ihnen aufgelauert und sie besiegt hat.« Sie hob ihre Prothese. »Das hier ist mir wegen meines *Jobs* passiert, und ich musste entscheiden, ob ich zulasse, dass zufällige Umstände in einer Risikosituation, die mir sehr wohl bewusst war, mein Leben ruinieren oder nicht. Ich war kein Angriffsziel. Ich wurde nicht ausgewählt. Ich habe die Gefahr akzeptiert und wurde dabei verletzt, und jeder, der verletzt oder getötet wurde, hat sich vorher das Gleiche überlegt und hatte einfach Pech. Ich sage nicht, dass du nicht um die Menschen trauern sollst, die wir beide verloren haben. Ich meine nur … lass dich nicht von dem Feuer, in das wir vor einem Jahr freiwillig reingegangen sind, im Nachhinein noch umbringen. Du hast es lebend rausgeschafft, verschwende dieses Glück nicht.«

Sie wartete auf eine Antwort von ihm.

Und je länger er schwieg, umso trauriger wurde sie. »Ich will das für keinen von uns, Danny. Und es tut mir leid, es tut mir so … leid … dass ich Mist gebaut habe und du mich retten musstest und es so mies gelaufen ist. Ich wollte nie jemanden in eine solche Situation bringen, und erst recht nicht dich.«

Nach einer Weile fragte er: »Warum bin ich anders?«

»Soll ich das wirklich beantworten?«

»Ja.«

»Na ja … um ehrlich zu sein, wegen dem, was du dir jetzt antust. Ich hatte befürchtet, dass es danach so laufen würde.«

»Ach, du hältst mich also für ein Weichei«, murmelte er. »Danke.«

»Wer stark ist, lässt sich nicht gehen. Der besäuft sich nicht bis zur Besinnungslosigkeit, baut keinen Mist auf der Arbeit und prügelt sich nicht mit Freunden, sondern schaut nach vorn. Was du mir angetan hast, *musstest* du tun. Ich habe dich dazu *aufgefordert.* Und statt es hinter dir zu lassen, benutzt du es als Ausrede, um dich selbst zugrunde zu richten.«

Sein Gesicht wurde starr wie eine Maske. Dann zog er an der Zigarette und blies den Rauch über seine Schulter.

»Deshalb bist du also hergekommen?« Er konzentrierte sich wieder auf sie. »Um diese kleine Rede zu halten. Als wärst du in einem Film und würdest dem gestörten Idioten mit deinem Monolog auf magische Weise die Augen öffnen. Das ist Hollywood, Süße. Nicht das wahre Leben.«

Sie verschränkte die Arme vor der Brust, musterte sein Gesicht und fand in seinem harten Ausdruck nichts, womit sie arbeiten konnte. »Ich hatte gehofft, dass es besser laufen würde.«

Er starrte auf ihre Lippen, und plötzlich lag etwas in der Luft, was sie zwang, einen Schritt zurückzuweichen. Aber nicht, weil sie Angst vor ihm hatte, sondern aus einem anderen Grund.

Anne strich sich die Haare aus dem Gesicht und versuchte, sich zu sammeln. »Ich sollte jetzt gehen.«

»Bist du schon fertig?« Seine Stimme klang nun noch tiefer. »Das war's?«

»Ich wollte nur helfen.«

»Warum?«

Sie funkelte ihn an. »Du hast mich nicht im Feuer sterben lassen, und ich lasse nicht zu, dass du dich jetzt danach umbringst. Das ist alles …«

»Da bin ich mir nicht so sicher, Anne.«

»Wobei?«

»Warum willst du nicht, dass ich jetzt sterbe?«

Anne wollte an ihm vorbeigehen. »Lass uns reden, wenn du nüchtern bist …«

Er packte sie am Oberarm und hielt sie auf. »Ich bin nüchtern genug. Beantworte meine Frage, Anne. Du scheinst doch sonst alles zu wissen. Wie wär's mit einer weiteren Weisheit von deinem hohen Ross herab? Wenn du die Dinge nicht persönlich nimmst, weil du so weit über allem stehst, warum kümmert es dich, ob ich lebe oder sterbe?«

»Ich will nicht, dass irgendeiner von uns stirbt!«

»Warum nicht?« Er kam mit seinem Gesicht ganz nah. »Ich dachte, es wäre nichts Persönliches? Oh, Moment … vielleicht ist doch nicht alles ein zufälliges Risiko, Anne. Willst du vielleicht nicht, dass ich mich selbst zerstöre, weil du dich dann ein bisschen verantwortlich fühlen könntest? Weil du dich vielleicht nachher fragen müsstest, ob du mehr hättest tun können, oder etwas Besseres, etwas anderes? Weil du dann möglicherweise Nacht für Nacht an die Decke starren und immer wieder jede einzelne Sekunde, in der du hier bei mir warst, vor dir sehen würdest? Weil du nach Möglichkeiten oder Auswegen suchen könntest, die du in jenem Moment vielleicht nicht gesehen hast – und du dabei gleichzeitig hoffen würdest, keine zu finden? Denn wenn du welche findest und du hättest anders handeln können, dann könnte es vielleicht doch deine Schuld sein?« Er ließ sie abrupt los. »Aber nein, das kann es nicht sein. Oder? Denn wenn ich mich tragischerweise wirklich umbringen sollte, würdest du das einfach abschütteln und weitermachen, fröhlich und unbeschwert wie ein Kind. Du würdest einfach dein glückliches Leben weiterführen, psychisch völlig gesund, denn es war eben eine Risikosituation. Scheiß-drauf-trallala.«

In Annes Schädel begann es zu pochen, und sie rieb sich über den Nacken. »Du brauchst dringend ein psychiatrisches Gutachten, und zwar nicht nur, um deinen Job zu behalten.«

Danny warf die Arme in die Luft. »Moose sollte echt mal die Klappe halten.«

»Bei dir läuft mehr schief, als ich oder sonst jemand in Ordnung bringen kann.«

Er hielt ihr einen Finger vors Gesicht. »Komm mir bloß nicht mit Mitleid.«

»Dann gib mir keinen Grund dazu.« Sie musterte seinen Körper von Kopf bis Fuß. »Und du täuschst dich. Ich war *nicht* die beste Rettungskraft der Stadt. Denn das bist du, Danny. Das weiß jeder. Du bist der Beste, den wir haben, und wir brauchen dich. Wir brauchen dich gesund und stark, in jeder Hinsicht. Wenn du nicht von deiner Version abweichen und die Realität nicht sehen willst, na schön, dann bleib in deiner Welt – und schütze die Menschen vor der Bestie, gegen die du kämpfst. Bleib am Leben, damit du andere retten kannst. Mir ist egal, aus welchem Grund du es tust und wie du es nennst. Mir geht es nur um das Ergebnis – nämlich dass du auf diesem Planeten bleibst, mit einem Löschschlauch in der Hand.«

Plötzlich brannten ihre Augen, und sie musste schnell blinzeln und wegschauen. Sie würde *nicht* vor ihm weinen …

Seine Handflächen waren rau, aber sanft, als sie ihr Gesicht umfingen und es wieder zu ihm drehten.

»Lass mich los«, sagte sie heiser.

Aber er hielt sie nicht fest. Nicht wirklich. Sie hätte sich jeden Moment wegdrehen können, und er hätte die Hände sinken lassen.

»Anne …« Seine Stimme brach. »Ach Gott, Anne …«

SECHZEHN

Am nächsten Morgen um acht Uhr rief Anne Dr. Delgado in der Tierklinik an. Während sie wartete, dass die Sprechstundenhilfe ans Telefon ging, trommelte sie mit den Fingern auf die Arbeitsplatte in der Küche. Trank einen Schluck Kaffee. Steckte sich die Bluse in die Hose.

»Metro Vet, was kann ich für Sie tun?«

»Oh, ja, hallo.« Sie räusperte sich. »Mein Name ist Anne Ashburn, ich rufe an wegen …«

»Wegen des Streuners, den Sie hergebracht haben? Der graue Pit?«

»Ähm, ja. Ich wollte …«

»Wir haben ihn gerade an das städtische Tierheim weitergegeben. Sie müssen sich also keine Sorgen machen, dass weitere Kosten auf Sie zukommen …«

»Moment … was? Sie haben ihn ins Tierheim gegeben? Ich dachte, Sie würden versuchen, einen neuen Besitzer für ihn zu finden?«

»Wir konnten ihn wirklich nicht hierbehalten. Er hatte keine lebensbedrohlichen Verletzungen, und wir sind nicht in der Lage …«

»Halt, warten Sie.« Anne ermahnte sich, dass es nicht helfen würde, wenn sie laut werden würde. »Wen kann ich dort anrufen? Ich meine, wen kann ich erreichen, um … ach, vergessen Sie 's. Danke, auf Wiederhören.«

Als sie auflegte, konnte sie kaum atmen. Sie holte ihre

Schlüssel. Aber dann zwang sie sich innezuhalten. Die Psychologen in der Reha hatten sie gewarnt, in den ersten zwölf Monaten nach ihrer Verletzung keine großen, lebensverändernden Pläne zu machen – und da sie nun den ganzen Tag in einem neuen Job arbeitete, wie sollte sie sich da um einen …?

»Scheiß drauf«, sagte sie laut. »Das ist *mein* Hund, verdammt.«

Der Verkehr auf dem Weg ans andere Ende der Stadt war ein Albtraum, und ganz egal, über wie viele dunkelgelbe Ampeln sie fuhr und wie viele Schleichwege sie nahm, es war klar, dass sie es kaum schaffen würde, um neun bei der Arbeit zu sein.

Als sie beim Tierheim ankam, standen nur zwei weitere Autos auf dem Parkplatz, und sobald sie ausstieg, hörte sie gedämpftes Bellen.

Sie lief zur Eingangstür, aber die war verschlossen.

Sie klopfte. Und klopfte weiter.

Irgendwann erschien eine müde aussehende Frau mittleren Alters mit einem Thermobecher auf der anderen Seite der Glastür. »Wir öffnen erst um neun …«

»Mein Hund ist hier«, sagte Anne laut. »Ich muss ihn jetzt mitnehmen. Ich muss zur Arbeit.«

»Tut mir leid, ich kann Sie nicht reinlassen. Wir müssen uns an die Vorschriften halten und …«

»Debbie?«

Die Frau beugte sich vor. »Anne …?«

Sofort ging die Tür auf, und ein Paar starke Arme umschlossen Anne. »Ach Gott, wir haben uns ja schon ewig nicht mehr gesehen.«

Anne schloss die Augen und bemühte sich um einen ruhigen Tonfall in ihrer Stimme. »Ja, es ist lange her.«

Debbie Fazio ließ sie wieder los. »Wie geht's dir? Ich meine, wie geht's dir wirklich?«

»Ganz gut. Wie geht's Sal?«

»Gut. Du kennst ihn ja und weißt, wie es läuft. Er macht fleißig Überstunden bei der 508.«

Sal Fazio war ein erfahrener Feuerwehrmann, ein guter Kerl, stand kurz vor dem Ruhestand. Er und Debbie hatten drei Kinder, und Anne hatte die Familie öfter bei Mannschaftsfeiern getroffen.

»Also hast du dir einen Hund geholt?«, fragte Debbie. »Nachdem du …«

Als sie nicht wusste, wie sie den Satz fortsetzen sollte – und es vermied, auf die Prothese zu schauen –, hätte Anne sie am liebsten noch mal umarmt und ihr gesagt, dass es ihr nicht unangenehm sein musste. Doch sie nickte nur.

»Ja, ich habe einen Hund. Ich meine, ich habe ihn gestern auf der Straße gefunden, und die Tierklinik konnte ihn nicht behalten, daher habe ich beschlossen … Ich rede wirres Zeug. Ich … Kann ich ihn jetzt einfach mitnehmen?«

»Also hatte er keinen Besitzer?«

»Er war verwildert.«

»Welcher Tierarzt hat ihn hergeschickt?« Debbie winkte sie hinein. Dann schloss sie die Eingangstür wieder ab und forderte Anne auf, ihr zu folgen. »Oh … warte mal, gerade kommen neue Tiere an. Sie müssen noch registriert werden.«

Sie gingen am Empfangstresen vorbei und betraten einen Gang mit Zwingern hinter dem Verwaltungsbereich der Einrichtung. Anne sah sich die ersten paar Hunde an und musste dann auf den kahlen Fußboden schauen, weil ihr die Tränen kamen. Immerhin, die Tiere wirkten munter, aber sie musste ständig daran denken, warum sie hier gelandet waren und was passieren würde, wenn niemand sie mitnahm.

»Hey, Bobby, wo sind die drei Hunde, die heute Morgen angekommen sind?«

Anne schaute auf und sah einen jungen Mann in grüner Tierpflegerkleidung, mit Dreadlocks und einem ruhigen Lächeln. »Ich habe sie reingebracht, sie sind in B, ganz am Ende.«

»Super. Danke.« Debbie wandte sich nach links und öffnete die Tür zu einer weiteren Reihe von Zwingern. »Wir haben vier verschiedene Gebäude.«

»Ich verstehe nicht … ganz ehrlich, ich verstehe nicht, wie du diesen Job machen kannst.«

»Wir retten so viele. Ich freue mich immer, wenn ich Familien mit Kindern hier sehe. Es ist nicht immer leicht, aber wir tun viel Gutes – wir lindern Leid, beenden Grausamkeit und schenken jeden Tag Freude. Man muss sich auf das Schöne konzentrieren, um durchzuhalten, weißt du?«

»Oh, ja … ja, ich weiß.«

Debbie schritt noch eine Reihe entlang. »Okay, da wären wir. Dort drüben.«

Am anderen Ende der gut sechzig Zwinger blieb sie stehen. »Ist es einer von diesen dreien?«

Die ersten beiden Hunde hatten die falsche Größe, also ging Anne zum letzten und …

Der graue Mischling kauerte wieder ganz hinten im Käfig. Er hatte den Schwanz eingezogen, ließ den Kopf hängen und starrte ins Leere. Aber dann schaute er hoch und wirkte überrascht.

Anne kniete sich hin. Sie schob die Finger durchs Gitter und musterte seine sorgfältig genähten und verbundenen Wunden und das geschwollene Ohr. »Hi.«

Er wedelte mit dem Schwanz, nur ein wenig an der Spitze. Dann schlich er zu ihr, schnupperte an ihren Fingern – und leckte daran.

»Wie es aussieht, erkennt er sein Frauchen«, sagte Debbie.

»Okay, Soot.« Anne sah auf den Beifahrersitz. »Wir machen Folgendes.«

Die Ampel vor ihr wurde rot, und sie trat auf die Bremse. »Wir gehen die hintere Treppe rauf, und du verhältst dich unauffällig. Du kannst dich unter dem Schreibtisch in meinem Büro hinlegen, und ich gehe regelmäßig mit dir raus. Debbie hat gesagt, der Typ, der dich abgeholt hat, meinte, du würdest nicht beißen, also bitte bleib dabei.«

Beim Blick in den Rückspiegel dankte sie Sals Frau innerlich noch einmal für all die Dinge auf der Rückbank. Sie hatte ihr eine zusammenklappbare Box geliehen, die groß genug war, dass Soot es sich darin gemütlich machen konnte, einen Stapel alte, aber saubere Handtücher und einen Napf für Wasser. Außerdem hatte Anne ein Halfter und eine Leine bekommen, und Soot trug ein einfaches rotes Nylonhalsband mit seinen nagelneuen Hundesteuer- und Tollwutmarken.

»Also, was meinst du? Kriegen wir das hin?«

Soot sah sich mit seinen karamellfarbenen Augen um und betrachtete die vorbeifahrenden Autos und die Läden. Er wirkte ruhig, wahrscheinlich spürte er, dass er bei ihr in Sicherheit war. Sie selbst wusste jedoch nicht, ob das wirklich stimmte.

Sie fuhr auf den Parkplatz der Brandschutzbehörde und ging zum Hintereingang. Schon jetzt hatte sie zehn Minuten Verspätung, aber es würden noch mehr werden. Soot ließ sich geduldig das Halfter anlegen und erlaubte ihr, ihn vom Sitz auf den Asphalt zu heben. Er war nicht sehr groß, aber kräftig, obwohl er mager war.

»Okay, lass uns Gassi gehen.« Was machte sie da bloß? »Na komm, wir gehen aufs Gras.«

Soot bewegte sich nicht, was auch kein Wunder war, denn er sprach ja nicht ihre Sprache. Aber immerhin folgte er ihr hinkend auf den gemähten Rasenstreifen. Das Halfter mochte er anscheinend nicht, er schüttelte immer wieder den Kopf, als würde ihn entweder sein Ohr oder die Leine stören.

Aber er pinkelte.

Anne war so stolz, als hätte sie den Friedensnobelpreis gewonnen.

Soot mit den Handtüchern, der Box und dem Napf ins Gebäude und in ihr Büro hinaufzuschmuggeln war gar nicht so einfach. Sie nahmen die hintere Treppe – langsam, weil Soot bei allem sehr zögerlich war –, und dann versuchte Anne, ihn möglichst schnell über den Flur ihrer Etage zu führen, wobei sie an so vielen offenen Türen vorbeikam, dass sie sich fühlte wie auf einer Broadwaybühne. Aber sie schafften es.

Schnell schloss sie die Tür, stellte die Box hinter ihrem L-förmigen Schreibtisch auf und legte sie mit den Handtüchern aus. Als Anne die weiche Unterlage zurechtlegte, musste sie an all die Tiere denken, die schon mit diesen Frotteetüchern in Kontakt gekommen waren. Sie hoffte, dass sie alle wie Soot ein Zuhause gefunden hatten, obwohl sie wusste, dass das unwahrscheinlich war.

Dann kniete sie sich neben die Box. Soot beobachtete sie auf seine typische Art, mit großen, müden Augen. »Komm her, mein Junge. Das hier ist dein Platz.«

Da er sich nicht rührte, klopfte sie sanft auf die Handtücher. »Na komm schon.«

Keine Reaktion.

Mit einem Müsliriegel klappte es schließlich. Sie gab Soot ein Stück davon und legte den Rest in das Nest, das sie ihm gemacht hatte.

Soot ging hinein, aß langsam ... und rollte sich dann zusammen, sodass er sie sehen konnte. Sie betrachtete ihn und hatte plötzlich die absurde Befürchtung, er könnte sie auf Dauer nicht mögen. Sich retten lassen? Ja. Aber Freunde werden? Diese Entscheidung lag bei ihm …

Da fiel ihr auf einmal das Gespräch mit Danny vom Vorabend wieder ein und ließ sie nicht mehr los – wie schon so oft seit der Sekunde, als sie vor seinem Beinahekuss zurückgewichen war und die Flucht ergriffen hatte.

Es war lange her, seit sie zum letzten Mal den Sonnenaufgang gesehen hatte. Nicht mehr seit der Zeit in der Rehaklinik. Aber heute Morgen war er pfirsich- und rosafarben und prachtvoll gewesen.

»Dir wird es da drin gut gehen. Und wenn ich rausgehe, nehme ich dich mit.«

Er legte den Kopf ab und beobachtete sie weiter.

Bevor sie die Tür der Box schloss, hielt sie inne und zog den Blazer ihres Hosenanzugs aus. Er war nichts Besonderes, nur ein Schnäppchen von TJ Maxx, als sie in aller Eile Bürokleidung für mindestens eine Woche gesucht hatte. Aber er roch nach ihr, und vielleicht würde ihnen das helfen, einander näherzukommen? Oder?

»Gott, was tue ich da?«, murmelte sie, während sie das Teil zusammenknüllte und in die Box legte. »Bisher hatte ich nicht mal eine Zimmerpflanze …«

Es klopfte laut an ihre Tür, und sie sprang auf. Rasch steckte sie die Bluse in die Hose, strich sich die Haare glatt und bemühte sich, professionell auszusehen. Verdammt, sie hätte diesen Lipgloss auftragen sollen.

»Ja, bitte?«

Don Marshall steckte den Kopf zur Tür herein und sagte: »Ich wusste gar nicht, dass heute Bürohundtag ist.«

SIEBZEHN

Moose war verdammt spät dran. Typisch.

Als Danny seinen Pick-up vor einem verfallenen alten Haus mit *Jumanji*-Garten parkte, zog er die Handbremse an und vergewisserte sich, dass der erste Gang eingelegt war, bevor er den Motor abschaltete. Er stieg aus, fuhr sich durch die nassen Haare und zog seine Arbeitshose hoch.

Zwanzig Minuten, zwei Zigaretten und drei Mailboxnachrichten später wartete er noch immer.

Um nicht andauernd zu fluchen, betrachtete er das Gebäude und dachte über seine eigene Farm nach. Genau wie das Haus, das er sich selbst aufgehalst hatte, war dieses hier zweistöckig und stand schon lange leer. Das Dach war völlig durchlöchert, die Dachgauben mehr zerbrochenes Glas als Fenster, und die Außenverkleidung bestand nach unzähligen Winterstürmen, Frühlingsböen, Sommergewittern und Herbstwinden nur noch aus absplitternden Farbresten und nacktem Holz. Möglicherweise hatte das Grundstück einmal einen Rasen gehabt, aber jetzt wuchsen Ranken über eine verwilderte Wiese und überwucherten alles wie im Garten der Addams Family.

Der nächste Nachbar war einen halben Kilometer entfernt.

Danny schritt durch das hohe Gras und Unkraut zu einem frisch gemähten Streifen, der einmal um das Haus mit seiner einsturzgefährdeten Veranda herumführte. Als er die drei Stufen hinaufging, hielt er sich ganz links, damit sein Gewicht vom Unterbau der Treppe getragen wurde.

Neben der schiefen Eingangstür war ein offizielles Dokument an den Türpfosten getackert, auf dem stand, dass das Gebäude an diesem Tag von der Feuerwehr genutzt werde und das Betreten verboten sei.

Die Türangeln quietschten, als er hineinging, und im Inneren fühlte er sich sofort wie in einem Spukhaus. Spinnweben hingen in dunklen Ecken, das spärliche Licht, das durch die schmutzigen Fenster hereinfiel, erzeugte eine unheilvolle Atmosphäre, und verrottende Stellen in den Fußböden und Decken erinnerten an Pockennarben, offene Wunden, Entzündungen.

Danny ging durch das ganze Erdgeschoss, um sich zu vergewissern, dass nirgendwo Menschen oder wilde Tiere waren. Damit war er schnell fertig. Im ersten Stock bewegte er sich langsamer, weil er durch eine kaputte Diele viel tiefer hätte fallen können. Er schaute in die Schränke und fand ein paar einsame Kleiderbügel. In den Schlafzimmern überprüfte er die Betten und Kommoden, dann spähte er in Bäder mit gesprungenen Löwenfuß-Badewannen und zerbrochenen Spiegeln über fleckigen Waschbecken.

Der Dachboden im zweiten Stock war voller Fledermausdreck, Wasserflecken und Blätter, die durch die Löcher im Dach hereingeweht waren.

Als Danny wieder hinunterging, litten seine Nasennebenhöhlen unter dem Schimmel und Staub, die Rippen schmerzten noch immer von der schwierigen Rettungsaktion am Vortag, und sein Schädel pochte vom Alkohol und der schlaflosen Nacht. Und nein, er wollte keine Parallelen zwischen seinem Leben und dem Zustand dieses alten Hauses sehen.

Auf keinen Fall.

Zwischen beidem gab es absolut keine Verbindung.

Aus der Ferne vernahm er ein leises Brummen. »Wird aber auch verdammt Zeit.«

Als er zur Haustür hinausging, hielt ein hummelgelber Charger hinter seinem Pick-up, und Moose hievte sich grimmig vom Fahrersitz.

»Du hast vielleicht Nerven.«

»Dir auch einen wunderschönen guten Morgen, Sonnenschein.« Danny drückte seine Zigarette an der Sohle seines Arbeitsschuhs aus. »Wo warst du so lange? Du bist spät dran.«

Moose stapfte zu ihm herüber, trat aber nicht auf die schmale Veranda. Er wirkte müde, hatte Ringe unter den Augen, und seine Haare waren so zerzaust, als hätten sie sich ein Beispiel an seinem Bart genommen und wollten das unordentliche Gewirr auf seinem ganzen Kopf fortsetzen. Das Shirt der New Brunswicker Feuerwehr saß um die Mitte enger als noch vor einiger Zeit und ließ keinen Zweifel daran, dass er allmählich eine Wampe entwickelte. Ach, und natürlich war seine Hose voller verblasster Motorölflecken.

»Du solltest nicht hier sein«, sagte Moose.

»Du hast noch nie eine Trainingsübung allein gemacht.«

»Du bist suspendiert.«

»Hast du den Brandbeschleuniger dabei?«

»Wechsle nicht das Thema.«

Als Danny daran dachte, wie Anne mitten in der Nacht aufgetaucht war, kehrte seine Wut zurück. »Na gut, wie geht's Deandra? Hat sie in letzter Zeit nach mir gefragt?«

Moose erstarrte. »Nein, hat sie nicht. Und sei nicht so ein Arschloch.«

»Sorry. Ich wollte nur höflich sein. Willst du lieber über dein Auto reden?«

»Jetzt stell dich nicht so an wegen Anne, okay? Daran bist du selbst schuld …«

»Du hättest sie *nie* anrufen dürfen.« Danny ging die Treppe hinunter und ließ nun jede Vorsicht fahren. »Sie hat selbst schon mehr als genug um die Ohren. Sie muss sich nicht auch noch um mich oder sonst jemanden Sorgen machen.«

»Komm schon, Danny. Was hätte ich denn sonst tun sollen? Die Leute reden über dich, und zwar nicht nur auf der Wache. Auch Jack macht sich Sorgen …«

»Ich sag dir, was du tun sollst: Kümmer dich um dein eigenes Leben. Falls du das erträgst.«

»Was soll das denn heißen?«

»Du weißt genau, was ich damit meine.«

Obwohl Moose ihm um etliche – wenn auch horizontale – Zentimeter und Kilos überlegen war, schaute er weg.

»Willst du dich wegen Deandra an mir rächen?« Danny trat noch näher zu ihm. »Weil sie mich neulich abends angerufen hat?«

Moose wirkte überrascht, und Danny hätte die Frage am liebsten zurückgenommen. Er hätte Moose' Hausdrachen gar nicht erst erwähnen dürfen – Moose war nur ein guter Kerl in einer miesen Lage. Das Problem war seine Frau.

»Ich hab dir ja gesagt, lass die Finger von ihr«, murmelte Danny. »Ich hab dich gewarnt …«

Moose drehte den Kopf wieder zu ihm. »Du musst einfach immer gewinnen, was?«

»Du bist der Einzige hier, der das als Wettkampf sieht. Mir hat sie nie irgendwas bedeutet.«

»Genau das ist dein Problem, Danny. Dir sind alle um dich herum egal.«

»Erspare mir deine moralische Überlegenheit, was Frauen angeht. Ich weiß zu viel über dich und habe schon zu oft für dich gelogen. Ich will nur, dass du Anne da raushältst, kapiert? Ruf sie nie wieder an.«

Schon als sie sich im ersten Semester Wirtschaft an der University of Massachusetts, New Brunswick, kennengelernt hatten, war Danny bei Moose eine Art Minderwertigkeitskomplex aufgefallen, den er aus den Jahren als Pflegekind davongetragen hatte, ein Riss in der Fassade des harten Mannes. Deshalb wusste Danny auch: Dies war das letzte Mal, dass er die Sache mit Anne ansprechen musste.

»Ich will, dass du sie nie wieder anrufst«, wiederholte er. »Nicht meinetwegen. Ist das klar?«

Moose wich seinem Blick aus. »Ja. Okay.«

»Gut. Also, willst du 'ne Kippe?«, fragte Danny. »Hab grad ein Päckchen aufgemacht.«

Er streckte ihm die Zigaretten entgegen und wusste, dass Moose eine nehmen würde. Und das tat er auch, aber nicht ohne Danny noch einen Moment warten zu lassen.

Danny gab ihm sein Feuerzeug. »Also, zünden wir die Hütte hier jetzt an, oder was?«

»Dem Chief wird nicht gefallen, dass du bei dieser Übung mitarbeitest.«

»Er wird's verkraften.«

Wie auf Kommando hielt Tom Ashburns SUV hinter dem Pick-up und dem Charger, und Annes Bruder sah aus, als wartete er nur darauf, in den Ring steigen und jemandem die Fresse polieren zu können.

Oder vielleicht wird er's doch nicht verkraften, überlegte Danny stillschweigend.

»Ich kann das erklären«, sagte Anne und stand auf. »Ich, ähm ...«

Don kam herein und ging um den Schreibtisch herum. Als

er sich bückte, kauerte sich Soot in seiner Box zusammen, zog den Kopf ein und stieß ein leises Knurren aus – was wohl bedrohlich gewesen wäre, wenn der Hund dabei nicht gezittert hätte wie Espenlaub.

»Der Arme«, murmelte Don. »Armes Ding.«

»Hören Sie, das war so nicht geplant. Heute Morgen, meine ich.« Sie räusperte sich. »Das heißt, ich habe die Tierärztin angerufen, um nach ihm zu fragen, aber sie hatte ihn schon ans städtische Tierheim weitergegeben, und ich hatte Angst, dass er eingeschläfert wird. Wenn ich nicht auf dem Weg hierher dort vorbeigefahren wäre, hätte ich riskiert …«

»Wie heißt er?«

»Soot. Weil er so grau ist wie Ruß.«

Don entfernte sich wieder. »Also, ich wollte mit Ihnen über die E-Mails sprechen, die Sie mir gestern Abend geschickt haben.«

Anne blickte zu dem Hund – dann zu ihrem Chef.

Dons Gesicht war ganz ruhig. Als er ihre Verwirrung bemerkte, zog er eine Augenbraue hoch. »Die drei E-Mails, die Sie mir geschickt haben. Um zehn Uhr? Oder haben Sie die im Schlaf getippt?«

»Oh.« Sie strich sich die Haare nach hinten. »Also, ähm, ja, Sie stimmen mir doch sicher zu, dass es da ein Muster gibt. Sechs Feuer in den letzten zwei Jahren. Alle im selben Viertel, jedes Mal mit ungewöhnlich viel Büromaterial vor Ort. Das ist eine Anhäufung von Brandstiftungsfällen.«

»Oder es sind einfach mehrere leer stehende Gebäude in einer schlechten Gegend, die für Drogenhandel und Bandenkriege bekannt ist. Ich weiß nicht, ob wir schon die Presse benachrichtigen sollten«, entgegnete er trocken.

»Haben Sie meinen Bericht gelesen?«

»Zweimal. Heute Morgen auf dem StairMaster.«

»In drei Berichten zu den anderen Brandorten wurde auffällig viel Plastik erwähnt.«

»Und?«

»Wenn die Gebäude leer standen, was macht dann das ganze Büromaterial dort?« Sie zuckte die Achseln. »Plünderer sind nicht wählerisch und sehr gründlich. Sie nehmen alles mit, was nicht niet- und nagelfest ist, aber an der Hälfte der Brandorte gab es forensische Hinweise auf Dinge wie Handys und Computer. Warum?«

»Sie wurden früher dort benutzt – und erst vor Kurzem zurückgelassen.«

Anne schüttelte den Kopf. »Bei dem Feuer, in dem ich letzten November war, gab es im Erdgeschoss tatsächlich alte Arbeitsnischen und Büromaterial. Aber ich weiß noch, dass bei dem Einsturz ein Laptop von oben auf mich gefallen ist – und das war ein MacBook. Damals habe ich mir nichts dabei gedacht, aber nun wundert es mich – nach dem, was ich gestern vor Ort gesehen habe und vor allem im Zusammenhang mit dem Schrott, der in den anderen Berichten erwähnt wurde. Was ist, wenn jemand diese Feuer benutzt, um Waren loszuwerden? Oder die Informationen in den Computern? Oder aus irgendeinem anderen Grund.«

Don zuckte mit den Schultern. »Wenn man Hufe hört, denkt man nicht an Zebras. Aber forschen Sie weiter.«

»Das habe ich auch vor.«

Ihr Boss wandte sich ab. »Abteilungsmeeting in einer knappen Stunde.«

Anne eilte um den Schreibtisch herum. »Warten Sie, Entschuldigung, eine Frage noch: Ich bin nicht gefeuert, weil ich ihn mitgebracht habe? Soot, meine ich?«

»Ich habe Sie gerade über ein Abteilungsmeeting informiert. Glauben Sie, ich würde Sie vor dem ganzen Team entlassen?«

»Na ja, das könnte eine gute Möglichkeit sein, um ein Hundeverbot durchzusetzen – oder einzuführen.«

Don blickte über ihre Schulter zu Soot. »Bei einer Katze wäre es was anderes. Katzen mag ich nicht.«

»Also … darf ich ihn weiter mitbringen? Solange er sich noch an mich gewöhnt?«

»Müssen Sie immer Ihre Grenzen austesten?«

»Ja, so bin ich nun mal.«

Don verschränkte die Arme und sah in den Flur. Seine Lippen wurden schmal, aber nicht aus Wut, sondern weil er sich bemühte, nicht zu lächeln. »Sie werden mich noch in den Wahnsinn treiben. Aber solange Sie Ihre Arbeit machen, weiß ich nichts von dem Hund, okay?«

Anne begann zu lächeln. »Haben Sie schon mal *The Office* gesehen?«

»Warum?«

»Nur so.« Sie schaute zu Soot und hielt den Daumen hoch. »Danke.«

ACHTZEHN

Auf dem Nachhauseweg von der Arbeit hielt Anne bei einem Laden für Tierbedarf. Sie hätte Soot gern mit hineingenommen, wusste aber nicht, wie er auf all die Reize reagieren würde, und es war ein sehr kühler Tag, also ließ sie ihn im Auto. Im Laden kaufte sie, so schnell sie konnte, Hundefutter, Leckerli, einen Sicherheitsgurt, einen Hundekorb und eine zweite Box für ihr Haus. Als sie wieder herauskam, rechnete sie fast damit, neben ihrem alten Subaru ein Feuerwehrfahrzeug zu sehen. Eins der Teams würde die Scheiben einschlagen, um den Hund zu befreien, der schon durchdrehte und alles zerfetzte.

Aber nein.

Als sie beim Auto ankam, fand sie ihn auf dem Sitz zusammengerollt. Er hob den Kopf und wedelte zur Begrüßung mit dem Schwanz. »Braver Junge!«

Unterwegs kaufte sie sich einen fertigen Salat und sprach die ganze Zeit mit Soot. Sie erzählte ihm vom Abteilungsmeeting, ihren Ermittlungen und der ungewöhnlichen Häufung von Bränden. Und davon, dass ihre Mutter angerufen und wegen irgendwas eine Nachricht hinterlassen hatte.

Sie fuhr in ihre Einfahrt und …

Trat auf die Bremse. Während Soot sich gegen seinen Sitz stemmte, um nicht am Armaturenbrett zu landen, fluchte sie. Danny Maguire saß auf ihrer Vortreppe. Seine schwarzen Haare und sein großer Körper waren in das orangefarbene Licht der untergehenden Sonne getaucht, und er nahm jeden Zentimeter der Betonstufen ein. Er rauchte, klopfte aber die Asche von der Zigarettenspitze ab und steckte sich die Kippe in die Jeanstasche, bevor er aufstand.

»Scheiße«, murmelte sie, während sie das Auto parkte.

Sie stieg aus und schloss die Tür gleich wieder, damit Soot nicht auf die Idee kam, den Typen aufzufressen.

»Hey.« Danny kam ihr über den Rasen entgegen. »Kann ich dir beim Reintragen helfen?«

»Was machst du hier?«

»Ich wollte mich entschuldigen. Für letzte Nacht.«

»Wofür genau?« Sie schüttelte den Kopf. »Vergiss es. Entschuldigung angenommen. Ich gehe jetzt rein, wenn es dir nichts ausmacht ...«

»Du hast einen Hund?« Als er sich über die Scheibe beugte, drückte Soot sich gegen den Sitz, und Danny nickte. »Aus dem Tierheim. Super. Wie heißt er?«

Anne blickte zum klaren blauen Herbsthimmel hinauf. Es fühlte sich total falsch an, dass er nach ihrem Hund fragte und Tierzubehör ins Haus tragen wollte. Als würden sie durch diese Alltagsnormalität in eine Zeitschleife geraten ... eine Zeitschleife, die einen glauben ließ, es wäre nichts passiert.

»Danny, wir können das nicht machen.«

»Lass ihn raus, damit wir uns richtig kennenlernen können.«

»Er mag keine Fremden. Vor allem keine Männer.«

»Mich wird er mögen.«

»Dein Selbstbewusstsein kann echt anstrengend sein.« Als Danny einfach nur stehen blieb, als würde er auch noch bis Weihnachten warten, zuckte sie die Achseln. »Na gut. Wenn er dich beißt, bist du selber schuld.«

Sie öffnete die Tür und nahm die Leine. »Na komm, Soot. Wir gehen nach hinten, damit du deinen Garten kennenlernen kannst.«

Anne zog leicht an der Leine, aber der Hund widersetzte sich und fixierte seinen karamellfarbenen Blick auf Danny. »Keine Angst, der tut dir nichts. Komm schon.«

Soot legte den Kopf zur Seite und schob sich dann über den Sitz. Nachdem er auf den Boden gesprungen war, drehte sie sich zu Danny um und …

Danny stand nicht mehr hinter ihr. Er lag auf dem Rücken im Gras, mit ausgestreckten Armen, die Füße an den Knöcheln gekreuzt, die Augen geschlossen.

»Was machst du da?«

Als er nicht antwortete und sich nicht rührte, schnupperte Soot in die Luft. Er ging zögerlich einen Schritt vorwärts. Und noch einen. Danny lag vollkommen reglos da, nur seine breite Brust bewegte sich langsam im Rhythmus seines Atems.

So blieb er, während Soot sich ihm näherte. Der Hund hatte sein Gewicht so weit wie möglich nach hinten verlagert, sein Schwanz zeigte Alarmbereitschaft an.

»Schon okay, Kumpel«, murmelte Danny mit geschlossenen Lidern. »Lass dir Zeit.«

Soot beschnupperte zuerst eine Hand. Wich zurück. Beschnüffelte den Arm. Die Brust. Das Gesicht.

Danny öffnete langsam die Augen. »Ich bin ein Freund von deinem Frauchen. Freut mich, dich kennenzulernen.«

Soot und Danny musterten einander so lange, dass es Anne vorkam wie eine Stunde. Dann setzte sich der Hund hin und lehnte seinen mageren Körper an Dannys Seite. Erst dann hob Danny eine Hand und strich dem Tier sanft übers Fell.

»Siehst du? Ich hab dir doch gesagt, er wird mich mögen.«

Anne verschränkte die Arme vor der Brust und starrte die beiden an. Sie hatte Soot mit Müsliriegeln bestechen müssen, verdammt noch mal! Aber bei Danny klappte es ohne Gegenleistung.

Männer.

»Also«, fragte Danny, »hast du schon Pläne fürs Abendessen?«

Anne klappte den Mund auf ... klappte ihn wieder zu. Schließlich murmelte sie: »Pizza von gestern und einen Salat.«

»Perfekt. Ich bin am Verhungern.«

Eine Weile schwiegen sie beide, und dann, aus Gründen, über die sie lieber nicht nachdenken wollte, nahm sie ihn mit in ihr Haus, in ihre Küche, an ihren Tisch. Und nachdem sie die Pizza noch mal aufgebacken hatte, setzte sie sich Danny mit ihrem Salat gegenüber.

»Also, woran arbeitest du?«, fragte Danny und biss in ein Stück Pizza.

Anne probierte den Salat und fand, dass er wie Pappe schmeckte. »Du weißt doch, was ein Brandermittler macht.«

»Wie läuft's?«

»Ganz okay.«

»Schmeckt dein Salat?«

Sie legte die Gabel ab. »Danny, das hier ist ...«

Er wischte sich mit einem Stück Küchenrolle den Mund ab. »Hör zu ... Ich wollte dich einfach noch mal in nüchternem Zustand treffen. Letzte Nacht war ich nicht ganz zurechnungsfähig und habe nur Mist geredet. Ich hätte dich ja gern vorher angerufen, aber dann hättest du gesagt, dass ich nicht kommen soll.«

»Also kreuzt du einfach hier auf. Hast du schon ein einziges Mal in deinem Leben auf eine Einladung gewartet, Danny?«

»Nicht öfter als du, Anne.«

»Ich hasse es, wenn du so grinst«, murmelte sie und stocherte wieder in ihrem Salat herum. »Können wir also einfach festhalten, dass es dir leidtut, dass du mich fast geküsst hättest ...«

»Das tut mir nicht leid.« Als sie ihn ansah, senkte er den Blick. »Ich würde lügen, wenn ich etwas anderes behaupten würde.«

Augenblicklich war sie wieder in seiner dunklen chaotischen Wohnung, ihm gegenüber, ihr Name ein heiserer Laut auf seinen Lippen. Kurz bevor er den Mund langsam zu ihrem senkte.

Die Erregung erfasste ihren Körper schnell und heftig. Sie rutschte auf ihrem Stuhl hin und her. »Wenn du 's wirklich wissen willst: Ich arbeite an einem Feuer, das ähnlich war wie unseres. Unser letztes, meine ich.«

Danny lehnte sich zurück und legte ein Bein auf das andere, Knöchel auf Knie. Dann riss er ein Stück Pizzarand ab und bot es Soot an, der sich in seinem neuen Korb zusammengerollt hatte. Einen Augenblick später humpelte der Hund herüber und nahm das Stück galant wie ein englischer Gentleman an, bevor er wieder zu seinem Korb schlich und es verschlang.

»Er ist so ruhig«, sagte Anne. »Und sanftmütig.«

»Das ist ein guter Hund. Du hast Glück. Das habt ihr beide.« Dannys Schultern entspannten sich. »Also, was ist mit dem Feuer, an dem du dran bist? Welches ist es?«

»Ein Lagerhaus, in Downtown.«

»Das in der Harbor Street? Von vor zwei Tagen?«

»Ja, genau. Die gleiche alte Bauweise wie bei dem, in dem wir … na ja, du weißt schon. Jedenfalls gibt es da einige Gemeinsamkeiten. Und es sind noch mehr solche Fälle passiert. Ich frage mich, ob da ein Zusammenhang besteht.«

»In dem Stadtteil laufen viele Verrückte rum. Manchmal fackeln sie nur zum Spaß irgendwas ab.«

»Stimmt.« Sie steckte sich ein Salatblatt in den Mund.

»Bist du bei diesem Job sicher? Fahrt ihr zu zweit da hin?«

»Ich habe eine Waffe. Die darf ich verdeckt tragen.«

»Braves Mädchen.«

»Ich bin eine Frau.« Sie kaute. »Kein Mädchen.«

»Sorry.« Er lächelte leicht. »Können wir jetzt wieder über das eigentliche Problem sprechen, das hier wie ein Elefant im Raum steht?«

»Ist Moose reingekommen, und ich habe ihn irgendwie übersehen?«

Danny sah sie verwirrt an und lachte dann. »Ich habe schon mit ihm geredet. Er wird dich nicht mehr belästigen.«

»Heißt das, du wirst dich bessern und dich im Job nicht mehr wie ein Idiot aufführen? Super. Ich finde, das ist wirklich eine gute Entscheidung von dir. Und ich bin *so* froh, dass du weniger trinken und die Nummer vom Taxidienst in deinem Handy abspeichern wirst …«

»Kannst du mir überhaupt jemals verzeihen?«

Anne senkte ihre Gabel. Gott, mit Danny landete sie immer wieder in einem emotionalen Chaos. Sie wurde völlig irrational und war ihren Gefühlen hilflos ausgeliefert.

»Tut mir leid«, sagte sie, »aber *ich* bin nicht diejenige, die dir verzeihen muss.«

»Habe ich denn jemand anderem den Arm abgeschnitten?«

Sie hob ihre Prothese. »Das ist wirklich keine so große Sache.«

»Natürlich ist es das!«

Anne musterte sein Gesicht und bedauerte die Schuldgefühle, die sie darin las, aus tiefstem Herzen. Abrupt legte sie ihre Gabel weg. »Wie viel Zeit hast du noch?«

»Wann? Jetzt? Ich habe nichts vor.«

»Bin gleich wieder da.«

Danny blieb an Annes Küchentisch sitzen und hörte zu, wie sie sich im oberen Stockwerk bewegte. Sie war direkt über ihm, ihre Schritte klangen entschlossen und schnell. Aber wann hatte sie auch je bei irgendwas herumgetrödelt?

»Noch mehr Pizzarand?«, fragte er den Hund.

Soot stand auf, kam herüber und nahm das letzte Stück Rand mit seinem weichen Maul.

»Hör gut zu, Kumpel.« Der Hund legte sich wieder in seinen rot-schwarzen Korb und schaute kauend zu Danny. »Du musst auf sie aufpassen, okay? Sie ist tough und klug, aber sie wohnt hier allein.«

Na ja … zumindest, soweit er wusste. Und an etwas anderes wollte er gar nicht erst denken. Hatte sie seit dem Feuer irgendwelche Dates gehabt?

Verdammt, bei der Vorstellung, dass es einen anderen Mann in ihrem Leben geben könnte, wollte er am liebsten Klimmzüge und Sit-ups machen bis zum Erbrechen.

Nur um sicherzugehen, dass er stärker war. Noch stärker. Der Stärkste.

Wie albern.

»Okay, gehen wir.«

Er schaute auf. Anne trug Leggings und einen Fleecepulli und hatte sich eine Sporttasche über die Schulter gehängt. Er konnte den Blick kaum von ihren durchtrainierten, muskulösen Oberschenkeln abwenden. Er hatte sie nur ein einziges Mal um seine Hüften gespürt, aber das reichte, um niemals mehr zu vergessen, wie es sich anfühlte, mit ihr zu schlafen.

»Wohin gehen wir?«, fragte er.

Im Grunde war es ihm völlig egal. Sie hätte ihn auch irgendwohin bringen können, wo ihm die Augenbrauen weggewachst und die Zehennägel lackiert wurden, und er wäre mitgegangen.

»Wirst du schon sehen.«

Sie nahm einen Hundekuchen und führte Soot zu seiner Box – beim Aufstellen hatte Anne sich nicht von Danny helfen lassen. »Sei ein braver Junge. Ich mach dir den Fernseher an.«

»Musik ist besser.« Als sie über ihre Schulter schaute, schüttelte Danny den Kopf. »Wenn eine Werbung oder Show mit einem Hund darin kommt, könnte ihn das reizen, vor allem wenn er eingesperrt ist und nicht weglaufen kann.«

»Seit wann kennst du dich mit Hunden aus?«

»Ich habe bei Jack ein paar Sachen aufgeschnappt. Sie arbeiten oft mit der Hundestaffel.«

Bevor Anne die Küche verließ, schaltete sie im Radio den lokalen NPR-Sender ein, und als die angenehmen Stimmen des BBC World Service aus dem kleinen Lautsprecher ertönten, folgte Danny ihr durch die Haustür und zu ihrem Auto.

Fünfzehn Minuten später fuhren sie auf den Parkplatz von Mounteria, einer Kletterhalle, die er gut kannte – und er hatte die Fahrt so sehr genossen, dass er wünschte, sie wäre länger gewesen. Es fühlte sich gut an, so dicht neben Anne zu sitzen, ihr Profil betrachten zu können – während sie über alles und nichts redeten –, ihr Waschmittel zu riechen, ihrem Tonfall zu lauschen.

»Soll ich mit dir zusammen klettern?«, fragte er.

»Wie du willst.«

»Ich glaube, ich genieße lieber die Aussicht von unten.«

Sie stiegen aus, und Anne funkelte ihn über die Motorhaube ihres Subaru hinweg an. »Das ist nicht Sinn und Zweck der Aktion.«

»Aber ein willkommener Nebeneffekt, wenn ich das sagen darf.«

Sie schwang sich die Sporttasche über die Schulter. »Dann sage ich dir, dass du mir nicht auf den Hintern starren sollst.«

Okay, das Thema würde er also besser nicht mehr erwähnen. Schließlich wollte er nichts versprechen, was er nicht halten konnte.

Es wurde langsam dunkel, während sie über den vollen Parkplatz zum beleuchteten Eingang gingen. Bei Mounteria gab es Kletterwände für jedes Alter und Niveau, außerdem eine Saftbar, Kinderbetreuung und Trainer, sodass draußen hauptsächlich zwei Arten von Fahrzeugen standen: Minivans mit Kindersitzen und SUVs mit Dachträgern, die den versierten Kletterern gehörten.

Anne ging mit energischen Schritten los, und er hatte das Gefühl, sie einholen zu müssen, obwohl er direkt neben ihr herlief. Aber so war sie schon immer gewesen: vorneweg, auch wenn sie nebeneinander waren. Vermutlich machte die Tatsache, dass er ihr immer hinterherjagen musste, einen Teil ihres Reizes auf ihn aus. Andere Frauen versuchten, ihn an sich zu binden, ihn anzuketten, sie forderten ihn auf, sich zu setzen, zu bleiben, zu ihnen zu kommen. Aber nicht Anne. Sie war zu sehr damit beschäftigt, ihr eigenes Leben zu leben, um sich darüber Gedanken zu machen, was er tat.

Gott, sie war unglaublich. Er wünschte nur … Zur Hölle, er wusste nicht, was er sich wünschte.

Als sie hineingingen, schauten die beiden Typen an der Empfangstheke auf und begrüßten sie freudig.

»Anne!«

»Hey, Anne.«

Sie waren jünger, trugen Bärte, und in ihren Achselshirts kamen ihre schlanken Muskeln zur Geltung. Wobei er unwillkürlich an alle möglichen Wurfsterne denken musste, die er noch nicht besaß. Schade, dass man so was nicht einfach im Internet bestellen konnte.

Danny kniff die Augen zusammen, trat an die Theke und

stellte sich besonders aufrecht hin, um noch größer zu wirken. »Wir sind zu zweit.«

»Ich lade ihn ein«, sagte sie und holte ihre Karte heraus. »Ist es okay, wenn er nur zuschaut?«

»Klar, Anne.«

»Für dich ist alles erlaubt.«

Dannys innerer Höhlenmensch wollte über den Granittresen greifen und den beiden zeigen, was für sie *nicht* erlaubt war, aber er unterdrückte den Impuls und ging durch das Drehkreuz in eine große Halle, in der die Gespräche der Erwachsenen und die Schreie der Kinder widerhallten. Leute mit Anseilgurten kletterten senkrechte Wände hinauf, klammerten sich mit Fingern und Zehen an unterschiedlich hohen blauen, grünen, roten und gelben Schrägen fest.

Anne steuerte die schwarze Strecke an, die als einzige frei war. Das Ding fing auf dem Fußboden an, neigte sich dann aber schnell nach innen, bis man kopfüber in der Luft hing und sich nur noch mit festen Griffen und eigener Kraft halten konnte, um nicht mit dem Arsch auf den Matten zu landen.

Und da wollte sie raufklettern?, dachte er. Heilige … Scheiße.

Während er im Hintergrund blieb und sich zwang, sie nicht davon abzuhalten, stellte sie ihre Tasche auf eine Bank und zog den Fleecepulli aus. In ihrem Sport-BH und der Lululemon-Hose wirkte sie wie ein Fitnessmodel. Er betrachtete ihre Prothese, eine unbewegliche kosmetische Rekonstruktion, eine starre modellierte Hand mit Handgelenk, die am Ellbogen befestigt war und von einem Band aus Stoff und Plastik in ihrer Hautfarbe fixiert wurde. Anne entfernte sie geschickt und brachte eine andere Prothese an, die sowohl mit ihrem Ellbogen als auch mit ihrer Schulter verbunden war. Es war ein kompletter bionischer Arm in Schwarz und Neongrün, vollkommen mechanisch, und Danny fand sie ziemlich beeindruckend und zudem cool. Das Ende war stumpf, und Anne schraubte eine gebogene fingerartige Spitze an.

»Setz dich«, befahl sie.

Danny gehorchte, ließ sich auf eine Bank sinken und rieb sich die schwitzigen Handflächen an den Knien seiner Jeans ab. Als das nicht reichte, musste er sich die Jacke ausziehen und seine Stirn abwischen. Hätte man ihn gefragt, hätte er nicht sagen können, warum er so angespannt war.

Doch dann musste er sich gar keine Sorgen mehr machen.

Anne bewegte sich wie eine Tänzerin, voll geschmeidiger, kraftvoller Energie. Sie kletterte nicht an den Überhang – sie sprang einfach von den Matten hoch und landete an der Wand. Sie nahm Schwung mit ihrem Unterleib, fand mit ihren Kletterschuhen Halt und bewegte sich spinnenartig weiter, von einem Griff zum nächsten, mit dem Oberkörper dicht an der Wand, wobei ihre Greifhilfe und ihre echte Hand wunderbar zusammenarbeiteten.

Kein Zögern. Keine Fehltritte, Ausrutscher oder Korrekturen.

Sie kletterte ohne Sicherung, was garantiert gegen die Regeln von Mounteria verstieß, aber niemand hielt Anne auf.

Immer mehr Leute begannen, ihr zuzusehen. Innerhalb weniger Augenblicke versammelte sich eine kleine Gruppe, die aufgeregt murmelte und nach oben zeigte.

Sie kletterte immer höher, bis an die gut zwei Stockwerke hohe Decke. Dennoch schwitzte sie kaum, und ihr Tempo veränderte sich nicht, während sie an der Hallendecke über Dannys Kopf weiterlief.

Auf ihrem Rücken traten die Muskelfasern hervor, ihre Schenkel und Waden strotzten vor Kraft, die Schultern und Oberarme waren wie gemeißelt. Danny hatte zwar gescherzt, er werde die Aussicht auf sie genießen, aber in diesem Moment war Sex das Letzte, woran er dachte, während er einfach … alles an ihr bestaunte.

»Mom? Ich will auch so werden wie sie.«

Er blickte zu einem Mutter-Tochter-Paar, das ebenfalls jede von Annes Bewegungen verfolgte. Das Mädchen musste zehn, zwölf Jahre alt sein, es trug rosa-schwarze Kletterkleidung und starrte mit den Händen in den Hüften und großen Augen hinauf.

»Das kannst du auf jeden Fall«, sagte die Mutter, »wenn du dich genug anstrengst.«

Danny räusperte sich. »Und wenn du den Mumm hast«, fügte er heiser hinzu.

NEUNZEHN

Anne ging es nicht darum, andere zu beeindrucken. Wenn sie bei der Feuerwehr eins gelernt hatte, dann, dass Angeber zwangsläufig auf schmerzhafte Weise Murphys Gesetz zu spüren bekamen. Doch wenn Danny mit solchen Schuldgefühlen lebte, brauchte er ein klareres Bild davon, wie »furchtbar« ihre Situation war.

Sie landete wieder auf der Matte, klopfte sich an ihrer Leggings die Kreide von der Hand und drehte sich um …

Am Fuße der Wand hatte sich ein Kreis von Leuten versammelt, und ihre Gesichter drückten eine solche Ehrfurcht aus, dass Anne wünschte, sie wäre gar nicht erst losgeklettert. Und dann war da noch Danny. Er saß auf einer Bank, mit den Ellbogen auf den Knien, und seine kräftigen Arme wirkten so angespannt, als hätte er erwartet, dass sie kläglich scheitern würde.

Außer ihm nahm sie nichts anderes wahr. Sein Blick war so intensiv, dass er sie magisch anzog.

Plötzlich trat ein großer männlicher Körper mit bärtigem Gesicht vor sie. »Krasse Aktion, Anne.«

Sie schüttelte sich und lächelte Chris vom Empfang an. »Danke.«

»Aber du weißt schon, dass du eine Sicherung benutzen musst, oder?«

Scheiße. War ja klar. »Mein Fehler. Kommt nicht wieder vor.«

Er legte ihr eine Hand auf die Schulter. »Wir wissen ja, dass du klarkommst, wir machen uns nur wegen der anderen Leute Sorgen. Und wegen der Versicherung.«

»Natürlich.«

Danny kam herüber und stellte sich neben Chris, als wollte er zeigen, dass er ihm um gut zwanzig Kilo und zehn Zentimeter Körpergröße überlegen war.

Und ja, die ganze Welt konnte sehen, dass er ein harter Kerl mit einem blauen Auge war.

Wie zu erwarten war, zog Chris seine Hand zurück, als wäre an Anne ein Alarm losgegangen. »Also, okay …«

Dann wanderte sein Blick zu der Wand, wo zwei Jungspunde anscheinend etwas im Schilde führten, und er runzelte die Stirn. Er ging zu ihnen hinüber.

Anne hatte das Thema Behinderung abhaken wollen, darum war sie hergekommen. Es war an der Zeit, die Brücken zwischen Danny und ihr einzureißen und nach vorn zu schauen.

Sie hielt ihre Prothese hoch und sah ihn durchdringend an. »Hör auf, mich als krank oder kaputt zu betrachten. Lass den Mist und schließ damit ab. Es tut dir nicht gut, und mir gegenüber ist es eine Beleidigung.« Als er sich weigerte, auf ihre Prothese zu schauen, hielt sie sie ihm vors Gesicht. »Sieh sie dir an. Na los, das tut nicht weh, und es wird sich nicht ändern.«

Die Röte, die sich auf seinen Wangen ausbreitete, hätte alles Mögliche bedeuten können, aber Anne hatte nicht vor, seine Gefühle unter die Lupe zu nehmen. Das war sein Job.

»Es war echt beeindruckend, wie du geklettert bist«, sagte er. »Für jeden hier.«

»Du musst dir meine Prothese anschauen.«

Durch seinen finsteren Blick wirkte er noch größer. »Nein, muss ich nicht. Du hast dein Statement abgegeben, und ich bewundere deine Fähigkeiten. Aber du hast keinen Einfluss auf meine Einstellung. Die ist, wie sie ist.«

»Wenn ich der Grund dafür bin, dass du dein Leben zerstörst, dann habe ich da sehr wohl ein Wörtchen mitzureden. Denn es ist falsch …«

Laute Rufe lenkten sie ab, und sie schaute sich um. Einer der Jungen war an der Wand hochgeklettert und stieg schnell immer weiter hinauf – und Chris war sauer.

Anne konzentrierte sich wieder auf Danny. »Du musst mit mir und der Vergangenheit abschließen. Ich habe das auch getan.«

»Ja, du bist wahrlich ein Musterbeispiel. Ich weiß nur nicht, ob ich dir glauben soll. Du bist also froh, dass du nicht mehr zur Crew gehörst? Du bist begeistert, dass du nicht mehr auf der Feuerwache arbeitest? Du vermisst unser Leben nicht?« Er bewegte den Kopf hin und her, als müsste er seine Gedanken zurechtschütteln. »Jenes Leben, meine ich.«

»Was soll ich denn sonst machen? Mich bis zur Besinnungslosigkeit besaufen? Prügeleien provozieren? Mit irgendwelchen Leuten ins Bett gehen, die mir nichts bedeuten, weil mich das von der Realität ablenkt? Oder ich könnte auch anfangen zu rauchen und …«

»Ich darf meine Probleme anders lösen als du.«

»Lösen? So nennst du das also? Ich würde es eher als eine ›Implosion‹ bezeichnen.« Jemand hinter ihr schnappte laut nach Luft, aber sie achtete nicht darauf. »Und ganz ehrlich, ich verstehe nicht, warum … Hallo? Würdest du mich *bitte* anschauen, wenn wir miteinander reden?«

Er wandte den Blick wieder zu ihr. »Erstens mache ich mit meinen Augen, was ich will. Und zweitens lenkt mich *das da* ein wenig ab.«

Als er über ihre Schulter zeigte, drehte auch Anne den Kopf.

Oben an der Decke hing der jugendliche Kletterer kopfüber an vier Haltepunkten: Zwei Griffe umklammerte er mit den Händen, gegen zwei weitere stemmte er die Füße. Seine Schenkelmuskeln vibrierten, die Unterarme zitterten. Schweißtropfen fielen auf die Matten gut sechs Meter unter ihm. Es war so still, dass man hören konnte, wie sie auftrafen. Wie ein Metronom zählten sie die ihm ausgehende Zeit herunter.

Der Junge war zwar gut in Form, muskulös und schlank. Aber er hatte vor lauter Begeisterung seine Fähigkeiten und seine Kraft überschätzt, und jetzt bekam er Panik und konnte nicht weiter. Er trug keine Sicherung.

Chris sprach mit ihm. »Bleib, wo du bist, Kumpel. Wir holen dich da runter.«

Anne lief zu ihm. »Ich kann ihm eine Sicherung hinaufbringen …«

»Chilli ist schon dabei.« Chris senkte die Stimme. »Ich habe dem Typen gesagt, dass er das lassen soll. Aber er ist losgeklettert, bevor ich …«

Der eine Fuß des Jungen rutschte ab, und die Menge schnappte nach Luft. Chilli, der andere vom Empfang, legte sich, so schnell er konnte, seinen Klettergurt an und schnallte sich fest.

Viel Glück, dachte Anne. Selbst wenn er in Windeseile oben wäre, entwickelte sich die Situation über ihnen zu schnell zum Schlechten. Das hier würde böse enden. Sie musste zu ihrem Handy …

»Ich rufe schon mal den Rettungsdienst.« Danny hielt sich sein Handy ans Ohr. »Er wird übel aufprallen.«

»Halte durch, Kumpel!«, rief Chris.

Die gut fünfzehn Zuschauer schnappten wieder laut nach Luft, als der Junge erwartungsgemäß auch mit dem anderen Fuß den Halt verlor und nun in der Luft hing wie Spider-Man zwischen zwei Wolkenkratzern, nur ohne Netz. Oh Gott, die Hände. Sie wurden vom Schweiß immer rutschiger, und jetzt hing das ganze Gewicht daran.

Anne trat vor die Menge und breitete die Arme aus. »Geht alle zurück, Leute. Macht Platz.«

Sie stellte sich vor ein Mädchen, das ungefähr zwölf Jahre alt sein musste. »Hey, cooles Shirt.«

Das Mädchen schaute auf seine Brust. »Ich, ähm … das ist mein Camp.«

»Ich war auch im Camp Hill.« Das Mädchen schaute wieder an die Decke, aber Anne machte einen Schritt zur Seite, sodass sie der Kleinen erneut die Sicht versperrte. »In welcher Hütte warst du?«

»Das steht hier drauf.«

Gerade, als das Mädchen auf sein Shirt schaute und auf den Namen zeigte, hörte man einen kollektiven Aufschrei, dann einen harten Aufprall.

Anne wandte sich an die Mutter des Mädchens und sagte leise: »Bringen Sie sie schnell in die Umkleidekabine.«

Das knackende Geräusch? Das kam von mindestens einem, vielleicht zwei gebrochenen Schienbeinen.

Danny beendete den Anruf beim Notarzt gerade, als der Angeber den Halt verlor und genau in der falschen Position landete. Na ja, falsch, wenn man davon ausging, dass der Junge das Feuerwerk in seinem Körper nicht genoss, das mit komplizierten Knochenbrüchen einherging: Er flog geradewegs auf die Matte, mit zusammengepressten Knien und rudernden Armen, als würde er in einen Pool springen. Was sollte das schon bringen?

Die Landung hätte ihm glatte zehn Punkte eingebracht – wenn das hier die *Jackass*-Olympiade und Steve-O der Wertungsrichter gewesen wäre. Stattdessen war es eine Wohltätigkeitsveranstaltung für einen orthopädischen Chirurgen. Das linke Schienbein war so gebrochen, dass der Knochen durch die Haut nach außen trat.

Während Anne die Menge zurückhielt, eilte Danny zu dem Kletterer, jetzt Patienten, und nahm eine seiner zappelnden Hände in einen festen Griff. Der Junge trug das T-Shirt einer örtlichen katholischen Privatschule, und angesichts seines Akneproblems und der eindeutigen Schwierigkeiten bei der Risikoeinschätzung war klar, dass er noch minderjährig sein musste. Wobei natürlich auch Leute, die volljährig waren, Vollidioten sein konnten.

Wer im Glashaus sitzt …

»Ganz ruhig«, sagte Danny. »Hilfe ist unterwegs.«

»Ist es gebrochen? Ist mein Bein …?«

Der Junge hob den Kopf, um an seinem Körper hinunterzuschauen, aber Danny sorgte dafür, dass er diese großartige Idee nicht umsetzen konnte. Dem Schmerz noch Bilder hinzuzufügen würde nicht helfen, da sich der untere Teil des Beins als Anatomie-Prüfungsaufgabe eignen würde.

»Hör auf, dich zu bewegen, Kumpel.« Danny drückte seine Schultern wieder auf die Matte. »Entspann dich und atme tief ein. Wie heißt du?«

»David. Dave Richmond.«

»Hi Dave, ich bin Danny. Ich bin ausgebildeter Sanitäter. Wie alt bist du?«

»Achtzehn.«

»Reagierst du auf irgendwas allergisch?«

»N-n-n-nein. Oh Mann, meine Mom bringt mich um.«

»Hast du irgendwelche Krankheiten?« Außer der typischen testosteronbedingten Dummheit? »Gibt es da irgendwas, was ich wissen muss?«

»Nein. Was ist mit meinem Bein? Ich spüre gar nichts.«

Wahrscheinlich der Schock, aber Wirbelsäulenverletzungen konnten tückisch sein, und solange sie nicht ausgeschlossen waren, durfte man sich auf nichts verlassen.

»Bleib einfach ruhig liegen, okay? Wie können wir deine Mom erreichen?«

Anne kam herüber und kniete sich neben ihn. »Wie geht's?«

Für einen Sekundenbruchteil war Danny wieder in der Vergangenheit, zusammen mit Anne bei einem Rettungseinsatz: Sie beugten sich über den Patienten, überprüften die lebenswichtigen Organe, gaben den Befund an die Notaufnahme weiter, begleiteten den Transport. Sie war immer seine Partnerin …

Gewesen. Sie war seine Partnerin *gewesen.*

Und ja, es war bescheuert, so nostalgisch zu werden bei dem Gedanken daran, wie Anne und er mit Schmerz und Leid und Verletzungen zu tun gehabt hatten, aber ihm fehlte diese Verbindung zwischen ihnen. Der alltägliche Kontakt. Das Gefühl, dass er ihr vieles gar nicht sagen musste, weil sie es einfach wusste.

Weil ihr Gehirn und seines auf die gleiche Art funktionierten.

»Dave macht das super.« Etwas leiser fügte Danny hinzu: »Steht etwas unter Schock.«

»Sieht auch so aus. Welche Wache hast du erreicht?«

»Unsere.«

Annes Miene erstarrte, aber sie überspielte das schnell, indem sie sich an den Freund des Kletterers wandte, der ganz nervös daneben stand. »Kannst du uns seinen Ausweis holen? Aus seinem Schließfach?«

Der blonde Junge schaute auf den Knochenbruch und schluckte, als kämpfte er gegen seinen Würgereflex. »Ja. Ist er … Kriegt er Ärger? Ich habe ihm gesagt, er soll das nicht machen.«

»Wir wollen ihm nur helfen. Wenn du uns also sein Portemonnaie und sein Handy holen könntest, wäre das echt toll.«

Der Freund lief los, und Anne stand auf und sprach mit den beiden Deppen vom Dienst. Die zwei bärtigen Typen vom Empfang mit ihrem »individuellen« Hipster-Look waren so aufgeregt, wie Instagrammer es eben werden konnten, wenn es um etwas anderes als die unmenschliche Abscheulichkeit von Mandel- statt Sojamilch in ihren Matcha-Lattes ging.

Vielleicht war es aber auch unfair, ihre leicht genervten Gesichter so zu deuten.

Wahrscheinlich.

Die Sirenen in der Ferne wurden immer lauter, dann blitzten rote Warnleuchten durch die Glasfront von Mounteria und erhellten das panische Gesicht des verletzten Jungen. Kurz darauf kehrte der Freund mit dem Portemonnaie zurück.

Danny nahm es, klappte es auf und fluchte. »Du bist siebzehn, nicht achtzehn, Dave.«

»Ich bin fast achtzehn.«

»Vor dem Gesetz zählt ›fast‹ nicht. Wie wäre es, wenn wir jetzt mal einen Elternteil benachrichtigen? Für die Behandlung brauchen wir eine Einverständniserklärung.«

»Deine Mom wird durchdrehen«, murmelte der Freund.

Dave schüttelte den Kopf. »Kann ich nicht einfach ins Krankenhaus …?«

Danny riss der Geduldsfaden, und er unterbrach ihn: »Nein. Wir rufen jetzt deine Mom oder deinen Dad an. Auf der Stelle.«

ZWANZIG

Als das Team der 499 mit einer Trage hereinkam, trat Anne zurück und musste sich ablenken, also unterhielt sie sich wieder mit Chris. Wie sich herausstellte, hatte es wegen Dave mit dem gebrochenen Bein schon öfter Ärger gegeben. Er war nicht richtig angemeldet, und beide Jungs vom Empfang hatten endgültig die Nase voll von ihm.

»Du hast getan, was du konntest«, sagte sie zu Chris. »Es wird alles wieder gut.«

Ihre Worte waren hauptsächlich an sie selbst gerichtet. Dannys Ex-Mitbewohner Moose war am oberen Ende der Trage und Emilio Chavez am unteren. Sie liefen eilig durch die Halle, beide in ihrer Arbeitskleidung, den Shirts mit dem Feuerwehrwappen auf der Brust und den marineblauen Hosen, die auch Anne immer getragen hatte.

Die Männer stutzen, als sie sie sahen – und noch einmal, als Danny aufstand.

Dann fing Moose sich wieder. »Hey, ihr zwei. Was ist hier los?«

Danny sah Anne an. Sie sah Danny an.

»Komplizierter …«

»Ist von der Decke gefallen …«

»… Bruch nach einem …«

»… und hat jetzt einen komplizierten …«

»… freien Fall.«

»… Bruch.«

Als sie gleichzeitig wieder schwiegen, zwang sie sich, nicht wegzuschauen. »David ist minderjährig, und seine Mutter ist unterwegs.«

Moose lächelte ihr zu, dann ging es nur noch um den Patienten, wobei er und Chavez einem Ablauf folgten, den Anne nur zu gut kannte. In New Brunswick waren Feuerwehrleute auch Rettungssanitäter, und Anne begleitete im Kopf jeden ihrer Untersuchungsschritte.

Ich kann das immer noch, dachte sie. *Ich kann meinen Job immer noch.*

Aber diese Überzeugung war eine sinnlose Erkenntnis, eine Kerze ohne Docht. Ein solcher Einsatz war nur ein Teil des Ganzen. Klar, als Rettungskraft musste man mit einem Jungen mit gebrochenem Bein in einer friedlichen, ungefährlichen Umgebung wie dieser umgehen können. Aber man musste auch schwere Schläuche über Treppen hinaufziehen, mit Äxten Wände durchbrechen und verletzte Kollegen aus Gefahrenherden retten.

Danny kam zu ihr und neigte den Kopf, während er zusah, wie die Infusion gelegt wurde. »Wie geht's dir?«

Die Worte waren so leise, dass Anne sie fast überhört hätte, und sie musste daran denken, wie er im Job immer mit ihr gesprochen hatte: persönlich, auch in der Öffentlichkeit.

Anne machte den Mund auf, um mit »gut« zu antworten, folgte dem Impuls jedoch nicht. Sie wusste nicht, warum sie die Lüge nicht aussprechen konnte – und hatte auch nicht vor, sich allzu genau damit zu beschäftigen, wieso ihr die Standardantwort im Hals stecken blieb.

Nachdem Dave mit einer Zervikalstütze um den Hals und stabilisiertem Bein auf einem Spineboard fixiert worden war, hoben Moose und Chavez ihn auf die Trage. Die Mutter kam an, als sie ihn gerade anschnallten, und war völlig außer sich.

Mit wirren Haaren, fliegendem Mantel und umherbaumelnder Handtasche rannte sie zu ihrem Sohn.

»David, was ist nur in dich gefahren?«

»Die ist nicht zum ersten Mal in dieser Situation«, murmelte Danny.

»Sieht so aus.« Anne holte ihre Sporttasche. »Lass uns gehen.«

Diese Angeberaktion war ein Riesenfehler gewesen, und dass sie nun mit ihr als Zuschauerin endete, während Moose und Emilio den Job machten, den sie hatte aufgeben müssen? Sie hatte recht gehabt: Gott strafte Stolz. Sie hatte Danny beweisen wollen, dass es ihr gut ging, aber sie musste zugeben, dass ihr Ego auch nicht unbeteiligt gewesen war.

Während Moose die Mutter beruhigte und informierte, zögerte Emilio und kam dann zu ihnen herüber. Er nickte Danny zu, aber es war ein flüchtiger Gruß – schließlich würden sich die beiden ja bei der nächsten Schicht wiedersehen.

»Wie geht's dir, Anne?«

Chavez war immer ein guter Kerl gewesen, und nun sah er sie genauso sanft an, wie sie ihn in Erinnerung hatte. Er war auch immer noch der große, dunkle und attraktive Feuerwehrheld, der in einen Kalender mit Männern in Uniformhosen und mit langen Schläuchen in den Händen gehörte – und doch war er nie ihr Typ gewesen. Nein, damals hatte sie immer nur Augen für Danny Maguire gehabt.

Was war noch mal die Frage?

»Mir geht's gut.« Sie strahlte und regulierte ihr Lächeln dann auf ein normales Maß, um nicht verzweifelt zu wirken. »Mir geht's super.«

Nach dem Feuer in dem Lagerhaus war Emilio einmal in der Rehaklinik vorbeigekommen, und die krampfhafte Art, wie er ihr ins Gesicht und nicht auf den Arm geschaut hatte, hatte in Anne das Bedürfnis geweckt, den Besuch zu verkürzen. Er hatte erleichtert gewirkt, als sie ihm eine Ausrede lieferte zu gehen, und sie hatte es ihm nicht übel genommen. Während er verlegen neben ihrem Krankenbett gestanden hatte, war er sicher froh gewesen, dass er selbst nicht verletzt worden war – und er war so anständig, sich aufgrund dieser verständlichen Erleichterung schlecht zu fühlen.

»Wie geht's dir?«, erwiderte sie. Gezwungenermaßen.

»Ach, super. Mir geht's super. Ja, danke.«

Er lächelte, doch dann verblasste der freudige Ausdruck. Als er sich offensichtlich zwang, wieder die Mundwinkel zu heben, hätte sie ihm am liebsten gesagt, dass er sich die Mühe sparen könne.

Anne rieb sich ihre schwitzige Handfläche noch einmal an ihrer Leggings ab. »Schön, das freut mich.«

»Ja, das ist … das ist schön.« Er schaute über seine Schulter. »Wie es aussieht, sind wir hier fertig. Hat mich gefreut, dich zu sehen, Anne. Bis bald, Dannyboy.«

»Hat mich auch gefreut«, sagte sie zu laut. »Das war schön.«

Chris kam herüber. »Ich wusste gar nicht, dass du mit den Sanitätern befreundet bist.«

»Bin ich nicht. Ich meine, ich war es mal. Ich war früher …« Sie schüttelte den Kopf. »Hör mal, ich muss es noch mal sagen: Mir tut das alles hier wahnsinnig leid. Ich hätte nicht so eine Show abziehen dürfen.«

»Der Junge hat schon immer Ärger gemacht. Jetzt haben wir wenigstens einen Grund, seine Mitgliedschaft zu kündigen. Und er hat die übliche Einverständniserklärung unterschrieben, also werden wir hoffentlich nicht verklagt.«

Danny schaltete sich ein. »Wenn wir eine Aussage machen sollen, weißt du ja, wo du uns findest.«

»Ihr habt *meine* Nummer«, korrigierte Anne. »Sagt Bescheid, wenn ich irgendwie helfen kann. Ich fühle mich verantwortlich.«

Chris lächelte. »Du bist die Beste, Anne. Chilli und ich wissen das sehr zu schätzen.«

»Hat mich gefreut«, sagte Danny schnell und streckte ihm die Hand entgegen, als wäre sie ein Schwert, das er auf den Bauch des anderen richtete.

Nach einer peinlichen Pause schüttelte Chris ihm die Hand, und dann ging Anne zur Tür, bevor Danny sich den armen Kerl schnappen und ihn in Stücke reißen konnte.

Draußen war es dunkel wie um Mitternacht, und Moose schloss gerade die Hecktüren des Rettungswagens. Die blinkende rote Warnleuchte erinnerte Anne wieder an ihren alten Job, die rhythmischen Lichtblitze so vertraut und nun doch so fremd.

Eine heimtückische, lähmende Traurigkeit raubte ihr den Atem.

»Also«, sagte Moose und schaute zwischen Danny und ihr hin und her.

Er lächelte amüsiert – Danny würde auf der Feuerwache sicher noch einiges zu hören kriegen. Doch sollte Maguire jetzt versuchen, den Arm um ihre Schulter zu legen oder irgendwas anzudeuten, würde er am eigenen Leib erfahren, wie man sich in ihrer Situation fühlte.

Denn dann würde sie ihm den Arm abreißen.

»Musst du dich nicht um deinen Patienten kümmern?«, murmelte Danny.

Moose zuckte die Achseln. »Chavez geht mit ihm die medizinische Vorgeschichte durch.«

»Das geht auch unterwegs.«

»Die Mutter hat uns gebeten, auf sie zu warten. Sie will uns mit ihrem Auto folgen.«

Anne war nahe dran, einfach abzuhauen, aber dann hätte Danny keine Mitfahrgelegenheit mehr, und das würde erst recht Tratsch nach sich ziehen.

»Also …« Moose wippte auf den Fersen seiner Stiefel. »Schönes Wetter heute …«

Danny warf ihr einen Blick zu. »Komm, lass uns gehen.«

Verdammt.

»Hey«, sagte Moose, »wir könnten am Samstag zusammen zu Abend essen. Kommt doch zu uns – Deandra macht gerade einen Kochkurs und liebt es, damit anzugeben.«

Als sich ein angespanntes Schweigen ausbreitete wie ein übler Geruch, durchbrach Anne die Stille: »Ich dachte, sie will Hairstylistin werden.«

»Na ja, das ist nur ein Teil ihres Lifestyle-Business. Sie will sich auf Haare, Make-up, Hautpflege, Mode, Einrichtung und gesunde Ernährung spezialisieren. Das volle Programm. Ich bin sehr stolz auf meine Frau.«

Als er Danny vielsagend ansah, verlor Anne die Geduld – und wurde von der Mutter des Jungen gerettet. Sie fuhr in einem Minivan vor, der ein sehr schweres Leben hinter sich hatte: eine Delle an der vorderen Stoßstange, Kratzer an der Seite und ein Seitenspiegel, der herabhing. Man konnte sich schon fragen, ob da der Apfel nicht weit vom Stamm gefallen war – oder ob der Sohnemann die Autoschlüssel klaute.

Moose klatschte in die Hände. »Ich muss los! Also, bis Samstag – Anne, ich gebe Deandra deine Nummer, dann kann sie dir die Details schicken.«

Details? Und wie zur Hölle schrie man *Bitte nicht!*, ohne beleidigend zu sein? Seine Frau war der letzte Mensch, den Anne besser kennenlernen wollte. Sie war schon bei der Albtraumhochzeit gewesen und hatte dabei mehr als genug mit ihr zu tun gehabt.

Der Krankenwagen stieß süßliche Dieselabgase aus, während Moose ihn in Richtung des Universitätsklinikums New Brunswick steuerte, gefolgt von dem ramponierten Minivan.

Anne schaute zu Danny. »Ich esse nicht mit ihnen. Und auch nicht mit dir. Das geht einfach nicht.«

»Vor allem ist es reine Zeitverschwendung. Die beiden sind kein gutes Paar.«

Sie traten gleichzeitig vom Bordstein, und als sie auf dem Weg zum Auto in Gleichschritt verfielen, änderte Anne absichtlich ihren Schritt, um die Harmonie zu stören. Beim Einsteigen wirkte Danny zum Glück ungewöhnlich schweigsam, und er versuchte auch nicht, ihr einzureden, dass das von Moose erträumte, niemals stattfindende Horroressen am Samstag großartig werden würde.

Auf dem Heimweg, dessen Ampeln und Abzweigungen Anne im Schlaf kannte, stellte sie fest, dass ihre Hand wieder anfing zu schwitzen. Genau genommen fühlte sich ihr ganzer Körper an wie unter einer Wärmelampe. An einer roten Ampel streifte sie sich den Fleecepulli über den Kopf und warf ihn nach hinten.

»Wie bist du vorhin zu mir gekommen?«, fragte sie. »Ich habe dein Auto gar nicht gesehen.«

»Ich bin gelaufen.«

Sie warf ihm einen Blick zu. »Acht Kilometer?«

»Ich musste den Kopf frei kriegen.« Er schob die Hand unter seine Jacke und zog sie dann fluchend wieder heraus. »Ja, ich weiß. In deinem Auto wird nicht geraucht.«

»Auf keinen Fall.«

»Ich habe doch gesagt, dass ich es weiß«, gab er zurück.

An der nächsten Ampel fiel ihr auf, dass sein Knie auf- und abwippte, als würde seine linke Hälfte einen imaginären Sprint hinlegen.

Genau wie in dem Moment, als sie auf dem Parkplatz im Gleichschritt gegangen waren, wusste Anne, wie er sich fühlte. Ihr Herz schlug genauso schnell, wie sein Fuß im Fußraum zappelte, und sie war nicht blöd. Sie waren beide durcheinander nach diesem Zusammenstoß von Vergangenheit und Gegenwart, und die Bruchstücke »normal«, »für immer« und »wird mir nie passieren« lagen noch mitten auf ihrem Weg verstreut.

So war das Leben nun mal. Durch Gewohnheit und Routine fühlten sich die Dinge unveränderlich an, aber das war nur eine Illusion, die auf dem sehr schwachen Fundament der Wiederholung basierte. Es war viel klüger, mit Veränderung und Chaos zu rechnen.

Wenigstens wurde man dann nicht überrascht, wenn alles den Bach runterging.

»Ich bringe dich nach Hause«, verkündete sie.

»Ich kann zu Fuß gehen.«

»Ich weiß.«

»Es ist schon okay …«

»Es ist kalt …«

»Danke, *Mom.*«

Anne biss die Zähne zusammen. Sonst würde das hier – was auch immer es war – nur in sinnlosem Geschrei enden.

Und die ganze Zeit über stieg der Druck weiter. In ihr. In ihm. Bis sie absolut sicher war, dass sie gleich das Sicherheitsglas aus den Türen und der Windschutzscheibe ihres Subaru sprengen würden.

Bei ihm angekommen, fuhr sie in die kurze Einfahrt und um die Wohnung herum und bremste dort. Sie wusste, dass er stocksauer war, weil sie ihn hergebracht hatte, aber das war ihr völlig schnuppe.

Sie wollte, dass er wütend auf sie wurde.

Das war sicherer: Irgendwo auf der Fahrt zu seiner Wohnung hatten sich Frust und Schmerz zu einer anderen Art von Energie entzündet. Einer Art von Hitze. Einer gefährlichen Art von … Verlangen.

Plötzlich erschien ihr das Auto viel zu eng für sie. Für sie beide.

»Schalte den Motor aus«, sagte Danny schroff.

Sicher nicht, dachte sie. Das war keine gute Idee. Sie brauchte einen laufenden Motor, um schnell in den Rückwärtsgang zu gelangen.

Aber ihre Hand hatte andere Pläne, sie schaltete den Motor ab. In der darauf folgenden Stille merkte Anne, dass sie schwer atmete, und sie öffnete die Lippen, um mehr Sauerstoff in ihre Lunge strömen zu lassen.

»Wir machen das nicht.« Ihre Stimme klang zu tief. »Ich mache das nicht.«

»Bist du dir da sicher?« Danny drehte sich zu ihr. »Dann sag mir, dass ich aussteigen soll …«

»Steig aus.«

Aber nur ein Teil von ihr wollte das – und Danny, der eine Inselbegabung besaß, was ihre Gefühle anging, wusste das. Der Dreckskerl *wusste* es.

Anne verlor die Beherrschung und den Verstand. Sie streckte die Hand aus, legte sie an seinen Hals und zog ihn zu ihrem Mund. Und da sie sich immer darauf verlassen konnte, dass Danny Maguire das Falsche tat, zögerte er keine Sekunde.

Er küsste sie, dass ihr Hören und Sehen verging. Seine Lippen bewegten sich fordernd auf ihren, und seine Zunge drang mit so viel erotischer Dominanz in sie ein, dass sie augenblicklich daran erinnert wurde, warum sie den Sex ihres Lebens erlebt hatte, als sie dieses eine einzige Mal mit ihm geschlafen hatte.

Als sie schließlich Luft holten, waren seine halb geschlossenen Augen ein Spiegel, in den sie nicht schauen wollte. Sie brauchte keine Bestätigung, dass ihre ganzen plumpen, überheblichen Theorien zu Staub zerbröselten angesichts Dannys bevorzugter Bewältigungsstrategie: bedeutungsloser Sex.

»Muss ich dich bitten?«, fragte er. »Dann werde ich das tun.«

Verdammt, es gab so viele Gründe, das hier nicht zu tun.

Schade nur, dass jeder einzelne davon in einer Fremdsprache formuliert war, die sie nicht verstand.

»Ich will nicht reden«, sagte sie, schnappte sich die Autoschlüssel und stieg aus.

Und, wer hätte es gedacht, als Danny zu ihr herüberkam, schien auch er nicht an einem Gespräch interessiert zu sein!

EINUNDZWANZIG

Nicht reden. Als Danny Anne zur Hintertür folgte, war sie offensichtlich entschlossen, nicht zu viel über das hier nachzudenken, und er hatte nichts dagegen. Er stand nicht auf Reden. Er wollte diese Frau auf der Stelle. Die Zeit, die es dauern würde, ihr die Hose runterzuschieben und seinen Reißverschluss zu öffnen, würde seine Geduld bereits an ihre Grenzen bringen.

Kaum waren sie in seiner chaotischen Küche, ging es weiter, ihre Körper stießen in der Dunkelheit aneinander, er hielt sie mit rauen Händen fest, ihre Nägel krallten sich in seine Jacke. Er schob Anne gegen die Arbeitsplatte neben der Spüle, hob sie hoch und drückte ihre Knie auseinander.

Er wollte nicht, dass es in seinem Schlafzimmer passierte, aber nicht wegen der Unordnung. Er hatte einige Frauen dort gehabt, und obwohl Anne sich natürlich einreden würde, dass das hier nichts bedeutete, wollte er sie nicht mit jenen One-Night-Stands in Verbindung bringen.

Das hier war etwas anderes.

Als Anne sich hochstemmte, griff er nach dem Bund ihrer Leggings und streifte sie ihr ab. Dann strich er mit den Händen über die glatten Muskeln ihrer Schenkel. Ihr Körper war großartig in Form, überhaupt nicht wie die weichen, silikonaufgepumpten Mädchen, die er im Timeout aufgegabelt hatte, aber im Grunde war ihr Körper ihm egal.

Das hier war Anne.

»Ich habe ein Kondom benutzt. Mit den anderen«, sagte er und sah ihr direkt in die Augen. »Mit jeder, jedes Mal.«

Als sie die Augen schloss, fürchtete er, alles vermasselt zu haben, aber er wollte, dass sie das wusste. Und die Wahrheit war: In den letzten zehn Monaten hatte er nicht deshalb auf geschützten Sex geachtet, weil es ihm für ihn selbst wichtig war, sondern weil er gehofft, gebetet hatte, dass dieser Moment mit Anne kommen würde.

Er hatte für sie auf sich aufgepasst.

»Küss mich einfach«, murmelte sie.

Und das war das Letzte, was sie zueinander sagten. Sie kam seinen rastlosen Händen entgegen, drückte die Brüste an seinen Körper. Näher, er wollte ihr näher sein, aber auch langsam vorgehen, denn er musste jede Sekunde in Erinnerung behalten.

Als sie an seinem Hosenbund herumfummelte, half er ihr, riss den Knopf auf und zog den Reißverschluss herunter, die restliche Arbeit übernahm sein bestes Stück.

Anne neigte die Hüften und führte ihn. Allein das Gefühl ihrer Hand an seinem Schwanz ließ ihn aufstöhnen. Aber es passte nicht ganz, die Höhe der Arbeitsplatte war nicht richtig für ihre beiden Körper – also löste er das Problem, indem er ihren Po umfing und sie hochhob.

Es war besser als in seiner Erinnerung. Sie passten perfekt ineinander. Eine feuchte heiße Umklammerung. Der Duft ihres Shampoos, ihre Haare in seinem Gesicht, ihr starker und sicherer Griff um seine Schultern.

Er trug sie ins Wohnzimmer, ließ seine Schritte die Bewegungen und den Rhythmus bestimmen. Sie trennten sich erst, als er sie ablegte.

Aber nicht lange.

Danny war sofort wieder auf ihr, legte den Unterarm unter

ihr Knie und drückte ihr Bein nach oben. Er drang erneut in sie ein, und er hielt sich nicht zurück. Kraftvoll bewegte er sein Becken vor und zurück, und ihr Körper nahm die Stöße auf, während sie rau und keuchend atmete.

Er wollte nicht kommen. Obwohl sein Körper kurz davor war, schon seit er in sie eingedrungen war, beherrschte er sich. Aber es wurde immer schwerer. Er fing an zu zittern, die Versuchung wurde zu einer schmerzlichen Verweigerung.

Anne löste sein Problem. Stöhnend warf sie den Kopf nach hinten, und ab jenem Augenblick rührte er sich nicht mehr. Er wollte fühlen, wie sie für ihn kam, und er schloss die Augen und konzentrierte sich auf das Gefühl, wie sie seinen Schwanz fest umklammerte. Und dann kam er selbst in Fahrt, stieß mit den Hüften in sie, immer tiefer, bis ihm bei seinem Orgasmus schwindelig wurde.

Es war so gut.

Zu gut.

Verdammt.

Als Anne spürte, wie Danny in ihr kam, wusste sie, was das bedeutete. Und sie wusste, dass er der Typ Mann war, der auch danach noch nicht fertig war.

Sie öffnete die Augen, starrte an die Decke seines Wohnzimmers und fand, dass sie viel zu alt war für diese Art von Collegeaffäre: in der Wohnung des Typen, auf dem Sofa, hemmungslos und verhängnisvoll.

Zumindest redete sie sich ein, dass das hier so etwas war.

Danny hob den Kopf. Gerade, als sie ihm sagen wollte, dass sie gehen musste, fing er wieder an, sich zu bewegen, tief in ihr, nun langsamer. Die Stöße waren Himmel und Hölle zugleich, und sein Blick war herausfordernd, als wüsste er, dass sie herunterspielen würde, wie unglaublich der Sex war.

Es wäre einfach gewesen, das zu tun, wenn es sich nicht so gut angefühlt hätte.

Nur leider waren die Empfindungen dabei das Einzige, was irgendwie Sinn ergab.

Sie schloss die Augen und ließ sich wieder fallen, überließ ihrem Körper die Kontrolle, und ihr Gehirn nahm im Wartezimmer Platz. Gott, sie würde noch jede Menge Zeit haben, ihre Dummheit zu bereuen. Jetzt gerade reichte es, dass sie ihn spürte.

Und bei Gott, es gab so viel von Danny zu spüren.

Er war groß und schwer, und all die Masse und das Gewicht machten einen Teil des Reizes aus. Bei ihrem Körperbau fühlte sich Anne nicht oft zierlich – wobei sie von diesem ganzen Getue um kleine hilflose Mädchen, die gerettet werden wollten, sowieso nichts hielt. Aber es war ziemlich erotisch, unter einem Mann von Dannys Größe und Kraft zu liegen …

Aus dem Nichts erschien vor ihrem inneren Auge ein Bild von ihnen beiden zusammen im Feuer. Sie erinnerte sich lebhaft daran, wie sich ihre Blicke durch die Sauerstoffmasken getroffen hatten, während sich das Feuer über die Decke ausgebreitet hatte und die Gefahr und Isolation so real gewesen waren.

Ich liebe dich.

Als ihr die Worte durch den Kopf schossen, drückte sie ihn an den Schultern weg, aber es war zu spät. Sie kam noch einmal, und der Orgasmus verdrängte alles andere. Tränen, unerwartet und unerwünscht, traten ihr in die Augen, und sie blinzelte.

Dannys mächtiger Körper bebte über ihrem, und die Angst, er könnte sie weinen sehen, ließ sie den Sex vergessen und hielt sie in ihrem Kopf gefangen.

Die Wahrheit war: Danny bedeutete ihr zu viel, genau wie sie ihm zu viel bedeutete. Und dieser erotische Zusammenstoß konnte zu nichts Gutem führen … und war doch absolut unvermeidbar gewesen.

Als Danny schließlich innehielt, atmete sie heftig, aber nicht vor Anstrengung. Sie beschloss, bis zwanzig zu zählen, bevor sie sich von ihm lösen würde, in der Hoffnung, dass sie nicht so aufgelöst aussah, wie sie sich fühlte.

Sie schaffte es bis vierzehn. »Ich muss los.«

Danny ließ den Kopf auf ihre Schulter sinken. »Okay. Ja. Klar.«

Als sie ihn gerade wegdrücken wollte, zog er sich zurück. Trotzdem konnte sie nicht schnell genug eine gewisse Distanz zwischen ihre beiden Körper bringen und ließ ihm kaum Zeit aufzustehen.

Sobald sie auf den Beinen war, wurde sie daran erinnert, dass sie kein Kondom benutzt hatten, und Anne lief schnell ins Bad und schloss sich ein. Auf dem Rand des Waschbeckens stand eine Rolle Toilettenpapier, und sie wickelte etwas davon um ihre Prothese, drückte es zusammen und schob es sich zwischen die Schenkel.

Kaum war sie wieder im Flur, ging sie steif in die Küche. Unter der Leggings hatte sie einen Tanga getragen, den sie nun schnell wieder anzog, um das Papier festzuhalten. Als sie vollständig bekleidet war, fühlte sie sich besser, und erst dann kehrte sie ins Wohnzimmer zurück.

Am liebsten wäre sie ohne ein weiteres Wort gegangen.

Eigentlich hatte sie erwartet, dass er etwas sagen würde, und die Tatsache, dass er das nicht tat, verunsicherte sie. Aber das war nur ein weiterer Punkt auf der langen Liste von Dingen, die sie nicht allzu genau unter die Lupe nehmen wollte.

Sie blieb in der Tür stehen und musterte ihn. Er war noch dort, wo sie ihn verlassen hatte, saß mit wirren Haaren auf dem Sofa. Gott sei Dank hatte er sich die Jeans wieder angezogen.

Sie dachte daran, wie sie am Vorabend hier hereingeplatzt war und seine Tattoos betrachtet hatte, die er ihr so unfreiwillig präsentiert hatte.

»Ich weiß schon«, sagte er düster. »Du musst es nicht wiederholen.«

»Was denn?«

»Nur eine Nacht. Nur ein einziges Mal.« Er atmete aus, als würde er rauchen, aber er hatte keine Zigarette in der Hand, da war kein Rauch in der Luft. »Das hast du gesagt, als wir letztes Mal miteinander geschlafen haben, erinnerst du dich?«

Anne hatte das Gefühl, sich entschuldigen zu müssen, aber hey … Sie waren beide erwachsen, sie hatten es gewollt, und er hatte recht. Genau das hatte sie ihm sagen wollen.

»Schön, dass wir uns da einig sind.«

Er lachte bitter. »Tja.«

Anne drehte sich weg. »Pass auf dich auf.«

Sie ging zur Tür und rechnete jeden Augenblick damit, dass er sie aufhalten würde. Aber er ließ sie gehen – und als sie hinaus in die Kälte trat, redete sie sich ein, dass sie es genauso gewollt hatte.

»Und das stimmt auch, verdammt noch mal«, murmelte sie und stieg in ihren Subaru.

Am Steuer blieb sie reglos sitzen und starrte durch die Windschutzscheibe. Ein Schmerz hinter ihrem Brustbein ließ sie schnell die Myokardinfarkt-Symptome durchgehen, aber da war keine Übelkeit, kein Schmerz im linken Arm, kein Schwindelgefühl. Also bekam sie keinen Herzanfall.

Es tat ihr nur an einem Ort weh, der sehr lange geschwiegen hatte. Aber das änderte nichts. Was gerade zwischen Danny und ihr passiert war, hatte seine Wurzeln in der Vergangenheit, vor zehn Monaten, in einem Feuer, das längst gelöscht worden war, nicht einmal die Asche glühte noch.

Es war … eine körperliche Erlösung von all den aufgestauten Emotionen gewesen, die der Notruf für den Jungen aufgewühlt hatte.

Ohne weitere Folgen.

Sie startete das Auto und schaltete in den Rückwärtsgang. Rückwärts aus der Einfahrt zu fahren, verschaffte ihr eine gewisse Genugtuung – als könnte sie damit die Entscheidung, mit Danny in die dunkle Wohnung zu gehen, rückgängig machen. An die Heimfahrt konnte sie sich später nicht mehr erinnern. In dem einen Moment fuhr sie von dem Doppelhaus weg, im nächsten parkte sie bei sich zu Hause.

Sie ging hinein und war unheimlich froh, sich um Soot kümmern zu können. Sonst wäre sie wohl nur auf und ab gegangen oder hätte irgendetwas geputzt, das längst sauber war.

Soot stand in seiner Box auf, als sie zu ihm ging, und sein magerer Schwanz schlug gegen das Gitter.

»Na, mein Großer.« Sie hockte sich auf den Boden davor und ließ ihn heraus. »Wie wär's mit einem Ausflug in den Garten?«

Sie erwartete, dass er sofort zur Hintertür laufen würde. Stattdessen rieb er seinen großen Kopf an ihrer Hand, ihrem Oberkörper und an ihrem Bein. Sie legte den Arm um ihn und ließ ihm Platz, sie zu umkreisen. Immer wieder lief er um sie herum.

Sein kurzes Fell war glatt und warm unter ihrer Hand, und sie mochte es, wie er sich an sie drückte.

»Ich freue mich auch, dich zu sehen«, sagte sie mit brüchiger Stimme.

ZWEIUNDZWANZIG

Am nächsten Vormittag verließ Anne ihr Büro und fuhr zum Grundbuchamt im Stadtzentrum. Sie parkte zwischen einem Chevy Equinox und einem Pick-up mit rostigen Kotflügeln, stieg aus und ging zu einem typischen Siebzigerjahregebäude: Stockwerk um Stockwerk mit Reihen von Fenstern, umgeben von wuchtigem grauem Beton, das Ganze in etwa so hübsch wie die karierten Anzüge mit breiten Aufschlägen aus derselben Zeit.

Wäre die Treppe nicht gewesen, hätte Anne keine Ahnung gehabt, wo der Eingang war.

Im Foyer, das so einladend wirkte wie ein Busterminal, roch es nach Schimmel und abgestandenem Nikotin. Kein Wunder, die holzähnliche Vertäfelung stammte sicherlich noch aus dem Jahr der Erbauung, das Zeug nahm Gerüche leicht auf und wachte eifersüchtig über seinen zweifelhaften Schatz.

Das Amt befand sich im Erdgeschoss, und Anne stieß eine schwere Tür auf, auf der das Stadtwappen und eine abblätternde Beschriftung angebracht waren. Dahinter fand sie die zur Umgebung passenden Beamten vor: Ein Mann und eine Frau saßen hinter einer Glaswand wie in einer Bank, mit Öffnungen, um Papiere durchzureichen, neben identischen Computern. Sie sahen auch beide aus wie aus der Zeit der Eichenimitatvertäfelung: Herr und Frau Anachronismus waren beide über sechzig, trugen Polyesteruniformen und die gleiche, aus dem Gesicht gekämmte und festgesprayte Dauerwellenfrisur.

Anne ging zu der Frau. Frauenpower und so.

»Hallo, ich würde gerne im Archiv etwas suchen.« Sie lächelte, um freundlich zu wirken. Nett. Harmlos. »Es geht um sechs Grundstücke in Downtown. Ich habe die Adressen, aber als ich mich online einloggen wollte, habe ich keinen Zugang bekommen.«

»Haben Sie die Hotline angerufen?«

Das Telefon fing an zu klingeln, und der Mann ging nach dreimal, nein, viermal ... Moment, fünfmal Klingeln ran. »Hallo. Hotline.«

Anne sah, wie er etwas auf einen Block kritzelte, dann schaute sie wieder zu der Frau. »Na ja, wie es aussieht, werden diese Anrufe hier beantwortet.«

»Haben Sie die Hotline angerufen?«

Ist das hier wie in einem Videospiel, in dem man das nächste Level erreichen muss?, überlegte Anne.

»Ja, das habe ich. Ich wurde gebeten, hier vorbeizukommen.«

Der Beamte am Telefon sagte gelangweilt: »Sie müssen hier vorbeikommen und sich einen Zugang ausstellen lassen. Unser Server ist down.«

»Deshalb bin ich hier«, sagte Anne. »Aber wenn Ihr Server nicht funktioniert, werde ich mich von hier ja auch nicht einloggen können, oder?«

Die Frau nahm ein Formular von einem Stapel und schob es über die Theke. »Füllen Sie das da aus.«

Anne schaute darauf. »Kann ich statt online vielleicht direkt in den Akten suchen?«

»Na gut.« Die Frau zog das Formular wieder zurück und schob ihr ein altmodisches Registerbuch zu. »Tragen Sie sich hier ein. Und ich muss Ihren Führerschein oder Ausweis sehen.«

Nachdem Anne ihren Namen und ihre Adresse eingetragen

hatte, zeigte sie ihren Ausweis, und die Beamtin drückte auf einen Buzzer, woraufhin sich ein Tor auf der rechten Seite öffnete.

»Hier haben Sie einen Plan«, erklärte die Frau träge. »Wenn Sie Fragen haben, melden Sie sich.«

Dafür müsste ich dann noch ein Formular ausfüllen, stimmt's?, dachte Anne. *Oder deinen Kumpel anrufen.*

Nickend nahm sie den Plan und passierte das Tor. Vermutlich musste sie den Flur entlanggehen?

Ungefähr drei Türen weiter fand sie, was sie suchte. Der Urkundenraum war so hell erleuchtet wie ein OP und hatte eine hohe Decke, die jedoch sinnlos war, da die Reihen von metallenen Aktenschränken nur bis auf Höhe des Kinns reichten. Es gab einen langen Tisch mit drei Computern darauf, aber sie konnte sich ja nicht einloggen. Außerdem erledigte sie die Dinge sowieso lieber von Hand …

Augenblicklich sah sie ein Bild von ihren Fingern vor sich, die sich an Dannys Schulter festhielten, während er sich über ihr bewegte.

Die Erschöpfung – ein Abschiedsgeschenk ihrer schlaflosen Nacht – hielt Anne fest umklammert. Aber sie hatte schon lange genug versucht, für das, was sie getan hatte, eine rationale Erklärung zu finden. Wenigstens hatte Danny nicht angerufen oder ihr geschrieben. Sie brauchte Abstand.

So gesehen sollte sie wohl nach Kanada auswandern.

Okay, also auf den Plan schauen und los.

In der Mitte des Raums standen einige Tische und Stühle, und Anne legte ihre Tasche und ihren Mantel auf einen davon. Als sie ihre Notizen herausholte, dachte sie an die Moralpredigt ihres neuen Chefs. Bei mindestens zwei der Feuer in den alten Lagerhäusern war jemand gestorben, und sie selbst war auch für immer gezeichnet.

Hier waren also Verbrechen geschehen, die aufgeklärt werden mussten.

Es gab immer noch etwas, wofür es sich zu kämpfen lohnte. Und in diesem Fall war es die Gerechtigkeit.

»Tut mir leid, dass es ein wenig später geworden ist.«

Danny stand von dem viel zu weichen Sofa auf und streckte der schätzungsweise fünfzigjährigen Frau die Hand entgegen. Sie hatte dichtes graues Haar und trug ein unförmiges braunes Kleid, das ihn an die Plane erinnerte, mit der er auf der Farm das Feuerholz abdeckte.

»Kein Problem«, sagte er.

Als er ihrem klaren besorgten Blick begegnete, wäre er am liebsten wie in einem Warner-Bros.-Cartoon durch die Wand davongelaufen.

»Daniel Maguire.« Sie lächelte, während sie einander die Hände schüttelten. »Ein guter irischer Name.«

»Ja.«

»Ich bin auch Irin. Dr. Laurie McAuliffe. Wollen Sie nicht reinkommen?«

Ich habe ja keine andere Wahl. »Natürlich.«

Das Büro entsprach so ziemlich seinen Erwartungen: viele erdige Töne und noch mehr toastbrotweiche Möbel, dazu irgendein Deko-Wasserding in der Ecke, das vor sich hin plätscherte.

»Wo soll ich sitzen?«, fragte er.

»Wo Sie möchten.«

Danny betrachtete die Auswahl – Zweisitzer-Couch, Sessel, Sessel, Schaukelstuhl – und fragte sich, ob dies bereits einer der Tests war, die darüber entscheiden würden, ob er seinen Job behalten durfte. Da er keine Idee hatte, was man dadurch feststellen könnte, wählte er den Sessel, der ihm am nächsten war.

Er setzte sich und war nicht überrascht, dass sie den Schaukelstuhl nahm. Auf dem kleinen Tisch daneben lag ein Schreibblock, das war anscheinend ihr normaler Platz.

»Also, wollen Sie darüber sprechen, warum Sie hier sind?«

Nein. »Ich muss das hier machen, um meinen Job zu behalten. Wie lange dauert der Test?«

»Test?«

»Ja, ich muss doch einen Test bestehen, oder?«

Die Frau lächelte wieder. »Eigentlich nicht.«

»Lügen Sie mich nicht an.«

Als sie die Augen zusammenkniff, bekam er eine erste Ahnung davon, dass das hier vielleicht doch keine so locker-flockige, gefühlsduselige Angelegenheit war, wie er gedacht hatte. »Das ist keine Lüge. Mein Job ist es, Ihren mentalen und emotionalen Zustand zu bewerten, aber das tue ich nicht, indem ich Sie ein paar Fragebögen ausfüllen lasse.«

»Sie haben doch meine Personalakte gelesen, oder?«

»Ja, das habe ich. Sie liegt dort drüben.«

Er blickte zu einem Schreibtisch, den er beim Hereinkommen übersehen hatte. Auf der Schreibunterlage entdeckte er eine Tasse mit dem Harvard-Wappen neben einem Stapel Bücher, und in der Mitte lag eine dicke Aktenmappe.

Danny zuckte die Achseln. »Dann wissen Sie sowieso schon alles, was ich Ihnen sagen würde. Warum sparen wir uns nicht die Zeit und einigen uns darauf, dass ich Ihre Version einer posttraumatischen Belastungsstörung habe? Danach können wir einen Behandlungsplan erstellen, den ich letztendlich doch nicht befolgen werde, und fröhlich unserer Wege gehen.«

»Sagen *Sie* mir doch, was in der Mappe steht.«

Danny sah die Frau durchdringend an. »Meine Mutter hat Selbstmord begangen, als ich zwölf war. Mein Vater war Alkoholiker, und mein Bruder ist vor ein paar Jahren bei einem

Einsatz gestorben. Kurz darauf habe ich noch einen Feuerwehrkameraden verloren. Und dann … na ja.«

»Und dann was?«

Er schaute zu dem Wasserobjekt. Da es kein Kabel hatte, musste es batteriebetrieben sein. Oder – in Anbetracht der typischen Ansichten von Leuten wie Dr. McAuliffe – solarbetrieben. Wegen der Erderwärmung oder Klimaveränderung – oder wie auch immer sie das heutzutage nannten.

»Danny? Und dann was?«

»Dann gab es einen Unfall bei der Arbeit und so weiter … aber dabei ist niemand gestorben.«

Danny dachte an Anne in der vorigen Nacht, wie sie noch angezogen bis auf ihre Leggings an die Decke gestarrt hatte, während er in ihr kam. Er konnte sogar noch die harte Kontur ihrer schwarz-grünen Prothese auf seinem Rücken spüren.

Sie war auch gekommen. Da war er sich sicher. Aber er machte sich nichts vor. Sie hatte ihn benutzt wie einen Dildo, und er würde sie das noch tausendmal tun lassen, wenn sie es wollte.

»Erzählen Sie mir von dem Unfall«, hakte die Ärztin nach.

»Sie haben doch die Akte gelesen.«

»Ich kenne die Fakten, aber nicht Ihre Gefühle dabei.«

Danny zuckte die Achseln. »Ich fand es toll, Anne Ashburn die Hand abzuhacken. Das war eindeutig das Highlight meiner Karriere, daran werde ich noch jahrzehntelang voller Stolz und Zufriedenheit zurückdenken. Ich bin nur enttäuscht, dass ich auf der Wache keine Gedenktafel dafür bekommen habe. Wie wär's damit?«

Die Frau kniff wieder die Augen zusammen. »Ihnen ist schon klar, dass Sie eine Bescheinigung von mir brauchen, wenn Sie je wieder ein Feuer löschen wollen? Auch wenn ich

Ihnen weder Stift noch Papier gebe, können Sie hierbei durchfallen oder bestehen. Also würde ich Ihnen raten, aufrichtig zu sein, statt zu provozieren – falls Sie zu Ihrer Arbeit zurückkehren wollen.«

Danny beugte sich vor und musterte sie mit hartem Blick. »Das hier ist Bullshit. Vor zwanzig Jahren mussten Feuerwehrleute nicht …«

»Diesen Psychoscheiß mitmachen? Ich kann mir schon denken, worauf Sie mit Ihrem Wutanfall hinauswollen, und um Zeit zu sparen – was Ihnen ja anscheinend sehr wichtig ist –, sage ich Ihnen jetzt: Was für Sie Bullshit ist, ist ein Fachgebiet, in dem ich promoviert habe und das ich den Rest meines Lebens weiter erforschen, vorantreiben und verteidigen werde. Wenn Sie mich also davon überzeugen wollen, dass das, was ich tue, keinen Wert hat, ist das relativ aussichtslos. Und es ändert auch nichts daran, dass ich das Hindernis bin, das Sie überwinden müssen, wenn Sie je wieder einen Feuerwehrschlauch halten wollen.«

»Und wenn ich Sie einfach anlüge und Ihnen sage, was Sie hören wollen?«

»Sie wissen nicht, was ich hören will.« Die Frau lächelte wieder. »Also lassen Sie uns doch mit Anne Ashburn anfangen. Erzählen Sie mir, was vor zehn Monaten passiert ist.«

Danny verschränkte die Arme vor der Brust und ließ sie dann wieder sinken, wegen der Bemerkung mit dem Wutanfall.

»Ob Sie 's glauben oder nicht«, sagte Dr. McAuliffe, »ich will, dass Sie wieder arbeiten. Wirklich. Es kommt Ihnen vielleicht nicht so vor, aber ich bin da, um Ihnen zu helfen. Sie und ich, wir haben dasselbe Ziel.«

Er dachte wieder daran, wie Anne vorletzte Nacht aufgetaucht war und ihn völlig fertig auf seiner Couch gefunden hatte. Sie hatte ihm einiges vorgeworfen, aber sie hatte recht gehabt: Anne war diejenige, die mit einer bleibenden Verletzung leben musste. Er jammerte nur herum und schlug allen vor den Kopf, weil er auf sich selbst wütend war.

»Ich bin in sie verliebt«, sagte er mürrisch. »In Anne, meine ich. Und damit wissen Sie so ziemlich alles Nötige.«

DREIUNDZWANZIG

Anne war wieder in ihrem Büro und packte ihre Sachen, um nach Hause zu fahren, als ein lautes Klopfen sie aufschauen ließ. »Ja, bitte?«

Don kam herein. Ihr Boss hatte sich die Anzugjacke ausgezogen und die Ärmel seines Businesshemds aufgerollt. Er trug eine rote Krawatte mit dem Anker des Stadtlogos darauf und sah aus, als befände er sich in der zwölften Stunde einer Zehnstundenschicht. »Wir müssen reden.«

»Okay, ich habe was für Sie.«

Als Anne sich unter ihren Schreibtisch bückte, murmelte er: »Vielleicht eine Ibuprofen?«

Sie richtete sich wieder auf und streckte ihm eine rosa Plastiktüte entgegen. »Überraschung.«

»Würden Sie mir vielleicht sagen, warum Charles Ripkin mich anruft?«

»Hier, ich öffne es für Sie.« Sie nahm einen verpackten Gegenstand heraus. »Oder möchten Sie das gern selbst machen?«

»Er droht, sich bei der Bürgermeisterin zu beschweren.«

Sie zuckte die Achseln. »Worüber?«

»Er sagt, Sie hätten ein Treffen mit ihm verlangt, wollten Versicherungsscheine sehen und würden seine Chefassistentin belästigen. Was zur Hölle haben Sie vor?«

Wahrscheinlich war dies kein guter Zeitpunkt, um Don an seine Predigt über Gerechtigkeit zu erinnern, dachte sie.

Anne packte die weiße Tasse aus und drehte sie so, dass er die schwarzen Buchstaben darauf lesen konnte. »Ta-da!«

Don nahm das Geschenk. »›Bester Chef der Welt‹?«

»Sie sind mein Michael Scott. Nur ohne die albernen Scherze, Sie wissen schon.«

»Ich denke gerade wieder darüber nach, Sie zu feuern – nur zu Ihrer Information.«

»Aber aus einem viel besseren Grund, stimmt's? Jetzt nervt es Sie, dass ich den Job *zu* ernst nehme, also ist das ein Fortschritt.«

Don kniff die Augen leicht zusammen. »Sie sind meine Strafe für Sünden in einem früheren Leben.«

»Wohl eher für Ihre Tugenden. Jedenfalls war ich heute Morgen beim Grundbuchamt.«

»Also kann ich von dort auch einen Anruf erwarten? Die Privatwirtschaft ist immer schneller als wir im öffentlichen Dienst, was erklärt, warum Ripkin sich als Erster Ihretwegen bei mir gemeldet hat.«

»Ripkin Development hat in den letzten zwei Jahren drei der sechs Lagerhausgrundstücke gekauft. Glauben Sie nicht, dass es da einen Zusammenhang gibt?«

»Er kauft billigen Baugrund für Immobilienprojekte. Das machen Bauunternehmer nun mal. Und nichts entwertet selbst vernachlässigte Grundstücke mehr als ein gutes Feuer.«

»Er hat die Lagerhäuser vor den Bränden gekauft.«

Don runzelte die Stirn. »Und was wollen Sie damit sagen? Die Gebäude waren nicht viel wert. Ich meine, wenn man mit Versicherungsbetrug Geld machen will, fackelt man eine Villa ab und kein verfallenes Lagerhaus.«

»Und wenn man das Grundstück frei machen will, ohne dafür bezahlen zu müssen? Dann verbrennt man alles, was darauf steht, kassiert die Versicherungssumme und nutzt den

Gewinn, um den übrigen Schutt zu entfernen – was deutlich weniger kostet. Es macht sich bezahlt. Keine schlechte Strategie.«

»Beim ersten Mal kommt man vielleicht damit durch. Aber wenn man das zwei-, dreimal macht, ist das eine unmissverständliche Einladung zu einer Anklage wegen Betrugs.«

»Und was ist, wenn man unterschiedliche Versicherungsgesellschaften hat? Die Grundstücke gehören alle verschiedenen Unternehmen. Erst als ich mich durch all ihre Firmengeschichten und -strukturen gekämpft habe, fand ich heraus, dass Ripkin der Besitzer ist. Er verwischt seine Spuren in vielerlei Hinsicht.«

Es folgte ein langes Schweigen. Dann schloss Don ihre Tür. »Hören Sie mal, wegen Ripkin …«

»Jetzt sagen Sie nicht, ich soll nicht mit ihm reden. Ich halte überhaupt nichts davon, reichen Leuten besondere Privilegien zu gewähren. Er ist nicht anders als andere Zeugen oder Betroffene.«

»Da stimme ich Ihnen zu.«

»Aber?«

»Erinnern Sie sich an das Feuer auf Ripkins Anwesen am Strand? Vor etwas mehr als einem Jahr?«

»Ich war mit der 499 vor Ort.«

»Ja, das weiß ich noch aus dem Bericht.« Eine weitere Pause. »Ich habe einen sehr guten Ermittler mit dem Fall beauftragt, einen Mann namens Bob Burlington. Er hat gründliche Arbeit geleistet.«

»Etwas anderes würden Sie von Ihren Untergebenen auch nicht akzeptieren.«

»Aber er hat die Untersuchung nicht beendet, weil seine Leiche nach etwa drei Wochen Arbeit an dem Fall am Ufer der Bucht angespült wurde.«

Anne runzelte die Stirn. »Jetzt, da Sie es erwähnen, fällt mir ein, dass ich etwas darüber in der Zeitung gelesen habe. Und auf der Wache wurde darüber gesprochen. Aber er hatte doch einen Herzinfarkt, oder?«

»Vermutlich werden wir niemals die Wahrheit erfahren. Sein Boot wurde von einem Fangschiff gefunden, und es gab keine Hinweise auf ein Verbrechen. Seine sterblichen Überreste tauchten einen Tag später auf und waren schon von Fischen verstümmelt worden. Der Gerichtsmediziner gab als wahrscheinliche Todesursache einen Herzinfarkt an, was bei Bobs Vorliebe für Frittiertes und seiner Unsportlichkeit nicht verwunderlich war. Die Todesart blieb aber ungeklärt.«

Soweit Anne über die Bestimmung von Todesarten in Massachusetts informiert war, untersuchten ein staatlicher Gerichtsmediziner und sein Team die Leiche und legten eine Todesursache fest, die alles Mögliche sein konnte: von einer Krankheit wie Krebs, Herz-Kreislauf-Problemen oder einer Infektion bis zu Verletzungen des Körpers, wie inneren Blutungen durch eine Schusswunde oder stumpfer Gewalteinwirkung, wenn jemand erschlagen wurde. Dann wurde die Todesart einer von vier Kategorien zugeordnet: natürlicher Tod, Unfall, Mord oder Selbstmord. Wenn der Gerichtsmediziner die Todesart nicht einordnen konnte, galt sie als »ungeklärt«.

In Bob Burlingtons Fall blieb die Frage unbeantwortet, ob er den Herzinfarkt auf seinem Boot erlitten hatte und deswegen über Bord gegangen war oder ob ihn jemand ins Wasser gestoßen hatte und er erst bei dem Versuch, ans Ufer zu schwimmen, gestorben war.

Aber wenn man jemanden umbringen wollte, würde man es nicht dem Zufall überlassen, ob der Typ auf dem Weg bis an Land den Geist aufgeben würde.

Vielleicht war er vorher erwürgt worden.

»Also wurde eine Obduktion durchgeführt?«, fragte Anne.

»Ja. Aber wie gesagt, weil die Leiche in so einem schlechten Zustand war, konnte eine Gewalteinwirkung weder ausgeschlossen noch eindeutig festgestellt werden.«

»Und Sie glauben, dass Ripkin etwas mit diesem Todesfall zu tun hat?«

»Das weiß ich nicht, aber ich fühle mich auf jeden Fall dafür verantwortlich, dass keiner meiner Mitarbeiter einer Gefahr ausgesetzt wird. Also seien Sie bei diesem Mann sehr vorsichtig. Ich werde Sie nicht davon abhalten, zu ihm zu gehen, denn Sie haben überzeugend dargelegt, warum Sie im Rahmen der Ermittlungen mit ihm sprechen müssen. Aber ich denke schon, dass Bobs Tod verdächtig war, und will keinen weiteren Mitarbeiter zu Grabe tragen.«

»Wie sind die Ermittlungen danach weitergegangen?«

»Sie wurden von einem anderen Mitarbeiter abgeschlossen, und ich frage mich noch immer, was Bob wohl gewusst hat und vor seinem Tod nicht mehr offiziell dokumentieren konnte.«

»In Ordnung. Ich passe auf mich auf.«

»Gut.« Don hob die Tasse, schaute hinein und betrachtete den Henkel. »Ich bin Kaffeetrinker, wissen Sie?«

»Das wusste ich nicht. Nach dem Bagel hätte ich es mir denken können, aber ich ziehe ungern voreilige Schlüsse.«

»Sind Sie sich da sicher?« Er blickte hinter den Schreibtisch. »Wie geht's dem Hund?«

»Super. Er ist ein braver Kerl.« Soot wedelte mit dem Schwanz, als wüsste er, dass von ihm die Rede war. »Ich bin sehr froh, dass ich ihn habe.«

Ihr Boss ging mit der Tasse zur Tür. »Falls Ripkin Ihnen Probleme macht, besorge ich Ihnen eine richterliche Anordnung. Ich würde ihm wahnsinnig gern etwas nachweisen. Und wenn Sie jemanden brauchen, der sich während der Arbeitszeit um den Hund kümmert, gehe ich mit ihm raus – solange er mich nicht beißt.« Don öffnete ihre Tür. »Ach, und später soll ein heftiger Sturm kommen. Seien Sie vorsichtig auf der Fahrt nach Hause.«

Gott, Tom hasste solche Dinner-Veranstaltungen. Und Anzüge. Und Krawatten.

Als er aus dem fauchenden Wind und Hagel in die riesige Lobby des Marriott Hotels in Downtown trat, überlegte er bereits, wie er wieder verschwinden und so schnell wie möglich die marineblaue Zwangsjacke und die rote Henkersschlinge loswerden konnte, die ihm nicht nur schlecht standen, sondern bei ihm auch einen heftigen Juckreiz auslösten.

Da er kinderlos war, fehlte ihm die Möglichkeit, eine Ausrede wie »krankes Kind«, »Problem mit dem Kindermädchen« oder »Babysitter nicht erschienen« zu benutzen. Aber wenigstens hatte er immer einen Notfall auf der Feuerwache in der Hinterhand.

Die Anmeldetische waren von Leuten umringt, die alle wegen ihrer »Hallo, mein Name ist …«-Schilder anstanden. Den Quatsch sparte er sich. Er trug nie ein Namensschild. Erstens war er schon so oft in der Zeitung gewesen, dass seine Identität häufig bekannt war, und vor allem wollte er niemanden ermuntern, ihn anzusprechen, mit ihm Small Talk zu führen oder Probleme zu diskutieren. Erst recht nicht nach der Sache mit Anne.

Gott, der erste Monat nach ihrer Verletzung war völliger Irrsinn gewesen. Alle möglichen Bekannten und Mitläufer hatten sich aus unterschiedlich aufrichtigem Mitgefühl bei ihm gemeldet. Dabei gingen seine Familienangelegenheiten niemanden etwas an.

»Chief, hier drüben.«

Brent Mathison, der Vorsitzende der örtlichen Vertretung Nummer 5690 der International Association of Fire Fighters, winkte ihm vom unteren Ende der Rolltreppe zu. Er trug ebenfalls einen marineblauen Anzug und eine rote Krawatte, dazu den Anstecker der Gewerkschaft am Revers. Mit seinem Militärhaarschnitt sah er aus wie der Bodyguard eines Würdenträgers.

Mehrere Leute riefen Toms Namen, während er über den gemusterten Teppich schritt, und er nickte den diversen politischen Emporkömmlingen, Arschleckern und Medienhuren zu.

Brent und er schüttelten einander die Hände und klopften sich gegenseitig auf die Schulter. »Nur dass du Bescheid weißt, ich habe vor, in fünfunddreißig Minuten dringend auf die Wache gerufen zu werden.«

»Was du nicht sagst!« Brent schob seine Krawatte zurecht. »Graham Perry ist zu mir gekommen. Die Bürgermeisterin will mit uns sprechen.«

»Jetzt? Was ist mit ihrem Werbezirkus für all diese Leute hier?«

»Vorher gibt es eine Cocktailstunde. Sie hat jetzt Zeit. Komm, der Green Room ist dort drüben.«

Tom folgte dem Mann. »Warum habe ich das Gefühl, in eine Falle zu tappen?«

»Weil du paranoid bist.«

Tom nickte zwei Lobbyisten zu, wurde aber nicht langsamer, als sie ihn aufhalten wollten. »Sag mal, wie alt bist du?«

»Wie bitte?«

»Wie alt?«

»Fünfunddreißig.«

Sie betraten einen mit Teppich ausgelegten Flur, von dem mehrere Doppeltüren mit Messingschildern abgingen. Dazwischen hingen Werbeposter für Theaterstücke, schicke Restaurants und Juweliere. Es roch nach Steak, was darauf hindeutete, dass das Hotel schlecht belüftet war, und Tom fragte sich, wann das Management zum letzten Mal eine Brandschutzübung für die Angestellten durchgeführt hatte.

Brent sah ihn an. »Warum fragst du nach meinem Alter?«

»Weil du ein bisschen zu alt aussiehst, um so naiv zu sein.«

»Ich weiß wirklich nicht, was du gegen Catherine hast. Sie ist …«

»Ach, jetzt sprecht ihr euch also mit Vornamen an? Was kommt als Nächstes? Ein gemütlicher Fernsehabend?«

»… eine gute Bürgermeisterin, ein noch besserer Mensch, und sie versteht uns. Ihr Vater war Feuerwehrmann.«

Tom schüttelte den Kopf. »Bei Politikern kann man sich nur auf eins verlassen: dass sie nur ihre eigenen Interessen im Blick haben. Du wirst das noch auf die harte Tour lernen, aber das ist nicht mein Problem.«

»Du kennst sie nicht.« Brent blieb vor dem sogenannten Salisbury Room stehen. »Und du bist zu jung, um so zynisch zu sein.«

»Das werden wir noch sehen.«

Brent ging vor. Um einen Konferenztisch, der so lang war, dass man darauf hätte Bowling spielen können, drängten sich gut fünfzig Leute, und alle sprachen extra laut, um sich in dem Lärm, den sie gemeinsam erzeugten, verständlich zu machen.

»Da sind Sie ja.« Der Assistent der Bürgermeisterin kam auf sie zu und lächelte, dass seine Porzellankronen blitzten. Er streckte Tom eine Hand entgegen. »Danke, dass Sie vorbeigekommen sind, Chief.«

Graham Perry war einer dieser gewieften überflüssigen Egozentriker in einem Brooks-Brothers-Anzug, bei denen Tom am liebsten gleich auf dem Absatz kehrtgemacht hätte. Mit solchen Leuten – diesen Eliteuni-Schnöseln, die nach griechischem Vorbild politische Intrigen planten – musste er sich schon sein ganzes Leben lang herumschlagen. Wenn die Bürgermeisterin fand, dass sie so jemanden an ihrer Seite brauchte, dann hatte sie entweder eine schlechte Menschenkenntnis, oder sie teilte Perrys Meinung, dass die Leute auf einen Fake hereinfallen wollten.

Brent räusperte sich und stieß Tom in die Rippen. Aber Tom würde diese schmierige Hand nicht schütteln.

Perry zog sie schließlich wieder zurück und lächelte noch mehr. »Nun. Wir wollten Ihnen nur sagen, wie sehr wir die Unterstützung der Feuerwehr bei dieser Wahl zu schätzen wissen.«

»Die habe ich Ihnen gar nicht zugesagt.«

Perry schaute zu Brent, und es folgte eine unangenehme Pause.

»Soll das ein Witz sein?«, murmelte Tom. »Hast du im Ernst …?«

Die Menschen im Raum teilten sich wie das Rote Meer, und er wusste, auch ohne richtig hinzusehen, dass es nur eine Person gab, die eine solche Wirkung erzielen konnte.

Die Bürgermeisterin Catherine Mahoney trug ein rotes, keineswegs aufreizendes Kleid, ganz im Gegenteil zu dem Körper, den es bedeckte. Tom hielt den Blick auf ihr Gesicht gerichtet, aber trotzdem nahm er unwillkürlich alle möglichen anderen Details an ihr wahr, die er lieber ignoriert hätte.

Er würde sich nicht einwickeln lassen wie Brent, verdammt noch mal.

»Tom«, sagte sie mit sanfter Stimme, »ich freue mich, dass Sie hier sind. Vielen Dank für Ihre Unterstützung. Sie wird bei der Wahl eine große Rolle spielen. Barring ist ein harter Konkurrent.«

»Ich habe Ihnen gar nichts zugesagt.« Er wandte sich an Brent. »Ich dachte, ich hätte mich klar ausgedrückt. Ich unterstütze niemanden.«

Als er sah, wie der Kerl rot anlief, hätte Tom ihm am liebsten eine gescheuert.

Da meldete Perry sich zu Wort. »Bürgermeisterin Mahoney ist der Gewerkschaft gegenüber sehr positiv eingestellt. Ich weiß nicht, ob Sie davon erfahren haben, aber ihr Vater …«

»… war Feuerwehrmann«, murmelte Tom. »Ja, das habe ich schon gehört. Aber was Sie beide nicht erwähnen: Er war das nur sechs Monate lang, als Freiwilliger, um es in seine Bewerbung für die Wirtschaftsuni schreiben zu können. Ich bezweifle, dass er seine Kenntnisse in den letzten dreißig Jahren als Geschäftsführer von Mahoney Technologies noch oft angewandt hat. Wenn Sie alle mich also entschuldigen würden, ich gehe jetzt wieder zurück zu meiner Arbeit. Sie brauchen mich hier ganz eindeutig nicht.«

Er wandte sich zur Tür und marschierte mit zusammengebissenen Zähnen und einer wahnsinnigen Wut auf Brent im Bauch davon. Unglaublich. Der Kerl stand auf die Tussi und war bereit, die Zukunft von dreihundert New Brunswicker Feuerwehrleuten zu verraten, nur um unter dieses rote Kleid zu kommen …

»Tom!«

Als eine weibliche Stimme seinen Namen rief, fluchte er und wäre fast weitergegangen, aber er wollte jemanden anschreien – und Bürgermeisterin Mahoney war eindeutig bereit, sich eine Zielscheibe umzuhängen. Er drehte sich um und versuchte, ihre langen Beine zu missachten, während sie über den Teppich auf ihn zuschritt.

»Das war offensichtlich eine Überraschung für Sie.« Sie blieb vor ihm stehen, und er stellte erstaunt fest, dass sie groß genug war, um ihm direkt in die Augen zu sehen. »Ich dachte, Brent hätte mit Ihnen über die Unterstützung gesprochen.«

Ihr Bodyguard hielt diskret etwa fünf Meter Abstand. Der Mann mit dem Ohrhörer und der versteckten Waffe starrte in den sonst leeren Flur.

»Ja, wir haben tatsächlich darüber gesprochen.« Tom verschränkte die Arme vor der Brust. »Aber ich war nicht damit einverstanden, Sie zu unterstützen.«

Haselnussbraune Augen. Sie hatte haselnussbraune Augen, die zu ihrem brünetten Haar passten. Es war schulterlang und unten eingedreht. Sie trug nicht viel Make-up, nur neutralen Lippenstift, ihre Wimpern waren echt, nicht künstlich. Aus irgendeinem Grund roch sie nach frischer Luft.

»Ich würde mich über eine Gelegenheit freuen, Sie umzustimmen.«

»Werden Sie mich jetzt daran erinnern, dass Ihr Vater Feuerwehrmann war?«

»Nein, ich sage Ihnen, dass Barring Ihr Personal um zehn Prozent reduzieren wird, wenn er den Job bekommt, damit er ein neues Stadion finanzieren kann. Er will sein NBA-Team, ganz gleich, was es diese Stadt auch kosten mag.«

»Davon ist schon seit zehn Jahren die Rede.«

»Barring wird es umsetzen – auf dem Rücken der Feuerwehrleute, Polizisten und Lehrer.«

»Reine Panikmache.«

»Wie lautet Ihre E-Mail-Adresse?«

»Die finden Sie auf der Website der Feuerwehr.«

»Haben Sie keine Visitenkarte?«

»Was wollen Sie mir schicken?«

»Die Wahrheit. Vielleicht können wir beide uns dann treffen, um miteinander zu reden.«

Tom kniff die Augen zusammen und fragte sich, was genau sie bei diesem »Meeting« machen würden. Es war nicht sein Ego, das nach Anzeichen suchte, dass sie ihn anmachte: Er sah nicht schlecht aus. Er hatte eine gewisse Machtposition in der Stadt. Und es wäre nicht das erste Mal, dass ein gewählter Amtsträger für die Wiederwahl zu schmutzigen Machenschaften bereit war.

Wie weit war sie mit Brent gegangen?

»Ich bin ein ehrlicher Mensch«, beharrte sie. »Es gibt gute Gründe, mich zu unterstützen. Ich mache diesen Job erst seit neun Monaten. Ich will vier Jahre, damit ich wirklich etwas bewirken kann.«

»Hören Sie, ich kenne Sie nicht …«

»Das will ich ändern.«

»… und ich muss Sie auch nicht kennen. Meinen Leuten geht es seit zehn Jahren schlecht. Da wir chronisch unterfinanziert sind, verbringen wir die Hälfte unserer Ruhezeiten damit, die Ausrüstung zu reparieren. Unser Tariflohn ist niedriger als der nationale Durchschnitt für eine Stadt dieser Größe, und unsere Gebäude müssen dringend renoviert werden. Und da stellen Sie sich vor mich hin und behaupten, sie könnten das alles auf magische Weise ändern? So ein Blödsinn! Ich bin jetzt seit fünfzehn Jahren im Dienst, und jeder einzelne Politiker hat das behauptet und nichts unternommen. Ich glaube nicht an Wahlversprechen. Und was Ihre vier Jahre angeht? Nach Greenfields Tod hat Ihr Vater den Stadtrat bezahlt, damit Sie gewählt werden, um seine Amtszeit zu beenden. Sie sind ein reiches Mädchen, das mit der Stadt spielt, die mir wichtig ist, also erzählen Sie mir bitte nicht, wie wunderbar Sie für diesen Posten geeignet sind oder wie sehr Sie die Dinge ändern wollen.«

»Sie schätzen mich falsch ein. Ich bin anders.«

»Das haben die anderen Politiker auch alle gesagt – und die

hatten im Gegensatz zu Ihnen tatsächlich Erfahrung. Verzeihen Sie, dass ich Sie nicht ernst nehme. Es ist ja nicht so, als würde Ihr Vater Sie zur Bürgermeisterin machen wollen, damit er für die neue Niederlassung, die er unten am Kai bauen will, Steuervergünstigungen bekommt.«

»Mein Vater hat mit meiner Kampagne nichts zu tun …«

»Ich werde mich nicht mit Ihnen streiten. Sparen Sie sich die Zeit, um sich bei anderen einzuschleimen, denn hier warten ein paar Hundert Leute darauf, dass Sie ihnen in den Arsch kriechen. Der Vorsitzende unserer Gewerkschaft hat Ihnen unsere Unterstützung zugesichert. Schreiben Sie das in Ihr Kampagnenmaterial, und kümmern Sie sich um Ihren Kram, so wie ich mich um meinen kümmere.«

»Geben Sie mir eine Chance. Mehr verlange ich nicht.«

Tom sah ihr in die Augen, und was er fühlte, gefiel ihm nicht. Überhaupt nicht. »Sie haben bekommen, was Sie wollten. Halten Sie mich aus diesem Zirkus raus.«

»Ich werde Sie überzeugen.«

Er musterte sie von Kopf bis Fuß. »Ich bin an keiner Ihrer Qualitäten interessiert, weder in professioneller Hinsicht noch sonst wie. Wenn Brent die Gewerkschaft da reinziehen will, ist das seine Sache als Vorsitzender, und ich werde ihm nicht im Weg stehen. Aber er wird dafür zur Rechenschaft gezogen werden, und diese Lektion wird er nur einmal lernen müssen. Wenn es Ihnen also nichts ausmacht, konzentriere ich mich jetzt weiter auf meinen Job.«

Tom ließ sie stehen und war überzeugt, dass sie ihn gehen lassen würde, und ganz sicher würde sie ihm auch nichts mehr schicken.

Er durchquerte die Lobby und war fast zur Drehtür hinaus, als sein Handy klingelte. Er sah nach, wer anrief, knirschte mit den Zähnen und ließ die Mailbox rangehen.

In seiner gegenwärtigen Verfassung konnte er nicht mit seiner Mutter reden. Er hatte einfach nicht die Geduld, sich von ihr anzuhören, dass es regne und donnere und dass er vorsichtig fahren und sie anrufen solle, wenn er zu Hause sei, als wäre er ein jugendlicher Fahranfänger.

Draußen stürmte und goss es in Strömen, sodass sich die Baumwipfel bogen. Das Wetter passte zu seiner Stimmung. Er rannte durch das Unwetter und sprang gerade in seinen SUV, als sein Handy wieder klingelte.

Es fühlte sich gut an, die Tür zuzuknallen.

Seine Mutter machte sich ständig Sorgen, und in solchen Momenten konnte er verstehen, dass Anne sich das Drama nicht mehr antun wollte. Aber da seine Schwester so klare Grenzen setzte, bekam er die ganze Ängstlichkeit seiner Mutter in voller Wucht ab.

Er holte das Handy heraus und …

Stirnrunzelnd nahm er den Anruf von Captain Baker entgegen. »Chip. Was gibt's?«

»Emilio Chavez hat eine Überdosis genommen. Remy LaSalle hat ihn vor einer halben Stunde gefunden und mit dem Krankenwagen in die Uniklinik bringen lassen. Ich dachte, das solltest du wissen.«

Tom schloss die Augen. »Scheiße.«

VIERUNDZWANZIG

Danny rannte durch den Regen zum Eingang der Notaufnahme der Uniklinik und wusste schon, wo er hinmusste, noch bevor die Empfangsdame und die Schwestern auf die »Nur Personal«-Tür neben der Anmeldetheke zeigten. Als er davorstand, ertönte ein Summen, dann drückte er gegen die Stange, und die schwere Stahltür öffnete sich.

Dahinter lief er weiter zu den Patientenzimmern. Er musste nicht fragen, wo Chavez war. Moose und die anderen standen alle etwa auf halber Länge des Flurs, und als er sich ihnen näherte, kamen ihm die ernsten Gesichtsausdrücke nur allzu vertraut vor.

»Wie geht's ihm?«, fragte er Moose.

Dieser nickte zur Seite, und Danny folgte ihm ein paar Schritte weg von der Gruppe.

»Er hat Naloxon bekommen.« Moose senkte die Stimme. »LaSalle hat eine Nadel mit einem Rest Heroin darin gefunden und das Beweismittel verschwinden lassen. Offiziell ist es eine Reaktion auf verschreibungspflichtige Medikamente, aber das stimmt nicht.«

Remy LaSalle war Polizist und ein guter Kerl. Wie es aussah, hatte er der Mannschaft einen großen Dienst erwiesen. »Wurde sonst noch was gefunden?«

»Es war keine sehr gründliche Suche, wenn du verstehst, was ich meine.«

»Woher wusste LaSalle, dass er nach ihm schauen muss?«

Danny tastete nach seinen Zigaretten, hielt dann aber inne, weil er hier sowieso nicht rauchen konnte. »Hat jemand ihn gerufen?«

»Sie wollten zusammen Basketball spielen.«

»Wenn das geplant war, warum hat Chavez dann was genommen?«

»Keine Ahnung. LaSalle hat gesagt, Chavez habe ihn etwa eine Stunde vorher angerufen und ihn gebeten, ihn abzuholen, die Tür sei offen. LaSalle hat sich nichts dabei gedacht, bis er dort angekommen ist und … na ja, er hatte gerade erst Dienstschluss und war mit einem Streifenwagen unterwegs, also hatte er eine Dosis Naloxon im Kofferraum dabei. Wenn dieser Zufall nicht gewesen wäre, würden wir jetzt eine Beerdigung organisieren.«

»Wo ist Chavez' Mom? Kommt sie her?«

»Ja. Ich hab sie angerufen.«

Danny schaute auf die geschlossene Tür des Behandlungsraums. Durch eine Lücke im Vorhang, der von innen zugezogen war, konnte er einen Teil von Chavez' blassem Gesicht und seine geschlossenen Augen sehen. Sein Körper war so groß und muskulös, dass das Krankenhausbett darunter wie ein Puppenmöbel wirkte.

»Hast du den Chief angerufen?«, fragte er.

»Das hat Captain Baker gemacht.«

»Kommt er her?«

»Ja, also solltest du vielleicht besser abhauen.«

»Ich darf hier sein.«

»Wie du meinst.«

Danny stemmte die Hände in die Hüften und überlegte, ob es wohl Streit zwischen Tom und ihm geben würde. Zeit und Ort waren definitiv schlecht, aber es lag Ärger in der Luft. Also fragte er: »Dürfen wir reingehen und mit ihm reden?«

»Ja. Aber niemand … Na ja, du weißt schon. Wir sind hier draußen geblieben. Was sollen wir denn sagen?«

Danny bahnte sich einen Weg durch seine Crew und klopfte an das Glas, wartete aber nicht auf eine Einladung. Er ging ins Zimmer und schloss die Tür hinter sich.

Chavez machte die Augen nicht auf. »Danny.«

Seine Stimme war nur ein Krächzen, und Danny warf schnell einen Blick auf die Monitore. Der Blutdruck war niedrig, der Puls auch, die Sauerstoffsättigung unten.

»Woher weißt du das?« Danny ging ans Bett. »Kannst du hellsehen?«

»Du riechst wie eine Packung Zigaretten.«

»Danke für das Kompliment. Darf ich mich setzen?«

»Wie du willst.« Chavez drehte den Kopf, öffnete die Lider und schien nur mit Mühe klar sehen zu können. »Ich würde auch gern eine rauchen.«

»Ich würde dir ja eine geben, aber dann fliegen wir beide raus.«

»Ich hätte LaSalle zwei Stunden sagen sollen.«

Danny setzte sich nah ans Bett und rieb sich übers Gesicht. Er hatte überlegt, wie direkt er sein konnte, und das hatte Chavez soeben beantwortet. »Also war das hier geplant?«

»Mehr oder weniger. Und behaupte jetzt bloß nicht, du hättest nicht auch schon ab und zu darüber nachgedacht.«

»Das streite ich nicht ab.« Vor allem nachdem John Thomas gestorben war. »Ich meine, wer hat das nicht?«

Chavez atmete aus. »Darum kann ich mit dir reden. Alle anderen würden mir einen Vortrag halten und mich dann in die Klapse einweisen.«

»Freu dich nicht zu früh. Ich bereite gerade eine sehr bewegende Version der ›Du hast so viel, wofür es sich zu leben lohnt‹-Rede vor.«

»Bitte nicht.«

Danny legte die Hände zusammen und blickte auf sie hinunter. »Wie oft hast du es schon versucht? Sei ehrlich.«

»Noch nie.« Chavez legte sich eine Hand aufs Herz. »Das schwöre ich.«

»Was war denn der Auslöser? Die Begegnung mit Anne?«

Chavez schüttelte den Kopf. »Nein. Ich habe mich gefreut, dass es ihr gut geht, weißt du? Ich meine, ich wollte nicht, dass sie verletzt wird, aber du hast sie gerettet …«

»Warum hast du dann versucht, dich abzuschießen?«

»Du willst wohl nicht über deine Süße reden, was?«

»Sie ist nicht ›meine Süße‹.«

Während sie schwiegen, erfüllte nur das leise Piepen der Maschinen die Stille.

»Ich habe HIV, Danny.«

Danny versuchte, seine Reaktion zu kontrollieren, bevor sein Gesichtsausdruck sich änderte und ihn verriet. Aber der Schock musste sichtbar gewesen sein, denn Chavez schaute weg.

»Du darfst es niemandem sagen. Sonst weiß es nämlich keiner.«

Danny räusperte sich. »Das ist kein Todesurteil mehr. Du musst wissen, dass …«

»Ich war beim jährlichen Gesundheitscheck, und da wurde mir Blut abgenommen. Ich hatte es längst vergessen.« Chavez blickte in die andere Ecke des Behandlungsraums. »Aber vor drei Tagen wurde ich angerufen.«

»Das heißt nicht, dass du deinen Job nicht mehr machen kannst.«

»Es geht nicht nur um die Arbeit. Es geht um … jemanden. Ich kann ihr nicht sagen, dass ich nicht mit ihr zusammen sein kann. Ich verkrafte es nicht, sie zu verlieren. Ich dachte, eine gute Dosis Heroin würde reichen, und das hat auch gestimmt – oder es hätte gestimmt, wenn ich LaSalle nur gesagt hätte, er soll ein bisschen später kommen. Der Dreckskerl ist immer pünktlich.«

»Ach Gott, Chavez.«

»Ich wollte nicht, dass jemand anders mich findet. Du weißt schon … jemand, den es verstören könnte.«

Danny dachte an die Bedienung im Timeout. »Wie hast du dich angesteckt, Emilio? Weißt du das überhaupt – und darf ich das fragen?«

Der große Mann hielt sich beide Hände vors Gesicht. »Ich habe mir vor etwa einem halben Jahr im Fitnessstudio bei mir um die Ecke eine Anabolikaspritze mit einigen anderen Leuten geteilt. Das hätte ich nicht tun dürfen. Es war unglaublich dumm. Ich meine, schließlich bin ich Sanitäter. Aber ich kenne alle Typen da seit der Highschool, und die Spritze war neu. Außerdem war das Risiko so viel kleiner als bei intravenösen Drogen. Aber nicht klein genug.«

Bei der Feuerwehr mussten alle top in Form sein, und ja, klar, manche Typen halfen mit Spritzen ein wenig nach. So war das nun mal. Danny hatte sich nie ein Urteil darüber erlaubt. In einem kurzen Anfall von Paranoia überlegte er jetzt, was er selbst so im Fitnessstudio getrieben hatte. Jedenfalls hatte er keine Anabolika oder Hormonshots genommen. Und Gott sei Dank hatte er auf Kondome bestanden, vor allem in den letzten zehn Monaten, als er bei seinen Partnerinnen nicht allzu wählerisch gewesen war.

Aber es wäre dumm von ihm, die Tatsache zu leugnen, dass er wahnsinniges Glück gehabt hatte.

Chavez kniff die Augen zusammen und verzog den Mund, als hätte er Schmerzen. »Ich will das nicht, Danny. Ich kann das nicht.«

»Doch, das kannst du.« Aber schon während er die Worte aussprach, fragte er sich, ob das nicht eine Lüge war. »Du kannst das. Du brauchst nur … einen Plan.«

Chavez starrte nur niedergeschlagen ins Leere.

»Wie wär's, wenn ich Josefina hole …?«

»Kommt nicht infrage, Danny.« Chavez sah ihn an. »Sie darf nicht … nein, sie darf es nie erfahren. Ich meine, wir sind noch nicht mal zusammen.«

»Sie wird mitkriegen, was passiert ist – ich meine, dass du in der Notaufnahme warst und alles. Sie wird von irgendjemandem hören, dass du eingeliefert wurdest. Du musst ja nicht jetzt mit ihr über HIV sprechen, aber du könntest ihr wenigstens … keine Ahnung … sagen, dass du einen Fehler gemacht hast. Mit der Überdosis.«

Das war der einzige Vorschlag, der Danny einfiel. Denn, Scheiße, manchmal war eben die Frau, die man liebte, der einzige Grund, dass man auf diesem Planeten blieb.

Das wusste er aus eigener Erfahrung.

»Wenn du sie liebst«, sagte Danny, »und das weiß ich – denn ich habe gesehen, wie du sie anschaust –, dann willst du nicht, dass jemand anders ihr sagt, dass du versucht hast, dich umzubringen. Die Leute haben mitgekriegt, dass ihr beide euch näherkommt. Auch wenn Remy seine Geschichte mit der Reaktion auf ein verschreibungspflichtiges Medikament verbreitet, weiß man nie, was sonst noch geredet wird.«

Auf die ärztliche Schweigepflicht konnte man sich verlassen, aber New Brunswick war eine sehr kleine Stadt, was Klatsch und Tratsch betraf.

»Ich bringe sie her.« Danny hielt eine Hand hoch. »Wie gesagt, du musst die HIV-Sache ja nicht jetzt erwähnen, aber sprich wenigstens mit ihr, und erinnere dich daran, warum du sie wiedersehen willst.«

»Wir haben keine Zukunft.«

»Das sagst du jetzt, aber du weißt nicht, ob das stimmt.«

»Warum sollte jemand mit einem Infizierten zusammen sein wollen?«

»Glaubst du wirklich, jeder HIV-Positive lebt allein in einem dunklen Loch wie ein Aussätziger im Mittelalter? Im Ernst jetzt?«

Als sie wieder schwiegen, zeigte der Monitor, der Chavez' Herzschlag überwachte, mit seinem Piepen einen gleichmäßigen Rhythmus an, und Danny dachte, das sollte ihn beruhigen, aber er fürchtete, dass dies nicht von Dauer war. Ganz sicher würde Chavez jedem, der es hören wollte, weismachen, dass es eine ganz gewöhnliche Überdosis gewesen war, und sich bereit erklären, an einem Drogenprogramm teilzunehmen – nur um hier rauszukommen.

Danny blieb noch eine gefühlte Stunde lang sitzen, wahrscheinlich waren es aber nur zehn Minuten.

»Ich sollte jetzt wohl gehen.« Er stand auf. »Deine Mom ist unterwegs.«

»Sie muss aufhören, sich Sorgen um mich zu machen.«

»Dann hör du auf, ihr Gründe dafür zu liefern.«

Chavez fluchte. »Hör mal, wenn Josefina herkommen würde, wüsste ich gar nicht, was ich sagen soll. Ich meine, es ist viel zu früh für uns. Oder *war* viel zu früh. Es gibt gar keinen Grund für sie, sich mit alldem hier zu beschäftigen.«

»Das kannst du nicht wissen. Lass mich sie herbringen. Komm schon, Chavez. Sie ist eine tolle Frau, darum liebst du sie. Du musst nicht jetzt mit ihr über alles sprechen, aber sag ihr wenigstens persönlich, dass du wieder okay bist, bevor sie irgendwas von einem Gast im Timeout hört.«

Wieder eine lange Pause. »Okay.«

»Dir wird's bald wieder gut gehen.«

Als Chavez wegschaute, fragte sich Danny, ob er das Richtige tat. Aber wenn man schon für etwas leben musste, warum dann nicht für die Liebe?

»Ich bin in etwa zwanzig Minuten wieder da. Rühr dich nicht vom Fleck.«

Chavez verdrehte die Augen. »Als würde ich hier so bald wieder rauskommen.«

Draußen starrten die anderen Danny besorgt an, als wollten sie aus seiner Miene die Zukunft ablesen. Aber er konnte ihnen nicht geben, was sie verlangten. Gott, selbst wenn er es könnte, bezweifelte er, dass einer von ihnen sich über die Prognose freuen würde.

»Ich muss eine rauchen. Bin gleich wieder da.«

Er ließ die Crew stehen, ging an der Stationstheke vorbei und hinaus zu den Rettungswagen. Ein paar Typen, die er kannte, standen vor dem Regen geschützt bei ihren Fahrzeugen, also wandte er sich in die andere Richtung, blieb aber unter dem Dach. Er holte seine Zigaretten heraus und zündete sich eine an, wobei er die »Nichtraucherzone« des Krankenhauses missachtete und versuchte, sich deswegen nicht schlecht zu fühlen.

Es funktionierte nicht.

Nach drei tiefen Zügen drückte er die Kippe aus. In dem Moment blitzten zwei Scheinwerfer auf, und ein SUV fuhr in die Sperrzone. Danny kümmerte sich nicht weiter darum, bis ein Mann mit grau meliertem Haar auf ihn zukam.

Anne Ashburns Bruder war der Letzte, den er jetzt sehen wollte. Aber dass er dem Chief ausgerechnet jetzt begegnen musste, sollte ihn bei seinem Glück in letzter Zeit nicht wundern.

»Chief«, murmelte er. »Wegen Chavez hier?«

»Captain Baker hat mich angerufen. Wie geht's ihm?«

Danny verschränkte die Arme vor der Brust. Es war ein

ungeschriebenes Gesetz, dass Crewmitglieder solche Fragen nicht beantworteten. Zumindest nicht wahrheitsgemäß. Die Antwort, die erwartet wurde und die er geben sollte, war: *Ihm geht's gut. Er wird es schaffen. Er kann's gar nicht erwarten, wieder zu arbeiten.*

Die Worte wollten ihm nicht über die Lippen kommen. Stattdessen sah er immer noch Chavez in diesem Bett vor sich.

Als er schließlich sprach, konnte er den Feuerwehrchef nicht ansehen. »Er ist selbstmordgefährdet. Er wird lügen, um hier rauszukommen, und ich habe eine Scheißangst, dass wir in ein paar Wochen in Paradeuniform neben seiner weinenden Mutter stehen.«

Tom prallte fast buchstäblich zurück, und das sagte ihm deutlicher als Worte, was er gerade getan hatte. Aber so war es nun mal. Er war bereit, Chavez' Geheimnis bezüglich der HIV-Infektion zu bewahren, aber weiter würde er nicht gehen.

»Das sage ich jetzt nicht, weil meine eigene Psyche gerade auf dem Prüfstand steht.« Er drehte sich wieder zu Tom. »Ich habe es satt. Ich habe es verdammt noch mal satt, von irgendwelcher Scheiße aufgefressen zu werden, die ich nicht mehr aus dem Kopf kriege. Und wenn Chavez sich umbringt, weil ich nichts gesagt habe, verkrafte ich das nicht. Ich kann das nicht auch noch mit mir rumschleppen. Ich habe schon genug Sorgen.«

Die Bombe war geplatzt: Er hatte eine obligatorische Suspendierung und psychologische Überprüfung eines Mannes veranlasst, der ein ausgezeichneter Feuerwehrmann und ein noch besserer Mensch war. Es war der schlimmste Verrat.

Danny hatte dem armen Kerl gerade genau das Gleiche eingebrockt, was er selbst ebenfalls durchmachen musste.

Aber er konnte sein Gewissen nicht noch mehr belasten.

Kaum hatte Moose sie benachrichtigt, war Anne auch schon unterwegs zur Notaufnahme der Uniklinik New Brunswick. Sie schnappte sich ihre Schlüssel und lief so schnell hinaus in den Regen, dass sie vergaß, Soot in seine Box zu sperren. Das fiel ihr erst auf dem Weg durch die Stadt ein. Es war also ihre eigene Schuld, wenn sie beim Nachhausekommen ruinierte Sofakissen und zerkaute Laufschuhe vorfinden würde.

Das Universitätsklinikum war wie ein eigenes Dorf, die Gebäude von einem Rasenstreifen umringt, mit leuchtenden Schildern, die den Weg zu den verschiedenen Abteilungen und Kliniken wiesen. Die Notaufnahme erreichte man über einen Seiteneingang, und als ausgebildete Sanitäterin, die im Rettungsteam der 499 gearbeitet hatte, kannte Anne sich hervorragend aus.

Dort war sie auch für die Behandlung ihres Arms hingebracht worden.

Sie erinnerte sich nur dunkel an die Fahrt mit dem Krankenwagen. Die Untersuchung ihrer Verletzung. Ihre Verlegung in ein Stationszimmer. Die ganze Zeit hatte sie nur daran gedacht, ob Danny wohl lebend aus dem Gebäude rausgekommen war.

Sie fuhr auf den Besucherparkplatz, und obwohl ihre Scheibenwischer ganze Arbeit leisteten, boten sie ihr immer nur für einen kurzen Moment einen klaren Blick auf die Autoreihen. Nachdem sie geparkt hatte, stieg sie aus, zog sich die Kapuze ihrer Windjacke über den Kopf und steckte die Hände in die Taschen.

Als sie gerade auf den beleuchteten Eingang zuging, kam eine große Gestalt aus dem Bereich, wo die Rettungsfahrzeuge hielten.

Sie erkannte sofort, wer es war.

Sie änderte die Richtung und lief auf Danny zu, und auch er schien sie zu erkennen, denn er blieb stehen.

»Hey«, sagte er düster, als sie vor ihm stand.

»Moose hat mir Bescheid gegeben.«

»Mal wieder, was?«

Er hatte sich nicht die Mühe gemacht, sich zu rasieren, sein Gesicht war rau von den Bartstoppeln und seine Windjacke zerknittert, als hätte sie zusammengeknüllt irgendwo gelegen. Aber seine Jeans war sauber, und er roch sogar im Regen nach Seife.

Die Dusche von oben schien er nicht zu bemerken, obwohl ihm das Wasser von der Nase und aus seinen Haaren tropfte.

»Was ist passiert?«, fragte sie.

»Hat Moose dir das nicht gesagt?«

»Nein, er hat mir nur geschrieben, dass Emilio zur Beobachtung eingeliefert wurde. War es ein Feuer?« Danny schüttelte den Kopf, und sie runzelte die Stirn. »Also hatte er einen Unfall?«

»Nein.«

»Oh … Gott.«

»Ich muss los.«

»Wohin?«, fragte sie sofort.

»Chavez einen Gefallen tun.«

Danny verabschiedete sich kurz angebunden und ging weg. Anne zwang sich, ihm nicht nachzulaufen, aber es gelang ihr nur zwei Herzschläge lang, dann rannte sie ihm hinterher. »Ich will helfen.«

Danny wurde nicht langsamer, sah sie nicht an, sondern lief einfach weiter durch den tosenden Regen. »Was?«

»Emilio.« Ein heftiger Windstoß erfasste sie, sodass sie taumelte. »Ich will dir bei dem Gefallen helfen.«

»Ich komme gut allein klar.«

Sie packte ihn am Arm. »Danny.«

Er blieb stehen und sah über ihren Kopf hinweg. »Ich brauche deine Hilfe nicht, okay?«

»Bitte, hier geht's um Emilio, nicht um uns.«

»Ach ja. Sorry. Ich habe vergessen, dass wir den Kopf in den Sand stecken und so tun, als wäre nichts geschehen – und erspare mir jetzt dein ›Da ist nichts!‹. Bei *allem* geht es um uns. Bei deinem verdammten Arm, bei meinem Scheiß. Es geht immer um uns, Anne. Und ja, okay, du bist mental weiter als ich – oder wie auch immer du es nennen willst. Aber von uns beiden bin ich der Einzige, der klarsieht.«

Sie stemmte die Hände in die Hüften. »Es geht hier um Chavez ...«

Danny warf die Hände in die Höhe und ging fluchend durch den Regen davon.

Anne lief ihm nach. »Was braucht Emilio?«

Die Blitze am Abendhimmel erinnerten sie an das flackernde Licht bei einem Einsatz. Donner grollte, und ihr fiel Regen in die Augen, sodass sie brannten. Bei Dannys Pick-up angekommen rechnete sie damit, dass er einfach einsteigen und wegfahren würde. Aber natürlich weigerte er sich, irgendeinem vorhersehbaren Verhaltensmuster zu folgen.

Er blieb wieder stehen, stemmte die Hände in die Hüften und starrte sie an. »Was kriege ich dafür?«

Anne blinzelte und zog sich die Kapuze tiefer ins Gesicht. »Wie bitte?«

»Ich will etwas dafür haben.« Er schien nicht zu merken, dass es schüttete, der orkanartige Wind von allen Seiten auf sie einpeitschte und sie im Sturm schreien mussten. »Und nein, keinen Sex, verdammt. Aber eine Gegenleistung.«

»Ist das dein Ernst?« Sie deutete zurück zur Notaufnahme, und wie auf Kommando blitzte es wieder. »Da drinnen kämpft ein Mann um sein Leben.«

Danny zuckte die Achseln, sein Gesicht war nass und schimmerte in der Sicherheitsbeleuchtung des Krankenhauses. »Ich habe was, was du willst. Also gib du mir etwas, was ich will, dann lasse ich dich helfen.«

»Du bist ein Arschloch.«

»Ich weiß.« Er legte den Kopf schief und sah angestrengt ins Leere, als würde er eine komplizierte Rechnung durchdenken. »Mal sehen … ich brauche zum Beispiel Hilfe dabei, auf der Farm das Gestrüpp zu beseitigen. Bei der Gelegenheit könntest du mir aufs Neue beweisen, dass dir nichts fehlt – und wenn wir dort draußen einen Krankenwagen rufen müssen, wird nicht die 499 anrücken – das wäre also eine Option. Oder … noch besser, du könntest mit mir am Samstag zu dem Abendessen bei Moose …«

»Na gut. Wir gehen zusammen zu dem Abendessen«, sagte sie mit schmalen Lippen.

»Siehst du?« Er lächelte. »War doch ganz einfach. Jetzt steig ein. Wir fahren zum Timeout, um Josefina zu holen.«

Schimpfend ging Anne um den Pick-up herum und stieg ein. Ihre Laufschuhe waren völlig durchnässt, und als ihr auch noch Wasser in den offenen Kragen ihrer Patagonia-Jacke lief, verfluchte sie Danny.

Sie funkelte ihn wütend an und kümmerte sich nicht darum, dass sie in seinem Auto alles nass machte. Aber das schien ihn auch nicht zu stören.

»Vielleicht lüge ich ja auch«, sagte sie. »Vielleicht komme ich doch nicht mit zu Moose.«

Er startete den Motor und sah dann zu ihr. »Nein. Du hältst deine Versprechen immer. Also, bringen wir Rot- oder Weißwein als Gastgeschenk mit?«

FÜNFUNDZWANZIG

»Und, wie läuft's bei der Arbeit?«

Danny versuchte, ein Gespräch anzufangen, aber Anne war nicht in Stimmung. In seinem Auto roch es nach seinem Aftershave und seinen Zigaretten, und sie hasste es, dass sie seinen Duft mochte.

»Müssen wir jetzt wirklich belangloses Zeug reden?«, murmelte sie.

»Ach, nein. Wir können auch gerne darüber sprechen, dass Chavez versucht hat, sich umzubringen.«

Sie sah zum Seitenfenster hinaus, konnte im Regen aber kaum etwas erkennen. »Wie wär's, wenn wir gar nicht reden?«

»Ach, nein. Also, ich fange an. Ich war heute bei einer Seelenklempnerin.«

Anne drehte so schnell den Kopf, dass sie gar keine Zeit mehr hatte, ihre Reaktion zu verbergen. »Tatsächlich? Wie war's?«

Und bei Gott, wenn er jetzt wieder ein kindisches Spielchen anfangen wollte, würde sie ihm irgendwo eine reinhauen, wo man es sah. Allerdings war sein blaues Auge immer noch nicht verblasst, also war zumindest eine besonders schöne Stelle schon besetzt.

»Ist es okay, wenn ich eine rauche? Ich mache auch ein Fenster auf.«

»Muss das sein?«

»Na gut, dann warte ich eben, bis wir geparkt haben.«

»Mach einfach ein Fenster auf, verdammt. Hoffentlich wirst du nass.«

»Er.«

»Was?«

»Nass*er*. Nass bin ich schon.«

Als er kalte frische Luft hereinließ, schaltete er auch die Heizung ein, und die Wärme an Annes Füßen fühlte sich gut an. Außerdem wartete er, bis sie an einer roten Ampel standen, bevor er die Zigarette anzündete, und blies den Rauch von ihr weg.

»Ich habe versucht, den Termin abzukürzen.« Er sah zu ihr. »Das sollte dich nicht wundern.«

»Nein.«

»Sie war schlauer, als ich dachte. Natürlich wird sie mir nicht einfach so eine Bescheinigung ausstellen, was beweist, dass sie wirklich Ahnung von ihrem Job hat.«

Anne spürte einen Stich der Enttäuschung. Aber hey, hatte sie denn im Ernst erwartet, dass er fünfzig Minuten auf einer Couch sitzen und für hundertfünfzig Dollar mal eben eine existenzielle Wandlung durchmachen würde? Im Leben gab es keine einfachen Lösungen. Erst recht nicht nach all dem, was er durchgemacht hatte.

»Ich hatte mit etwas mehr Begeisterung von deiner Seite gerechnet«, sagte er.

»Ich bin froh, dass du hingegangen bist.«

»Darf ich dich was fragen?« Er sah wieder zu ihr. »Und es ist mir ernst damit.«

Sie rutschte auf ihrem Sitz hin und her und saß dann genauso da wie zuvor, bevor sie den Gurt von ihrer Brust weghielt und dann wieder zurückgleiten ließ. »Okay.«

»In der Rehaklinik musstest du auch zu einem Seelenklempner, oder?«

»Klar, das war Teil meiner Behandlung.« Sie runzelte die Stirn. »Musstest du das nicht auch?«

»Eigentlich schon, aber …«

»Du hast dich davor gedrückt.«

»… ich hab mich davor gedrückt.«

»War ja klar.« Anne schüttelte den Kopf. »Und?«

»Hat es dir geholfen?«

Anne dachte an ihre drei unangenehmen Sitzungen mit einer gutmütigen, warmherzigen Vierundzwanzigjährigen zurück, die gerade ihren Master abgeschlossen hatte und mit allem außerhalb der Theorie hoffnungslos überfordert war. Anne hatte alle ihre Fragen ehrlich beantwortet, aber im Grunde hatten ihr die Sitzungen nichts gebracht. Vielleicht hatte das an den Schmerzmitteln gelegen, vielleicht an ihrer Stimmung, vielleicht auch an der fehlenden Erfahrung der Therapeutin.

»Na?« Danny warf ihr einen Seitenblick zu. »Wie ist es gelaufen?«

»Ich weiß nicht, wie ich das beantworten soll.«

»Also hat es dir nicht geholfen.« Er runzelte die Stirn. »Aber was denn dann? Im Ernst, Anne, wie hast du es geschafft, wieder normal zu funktionieren?«

Sein intensiver Blick sagte ihr, dass er das wirklich wissen wollte, und dieses aufrichtige Interesse überraschte sie und half ihr, sich zu öffnen.

»Das kam nicht durch die Therapeutin in der Klinik. Sie hat es wirklich gut gemeint, aber … wir hatten einfach keine Verbindung zueinander, schätze ich.« Sie konzentrierte sich auf die Prothese auf ihrem Oberschenkel, eine Skulptur dessen, was sie verloren hatte. »Aber eine Therapie kann schon helfen.«

»Das sagst du nur, weil du willst, dass ich weitermache.«

»Das stimmt.«

»Also, was hat dir dann geholfen?«

Anne drehte die Prothese um und schaute auf ihre »Handfläche«. Dann schob sie den Ärmel ihrer Windjacke hoch und strich über das Karbonfaserteil, das mit dem Rest ihres Unterarms verbunden war.

»Ich hatte eine Infektion«, hörte sie sich sagen. »Etwa eine Woche, nachdem ich aus der Rehaklinik entlassen wurde. Ich werde nie vergessen, wie ich in meinem Bett aufgewacht bin und diese schreckliche Erschöpfung gespürt habe, als würde ich eine Grippe kriegen. Der Armstumpf hat nicht wehgetan – oder, nein, das stimmt nicht. Ich hatte Phantomschmerzen und dachte, alles müsste mit den zerstörten Nervenenden zu tun haben. Also habe ich einfach weitergemacht, aber dann kam das Fieber, und als die Wunde überprüft wurde, hat man den Anfang der Infektion entdeckt. Meine Haut war blutrot. Dann ging es schnell bergab. Es wurden Proben entnommen, um das passende Antibiotikum zu finden. Zuerst habe ich Breitspektrumantibiotika bekommen, dann immer stärkere Sachen. Es war ein Wettlauf gegen die Zeit, und wir lagen lange hinten. Ich bekam knallrote Stellen von einer Lymphgefäßentzündung, und kurz darauf hatte ich einen septischen Schock. Ich bin einfach zusammengebrochen. Da wurde ich wieder eingewiesen.«

Ihr war bewusst, dass sie ihm Fakten erzählte statt persönlichen Erinnerungen, als würde sie ihn über die Werte eines Patienten informieren. Aber nur mithilfe dieser Distanz konnte sie die Geschichte überhaupt erzählen.

Sie hatte vorher noch nie mit jemandem darüber gesprochen.

Anne schaute durch die Windschutzscheibe. »Es ist grün.«

»Wie bitte?«

»Die Ampel ist grün. Wir können fahren.«

Danny musste sich offensichtlich zusammenreißen. »Oh. Ja.«

Als er aufs Gas trat, wollte sie nicht weitererzählen – aber sie redete sich ein, dass sie es trotzdem tat, um ihm zu helfen. Sie wollte ihn inspirieren. Es ging darum, Danny zu beweisen, dass es Möglichkeiten und neue Wege gab.

Es ging ihr natürlich *nicht* darum, an ihre persönliche Verbindung anzuknüpfen.

Oder ihre Geschichte zu erzählen, weil sie sie sich von der Seele reden musste.

Blödsinn.

»Du hattest sicher Angst«, murmelte er.

»Es stand auf der Kippe.« Sie nahm sich vor, nicht zu sehr ins Detail zu gehen. »Aber man wird so zugedröhnt, dass man nicht mehr klar denken kann.«

»Ich wusste gar nicht, dass es noch so schlimm geworden ist.«

»Ich hatte großes Glück. Es war kein multiresistenter Staphylococcus aureus. Das intravenöse Clindamycin hat mich gerettet.« Ihr Herz setzte aus und schlug dann schneller, als wären die Erinnerungen ein Eindringling, der sich wieder in ihren Körper einschleichen wollte. »Wie auch immer … Eigentlich wolltest du ja wissen, was mich wieder aufgebaut hat.«

Sie schwieg und suchte nach den richtigen Worten. Irgendwie fühlte sich das hier intimer an als der Sex zwischen ihnen. »In der Nacht nach dem Feuer und am ersten Tag danach dachte ich nur: ›Ich schaffe das‹ und ›Mich kann nichts aufhalten‹. Und diese Einstellung habe ich im Prinzip behalten, bis ich entlassen wurde und wieder zu Hause war. Aber als ich dann in meinem Haus und in meinem Alltag war, wurde das Ganze irgendwie viel realer als im Krankenhaus. Und dann …«

»Dann hat es dich umgehauen.«

»Ja.« Sie weigerte sich, von den schlaflosen Nächten, der vernichtenden Depression, ihren Wut- und Angstanfällen zu erzählen. »Ich bin in eine Abwärtsspirale geraten. ›Mein Leben ist vorbei‹ – so was eben. Aber dann war ich plötzlich wieder im Krankenhaus, und es war überhaupt nicht sicher, ob ich es schaffen würde.«

Anne schaute zu Danny. »Als du klein warst, hast du dir da manchmal deine eigene Beerdigung vorgestellt?«

»Nein. Gott, nie.«

»Tja, ich schon. Wie in dem Film *Fröhliche Weihnachten*, wenn Ralphie sich vorstellt, er wäre blind. Ich habe gespielt, ich würde in meinem Sarg liegen, und die Leute würden kommen, um mir die letzte Ehre zu erweisen, und um mich weinen. Normalerweise tat ich das nach einer Bestrafung, die ich unfair fand.« Sie zuckte die Achseln. »Und dann stand ich nun also als Erwachsene kurz davor zu sterben … und das ist alles wirklich passiert. Ich habe aus der Todesspirale hochgeschaut und die ganzen Gesichter über mir gesehen. Alle waren so besorgt …«

Der Anblick ihrer Mutter, mit tadelloser Frisur und perfektem Make-up, hatte ihr einen Stich versetzt. Selbst als ihre Tochter auf der Schwelle des Todes stand, achtete sie auf ihr perfektes Äußeres.

»Tom war auch da.« Sie runzelte die Stirn. »Er hat fast die ganze Zeit auf einem Stuhl in der Ecke meines Zimmers auf der Intensivstation gesessen. Ich hatte den Eindruck, dass er auf meine Genesung gewartet hat, damit er mir wieder sagen konnte, wie unverantwortlich ich mich verhalten hatte.«

»Du meinst, weil die Infektion deine Schuld war? Ach, komm.«

»Eher, weil ich davor in diesem Brand gefangen gewesen war.« Sie schüttelte den Kopf. »Als es am schlimmsten war, habe ich geträumt, dass plötzlich mein Vater wie aus dem

Nichts aufgetaucht wäre. Er stand neben meinem Bett und hat mir gesagt, ich sei noch nicht dran. Ich müsse kämpfen, weil ich seine Tochter sei und die Männer in der Familie das eben so machten.«

Danny drehte ruckartig den Kopf zu ihr. »Heilige Scheiße, er ist dir erschienen.«

»Nein, ich glaube nicht an Geister. Ich denke, diese Bilder kamen aus meinem Unterbewusstsein, vom Fieber und den Medikamenten und weil ich mein ganzes Leben lang versucht habe wiedergutzumachen, dass ich als Mädchen auf die Welt gekommen bin. Das gehört zu meiner Persönlichkeit. Aber es hat funktioniert – mein Gehirn hat eindeutig den richtigen Motivationshebel gefunden. Ich habe beschlossen, dass ich kämpfen muss und mich von nichts aufhalten lassen darf – nicht vom Verlust meiner Hand oder meines Jobs oder … na ja, sonst irgendwas.«

Vor ihnen leuchtete das rot-goldene Timeout-Schild auf, ein Leuchtturm in der heruntergekommenen Straße.

Anne erinnerte sich nicht mehr, wann sie zum letzten Mal dort gewesen war. Aber sie wusste noch, welcher Billardtisch nach links geneigt war und dass in der mittleren Damentoilette immer das Wasser lief und was man bestellen konnte: Pommes, ja. Burger, ja. Niemals Fisch, denn obwohl die Stadt am Ozean lag, gab es dort immer nur tiefgefrorenen Kabeljau.

So viele Abende hatte sie mit der Crew dort verbracht. Sie war eine der wenigen Frauen in dem Männerverein gewesen und stolz darauf.

Doch das war in einem anderen Leben – und sie vermisste es. Also dachte sie bewusst an Soots liebes Gesicht.

»Ich glaube, Überlebende brauchen so ein Aha-Erlebnis«, sagte sie leise, »in dem sich der Nebel lichtet und man erkennt, dass es Dinge gibt, für die es sich zu leben lohnt, Ziele, für die es sich zu kämpfen lohnt. Auch wenn es nicht mehr dieselben sind, die einen früher angetrieben haben.«

Als Danny am Straßenrand vor der Bar parkte, wusste er, für wen er leben wollte. Nur leider wollte Anne nicht ihr restliches Leben auf einem Sockel stehen.

Er sah zu ihr, während er den Motor ausschaltete. »Ich hatte keine Ahnung, wie schwer es für dich war. Ich meine, außer … du weißt schon.«

»Du hattest eben deine eigenen Sorgen.« Sie drehte sich weg, um auszusteigen. »Seit wann sind Emilio und Josefina zusammen?«

Er legte eine Hand auf Annes Arm. Als er etwas Hartes spürte, zog er sie wieder zurück.

»Die beißt schon nicht.« Sie hielt die Prothese hoch. »Versprochen.«

»Tut mir leid.«

Anne schüttelte energisch den Kopf, eine deutliche Geste, die in diesem Gespräch eine Tür verschloss. »Komm, wir suchen Josefina.«

Ihm blieb nichts anderes übrig, als seinen Arsch zu bewegen und sich zu beeilen, um sie einzuholen. Als sie das Timeout betraten, schüttelten sie sich den Regen ab wie zwei Hunde. In der Bar war nicht viel los, und Josefina war zwischen den Tischen leicht zu entdecken. Sie nahm gerade die Bestellung von einem Sechsertisch Polizisten auf, und als sie Danny zunickten, schaute Josefina über ihre Schulter.

Sie erstarrte und wurde blass, sagte etwas zu den Cops und kam herüber.

»Was ist los?«

Sie wussten es immer, dachte Danny. Die Nahestehenden wussten es immer, wenn es schlechte Nachrichten gab.

»Emilio ist im Krankenhaus«, sagte Danny leise. »Er wurde vor etwa einer Stunde eingeliefert.«

»Wie schlimm ist er verletzt?« Die junge Frau hielt sich eine Hand vor den Mund. »Ist er …?«

»Er hat uns gebeten, dir Bescheid zu sagen. Er wird es schaffen.«

Josefina sagte schnell etwas auf Spanisch und bekreuzigte sich auf ihrem schwarz-weißen Pseudoschiedsrichtertrikot. »Gott sei Dank. Ich sage ihm immer, er soll vorsichtig sein bei der Arbeit – zu viele Verletzte. Zu viele!«

Danny behielt die Details für sich. Emilio tat ihm leid. Für ihn würde es nicht einfach werden. »Er will dich sehen.«

»Ich muss jemanden bitten, für mich einzuspringen«, sagte Josefina. »Meine Chefin hat sicher Verständnis. Sie ist mit einem Rettungsdienst verheiratet. Rettungssanitäter, meine ich.«

»Sollen wir dich hinbringen?«, fragte Anne.

»Ja, ich komme immer mit dem Bus hierher.«

Danny klapperte mit den Schlüsseln. »Wir warten auf dich.«

Als Josefina nach hinten ging, beobachtete er Anne. Sie sah sich um, als wäre sie noch nie hier gewesen, und er fragte sich, ob sie sich dabei gut oder schlecht fühlte. Sie schien alles hinter sich lassen zu wollen – ihn eingeschlossen.

Dann erwiderte sie seinen Blick. »Moose hat mir erzählt, du hättest dich hier neulich mit ein paar Seglern geprügelt, weil sie sie beleidigt haben.«

»Sie waren respektlos. Sie hätten noch mehr verdient.«

»Du warst schon früher der Beschützertyp.«

Er stellte sich vor, jemand würde Anne schlecht behandeln. »Das bin ich noch immer.«

Es folgte eine Pause. »Ich glaube wirklich, dass ich am Samstag nicht mit zu dem Essen bei Moose gehen sollte.«

»Es kommen auch noch andere Leute.« Zumindest würde dem so sein, wenn er Moose sagte, dass er gefälligst die halbe Stadt einladen solle. »Wir werden nicht nur unter uns sein, und ich werde klarstellen, dass es kein ›wir‹ gibt. Außerdem vermissen dich alle.«

»Ich gehöre nicht mehr zur Crew.«

»Wir treffen uns auch mit anderen Leuten, weißt du? Am liebsten mit Menschen, die einen guten Sinn für Humor haben.«

»Tut mir leid. Ich kann das einfach nicht. Es ist irgendwie unpassend, und das weißt du.«

»Hast du Angst, dass du womöglich wieder mit mir schlafen willst?« Danny bemühte sich nicht, die Bitterkeit in seiner Stimme zu verbergen. »Wir haben es beide genossen.«

»Nein.« Ihre Miene wirkte nun angespannt. »Ich habe vor gar nichts Angst.«

Lügnerin, dachte er.

»Wie du meinst.« Er nickte zum Ausgang. »Ich starte schon mal den Pick-up. Heute Abend ist es eiskalt.«

Draußen nutzte er den Moment, da es nicht mehr aus Kübeln schüttete, und steckte sich eine Zigarette an, obwohl sie auf dem kurzen Weg zum Auto dennoch feucht wurde. Als er einstieg, meldete sich sein Handy. Er holte es heraus, las die Nachricht und fluchte.

Na super. Der Chief wollte ihn gleich morgen früh sprechen.

Wie es aussah, würde er eher früher als später gefeuert werden.

SECHSUNDZWANZIG

Anne wollte nicht unhöflich sein. Aber als Danny den Pick-up schließlich auf den Parkplatz der Notaufnahme fuhr, hatte sie pochende Kopfschmerzen und einen Knoten im Bauch. Möglicherweise hatte sie einfach nur Hunger, aber er schmerzte wie ein Darmverschluss.

Die Tatsache, dass sie zwischen Danny und Josefina saß, war ein großer Teil ihres Problems. Während der gesamten Rückfahrt, die zehn Minuten dauerte, ihr aber wie fünfundzwanzig Jahre vorkam, hatte Dannys Bein gegen ihres gestoßen, wie in alten Zeiten während eines Einsatzes im Löschfahrzeug. Und daran wollte sie ganz sicher nicht erinnert werden, erst recht nicht nach dem Sex in seiner Wohnung.

Danny fand einen Parkplatz neben dem Eingang der Notaufnahme, und Josefina ließ beim Aussteigen ihre Tasche fallen, sodass sich alles auf dem Boden verteilte. Anne bückte sich, um ihr zu helfen, ihre Schlüssel und ihr Portemonnaie, ihre Tampons und ihr Schminktäschchen einzusammeln.

»Hör mal, geh du ruhig mit Danny rein.« Anne reichte ihr eine Packung Kleenex. »Für Emilio sind jetzt schon ziemlich viele Leute da.«

»Danke, dass du mitgekommen bist, um mich abzuholen.«

Anne wandte den Blick von den tränenerfüllten braunen Augen ab. »Kein Problem. Pass auf ihn auf.« Sie stand auf und schaute nur kurz über die Motorhaube des Pick-ups zu Danny. »Ich muss los.«

Dann wandte sie rasch den Blick ab, denn sie wollte den Ausdruck in seinen Augen lieber nicht sehen.

Als sie winkte und zu ihrem Subaru ging, hatte sie das Gefühl, ihn mit dieser Situation allein zu lassen. Und das lag nicht nur an ihrer Wahrnehmung, sondern war eine Tatsache. Sie war bei alldem jetzt eine entfernte Bekannte und musste die Grenzen respektieren.

Wieder in ihrem eigenen Fahrzeug verwechselte sie die Richtungen und fuhr schließlich durch die Einfahrt hinaus, was ein ganz passender Kommentar zu diesem Abend war. Aber wenigstens hatte sie mit dem Drama nichts mehr zu tun.

Sie würde einfach nach Hause fahren, nachsehen, ob Soot irgendwas zerkaut hatte, und dann früh schlafen gehen.

Zumindest war das der Plan.

Als sie bei ihrem Häuschen ankam und ein vertrautes Auto vor ihrem Eingang parken sah, trat sie auf die Bremse und überlegte einen Moment, ob sie einfach vorbeifahren konnte.

Ihre Mutter.

Anne fuhr in ihre Einfahrt, stieg aus und stellte sich den Tatsachen. Als sie neben dem zehn Jahre alten Honda Civic stand, ging das Fenster runter – und ihr wurde bewusst, dass sie ihre Mom seit Monaten nicht mehr gesehen hatte.

Nancy Janice Fitzgerald Ashburn sah man ihre sechzig Jahre nicht an. Sie hatte nie geraucht oder getrunken, sich vor der Sonne geschützt und einen »Gesundheitsplan« befolgt – was auch immer das bedeutete. Auch ohne Schönheits-OPs war ihre helle irische Haut noch rein und weitgehend faltenlos. Sie hatte nur leicht Puder und Foundation aufgetragen, die Wimpern geformt und getuscht, und beim Lippenstift den perfekten Rosaton für ihren Teint gewählt. Und natürlich saß die Frisur. Um die ersten grauen Haare zu verbergen, färbte sie sie, aber nicht auf eine plumpe Weise, sondern mit rötlichen

Strähnchen auf Kastanienbraun. Ein guter Schnitt sorgte dafür, sodass ihr Haar das Gesicht einrahmte und ihr bis an die Schultern reichte.

»Ich wollte dich anrufen«, log Anne.

»Es tut mir sehr leid, dass ich dich störe, aber ich kann deinen Bruder nicht erreichen.«

»Was ist los?«

»Willst du nicht aus dem Regen gehen?«

»Nein, schon okay.« Anne schaute nach oben und bekam einen Tropfen direkt ins Auge. Als sie blinzelte und sich das brennende Auge rieb, war sie auf die ganze Welt sauer. »Brauchst du irgendwas?«

»Du erinnerst dich doch an den großen Ahornbaum im Garten? Der, an dem ihr immer geschaukelt habt, du und dein Bruder ...«

»Ja. Ich erinnere mich.«

»Die Hälfte davon ist beim Sturm abgebrochen und auf dem Haus gelandet.« Als Anne erschöpft ausatmete, sprach ihre Mutter schnell weiter. »Der nette Mann, der hinter mir wohnt, hat versucht, das Loch mit einer Plane abzudecken, aber es regnet stark ins Schlafzimmer rein, und unten auch. Ich muss irgendwo übernachten – und glaub mir, ich habe versucht, deinen Bruder zu erreichen. Er ist vermutlich beschäftigt.«

Am liebsten hätte Anne gesagt, dass Nancy Janice es noch mal bei Tom versuchen solle. Noch tausendmal. Aber sie konnte ihre Mutter ja nicht buchstäblich im Regen stehen lassen.

»Ähm, lass mich kurz nachsehen, ob in meinem Haus alles in Ordnung ist. Ich ... ähm, ich habe einen Hund und muss ihn einsperren, bevor du reinkommst. Ich weiß noch nicht genau, wie er auf Fremde reagiert.«

»Du hast einen Hund? Davon wusste ich ja gar nichts.« Der Schmerz in ihrem Gesicht drang wie ein Pfeil durch Annes Brust. »Aber schon in Ordnung. Ich sage dir ja seit einem Jahr, dass du ein Haustier brauchst. Das ist sehr schön.«

»Warte hier.«

Anne lief zu ihrer Eingangstür und tippte ihren Code ein. Drinnen sah sie sich um und erwartete ein zerfetztes Sofa. Aber nein. Sie ging weiter in die Küche und fand den Mülleimer an seinem Platz, es war kein Abfall verstreut. Aber Soot war auch nicht in seiner Box.

Du lieber Himmel, ihre Mutter würde hier übernachten.

Während sie überlegte, wie es dazu kommen konnte, war ihr deutlich bewusst, dass das in den meisten Familien nichts Ungewöhnliches war – Eltern übernachteten ganz selbstverständlich bei ihren Kindern.

Aber ihre Familie war noch nie normal gewesen. Es hatte nur von außen so ausgesehen: der heldenhafte Feuerwehrmann, die perfekte Hausfrau, dazu ein kleiner Junge und ein kleines Mädchen. Die ideale Kernfamilie, bis man an der Oberfläche kratzte, vor allem bei Tom senior.

Und genau das war auch Nancy Janice' Problem. Die Frau war nur Oberfläche, nichts dahinter.

Aber wie auch immer. Eine Nacht mit ihrer Mutter würde sie schon überleben.

Nachdem Anne das Erdgeschoss abgesucht hatte, bekam sie Angst. War Soot etwa irgendwie nach draußen gelangt und abgehauen? Mit wachsender Sorge eilte sie nach oben. Sie schaltete das Licht im Flur ein und …

Durch die offene Tür ihres Schlafzimmers sah sie den Hund zusammengerollt auf ihrem Bett liegen, die Schnauze unter ihrem Kopfkissen, als hätte er in ihrer Abwesenheit ihren Geruch vermisst.

»Hallo, mein Großer«, sagte sie sanft.

Er zuckte zusammen, hob den Kopf und blinzelte sie mit schläfrigen Augen an. Dann schlug sein knochiger Schwanz auf die Daunendecke.

Anne ging zu ihm und legte sich neben ihn, schmiegte ihr Gesicht an seins und atmete tief durch. Daraufhin schnüffelte Soot an ihr, und sie staunte über die Verbindung, die sie zwischen ihnen spürte – als wären sie schon Annes ganzes Leben lang zusammen gewesen.

Sie riss sich los und sah ihn an. »Bitte tu mir einen Gefallen, und friss meine Mutter nicht auf, okay? Sie bleibt nur bis morgen früh, und sie … na ja, ich glaube, sie würde sowieso schmecken wie ein Marshmallow. Viel zu süß. Nicht nach deinem Geschmack.«

Soot war der perfekte Gentleman, und Nancy Janice verliebte sich auf der Stelle in ihn. Allerdings neigte Annes Mutter dazu, sich schnell zu verlieben. Alles in ihrem Leben war »perfekt« und »schön« und »wundervoll«.

Ihr Glas war nicht nur halb voll. Es floss stets über vor nach Rosen duftender Verleugnung, und Anne weigerte sich, ihre Intoleranz der Frau gegenüber als ein moralisches Fehlverhalten ihrerseits zu sehen.

Sie hatten nichts gemeinsam und einander nie nahegestanden – vielleicht hatte sich Anne deswegen auch so betrogen gefühlt, als sie herausfand, was für ein Mann ihr Vater wirklich gewesen war. Tom senior war gestorben, bevor sie die Wahrheit erfahren hatte. Bis zu diesem Punkt war sie bereit gewesen, für den Rest ihrer Tage die Erinnerung an ihn zu ehren, indem sie seinem vermeintlichen Beispiel an Mut und Charisma folgte.

Stattdessen war sein wahrer Charakter ans Licht gekommen, und dadurch hatte sie plötzlich die Verbindung zu ihrer

Familie verloren. Ihr Bruder hatte damals schon sein eigenes Leben geführt und die Akademie besucht. Und Nancy Janice? Anne konnte sich noch allzu gut an ihre Kindheit erinnern, in der sie gezwungen worden war, Kleidchen und Ringellöckchen und Lackschühchen zu tragen.

Sie hatte wahrlich mehr als genug davon gehabt, von einer Frau, die sie nicht respektierte, in eine weibliche Rolle gepresst zu werden, die sie ablehnte.

»Alles ist so ordentlich.« Nancy Janice stand auf, nachdem sie den Hund gestreichelt hatte. »So aufgeräumt.«

»Bei dir klingt das, als wäre es was Schlechtes.« Anne stellte die Zwanzig-Kilo-Reisetasche ihrer Mutter am unteren Ende der Treppe ab. »Ich muss mit ihm raus. Na komm, Soot.«

»Es ist nichts Schlechtes.« Ihre Mutter folgte ihr zur hinteren Veranda. »Es ist nur ein wenig kahl.«

»Ich sehe keinen Grund, meine Räume mit Teleshopping-Müll vollzustopfen.«

Der Seufzer ihrer Mutter sagte Anne, dass die Message angekommen war: Das Haus, in dem Anne und ihr Bruder aufgewachsen waren, war mit Nippes und kitschigen »Souvenirs« angefüllt gewesen. Es ging doch nichts über eine Kindheit, die nonstop von Dauerwerbesendungen begleitet wurde.

»Raus mit dir, Soot.« Anne öffnete die Tür und trat zur Seite. »Na los, geh schon.«

Soot blieb im Türrahmen stehen und beäugte misstrauisch den Himmel.

»Soll ich mitkommen?« *Bitte zwing mich, mit dir rauszugehen.* »Na gut, ich begleite dich.«

»Ich koche einen Tee«, sagte ihre Mutter. »Wo ist dein Wasserkocher?«

»Hab ich nicht. Ich benutze Kapseln, und ich trinke immer noch keinen Tee.«

»Was für Kapseln?«

»Vergiss es. Nimm dir, was du willst.«

»Ich trinke keinen Kaffee.«

»Komm schon, Soot.«

Zum Glück beschloss der Hund, einen Ausflug in den Garten zu wagen, und Anne nutzte die Gelegenheit, um tief durchzuatmen und sich für die Rückkehr zu wappnen. Als sie wieder hineingingen, hatte ihre Mutter zwei Tassen herausgeholt und kochte Wasser in einem Topf.

»Keine Sorge, Annie-Banannie, ich hab jede Menge Tee für uns beide mitgebracht.«

Annie-Banannie. Gott, diesen Spitznamen hatte sie ihr ganzes Leben lang gehasst.

Als sie schwieg, lächelte ihre Mutter sie über ihre Schulter hinweg entschlossen fröhlich an. »Für eine gute Nachtruhe. Danach wirst du gut schlafen.«

Anne schnappte sich ein Geschirrtuch, bückte sich und wischte sorgfältig den Dreck von Soots Pfoten. »Ich habe dir doch gesagt, ich trinke keinen Tee.«

»Oh. Na ja, dann könnte ich dir einen Kaffee machen? Ich könnte …«

»Nein. Danke. Ich brauche nichts.«

»Oh. In Ordnung.«

Anne senkte den Kopf. »Aber ich setze mich zu dir.«

»Oh, das wäre schön. Ich habe dich vermisst.«

Wow, sie hatte tatsächlich vergessen, dass drei Viertel von Nancy Janice' Sätzen mit »Oh« anfingen – als wäre das Gespräch immer wieder ein Schock für sie, obwohl sie eigentlich gern plauderte. Aber sie war ja auch die stumm lächelnde Frau einer wahren Urgewalt gewesen. Wahrscheinlich war sie, auch nach all diesen Jahren, immer noch überrascht davon, dass jemand ihr zuhörte.

Aber es war nicht Annes Aufgabe, diese Leere zu füllen. Und ihrer Mutter eine Gelegenheit zum Reden zu geben, bedeutete, in einem engen Raum eine ganze Dose Febreze zu versprühen – und dann zu denken, man könnte sich den blütenfrischen Gestank einfach aus dem Gesicht wedeln.

Anne setzte sich an ihren Tisch und nahm sich vor, ihre Mutter zu fragen, was sie in letzter Zeit so gemacht habe, aber sie war nicht sicher, ob sie Interesse an Pilates, Bridge und ehrenamtlicher Arbeit im Seniorenzentrum vortäuschen konnte.

Vor allem jetzt, da ihre Gedanken bei Emilio in seinem Krankenhausbett waren, und bei Danny und seinen Schwierigkeiten, seinen Weg zu finden, und bei den Leuten, die bei den Lagerhausbränden gestorben waren.

Denn genau das war das Problem. Es gab eine riesige, unüberbrückbare Distanz zwischen dem, worüber sich ihre Mutter Gedanken machte, und dem, was Anne beschäftigte. Es war wie der Unterschied zwischen Kleenex und Verbandsmull. Sandalen und Stahlkappenschuhen. Einer schief gesummten Melodie und einem Hilfeschrei.

Ihre Mutter holte eine grün-weiße Schachtel aus ihrer mit Corgis verzierten Handtasche und hängte in jede Tasse einen Teebeutel. Dann goss sie das heiße Wasser aus dem Topf darüber und trug ihr Mittel gegen Schlaflosigkeit an den Tisch.

Als sie den Tee vor Anne abstellte, sahen ihre hellen Augen aus wie die eines Hundes, der bettelte, aus der Kälte hereingelassen zu werden.

»Nur für den Fall, dass du deine Meinung änderst«, sagte sie sanft.

Werde ich aber nicht!, wollte Anne brüllen. *Verdammt noch mal, hat Dad dich deswegen betrogen?*

SIEBENUNDZWANZIG

Am nächsten Morgen fuhr Danny mit seinem Pick-up auf den Parkplatz hinter der Feuerwache 617 und schaute auf sein Handy. Er war fünfzehn Minuten zu früh da, ohne das geplant oder sich einen Wecker gestellt zu haben.

Einen Wecker brauchte nur jemand, der schlafen konnte, und alles, was auch nur entfernt mit REM-Phasen zu tun hatte, war für ihn undenkbar gewesen.

Er zündete sich eine Zigarette an, öffnete das Fenster einen Spaltbreit und blies den Rauch hinaus. Nach dem Sturm war die Septembersonne mit voller Kraft zurückgekommen und strahlte am wolkenlosen Himmel – so konsequent wie jemand, der nach einem Fressgelage bei McDonald's auf Biokost umstieg.

Danny blinzelte, seine Augen waren leicht verklebt. Er trank einen Schluck Kaffee und rauchte weiter.

Um fünf vor neun löschte er die Kippe in seinem erkalteten Getränk und stieg aus. Die funkelnagelneue Feuerwache des Chiefs hatte einen separaten Verwaltungseingang, also musste er wenigstens nicht durch die Garage reingehen und der Crew gegenübertreten – denn die würde sicherlich wissen, warum er hier war.

Annes Bruder würde diesen Termin genießen.

Und hey, wenigstens wäre Dannys letzte Tat als Feuerwehrmann, jemanden glücklich zu machen.

Danny öffnete die Glastür und trat in einen Warteraum, der

so schick war wie in einem Anwaltsbüro in Downtown: Ledersofas, Couchtisch, Flachbildfernseher, sogar ein kleiner Teppich, der zum grau-blauen Farbschema passte.

Gut zu wissen, dass Ripkins Leute sich um alles kümmerten – nicht nur um die Spende und den Bau, sondern auch um die Vorhänge und die Möbel, verdammt noch mal.

Es roch sogar gut.

Demnach, wie chefmäßig alles aussah, rechnete er schon damit, dass gleich eine Assistentin rauskommen und seinen Ausweis und seine Fingerabdrücke verlangen würde, bevor er zu dem hohen Tier vorgelassen wurde.

Aber nein, also ging Danny einfach direkt zum Aquarium: Das Büro des Chiefs hatte an drei Seiten Glaswände, und Tom saß an einem alten abgenutzten Schreibtisch, auf dem sich der Papierkram türmte und das Telefon an einer Kante hinunterzustürzen drohte. Eine tote Pflanze verwelkte in einem fast leeren Regal.

Ashburn war die einzige Verunreinigung in einer ansonsten vollkommen ordentlichen und makellosen Umgebung.

Tom schaute auf und sagte: »Komm rein.«

Oder so was Ähnliches. Das Büro war schallisoliert.

Danny trat durch die Tür. »Morgen.«

»Setz dich.«

Das lohnte sich wohl kaum. Er würde nicht lange bleiben. Aber Danny folgte der Aufforderung und ließ sich auf einem knarrenden Holzstuhl nieder. Er verschränkte die Arme vor der Brust. »Das ging ja schnell.«

Annes Bruder lehnte sich zurück und legte die Fingerspitzen aneinander wie ein Schulleiter, der einen Störenfried vor sich hatte. Der Mann sah erschöpft aus, die dunklen Ringe unter seinen Augen ließen sein Gesicht älter erscheinen, und das grau melierte Haar trug ebenfalls zu dem Eindruck eines fast Fünfzigjährigen bei. Dabei war der arme Kerl erst Mitte dreißig.

»Dr. McAuliffe hat sich gestern bei mir gemeldet.«

»Wo muss ich unterschreiben?«

»Wie bitte?«

Danny beugte sich vor und deutete auf all die Papiere. »Auf meinen Entlassungsunterlagen. Ich weiß schon, dass ich nicht lange genug im Dienst war, um eine Pension zu beziehen, aber ich will meine Krankenversicherung.«

Der Chief antwortete nicht. Das hier war für ihn sicher wie eine köstliche Mahlzeit, die man genießen musste.

»Ich will, dass du eine Schicht übernimmst. Aber du bist auf Bewährung.«

Danny schüttelte den Kopf, um sicherzugehen, dass seine Ohren nicht verstopft waren. »Was?«

»Du hast schon richtig gehört. Weil Emilio fehlt, habe ich die Crew der 499 neu zusammengestellt, und du musst heute eine Schicht übernehmen. Morgen und am Sonntag hast du frei.«

Der Chief griff nach einem Blatt Papier und überflog es. Dann schaute er auf. »Warum bist du noch hier? Du bist spät dran für den Appell bei der 499.«

Ein Gefühl der Beklemmung drückte auf Dannys Brust. »Ich kapier das nicht.«

»Ich glaube, ich habe mich klar genug ausgedrückt.«

»Warum werde ich nicht gefeuert?«

»Willst du wirklich darüber diskutieren?«

Danny schüttelte wieder den Kopf. »Ich bin verwirrt.«

»Weil du glaubst, das hier wäre was Persönliches zwischen dir und mir. Das ist es aber nicht. Im Bericht der Therapeutin steht, dass sie den Eindruck hat, du würdest unter einem schweren Trauma und einer nicht diagnostizierten Depression leiden. Sie schlägt eine dreimonatige Suspendierung und danach ein weiteres Gutachten vor. Und sie glaubt, dass du ein Alkoholproblem hast, und empfiehlt dir, dich darum zu kümmern.«

»Warum lässt du mich dann wieder arbeiten?«

»Wenn ich bei all meinen Leuten auf einen einwandfreien geistigen Gesundheitszustand warten würde, hätte ich leere Löschfahrzeuge, niemanden, der die Schläuche hält, und keiner würde auf die Leitern steigen.«

Danny verschränkte die Finger ineinander, weil er einen Zitteranfall bekam, den er sich nicht anmerken lassen wollte. »Danke.«

Die Augen des Chiefs bewegten sich erneut so, als würde er auf dem Papier etwas lesen, aber es schien immer wieder dieselbe Zeile zu sein. Einen Moment später brummte er: »Jetzt sind wir quitt.«

»Ich wusste gar nicht, dass es zwischen uns eine Schuld zu begleichen gab.« Das stimmte nicht. Da war die Sache mit Anne. »Zumindest keine aus jüngerer Zeit.«

»Chavez.« Tom schaute auf. »Wenn du nichts gesagt hättest, hätte ich nicht … na ja, egal.«

Danny rechnete sich schnell aus, dass hier ein instabiler Mann gegen einen anderen ausgetauscht wurde, aber er würde dem Chief nicht widersprechen. Endlich lief es mal gut für ihn.

»Aber es gibt eine Bedingung.«

Jetzt kommt's. »Und die wäre?«

»Ich dulde keine einzige Verletzung der Regeln. Alles wird mustergültig laufen, und ja, das kommt in deine Personalakte. Ich lasse mir nicht auf der Nase herumtanzen. Wenn du irgendwelche Scheiße baust, werde ich dich feuern, Personalmangel hin oder her.«

Dagegen lässt sich nichts sagen, dachte Danny.

»Los, jetzt ab zur 499.« Tom stand auf. »Und gib mir die Hand darauf. Damit wir beide wissen, dass wir eine Abmachung getroffen haben.«

Der Bostoner Verkehr war kein Spaß.

Als Anne sich auf der I-93 der Stadt näherte, schaute sie auf die Uhr im Armaturenbrett ihres Dienstwagens. Sie hatte in der Früh in Ripkins Büro angerufen und gesagt, dass sie um Punkt neun dort sei. Das würde sie nicht schaffen, aber man hatte ihr gesagt, dass der Chef sowieso nie vor halb zehn komme.

Auch in New Brunswick gab es Hochhäuser, aber sie wirkten winzig im Vergleich zum Glas-und-Stahl-Dschungel von Boston. Die Tatsache, dass Ripkin einen ganzen Wolkenkratzer besaß, zeugte von seinem Reichtum, und Anne musste zugeben, dass sie beeindruckt war.

Aber wenn es nur in diesem Tempo weiterginge, wäre sie hundert, bevor sie überhaupt in die Nähe des Gebäudes käme. Die Autobahn war überfüllt und erinnerte sie an verstopfte Arterien, Schächte voller Schlamm und Regenrinnen, die noch von Herbstlaub befreit werden mussten. Sie dachte auch an all die Lebensgeschichten in den Autos, die besonderen Ereignisse, die Werdegänge, Anfang, Mitte und Ende. So gesehen versammelten sich in jeder großen Stadt der Welt jeden Morgen und jeden Abend Biografien auf dem Asphalt, standen nebeneinander wie Bücher in einem Regal, die Seiten zugleich anonym in der Sammlung und doch ganz persönlich zwischen den Buchdeckeln, in jedem Fahrzeug.

Die Menschheit war eine Galaxie, unzählbar, unergründbar, unbegreiflich groß.

Nicht dass sie sich je gewünscht hätte, Gott zu sein.

Als sie schließlich in die Tiefgarage des Ripkin Buildings

fuhr, war es zwanzig nach neun. Sie nahm ihr Parkticket und fand einen Platz im dritten von sechs Untergeschossen. Es war keine große Überraschung für Anne, dass sich Ripkins Büro im obersten Stock des Wolkenkratzers befand. Der König schaute von oben herab auf die Welt, die er erobert hatte.

Als sie aus dem Aufzug trat, war klar, wo sie hinmusste: Zu ihrer Rechten lag hinter einer Glaswand mit dem Ripkin-Development-Logo der Empfangsbereich, der um eine riesige Kristallskulptur in Form des Buchstabens *R* herum gebaut war.

Anne ging hinein und stellte sich an den schwarzen Granittresen. Die attraktive Blondine sah aus wie ein weiteres Kunstwerk: in Schwarz gekleidet, die Haare zu einem straffen Dutt zurückgebunden, bei dem Anne schon vom Anschauen Kopfschmerzen bekam.

»Ich bin Inspector Ashburn«, sagte sie. »Ich habe einen Termin mit Mr Ripkin.«

Sie musste daran denken, wie Bud Fox in dem Film *Wall Street* in Gordon Gekkos Büro aufgetaucht war und ewig warten musste. Zum Glück kümmerte Don sich um Soot, ganz egal, wie lange das hier dauern würde.

»Aber gewiss doch. Er erwartet Sie.«

Aber gewiss doch? Wann hatte sie diese Floskel denn zum letzten Mal gehört? Aber wenn sie reindurfte, würde sie natürlich nicht widersprechen.

»Wenn Sie mir bitte folgen würden.«

Die Blondine erhob sich und schwebte förmlich durch den langen grauen Flur vor Anne her, die sich fragte, ob die Frau ein Roboter oder so was war. Sie bewegte sich, als hätte sie Knochen aus Draht und Kugellager statt Gelenken.

Wie merkwürdig, dachte Anne, als sie all die geschlossenen Türen passierten: Sie hörte keine Telefone klingeln. Keine Stimmen. Niemand sonst lief durch die Gänge.

»Darf ich Sie etwas fragen?«, sagte sie.

Die Blonde schaute zu ihr. »Wie es Ihnen beliebt.«

Wie es mir beliebt? Bin ich hier in einem Hitchcock-Film? »Ist das hier der Hauptsitz von Ripkin Development?«

»Ripkin Development befindet sich in den zehn oberen Stockwerken. Dieses Stockwerk gehört allein Mr Ripkin.«

»Ein ganzes Stockwerk. Wow.«

»Mr Ripkin ist sehr beschäftigt.«

»Na, das wundert mich auch nicht, bei all den Gebäuden, die er besitzt.«

»Sie können sich sehr glücklich schätzen, dass Mr Ripkin bereit ist, sich mit Ihnen zu treffen. Normalerweise ist er Monate im Voraus ausgebucht.«

»Brandstiftung sollte Priorität haben, vor allem wenn man der Besitzer der betroffenen Grundstücke ist.«

»Mr Ripkin ist wegen des Treffens mit Ihnen nicht besorgt.«

Okay, Bob Vance von Vance Refrigeration. »Wie war doch gleich Ihr Name?«

Wenn sie jetzt Phyllis sagte, würde Anne Gottes Existenz nicht mehr anzweifeln.

»Persephone.« Die zukünftige Stepford-Frau blieb vor einer taubengrauen Doppeltür stehen, die so hoch war wie ein Wasserfall. »Bitte warten Sie hier. Ich werde Sie bei Mr Ripkin ankündigen.«

Als Anne allein war, fragte sie sich, ob die gute Persephone/Phyllis wohl Mr Ripkins Geliebte war. Vermutlich ja. Eine solche Loyalität musste entweder mit einem beachtlichen Gehalt oder mit der Aussicht auf einen gehobenen Lebensstil erkauft werden. Und war Mrs Ripkin nicht vor einigen Jahren gestorben?

Die Türen gingen wieder auf. »Mr Ripkin empfängt Sie jetzt.«

Die Frau trat zur Seite, Anne ging in einen Raum, von dem sie sofort wusste, dass sie ihn nie vergessen würde. Die Decke war noch höher als die Eingangstüren, und die Quadratmeterzahl entsprach fast der einer Hotellobby. Alles war mit grauem Marmor verkleidet, große Steinplatten bedeckten die Wände und den Fußboden. Keine Teppiche, keine Gemälde, nur Fenster an drei Seiten, und drei oder vier Sitzbereiche mit Konferenztischen.

Mr Ripkin saß an einem riesigen Schreibtisch, auf dem nicht mal ein Telefon stand, vor einem Ausblick auf den weiten Ozean. Der Mann war siebzig, sah aber aus wie sechzig, zweifellos das Ergebnis einer sehr teuren, sehr unauffälligen Schönheits-OP. Seine Haare waren schneeweiß und dicht wie eine Schneeverwehung, und sein Gesichtsausdruck ruhiger Professionalität erinnerte Anne an die Maske eines Eishockeytorwarts. Hinter dieser unbewegten Miene versteckte er viel, damit keiner ihn mit dem Puck im Gesicht treffen konnte.

Anne misstraute ihm sofort. Sie dachte an die Feuerwache, die der Mann der New Brunswicker Feuerwehr geschenkt hatte.

»Inspector Ashburn.« Monotone Stimme, der Bostoner Akzent war kaum noch zu erkennen. »Wie schön, dass Sie kommen konnten.«

Hatte er sie etwa eingeladen? »Danke, dass Sie mich empfangen.«

»Setzen wir uns doch dort hinüber. Möchten Sie einen Kaffee? Tee?«

»Nein danke.«

Er nickte leicht, und sie wusste auch ohne über ihre Schulter zu schauen, dass Persephone so sicher verschwinden würde wie ein Schatten, der vom Licht verjagt wurde. Als sie zu ein paar seidenbespannten Stühlen hinübergingen, merkte Anne, dass ihre Hand anfing zu schwitzen.

»Sie sitzen hier«, erklärte er und zeigte auf einen Sitzplatz, der sich scheinbar nicht von den anderen unterschied.

Ja, bis auf das Kabel, das aus der Lehne hinunter in den Fußboden führte. Sie hätte einen anderen Stuhl nehmen sollen, war sich aber ziemlich sicher, dass alle anderen genauso präpariert waren. Bis auf den, den er wählte, natürlich.

Als Anne sich hinsetzte, fragte sie sich, was von ihrem Körper wohl alles überwacht und wie viel aufgezeichnet wurde. Inzwischen konnte man die geringsten Veränderungen der Hauttemperatur, der Gewichtsverlagerung, der Atmung messen.

Sie setzte sich ganz an den Rand des Polsters. »Also, es geht um die Brände in den Lagerhäusern.«

Der Mann lächelte leicht, und erst da fiel ihr auf, dass seine Augen die gleiche Farbe wie seine Einrichtung hatten, die Farbe von gefährlichem Nebel auf dem Meer.

»Möchten Sie sich nicht zurücklehnen und sich entspannen, Inspector Ashburn? Wir haben es nicht eilig.«

Anne blickte zu der Doppeltür, durch die sie hereingekommen war. »Mein Boss erwartet mich so bald wie möglich wieder im Büro.«

»Dann soll er warten.«

ACHTUNDZWANZIG

Sobald Löschfahrzeug 17 mit quietschenden Reifen vor dem Wohngebäude hielt, das im ersten Stock brannte, sprang Danny hinunter auf den Asphalt und lief nach hinten zu den Schläuchen.

»Dannyboy, du gehst erst mal rein.« Captain Baker nickte zu Moose. »Du auch.«

»Roger.«

Moose und er nahmen ihre Luftbehälter und Masken, öffneten dann die Kästen außen am Fahrzeug und holten weitere Ausrüstungsgegenstände heraus. Als die verschiedenen Werkzeuge zum Vorschein kamen, griff Moose nach zwei langen Äxten und drehte sich zu Danny um.

Beim Anblick der Äxte begann Danny unter seiner Einsatzkleidung zu schwitzen. »Ich nehme die Dechsel.«

»Warum? Wir brauchen Äxte, um durch die Türen zu kommen … oh. Sorry.«

Denk nicht darüber nach. Mach einfach weiter.

Danny schnappte sich den Hickory-Holzstab mit der knapp vierzig Zentimeter langen Stahlklinge am oberen Ende und freute sich darauf, damit Türen aufzubrechen. Außerdem reichte eine Axt. Sie brauchten nicht jeder eine.

Während sie zum Eingang des Wohngebäudes liefen, suchte er weiter Gründe, warum es strategisch notwendig war, dass er keine Axt dabeihatte.

Bewohner strömten zur Tür heraus, zum Teil noch in Bademänteln, obwohl es inzwischen halb zwölf war. Die meisten waren schon älter, daher rechnete er mit vielen Katzen. Das Alarmsystem des Gebäudes hatte sich eingeschaltet, und das schrille Klingeln tat ihm in den Ohren weh. Die Luft war erfüllt von Rauch.

Das hier wird heiß, dachte er. Das merkte er schon am Geruch.

Ein alter Mann mit Haaren wie Einstein und einem Bademantel blieb vor Danny stehen.

»Ich habe ihr gesagt, dass der Junge sie noch umbringt. Seid vorsichtig! Ich weiß nicht, ob er eine Waffe hat.«

»Wer?«

»Ihr Enkel. Macht nur Ärger. Hat seit drei Wochen bei ihr gewohnt. Hat schon jemand die Polizei gerufen?«

»Gehen Sie besser weiter.« Danny nickte zu den Leuten hinter ihm, die wegen des Alten nicht weiterkonnten. »Wir kümmern uns darum.«

»Alles klar.«

Als der Mann weiterging, sprach Danny in sein Funkgerät. »Zwei-fünf-acht-sieben, over.« Nachdem Captain Baker sich gemeldet hatte, fuhr er fort: »Könnte sich um ein Familiendrama handeln. Ankunft der Polizei bestätigen, over.«

Captain Baker antwortete: »Ist in drei bis vier Minuten da. Over.«

»Zwei-fünf-acht-sieben, over und aus.«

Moose und er gingen in den ersten Stock und entfernten sich von den Leuten auf der Treppe. Ein Blick ans andere Ende des Flurs ließ Dannys Alarmglocken läuten: Es gab insgesamt acht Türen, vier auf jeder Seite, und bis auf eine waren alle offen oder angelehnt, weil die Bewohner sich beeilt hatten hinauszukommen – oder sich an die weit verbreitete Regelung hielten, dass bei Evakuierungen alle Räume zugänglich sein mussten.

Die einzige Ausnahme? Die einzige geschlossene Tür? Von dort kam der Rauch.

»Ich finde, wir sollten warten, bis die Cops da sind«, sagte Danny. »Ich habe kein gutes Gefühl bei der Sache.«

»Soll das ein Witz sein? Sei nicht paranoid.«

Sie gingen weiter über den abgewetzten Teppich, und der chemische Gestank in der Luft brannte in der Nase und in der Kehle. Der Rauch, der aus der betroffenen Wohnung drang – sowohl um die Tür herum als auch von draußen wieder ins Gebäude –, zwang Danny, schnell die Bewertungsfaktoren durchzugehen: Volumen, Geschwindigkeit, Dichte und Farbe.

Das Volumen war beträchtlich und deutete auf ein heißes Feuer in einem begrenzten, schlecht belüfteten Bereich hin: Der Rauchstrom entlang der Decke im Flur wurde immer dicker, und durch das Fenster am Ende sah er große dunkle Wolken aus der Wohnung ins Freie quellen. Die Geschwindigkeit verhieß nichts Gutes, denn der Rauch bewegte sich unstet, ein weiteres Zeichen für schlechte Belüftung und eine Warnung, dass eine schlagartige Ausbreitung wahrscheinlich war. Auch die Dichte war problematisch: Der Rauch wirkte beinahe fest, in der Luft lagen Brennmittel, Aerosole und Gase, die alle bereit waren, es so richtig krachen zu lassen. Doch zu guter Letzt war die Farbe das Schlimmste. Schwarz bedeutete eine hohe Giftigkeit, weshalb es sehr unwahrscheinlich war, dass da drinnen noch irgendjemand lebte.

Ein paar Atemzüge bei solcher »Luft«, und man verlor das Bewusstsein, der Tod folgte innerhalb von Minuten.

Danny sprach wieder in sein Funkgerät: »Zwei-fünf-acht-sieben, over.« Als die Bestätigung kam, gab er durch: »Im ersten Stock unsteter schwarzer Rauch. Geschlossene Tür. Hier muss auf der Stelle gekühlt und belüftet werden, sonst fliegt dieser Teil des Gebäudes in die Luft. Over.«

Captain Baker antwortete: »Könnt ihr die Tür öffnen?«

»Nicht zu empfehlen …«

»Klar«, schaltete Moose sich ein. »Bin schon dabei.«

Danny packte ihn am Ärmel seiner Einsatzjacke. »Da drin sind sowieso schon alle tot.«

»Das kannst du nicht wissen. Wir müssen es versuchen.«

Captain Bakers Stimme ertönte wieder. »Geht rein. Die Leiter ist angelegt, und wir belüften.«

Man hörte Glas zerspringen, und sofort ging das Rauchvolumen zurück, der Druck ließ nach.

»Wir müssen warten, bis die Temperatur runtergekühlt ist«, sagte Danny.

»Sei kein Weichei.«

Moose marschierte zur Tür, stellte sich an die eine Seite und klopfte mit dem Stiel der Axt dagegen. »Feuerwehr und Rettungsdienst. Öffnen Sie die Tür.« Als keine Antwort kam, wiederholte Moose: »Machen Sie auf, sonst kommen wir rein.«

Durch das Fenster am Ende des Flurs sah Danny, wie die Leiter die Position wechselte. Weitere Fenster wurden eingeschlagen, damit das Feuer abkühlen und sich beruhigen konnte.

Moose drückte gegen den Türknauf, und da abgeschlossen war, rief er: »Wir kommen jetzt rein!«

Er holte mit der Axt weit aus, und Danny musste wegschauen, als die scharfe Schneide auf die glatte Oberfläche der Tür traf. Nach ein paar kräftigen Hieben steckte Moose die Faust durch das Loch und tastete nach der Klinke.

»Scheiße. Türriegel ohne Schlüssel.«

Danny setzte sich die Maske auf. »Ich mach's mit der Schulter.«

Moose trat zurück, um ebenfalls seine Sauerstoffversorgung anzuschließen, während Danny sich mit seinem Gewicht gegen die Tür warf. Das durch den Brand geschwächte Holz splitterte, und ein Schwall Hitze und Rauch prallte gegen ihn. Er schaltete seine Stirnlampe ein und betrat gebückt die Wohnung. Die Luft war so voller Ruß und Schadstoffe, dass das Tageslicht hier kaum ankam. Er lief geduckt weiter und registrierte verkohlte Möbel, geschwärzte Wände und Teppiche, die nur noch aus Fetzen auf dem Fußboden bestanden. Alles brannte weiter, und auch die niedrigere Temperatur war noch heiß genug, um Holz, Plastik und Metall zu verschlingen.

Die erste Leiche fand er im Flur.

Sie lag mit ausgestreckten Armen und Beinen da, als wäre die Person zur Tür gerannt, dann aber von einer Explosion oder einer sonstigen Kraft umgeworfen worden. Man konnte unmöglich sagen, ob der Mensch mit dem Gesicht nach unten oder nach oben lag, männlich oder weiblich, angezogen oder nackt war. Die Haare und jegliche Kleidung waren völlig verbrannt, und die Haut und das Fleisch auf den Knochen so stark verkohlt, dass besondere Merkmale nicht mehr zu erkennen waren.

»Zwei-fünf-acht-sieben. Wir haben einen Toten im Flur vor dem Wohnzimmer. Gehen weiter, over.«

»Zwei-fünf-acht-sieben, bereit machen für Wasser.«

»Roger. Over.«

Von den Leitern aus wurden die Schläuche nach innen gerichtet, sodass literweise H_2O im hohen Bogen durch die zerbrochenen Fenster hereinkam. Wieder stieg Rauch auf, nun weiß von der Verdunstung.

Hinter der ersten verkohlten Tür verbarg sich ein altes Bad, das größtenteils vom Feuer verschont geblieben war. Der Duschvorhang aus Plastik war wie moderne Kunst am Rand der Badewanne festgeschmolzen, die Kachelwände schwitzten, die hellblauen und gelben Farbtöne waren gedämpft, aber noch erkennbar.

Die nächste Tür würde vermutlich in ein Schlafzimmer führen …

Danny öffnete sie und konnte nicht fassen, was er sah. Die Wände waren befleckt, die rosa Blümchentapete beschmiert mit … braunen Handabdrücken? Dann erkannte er durch den Dunst einen auf dem Bett ausgestreckten Körper. Die Hand- und Fußgelenke waren an den Bettpfosten festgebunden, im Mund steckte ein roter Knebel.

Kein Lebenszeichen.

Allerdings sah die alte Frau auch aus, als wäre sie ausgenommen worden wie ein Tier. Vor sehr kurzer Zeit.

Danny sprach in sein Funkgerät: »Zweites Opfer, Schlafzimmer. Hier ist ein Mord geschehen.«

Er vergaß, sich zu identifizieren, aber das war ihm egal. Er ging näher ran. Die alte Frau starrte mit blicklosen Augen panisch an die Decke. Ihre schlaffe Haut hing wie Falten aus hellem Filz an ihren Oberarmen, an ihrem Hals, zu beiden Seiten ihrer knochigen Schenkel.

Er wollte sie zudecken, ein Laken oder eine Decke suchen, um ihr etwas Würde zurückzugeben, aber er durfte es nicht riskieren, Beweismittel zu beschädigen.

»Was zur Hölle ist das denn?« Moose kam herein und stellte sich neben ihn. »Das da hat also gekocht, als das Feuer ausgebrochen ist.«

NEUNUNDZWANZIG

»Wissen Sie, ich mag ungewöhnliche Frauen.«

Während Charles Ripkin das sagte, richtete er den Blick auf Annes Prothese. »Sagen Sie, wie haben Sie Ihren Arm verloren?«

Er kannte die Antwort bereits, dachte sie. Mit Sicherheit hatte er sich über sie informiert.

»Ich denke, wir sollten beim Thema bleiben. Lassen Sie uns über die Brände in Ihren Lagerhäusern sprechen.«

»Hat es wehgetan?« Der Mann lächelte. »Ich habe mich immer gefragt, wie es sein muss, verstümmelt zu sein.«

»Soweit ich weiß, gehören diese Gebäude alle verschiedenen GmbHs. Ich frage mich, warum Sie sie nicht unter dem Namen Ripkin Development führen.«

»Fühlen Sie sich jetzt hässlich? Sie wissen schon, als Frau. Nun, da Sie nicht mehr unversehrt sind.«

»Mich interessiert auch, warum sie bei verschiedenen Gesellschaften versichert sind. Wenn es darum geht, das Risiko zu streuen, war das in Anbetracht der Brände ziemlich schlau.«

»Ich will Ihnen nicht zu nahetreten, aber wenn Sie mit einem Mann zusammen sind, verstecken Sie dann den Stumpf? Halten Sie ihn unter einem Kissen, einem Ärmel, einer Falte im Laken? Damit er ihn nicht sieht. Damit er nicht abgelenkt wird und die Lust verliert.«

»Denn es sind auffällig viele Brandfälle in dieser Gegend. Sechs Feuer innerhalb von so wenigen Jahren.«

Seine linke Augenbraue zuckte. »Schämen Sie sich jetzt? Vor sich selbst. Vermissen Sie die Person, die Sie vorher waren?«

»Trotzdem wurde keine Anklage erhoben. Natürlich kann man sagen, es wären ja nur Ruinen gewesen, aber dieser Stadtteil ist schon seit Jahrzehnten verfallen. Warum passiert all das in den letzten zwei Jahren?«

»Früher Feuerwehrfrau. Jetzt eine Bürokraft. Sie sind ein wandelndes Klischee, ist Ihnen das klar?«

»Haben Sie dafür irgendeine Erklärung?«

»Selbstverständlich. Es ist ein bisschen zu offensichtlich, um es einem klugen Mädchen wie Ihnen erklären zu müssen, aber wenn Sie schon fragen … Sie haben Ihren Arm verloren, und jetzt sind Sie eine Verliererin mit einer unbefriedigten Sehnsucht, zu Ihrer Arbeit zurückzukehren. Aber das Problem ist: Die Arbeit, die Sie wollen, können Sie nicht mehr machen, weil Sie die körperlichen Tests nicht mehr bestehen, die Sie früher mit links geschafft haben. Sie drehen durch vor Langeweile, suchen nach einem Sinn, und dieses Verlangen, das nicht gestillt werden kann, ganz egal, wie viele Formulare Sie ausfüllen und Ermittlungen Sie führen, macht Sie wahnsinnig. Deshalb findet Ihr Gehirn Verbindungen, die gar nicht da sind – so was tun Frauen nun mal –, und in diesem ganzen mentalen Aufruhr haben Sie sich in Ihren kleinen grauen Dienstwagen gesetzt und sind den weiten Weg bis in die große Stadt gefahren.« Er beugte sich vor. »Ich habe Ihnen dieses eine Treffen gestattet, weil Sie mir leidtun. Ich habe eine Tochter, die mir sehr viel bedeutet, und auch Sie wurde durch ein Feuer entstellt. Sie war früher sehr hübsch. Jetzt sieht sie aus wie ein Monster. Aber die Feuerwehr hat ihr das Leben gerettet, deshalb habe ich die neue Wache finanziert. Ich bin ein Fan der Feuerwehr, ein großer Unterstützer Ihres ehemaligen Berufs.«

»Also haben Sie keinen Kommentar dazu.«

»Ich habe Ihnen gerade eine Menge erzählt.«

»Sie haben überhaupt nichts erklärt, aber ich werde mich nicht mit Ihnen streiten.«

»Gut.« Er stand auf. »Wenn Sie mich nun entschuldigen, ich habe heute noch einiges zu tun. Wie gesagt, ich habe Ihnen diesen Besuch erlaubt, weil Sie mir leidtun, aber alles, was darüber hinausgeht, werde ich als Belästigung betrachten. Die Dinge haben Folgen, wie Sie ja am eigenen Leib erfahren haben. Lassen Sie uns beide sichergehen, dass Sie nicht noch mehr verlieren, ja?«

Anne stand auf. »Ich mache meinen Job, Mr Ripkin. Wenn Sie irgendwas verbergen, wird es herauskommen. Machen Sie sich darauf gefasst.«

»Ich fand schon immer, dass es klug ist, wenn man seine eigenen Ratschläge befolgt.«

»Ich melde mich.«

»Das werden wir sehen. Ach, bevor Sie weg sind, wie geht es Ihrer Mutter?«

»Wie bitte?«

»Nancy Janice. Sie lebt allein, nicht wahr? In diesem Haus in der Crandall Avenue. Ist beim Sturm nicht ein Baum darauf gefallen?«

Anne erstarrte, und ihr Magen krampfte sich zusammen. Sie dachte an Bob Burlington, den Brandermittler, dessen Leiche am Ufer der Bucht angespült worden war, und an die Warnung Ihres Chefs. Aber sie würde sich nicht schikanieren lassen.

»Mr Ripkin, ich bin mir ziemlich sicher, dass Ihre Taktik bei den meisten Leuten funktioniert, mit denen Sie in Kontakt kommen, und ich gratuliere Ihnen zu Ihrem erfolgreichen Einschüchterungsmittel.« Sie hielt die Hand hoch. »Warten

Sie. Bevor Sie mir sagen, dass ich Sie ernst nehmen soll, möchte ich Ihnen etwas zeigen.«

Sie holte ihr Handy heraus und drehte den Bildschirm zu ihm. »Ich habe das ganze Gespräch aufgenommen, und alle zwei Minuten hat diese praktische App eine Datei an meinen Boss Don Marshall geschickt.«

»So etwas gilt nicht als Beweismittel«, sagte Ripkin gelangweilt.

»Da haben Sie recht. Aber Don ist der Meinung, dass Sie Bob Burlington haben ermorden lassen, weil er das Feuer auf Ihrem Anwesen untersucht hat. Wenn also mir, meiner Familie oder sonst jemandem, der mir nahesteht, etwas passiert, habe ich Ihre Bemerkung über das Haus meiner Mutter gesichert …« Als ihr Handy vibrierte, lächelte sie und deutete auf den Bildschirm. »Oh, sehen Sie. Gerade wurde wieder eine Datei verschickt – passen Sie auf, was jetzt passiert.« Eine Textnachricht kam an. »Und hier bestätigt Don den Empfang.«

»Niemand kann das verwenden. Sie haben mich nicht darüber informiert, dass Sie das Gespräch aufnehmen.«

Sie zeigte auf den Stuhl, auf dem sie gesessen hatte. »Tun Sie nicht so, als hätten Sie hier nicht Ihr eigenes Überwachungssystem. Ich glaube, wir sind quitt.«

Die Doppeltür ging auf, und die Roboterfrau mit den tollen Beinen wartete daneben wie ein Dobermann.

Anne ging zu ihr und sah dann über ihre Schulter. »Eine Sache noch. Ich habe lieber eine Plastikhand und ein reines Gewissen, als dass ich ein zwangsgestörter Viagra-Konsument mit Haarimplantaten und einer Vergangenheit als Mörder bin. Ich kann den Job wechseln und es genießen, soziopathische Verbrecher wie Sie hinter Gitter zu bringen. Sie hingegen werden in Zukunft immer mehr Haare verlieren und die Freude haben, eine Gemeinschaftsdusche mit allen möglichen Leuten zu teilen, die aus Ihrer Sicht unter Ihnen stehen. Oh, und was die Erektionsstörung angeht – das ist nur eine Vermutung von mir, denn nur ein Mann, der keinen hochkriegt, würde bei jemandem wie mir mit diesem ›Sie sind keine richtige Frau mehr‹-Bullshit anfangen. Hey, sehen Sie!« Sie zeigte wieder auf ihren Handybildschirm. »Gerade wurde noch eine Datei verschickt. Ich denke, ich mache eine Best-of-CD und schicke sie dem regionalen CBS-Sender – nein, warten Sie, Sie sind ja so stolz darauf, in der großen Stadt zu leben, also ist ein nationaler Sender wie CNN noch besser. Einen schönen Tag noch, Mr Ripkin.«

Anne verließ das Büro und schaute nicht zurück. Als sie den Flur entlangging, fühlten sich ihre Beine wie Pudding an, und sie wollte sich den Schweiß von der Stirn wischen, aber sie widerstand der Versuchung, um nicht schwach zu erscheinen.

Die Schritte der Chefassistentin hinter ihr klangen hart wie Flüche.

Anne erreichte die Glaswand vor dem Empfangsbereich und war froh, als sie die Tür aufstoßen und von hier verschwinden konnte.

Am Aufzug benutzte sie ihre Prothesenhand, um auf den Knopf zu drücken. Ihre echte zitterte zu sehr.

Als sie in der Tiefgarage ankam, fühlte sie sich ganz benommen vom Adrenalin und der Angst. Auf dem Weg zu ihrem Auto schaute sie nach oben. Überwachungskameras waren in regelmäßigen Abständen in der Decke installiert, und sie hätte wetten können, dass das auf jedem von Ripkins Grundstücken ebenso war.

Auf dem Land von jemandem, der alles so genau beobachtete, geschahen keine Unfälle, ohne dass er davon wusste.

Sie näherte sich ihrem Dienstwagen und erwartete fast, aufgeschlitzte Reifen vorzufinden. Sie gab ihrer Paranoia nach und bedeckte ihre Hand mit dem Ärmel ihrer Jacke, als sie den Griff berührte, um die Tür zu öffnen. Erst als sie auf die Straße hinausfuhr und sich in den Verkehr einreihte, atmete sie tief durch. Sobald sie wieder auf der I-93 Richtung New Brunswick war, rief sie ihren Chef an.

Don ging beim ersten Klingeln ran. »Dieser Dreckskerl.«

»Sie haben recht. Er ist zu allem fähig.«

»Geht es Ihnen gut?«

»Ja, alles in Ordnung. Wie fanden Sie meine Abschlussrede?«

»Großartig. Ich hätte es selbst nicht besser ausdrücken können. Die Aufnahme war eine tolle Idee von Ihnen. Gut gemacht, Anne.«

Ein Gefühl von Stolz wärmte ihr die Brust. »Danke, Boss.«

»Fahren Sie vorsichtig. Und halten Sie Ausschau nach verdächtigen Leuten um Sie herum.«

»Mach ich. Wie geht's meinem Hund?«

»Er ist in meinem Büro. Ich habe ihm gesagt, dass wir nachher in der Sandwichbar zu Mittag essen – Sie sind auch eingeladen.«

»Super. Ich müsste dann in etwa einer Stunde zurück sein«, versprach sie ihm.

»Seien Sie nur vorsichtig.«

Nachdem sie den Anruf beendet hatte, holte sie tief Luft und fühlte sich daran erinnert, wie es gewesen war, ein Feuer zu löschen, an den Rausch der Gefahr, wenn sie mit einem schweren Schlauch in den Händen den Flammen gegenübergestanden hatte, an die mentale und körperliche Herausforderung, die Überwindung der Angst, den Triumph am Ende.

Das Lächeln in ihrem Gesicht kam aus ihrem tiefsten Inneren, aus einem Teil, von dem sie sich schon resigniert verabschiedet hatte.

Es tat gut, eine Bestimmung zu finden und – um bei Dannys Monsteranalogie zu bleiben – gegen etwas zu kämpfen.

Bei dem Gedanken versuchte sie sich zu erinnern, was mit Ripkins Tochter geschehen war.

Die junge Frau hatte sich allein in Ripkins Haus in der Nähe des New Brunswicker Jachtklubs aufgehalten, als das Feuer ausgebrochen war. Es war in der Nachsaison gewesen, Oktober. Man hatte sie mit schlimmen Verbrennungen im zweiten Stock gefunden, nachdem sie vor dem Feuer, das im Wohnzimmer im Erdgeschoss begonnen hatte, hinauf und nicht ins Freie geflohen war. Damals hatte man den Brand einer defekten Gasleitung zugeschrieben, die zum Kamin führte und in dem alten Haus eine Explosion ausgelöst hatte. Es hatte keine Sprinkleranlage gegeben – bei der Renovierung des Herrenhauses waren eine Autowaschanlage und ein Kinosaal eingebaut worden, aber als Feuerschutz war nur ein ganz einfaches Alarmsystem vorhanden gewesen.

Anne konnte sich noch an den Anblick der Tochter auf der Trage erinnern. Ihre Haut hatte sich abgelöst, während sie in den Krankenwagen geschoben worden war. Es klang vielleicht hart, aber nachdem die Crew auf die Feuerwache zurückgekehrt war, hatte Anne nicht mehr daran gedacht.

Dies war nur einer in einer langen Reihe von Notrufen, die in jener Nacht eingegangen waren. In jener Woche. In jenem Monat.

Warum war Constance Ripkin nach oben statt hinaus gelaufen?

Als Danny gerade die Akademie abgeschlossen und als Trainee angefangen hatte, nahm ihn Allen Gould, ein inzwischen pensionierter Leutnant, beiseite und erklärte ihm, dass jeder Feuerwehrmann früher oder später ein »totes Baby« finden würde.

Es war schrecklich ausgedrückt, aber eine treffende Beschreibung des Phänomens.

Als Danny auf dem Weg zurück zur Wache im Löschfahrzeug saß, erinnerte er sich an die morbide Neugier und schändliche Vorfreude, die er bei der Aussicht empfunden hatte. Er konnte es gar nicht erwarten, sich in den Dreck zu knien, in die Abgründe zu schauen, den Felsen menschlicher Hässlichkeit hochzuheben und sich das Gewimmel der Würmer darunter anzusehen.

Das »tote Baby« war der Einsatz, der einem für immer im Gedächtnis blieb. Bei Danny war es der erste Blick aus dem Augenwinkel auf eine Frau, die sexuell missbraucht, mit Feuerzeugbenzin übergossen und wie Grillkohle mit einem Streichholz angezündet worden war.

Er erinnerte sich noch genau, dass sie nach gegrilltem Fleisch gerochen hatte.

Auch sechs Jahre später bestellte er ihretwegen immer noch keine Rippchen im Restaurant.

Erfahrene Feuerwehrleute hatten normalerweise nur *ein* solches Erlebnis. Denn wenn man mehr als eins im Gedächtnis behielt, das einen nicht mehr losließ, das einen verfolgte wie ein Gespenst und zu einem Albtraum wurde, der bei Stress immer wieder aus dem Unterbewusstsein auftauchte, musste man den Job aufgeben.

Entweder lernte man, das Gesehene zu verarbeiten und loszulassen, oder man war für eine langfristige Karriere nicht geschaffen.

Danny war immer stolz darauf gewesen, dass er mit allen möglichen Abscheulichkeiten zurechtkommen konnte. Er hatte Verblutende in den Armen gehalten, Kinderleichen aus Kellerschächten und unter Betten hervorgezogen, erfolglos Wiederbelebungsmaßnahmen durchgeführt … Gott, er hatte die Tür zu einem chaotischen Zimmer eingeschlagen und dann zusehen müssen, wie sich ein Siebzehnjähriger eine Schrotflinte an den Kopf hielt und sein Gehirn überall auf dem Shaun-White-Poster über dem Bett verteilte.

Es war nicht so, dass Danny sich nicht an all diese Vorfälle erinnern würde. Aber die seltenen Male, wenn er daran dachte, waren sie ein Schwarz-Weiß-Film in einer fremden Sprache, der mit Untertiteln auf eine winzige Leinwand projiziert wurde – die Bilder waren alle da, aber nicht bedrückend.

So musste es sein. Sonst hielt man es nicht aus.

»… so eine kranke Scheiße.« Moose schüttelte den Kopf. »Ich meine, er hat die alte Dame einfach ausgeweidet.«

Duff zuckte die Achseln. »Mich hat das nur hungrig gemacht. Kriegen wir irgendwo ein Gulasch zum Mittagessen?«

»Du bist ein echter Hannibal Lecter«, kommentierte Doc von vorn.

Moose starrte Duff an. »Wie kannst du so was sagen, nachdem du Betty White so gesehen hast?«

Danny blickte zum Fenster hinaus. Sie kamen gerade an einer Ladenzeile vorbei, alles inhabergeführte und ums Überleben kämpfende Boutiquen, Friseursalons und Cafés. Die Sonne schien, und Leute gingen in Grüppchen spazieren. Welcher Wochentag war heute? Freitag?

Wahrscheinlich.

»… oder etwa nicht?«

Als Moose Danny in den Schenkel boxte, erkannte er, dass er gemeint war. »Was?«

»Wir beide machen was zu essen, wenn wir zurück sind.«

»Ja. Gut.«

»Ach, kommt schon«, meldete sich Duff noch einmal. »Wollt ihr denn kein Gulasch?«

Danny schaute wieder hinaus. Während sie die Straße entlangschaukelten, wurde ihm übel vom rauchigen Schleim in seiner Kehle.

Konzentrier dich auf das Hier und Jetzt, sagte er sich. *Dann vergisst du alles andere. So hat es immer funktioniert.*

DREISSIG

Nach Feierabend stieg Tom in seinen SUV und redete sich ein, dass er gerade kein sauberes Hemd angezogen und in eine Stoffhose gesteckt hatte. Er hatte auch nicht seine besten Schuhe von ganz hinten aus dem Schrank geholt, die er bisher kaum getragen hatte. Und vor allem hatte er sich kein zweites Mal rasiert.

Nein, das alles hatte eindeutig ein Alien getan, der für einen kurzen Besuch auf der Erde die Kontrolle über seinen Körper an sich gerissen hatte.

Er fuhr gerade von der Feuerwache los, da klingelte sein Handy, und als er sah, wer anrief, fluchte er, ging aber trotzdem ran. »Hör mal, ich habe dir doch gesagt, ich kümmere mich darum, dass der Baum weggeschafft wird. Ich dachte, wir könnten heute hinfahren, aber es war wahnsinnig viel los.«

Herrgott noch mal, er hatte mit einem Wohnungsbrand zu tun gehabt, der ausgelöst worden war, weil ein Schizophrener seine Großmutter aufgeschlitzt und versucht hatte, ihre Innereien zu Mittag zu essen.

»Ich sorge dafür, dass es morgen klappt«, sagte Tom zu seiner Schwester, »und ja, bevor du fragst, ich habe schon zwei Jungs von der 617 gebeten, das Dach auszubessern. Ich kümmere mich darum. Du musst Mom nicht länger als weitere vierundzwanzig Stunden ertragen …«

Anne fiel ihm ins Wort. »Sie kann bleiben, solange sie will.«

Und apropos Aliens, wer zur Hölle bist du, und was hast du mit meiner Schwester gemacht?

»Ich dachte, du willst sie so schnell wie möglich loswerden?«

»Sag mal, Tom, erinnerst du dich an das Feuer auf dem Ripkin-Anwesen? Vor etwa einem Jahr?«

»Ja. Natürlich.« Er bog links ab und fuhr in die bessere Hälfte der Stadt. »Was ist damit?«

»Ich habe mir die Akte hier noch mal angesehen. Es wurde nie jemand deswegen angeklagt.«

»Die Ursache war eine defekte Gasleitung, die ins Haus geführt hat. Als die Tochter den Kamin angezündet hat, ist alles in Flammen aufgegangen.« Er zögerte zu erwähnen, dass Anne vor Ort gewesen war und sich doch sicher an all das erinnerte. »Warum?«

»Na ja, ich arbeite an den Bränden in den Lagerhäusern.«

»Welche? Die unten am Kai?«

»Ja. Und ich hatte heute einen Termin in Boston bei Charles Ripkin.«

»Wie hast du das denn geschafft? Soweit ich weiß, ist sein Büro wie eine Festung.«

Mit trockenem Tonfall antwortete sie: »Tja, es ist schon lustig, wie sich plötzlich Türen öffnen, wenn man sagt, dass man Brandermittlerin ist.«

»Das muss ich mir merken.«

Er bremste an einer roten Ampel und sah zwei junge Frauen vor seinem Wagen vorbeigehen. Sie bemerkten ihn beide und schauten dann noch mal genauer hin, als würden sie ihn abchecken.

Ach ja, die junge Generation mit ihren hohen Ansprüchen und ihren feinen Moralvorstellungen. Wenn er auch nur die geringste Lust auf Sex hätte, würde er dieses blöde Meeting vielleicht sausen lassen und die beiden in einer Bar aufreißen.

Stattdessen hätte er sich genauso gut zwei Fahrräder ansehen können.

Irgendwas stimmte ganz und gar nicht mit ihm.

»Hallo?«, sagte seine Schwester.

»Entschuldige.« Als die Ampel grün wurde, trat er aufs Gas. »Was hast du gerade gesagt?«

»Ich konnte das Haus nicht gründlich überprüfen. Sobald das Feuer im Erdgeschoss und im ersten Stock gelöscht war, wurden wir zu einem anderen Alarm gerufen. Die 617 war zuletzt vor Ort, und du warst der Einsatzleiter.«

»Ja. Und?«

»Habt ihr irgendwas gefunden, was nicht im offiziellen Brandbericht steht?«

»Willst du mir vorwerfen, ich würde Beweise unterschlagen?«

»Nein. Ich frage, weil der Ermittler aus meinem Büro gestorben ist, bevor er seine Arbeit an dem Fall beenden konnte, und ich fürchte, dass Informationen verloren gegangen sind.«

»Oh … verdammt, das stimmt. Ich erinnere mich, dass der Typ gestorben ist. Lass mich nachdenken, ich meine, du hast es ja selbst gesehen: altes Haus, Tochter in einem schlimmen Zustand, am nächsten Tag taucht Charles Ripkin auf und erklärt in einer Pressekonferenz, dass er der Feuerwehr unglaublich viel schuldet. Einen Monat später schickt er einen Trupp los, um den Grundstein für die neue 617 zu legen. Die Tochter, Kristina, hat überlebt, aber ist von Narben gezeichnet.«

»Constance heißt sie.« Es folgte eine Pause. »Es passt einfach alles nicht zusammen. Warum ist sie nach oben gelaufen? Während sie schon brannte?«

»Sie hat Panik gekriegt. Statt sich auf den Boden zu werfen und hin und her zu rollen, ist sie losgerannt und im Aufzug gelandet. Sie hat uns später gesagt, dass sie dachte, dort wäre ein Feuerlöscher. Sie hat um sich geschlagen, mehrere Knöpfe gedrückt, ist oben rausgefallen. Sie wurde in der offenen Aufzugtür gefunden.«

»Das ergibt keinen Sinn.«

»So hat sie es der Polizei erzählt. Warum sollte sie lügen?«

»Keine Ahnung. Aber ich will es herausfinden.«

»Anne, du bist nicht bei der Mordkommission, und der Fall ist abgeschlossen. Ach, und übrigens gab es wirklich einen Feuerlöscher im Aufzug, unter dem Tastenfeld.«

»Tatsächlich?«

»Ja.«

»Warum hat sie ihn dann nicht benutzt, um sich zu löschen?«

»Wahrscheinlich ist sie kollabiert. Keine Ahnung.« Er schwieg. »Hey, bevor du auflegst – was ist mit dir und Mom? Normalerweise willst du sie immer sofort loswerden und weigerst dich sogar, mit ihr zu telefonieren, und jetzt darf sie bei dir wohnen, solange sie will?«

Die erleuchtete Fassade des Canterbury Inn vor ihm sah aus wie eine Werbung für den Herbst in Neuengland. Die Ahornbäume zu beiden Seiten fingen gerade an, sich rot zu verfärben, und die gelben Schindeln, die weiße Verkleidung und die schwarzen Fensterläden des Kolonialhauses waren hübsch.

»Sie ist schon okay«, murmelte Anne. »Wir kommen klar.«

Als Tom auf den Parkplatz fuhr, spürte er, dass sich etwas in ihm löste. Die Luft drang mit einem Mal leichter in seine Brust, und er atmete unbeschwerter aus. Wie lange hatte er schon das Gefühl gehabt zu ersticken? Okay, über diese Frage würde er lieber nicht allzu ausführlich nachdenken.

»Danke«, hört er sich sagen. »Danke, dass du … Zeit mit ihr verbringst. Sie liebt dich sehr und hat nie verstanden, warum du sie so sehr hasst.«

Anne fuhr gerade in ihre Einfahrt, als sie das Gespräch mit ihrem Bruder beendete, und nachdem sie ihr Handy in ihre Tasche geworfen hatte, schaute sie zu Soot.

»Na, bereit fürs Abendessen?«

Der Hund wedelte mit dem Schwanz und schnaubte, das war etwas Neues. Nach ein paar Tagen mit gutem Futter und Antibiotika kam langsam seine Persönlichkeit zum Vorschein. Wie sich herausstellte, kommunizierte er gern und antwortete laut, wenn man ihn ansprach. Außerdem hatte er angefangen zu träumen, denn seine Pfoten zuckten und seine Schnauze bewegte sich, wenn er schlief.

Und wie es aussah, verbrachte er die Nächte nun bei Anne. Nachdem sie ihn am Vorabend in ihrem Bett gefunden hatte, hatte sie versucht, ihn in seine Box zu bringen, als ihre Mom und sie nach oben gingen. Er hatte sie mit so traurigen Augen angesehen, dass sie ihn mit in ihr Schlafzimmer genommen hatte … und am Morgen an ihn gekuschelt aufgewacht war.

Es war der erste erholsame Schlaf gewesen, seit sie ihre Hand verloren hatte.

Schade nur, dass sie nicht so bald wieder gut schlafen würde. *Herzlichen Dank auch, Ripkin.*

Sie legte Soot an die Leine, ging zur Haustür und …

Ihre Mutter öffnete, bevor sie aufschließen konnte, sah wie immer perfekt aus und lächelte. Der Geruch von Hackbraten, mit mütterlicher Liebe selbst zubereitet, ließ Anne nachdenken, ob sie nicht doch noch dringend etwas zu erledigen hatte – am anderen Ende der Stadt.

»Du bist zu Hause!«

Sie musste an Charles Ripkins Haifischaugen denken. »Ja. Hi. Ähm. Hallo.«

Sie trat ein, blieb stehen und sah sich um. »Was zur Hölle hast du getan?«

Ihre Mutter schloss die Tür. »Na ja, ich dachte, so passt es besser. Dein Sofa hat den Flow gestört, der Stuhl wäre in der Sonne ausgebleicht, und ich habe dir diesen neuen Couchtisch gekauft.«

»Wo ist mein alter?«

»Den habe ich in den Keller gebracht. Er war nicht das Richtige.«

Anne schloss die Augen und zählte bis zehn. Als das nicht half, beschloss sie, es mit tausend zu versuchen. »Mutter. Du kannst hier nicht einfach das Kommando übernehmen. Das hier ist mein Haus, es sind meine Sachen, und der ›Flow‹ ist mir egal, okay? Hör auf damit.«

»Aber so ist es besser.«

Die Worte kamen Anne über die Lippen, bevor sie sie stoppen konnte: »Was du besser findest und was ich besser finde, ist nicht dasselbe. Genau wie du und ich absolut nichts gemeinsam haben und auch nie haben werden.«

Ihre Mutter schlang die Finger ineinander. »Es tut mir leid. Ich … ich dachte nur, es würde dir gefallen.«

»Bist du denn nicht auf die Idee gekommen, dass ich die Möbel da hingestellt habe, wo sie waren, weil sie mir dort gefallen haben? Und hör auf, es mir ständig recht machen zu wollen. Damit regst du mich nur auf.«

»Du bist genau wie dein Vater.«

»Ich bin *überhaupt nicht* wie er. Aber das ist immer noch ein Kompliment im Vergleich dazu, wie du zu sein.«

»Anne!«

Sie ließ Soot von der Leine und legte ihre Tasche ab. »Du bist der passiv-aggressivste Mensch, den ich kenne, aber wenn es drauf ankommt, brichst du zusammen. So war es schon immer.«

Sofort flossen die Tränen. »Ich habe immer nur versucht,

dich zu lieben. Ich weiß, dass du mich nicht … respektierst, weil ich für dich nur eine Hausfrau bin. Aber ich bin stolz auf dich, das war ich schon immer, und ich habe mir Sorgen um dich gemacht.« Ihre schrille Stimme brach. »Als du im Krankenhaus und in der Reha warst, wollte ich nur …«

»Meine Möbel umzustellen ist nicht der richtige Weg, um deine Schwierigkeiten mit meiner Verletzung zu verarbeiten.« Anne zwang sich, ihre Wut zu zügeln. »Meine Hand ist nicht dein Problem.«

»Leider nicht. Ich will deine Mutter sein, Anne. Auch wenn du mich immer nur als die Frau deines Vaters gesehen hast.«

Anne lachte bitter. »Nicht mal als die sehe ich dich.«

»Wie kannst du etwas so Grausames sagen?«

Anne verschränkte die Arme über der Brust, sah sich in ihrem kleinen Haus um, und ihr wurde bewusst, dass diese Konfrontation, die sie seit Jahren erwartet hatte, der Grund war, warum sie ihre Mutter nicht hatte sehen wollen. Manche Dinge konnte man nicht zurücknehmen, manche Worte waren Schwerter, manche Blicke hinterließen Narben.

Aber dank Ripkin konnte sie ihre Mutter nicht rauswerfen. So gern sie die Frau irgendwo anders untergebracht hätte, wusste sie doch, dass Nancy Janice hier in Sicherheit war. Das Haus hatte eine gute Alarmanlage und solide Schlösser, und Anne wäre sofort da, wenn jemand einbrechen sollte.

Sie senkte den Kopf und beschloss, dass sie Ibuprofen und etwas zu essen brauchte. »Entschuldigung. Es tut mir leid.«

Sie meinte es nicht ernst. Aber unter bestimmten Umständen musste man lügen, und letztendlich wollte sie ihre Mutter in Sicherheit wissen, bis die Sache mit Ripkin geklärt war. Wenigstens wusste sie, dass ihr hier nichts passieren würde.

»Mir tut es auch leid«, erwiderte ihre Mutter traurig.

EINUNDDREISSIG

Als Tom die Lobby des Canterbury Inn betrat, spürte er, wie der Dielenboden unter dem dunkelroten Teppich nachgab und bei jedem Schritt knarrte. Alles war im traditionellen Neuenglandstil eingerichtet, mit Messingkronleuchtern, Lithografien von amerikanischen Revolutionären an den Wänden, Großvateruhren in den Ecken und Zierleisten an den niedrigen Decken.

Er rechnete fast damit, an der Rezeption einen Hummer im Kolonialkostüm vorzufinden.

Falsch. Es war eine Brünette in Uniform.

Als sie zu ihm aufsah, hob er grüßend die Hand und zeigte in Richtung des Speisesaals. Sie nickte und fuhr mit ihrer Tätigkeit fort, was auch immer das war. Wahrscheinlich frischte sie ihre Erinnerung an die Boston Tea Party auf. An Paul Revere. An die Faneuil Hall.

New Brunswick hatte mit alldem nichts zu tun, aber die Stadt hatte es trotzdem für ihre Tourismusstrategie in Beschlag genommen, wie ein kleiner Bruder, der dem älteren Geschwisterkind die Spielsachen klaute.

Der Speisesaal war ganz patriotisch in Rot und Marineblau gehalten, die Tische weit voneinander entfernt, und an gut drei Viertel davon saßen bereits weißhaarige Gebissträger. Im Herbst kamen immer Busladungen von über Siebzigjährigen an, die über die Autobahnen durch die Landschaft fuhren, um die bunten Blätter zu bestaunen und später mit Ahornsirup aus Vermont, falschen Elfenbeinschnitzereien aus Maine und laminierten Minilandkarten des Freedom Trail aus Massachusetts nach Hause zurückzukehren.

»Kann ich Ihnen helfen?«, fragte die Empfangsdame, die hinter ihrem Pult stand.

»Ich treffe mich hier mit …«

»Da sind Sie ja!« Graham Perry erschien wie ein Gremlin aus dem Nichts. »Wir sind in einem privaten Raum.«

Unter anderen Umständen wäre Tom von dem Typen genervt gewesen, aber bei diesem Termin hätte er jeden als Anstandswauwau akzeptiert, einschließlich Mr Grinsekatze.

»Ich bleibe nicht lange«, sagte Tom. »Warum treffen wir uns denn in einem privaten Raum? Ich dachte, bei Kampagnen wird gespart.«

»Wir bauen eine Koalition auf.«

»Und das geht nicht in einem stinknormalen Howard Johnson Hotel?«

»Die gibt's gar nicht mehr. Und nein, das geht nicht.«

Perry öffnete eine Tür, und, ja, es war wieder ein Konferenzraum, aber diesmal stand Tom vor den Hinterlassenschaften einer Besprechung. Die Stühle waren vom Tisch weggerückt, Berichte lagen offen und zerknickt herum, dazwischen Pfefferminzbonbonpapiere und halb leere Saft- und Wasserflaschen neben Gläsern, in denen die Eiswürfel schmolzen. Eine Leinwand und ein Projektor waren noch aufgebaut, ein eingeschalteter Laserpointer zeigte auf eine Seitenwand – ein rotes Auge, auf nichts Wichtiges fokussiert.

»Die Bürgermeisterin macht sich wohl gerade frisch. Warten Sie hier.«

Perry schlurfte zum Ausgang, und Tom hatte große Lust, ihm zu folgen. Stattdessen schlenderte er an den Tisch und sah sich einen der Berichte an.

»Umnutzungsvorschlag Lagerhausviertel« lautete der Titel, und Tom musste lächeln. Als er darin blätterte, sah er überall den Namen Ripkin Development.

»Danke, dass Sie gekommen sind.«

Tom schaute auf. Bürgermeisterin Mahoney trug heute Abend ein marineblaues Kleid, aber ihre Figur, ihre Haare und ihr Duft waren unverändert. Gott, er wünschte, er würde sie nicht attraktiv finden.

»Umstrukturierung des Lagerhausviertels, was?« Er warf den Bericht auf den Tisch. »Große Pläne. Teure Pläne. Was haben Sie noch neulich über die Feuerwehrleute und die Lehrer gesagt?«

»Die Stadt braucht eine blühende Wirtschaft.«

»Ich dachte, wir dürften nicht über Ihren Vater sprechen.«

Sie schaffte es fast, ihr Stirnrunzeln zu unterdrücken. Fast. Ihr Problem war, dass er ihn schon zu oft gesehen hatte, diesen Gesichtsausdruck zu dem Gedanken: *Wow, du bist wirklich so ein Arschloch, wie die Leute immer sagen.*

»Es geht hier nicht um meinen Vater.«

»Dann geht es um Charles Ripkin? Ich sehe seinen Namen überall.«

»Er ist ein potenzieller Großinvestor.«

»Dem viele Grundstücke dort gehören.«

»Weshalb wir ihn einbeziehen müssen.« Die Bürgermeisterin schüttelte den Kopf. »Aber Sie sind nicht deswegen hier.«

Tom fiel auf, dass Perry nicht in den Raum zurückgekehrt war – und dass die Türen geschlossen waren.

Er hielt die Hände hoch und trat einen Schritt zurück. »Oh nein, hören Sie auf damit. Ich bin nicht hergekommen, um mich anmachen zu lassen.«

»Was?« Das Stirnrunzeln kehrte zurück. »Wollen Sie damit andeuten, ich würde … Ist das Ihr Ernst?«

»Tun Sie nicht so, als würde das nie vorkommen. Und Sie haben mehr als deutlich gemacht, dass Sie zu allem bereit wären, um wiedergewählt zu werden.«

Bürgermeisterin Mahoney biss die Zähne zusammen, und er fand es interessant, dass sie sich zwang, ihre Emotionen unter Kontrolle zu bekommen – denn das deutete darauf hin, dass es hinter all der Selbstbeherrschung ganz schön brodelte. Andererseits hatte er ihr gerade vorgeworfen, sich ihre Unterstützer mit Sex zu erkaufen, alsoooooooo …

»Ich möchte eins klarstellen«, sagte sie scharf. »Ich habe Sie hierhergebeten, um mit Ihnen über meine Pläne bezüglich des Pensionsdefizits für städtische Angestellte zu sprechen, damit Sie darauf vertrauen können, dass Ihre Feuerwehrleute im Ruhestand das bekommen, was sie verdienen. Und ich wollte Sie um Hilfe bitten bei den Entschädigungen für Arbeitsunfälle. Es gibt ein paar Best-Practice-Modelle aus L.A. und Chicago, die wir vielleicht anwenden können. Was ich ganz sicher *nicht* anbieten wollte, war ein Teil von mir.«

Er ahmte ihre Haltung nach und verschränkte ebenfalls die Arme. »Dann habe ich Sie wohl missverstanden«, murmelte er gelangweilt.

»Wissen Sie, Sie haben ein Problem, Chief Ashburn.«

»Ach ja?«

»Sie gelten in der Stadt als unflexibel und engstirnig. Niemand kann etwas dagegen sagen, wie Sie sich um die Belange der Feuerwehr kümmern und ihre Ausrüstung und die Gebäude pflegen, aber es ist sehr schwer, mit Ihnen auszukommen, und die Leute sind gezwungen, Ihnen aus dem Weg zu gehen.«

»Wissen Sie, es ist schon seltsam. Ich dachte, es wäre mein Job, für die Stadt die Feuerwehr zu leiten und mich um die Ausrüstung und die Gebäude zu kümmern.«

»In der Tat.«

»Also ist doch alles wunderbar.«

»Nicht ganz. Im landesweiten Vergleich rangieren Sie weit oben im Hinblick auf die Personalunzufriedenheit und Burnouts. Ihre Männer und Frauen fühlen sich machtlos, Abläufe zu ändern, sie sind frustriert von der fehlenden Unterstützung durch die Führung, und sie machen sich Sorgen um ihre Zukunft. Sie sind der Kopf einer sehr instabilen Einheit, Chief Ashburn.«

»Was zur Hölle reden Sie da? Sie wissen überhaupt nichts über meine Leute.«

»Glauben Sie nicht, dass Ihre Gewerkschaft über ihre Mitglieder im Bilde und bereit ist, diese Informationen mit mir zu teilen?«

Brent, du Dreckskerl, dachte er.

»Was ich sehe«, knurrte er, »sind Menschen, die ihren Job mit veralteter Ausrüstung machen und sich in renovierungsbedürftigen Gebäuden aufhalten müssen. Die ›Spende‹ von Ihrem Kumpel Ripkin war mehr Werbung für seinen Namen als eine Hilfe für meine Leute. Bevor Sie mir also immer wieder mit der alten Leier kommen, sollten Sie sich vielleicht unsere Ressourcen anschauen.«

»Das Personal ist Ihre Ressource. Und es leidet. Ihre Leute brauchen Unterstützung …«

»Erzählen Sie mir nicht, was ich brauche.«

»Wenn ich das nicht mache, macht es niemand.«

»Warum? Weil Sie etwas Besonderes sind? Glauben Sie nicht alles, was Ihr Daddy Ihnen sagt.«

»Nein«, zischte sie, »sondern weil ich *Ihre* Chefin bin. Ich bin die Bürgermeisterin dieser Stadt, und das bedeutet, dass Sie für mich arbeiten, mir Rechenschaft ablegen – und ich habe kein Problem damit, Sie zu feuern, wenn Sie Ihre Haltung nicht überdenken und erkennen, dass *Sie* Teil eines sehr ernsten Problems bei der Feuerwehr dieser Stadt sind.«

In der darauf folgenden Stille erkannte Tom, dass er gehen musste, bevor er sich zu etwas hinreißen ließ, was er später bereuen würde.

Er beugte sich vor und sagte leise: »Halten Sie sich aus meinen Angelegenheiten raus.«

»Hören Sie sich eigentlich selbst zu? Ich sage Ihnen, dass Sie bei der Feuerwehr ein Problem haben, aber in Ihrer Antwort geht es nur um Sie. Sie sind nicht einmal offen dafür, sich die Kritik anzuhören oder über Ihr Verhalten nachzudenken. Sie wollen nur abhauen und Ihre Ruhe haben. So verhält sich keine Führungskraft, Tom, sondern ein Tyrann.«

»Nennen Sie mich nicht bei meinem Vornamen. Für Sie bin ich Chief Ashburn. Und wenn ich sehe, wie Barring Sie am Wahlabend fertigmacht, stellen Sie sich bitte vor, wie ich von einem Ohr zum anderen grinse, ja? Das wäre mir eine Genugtuung.«

Mit diesem schönen Gedanken verließ er den Konferenzraum. Als Perry aus dem Nichts wieder auftauchte und ihm nachlief, war Tom nahe dran, den Kerl an der Gurgel zu packen und durch die Lobby zu schleudern.

»Nicht jetzt, Perry.«

»Aber ich will Ihnen nur …«

Tom drehte sich um. »Halten Sie sich von mir fern, sonst passiert gleich etwas, was Ihnen nicht gefallen wird.«

Anscheinend verfügte der Typ neben seinem Ehrgeiz auch über einen grundlegenden Überlebensinstinkt, denn er wich zurück, als würde jemand eine Waffe auf ihn richten.

Clever. Wirklich clever.

ZWEIUNDDREISSIG

Am Samstagmorgen fuhr Anne zu einem dreigeschossigen Wohnhaus mit etwa dreißig Wohnungen. Schwarze Flecken zogen sich über die Backsteinfassade des ersten Stocks, und eine Reihe von zerbrochenen Fenstern war mit Sperrholzplatten zugenagelt. Ein Baum in der Nähe hatte ebenfalls gelitten, die vorher runde Krone war an der einen Seite von der Hitze nun ganz flach.

Die Tatortermittler waren vor Ort, zwei ihrer kastenförmigen Fahrzeuge standen vor dem Eingang, dahinter mehrere Autos der New Brunswicker Polizei. Die Fernsehteams der Lokalsender parkten auf der anderen Straßenseite, und ein uniformierter Cop stand vor den geschniegelten und gebügelten Reportern und den Kameraleuten in Freizeitkleidung, als fürchtete er, sie würden gleich das Haus stürmen.

Das Medieninteresse war gewaltig. Die Umstände des Mords an einer Bewohnerin des Hauses – mutmaßlich durch ihren Enkelsohn, und das Feuer, das daraufhin in der Küche ausgebrochen war – waren so spektakulär, dass das Verbrechen in den Strudel des 24-Stunden-Nachrichtenzyklus geraten war und in Form eines Klickköders als das neuste Internet-Fast-Food-Menü serviert wurde.

Anne hatte schon zwei Meme gesehen, die zeigten, wie etwas in einem gusseisernen Topf schmorte.

Schmeckt wie bei Großmuttern.

Oma – das andere weiße Fleisch.

Widerlich.

Nachdem sie dem Polizisten am Eingang ihren Ausweis gezeigt hatte, lief sie die Treppe hinauf, und der verbleibende Brandgeruch bestätigte ihr, dass das Feuer in der Tat vor etwa vierundzwanzig Stunden ausgebrochen war: Der beißende Gestank war inzwischen größtenteils verflogen, aber immer noch stark genug, dass sie die Plastiknote darin wahrnehmen konnte.

Als sie sich der betreffenden Wohnung näherte, fühlte es sich an wie ein »Walk of Shame« – die Aufregung und der Wahnsinn waren vorbei, nur noch Wasser- und Rauchschäden zeugten von dem Notfall. Diese Überbleibsel konzentrierten sich am Ende des Flurs, wo ein gelbes Absperrband der Polizei diagonal über die Tür zum Tatort gespannt war.

Sie hielt ihren Ausweis wieder bereit, aber der Cop auf der anderen Seite des Absperrbands hielt es schon hoch, sodass sie sich darunter durchducken konnte.

»Hier sind Hand- und Überschuhe«, sagte er.

»Danke.«

Sie ging zu einer Box mit Einweghandschuhen und einer größeren Schachtel mit Überziehschuhen und machte sich bereit. Don hatte ihr in diesem Fall eine unterstützende Rolle zugeteilt. Der Hauptermittler war schon am Vorabend vorbeigekommen, kurz nachdem das Feuer gelöscht war. Dann waren auch die Bewohner und Feuerwehrleute befragt und ein vorläufiger Bericht erstellt worden. Annes Aufgabe war die Untersuchung von »Ausgangspunkt und Ursache«, aber da sie noch eingelernt wurde, musste sie zur Übung auch die komplette Ermittlung durchführen.

Nachdem sie mit ihrer behandschuhten Hand die Tür aufgedrückt hatte, hörte sie leise, aber nachdrückliche Stimmen aus dem Inneren der Wohnung.

Sie startete die Aufnahmefunktion ihres iPhones und sprach hinein: »Beim Betreten deutliche Anzeichen eines sehr heißen Feuers im Wohnbereich erkennbar …«

Sie folgte den vorgegebenen Ermittlungsschritten und beschrieb weiter, was sie sah, als sie in den kurzen Flur kam und bei einer Markierung stehen blieb, die anzeigte, wo die erste Leiche gefunden worden war. Beim Weitergehen hielt sie die Charakteristika des Feuers fest, seine Ausbreitung aus der Küche, seine …

Anne blieb stehen und sah durch eine offene Tür in ein Schlafzimmer, das verschont geblieben war – zumindest vom Brand. Die Gewalt, die in den vier Wänden stattgefunden hatte, machte den Mangel an Brandschäden mehr als wett, und die beiden Tatortermittler neben dem Bett wirkten kein bisschen fehl am Platz.

Sie hatte sowohl den vorläufigen Ermittlungsbericht als auch das Protokoll der 499 gelesen und war vorgewarnt, aber bei den blutgetränkten Laken stockte ihr trotzdem der Atem. Sie stellte sich vor, wie Danny im Feuer die Tür geöffnet und in dem relativ rauchfreien Raum die an Händen und Füßen ans Bett gefesselte und ausgenommene Neunundsiebzigjährige entdeckt hatte.

Bestimmt war auch er bei dem Anblick erstarrt.

Einer der Beamten, der gerade von den Kissen Proben entnahm, schaute auf. »Anne? Wie geht's? Ich bin Timmy Houlihan, ein Cousin von Jack. Wir haben uns letztes Jahr bei der Party zum 4. Juli kennengelernt.«

»Oh ja.« Sie winkte mit ihrer behandschuhten Hand. »Hi.«

»Übel, was?«, sagt er und deutete auf die befleckten Laken. »Schrecklich. Das hier ist Teresa La Favreau.«

Anne nickte der Frau zu, die etwas vom Fußboden aufhob und eintütete. »Es war überall in den Nachrichten.«

»Der Junge ist schon früher aufgefallen. Er hatte seine Medikamente abgesetzt. Der Horror.«

»Furchtbar. Die Nachbarn hatten sie wohl alle gewarnt?«

»Tja, er war es nicht allein. Gestern Abend ist Schmuck, in den ihr Name und ihr Geburtsdatum eingraviert waren, bei einem Pfandleiher im West End aufgetaucht. Der Typ, der die Sachen hingebracht hat, war voller Ruß und hat nach Feuer gerochen, aber er ist abgehauen, bevor wir dort eintrafen.« Timmy zeigte auf das aufgeräumte, bescheiden eingerichtete Zimmer. »Wir haben gute Fingerabdrücke und Haarproben, dazu die Bilder aus dem Laden. Wir werden den Kerl finden.«

Anne blickte auf ein paar eingerahmte Fotos eines jungen Mannes auf einer Kommode. »Na ja, dann gehe ich jetzt weiter in die Küche und trage meinen Teil dazu bei.«

»Hat mich gefreut, dich zu sehen.«

»Mich auch, Timmy.«

Während Anne weiterging, sprach sie in ihr Handy und hielt die Anzeichen immer größerer Hitze im Flur fest: die zerfressenen Wände, die stark verkohlten Wandpfosten und Deckenträger. Hier, näher am Ausgangspunkt des Feuers, hatte es auf die Bausubstanz übergegriffen.

Nachdem sie Proben entnommen und Fotos geschossen hatte, begann sie, die Abfolge der Ereignisse zu rekonstruieren. Bilder, die der Enkel in sozialen Netzwerken gepostet hatte – inzwischen gelöscht und zu Beweismaterial erklärt –, dokumentierten, dass er die inneren Organe seiner Großmutter auf dem Herd gekocht hatte. Es waren jedoch keine Selfies gewesen, was darauf hindeutete, dass der zweite Mann sie aufgenommen hatte. Und dann war irgendetwas passiert.

Ein Streit? Oder war das von Anfang an Teil des Plans gewesen?

Laut vorläufigem Bericht sagten Bewohner der umliegenden Wohnungen, es habe eine laute Explosion gegeben, und das Feuer habe sich schnell und heftig ausgebreitet, was eine zweite starke Feuerquelle voraussetzte.

Jemanden mit Flüssiganzünder zu überschütten, würde dafür nicht reichen. War eine Gasleitung manipuliert worden? Dann wäre das gesamte Gebäude in die Luft geflogen. Anne hatte in ihrer Ausbildung von Fällen gelesen, bei denen ganze Häuser zerstört wurden, sodass sich der Schutt in einem Umkreis von zweihundert Metern verteilte.

Nein, das wäre zu viel Kraft gewesen.

Ihr Instinkt sagte ihr, dass es sich hier um eine Benzinexplosion handelte. Das Problem war, dass bei einem so heißen Feuer sehr viele Beweismittel zerstört wurden. Aber das wäre eine Erklärung für die Explosion, die die Leute gehört hatten: Der Verdächtige aus dem Pfandladen zündet den Enkel mit Benzin an, nachdem sie zusammen die Großmutter ermordet haben, und verschwindet. Der Enkel taumelt durch die Küche, versucht sich zu löschen. Dabei zündet er Dinge wie Gardinen, Teppiche, Tischdecken und Geschirrtücher an. Die Hitze nimmt zu. Er geht in den Flur. Inzwischen wird das übrige Benzin, das in einem geschlossenen Behälter irgendwo in der Küche steht, wo es nicht hingehört, heiß. Druck baut sich auf und muss entweichen.

Flüssiges Benzin fängt erst bei Temperaturen ab 260 Grad Feuer. Die Dämpfe sind die Gefahr. Und wenn man es in einem Behälter lagert, der bei Hitzeausdehnung platzt, und genügend Luft und Zündquellen hinzukommen, wirkt das Ganze wie eine Bombe, denn der Dampf verteilt sich überall.

Die Bewohner hatten zuerst die Rauchmelder gehört. Hatte jemand Benzin gerochen? Denn vielleicht wollte der Verdächtige seine Spuren verwischen und hatte in der Küche Brandbeschleuniger verspritzt. Aber das wäre keine Erklärung für die Explosion, also musste im Brandbereich ein Behälter mit Benzin gestanden haben.

Und was war mit den Spuren im Schlafzimmer? Wenn der Typ richtig nachgedacht hätte, hätte er das Zimmer ebenfalls angezündet.

Aber nach dem zu urteilen, was sein Freund und er dort am Herd getrieben hatten, konnte man bei seinen Gedankengängen sowieso nicht von »richtig« sprechen.

Während sie ihre Beobachtungen und Überlegungen aufnahm und weitere Fotos machte, um sich später zu erinnern, kam ihr immer wieder der gleiche Gedanke: Was hatte Danny wohl gedacht, als er hier reingekommen war?

Er war wie ein Schatten, der sie unablässig verfolgte.

Genau in dem Moment rief Moose' Frau Deandra sie auf dem Handy an.

Anne war erst um fünf wieder zu Hause. Durch ihre Ermittlungen zu Ripkin Development war sie mit ihrer übrigen Arbeit im Rückstand, außerdem hatte sie den Bericht zu dem Wohnungsbrand schreiben müssen.

Und dann gab es ja auch noch ihre Mutter.

Die Vorstellung, einen ganzen Samstag mit der Frau zu verbringen, hatte gereicht, um Annes bereits ausgeprägte Arbeitsmoral noch weiter zu steigern. Dabei war ihre Mutter ja nicht vollkommen schrecklich – und das war ein Teil des Problems. Wenn Nancy Janice unhöflich, mürrisch oder streitsüchtig gewesen wäre, hätte Anne rechtfertigen können, dass sie ihr auswich. Stattdessen musste sie sich eingestehen, dass sie sich ein bisschen unfair verhielt, vor allem nachdem sie ihrem Ärger am Vorabend Luft gemacht hatte.

»Na komm, Soot«, sagte sie und hakte die Leine an seinem

Halsband ein. »Es wird wieder Zeit für einen Ausflug in den Garten.«

Sie hatte ihn während der drei Stunden, die sie am Tatort verbracht hatte, in ihrem Büro in die Box gesperrt, und dann hatten sie mittags einen schönen langen Spaziergang zu einem Café genossen. Nach so viel Bewegung hatte er sich den restlichen Nachmittag zu ihren Füßen zusammengerollt.

Sie wappnete sich und ging mit Soot ins Haus. »Mom?«

Als keine Antwort kam, durchquerte sie das Erdgeschoss und ließ Soot in den Garten laufen. Auf dem Küchentisch fand sie einen Zettel in der verschnörkelten Handschrift ihrer Mutter.

Okay, Nancy Janice würde um sechs Uhr von ihrem Bridge-Nachmittag zurückkommen. Anne hatte eine Stunde, um sich zu entspannen.

Nachdem sie Soot gefüttert hatte, ging sie hinauf, um zu duschen. Es fühlte sich gut an, die Prothese abzunehmen. Noch besser fühlte sie sich unter dem heißen Wasser der Dusche.

Sie drückte sich Shampoo aus der Flasche direkt auf den Kopf, was man nun mal tat, wenn man nur eine Hand hatte, und schaute dann auf ihren Stumpf hinunter. Von ihrem Ellbogen bis zum Ende wurde ihr Arm durch den Muskelschwund immer dünner, und die Haut war noch fleckig und gereizt von der Infektion, obwohl nun schon neun Monate vergangen waren.

Ripkins süffisante Stimme bohrte sich in ihr Ohr, verhöhnte sie, obwohl sie sich sagte, dass sie sich nicht darum scheren sollte.

Aber in Wahrheit gab es mehr als einen Grund, warum sie sich vor Danny nicht ganz hatte ausziehen wollen. Und sie hasste es, dass dieser Scheißkerl Ripkin sie an einem wunden Punkt getroffen hatte, obwohl sie das vor ihm nie zugegeben hätte. Doch in einer Sache hatte er falschgelegen. Es hatte nichts mit Weiblichkeit zu tun, sich nicht mehr komplett zu fühlen, wenn man ein Körperteil verloren hatte, sondern das war zutiefst menschlich. In der Rehaklinik hatte sie Männer gesehen, die sich beim Motorradfahren und bei der Landwirtschaft verletzt hatten, sogar einen, dem eine Kettensäge zum Verhängnis geworden war.

Diese Männer hatten genauso viel Angst gehabt wie sie, sowohl was Probleme in ihrem Alltag und im Job anging, als auch im Hinblick auf ihr Selbstbild und was aus ihnen geworden war. Und körperliche Attraktivität war ein Teil davon.

Anne sagte sich, dass sie völlig in Ordnung war, spülte sich den Schaum aus den Haaren und verließ die Dusche. Beim Abtrocknen fiel ihr Blick auf ihren nackten Körper im Spiegel – und sie konnte sich gar nicht erinnern, wann sie sich zum letzten Mal wirklich angesehen hatte.

Heute Abend würde sie jedenfalls nicht wieder damit anfangen, so viel stand fest.

In Jeans und eine Fleecejacke gekleidet ging sie nach unten und schaute auf die Uhr an der Mikrowelle. Noch dreiundzwanzig Minuten Ruhe.

Sie konnte sich schon mal um das Abendessen kümmern, das würde den Gesprächsstoff reduzieren. Also öffnete sie den Kühlschrank und …

»Oh … Gott.«

Der komplette Inhalt war umgeräumt worden, die Zwischenböden waren nach oben oder unten geschoben worden für eine neue Anordnung der Milchpackungen und Saftflaschen und Aufbewahrungsbehälter. Sie machte die Tür wieder zu und ging mit einer bösen Vorahnung zu ihren Schränken.

Ja, richtig … Ihre Teller standen – okay, jetzt ganz am anderen Ende des Raums. Auch die Gewürze waren nun woanders.

Das Besteck lag in einem Plastikkasten in einer Schublade, in der sich vorher Kochutensilien befunden hatten.

Super. Wie hätte sie auch wissen können, dass die ›Fass meine Sachen nicht an‹-Regel eine Fußnote benötigte, das Schränke und Schubladen eingeschlossen waren?

Da ihr Ärger wuchs und schon kurz vorm Überkochen war, hielt sie es für das Beste, für eine Weile abzuhauen. Und da gab es nur eine Option.

Das kleinere von zwei Übeln.

Nachdem sie Soot in seine Box gesperrt hatte, kritzelte sie eilig eine Notiz auf die Rückseite des Zettels, den ihre Mom benutzt hatte. Dann schaltete sie die Alarmanlage ein und rannte so schnell aus dem Haus, als hätte sie etwas gestohlen.

Der Abend fing ja wirklich großartig an.

DREIUNDDREISSIG

Moose' und Deandras Ranch lag auf halbem Weg zu Dannys Farm in einer nicht ganz ländlichen, aber auch nicht mehr vorstädtischen Gegend, in der die Häuser einzeln auf überwucherten vier oder fünf Hektar großen Grundstücken standen. Es war offensichtlich, dass das Paar hier nicht glücklich werden würde, denn das Ganze war Moose' Traum – Abgeschiedenheit und Platz für seine Autorestaurierungen –, aber ein Albtraum für Deandras städtische High-Society-Ambitionen.

Danny wusste, dass Moose das Haus gekauft hatte, ohne es ihr zu sagen, eine *Überraschung, Schatz!,* mit der er seiner Frau zeigen wollte, dass er sich etwas Großes leisten konnte. Als sie einen Tobsuchtsanfall bekam, hatte er ihr einen 3er-BMW geleast.

Sobald die Begeisterung über das Auto verflogen wäre, würde Moose keine ruhige Minute mehr haben, aber das war ganz allein sein Problem. Doch das Timing war schlecht. Fast alle Feuerwehrleute besserten ihr Einkommen mit Nebenjobs als Dachdecker oder Bauarbeiter auf, und da der Winter bevorstand, würde Moose um die Feiertage herum im Sicherheitsdienst arbeiten müssen, um es sich leisten zu können, seine Frau bei Laune zu halten.

Der Typ hasste es, allein durch Lagerhäuser zu laufen – nicht weil er Angst hatte, sondern weil er ständig Action brauchte.

Aber auch das war nicht Dannys Problem.

Ein Kiesweg führte zu dem Grundstück, was in Deandras Augen ebenfalls ein Minuspunkt sein musste, und als hinter der Kurve das Haus zum Vorschein kam, konnte Danny nur lachen. Eine Stadtschnepfe, die entschlossen war, gesellschaftlich aufzusteigen, musste diese grundsätzlich ganz hübsche Ranch als Schlinge um ihren Hals betrachten.

Bei den Pick-ups, die seitlich auf dem gemähten Rasen parkten, war kein Subaru bei. Aber Danny hatte auch nicht erwartet, dass Anne ihre Meinung ändern und kommen würde.

Er stellte sein Auto neben Duffs, stieg aus und steckte sich das Hemd in die Hose. Es war neu, was seine Kumpels nicht bemerken und ihn folglich auch nicht deswegen aufziehen würden, aber er hatte es ausgewählt für den Fall, dass Anne doch noch auftauchte. Außerdem hatte seine Mutter immer gesagt, er solle Blau- und Grautöne tragen, weil dann die Farbe seiner Augen besonders gut zur Geltung käme.

Schade nur, dass das Hemd grün-schwarz war. Aber es hatte einen dünnen grauen Streifen zwischen …

Okay, er musste mit diesem albernen Mist aufhören.

Er ging zur Eingangstür und stellte fest, dass sie offen war. Ein Fliegengitter hielt die wenigen Insekten draußen, die nach dem ersten Frost letzte Woche noch übrig waren. Er klopfte an den Türpfosten und trat ein.

Du lieber Himmel … wow.

Sogar er als eingefleischter Junggeselle ohne irgendeinen Sinn für Mode oder Dekoration wusste, dass die schwarzen und weißen Möbel hier nicht reinpassten – und zwar nicht nur, weil sie viel zu groß waren. Die wuchtigen Formen waren für Räume gedacht, die drei-, vier-, fünfmal so groß waren wie die kleinen Zimmer des einstöckigen Hauses. Das eigentliche Problem war, dass es sich bei allem um billige Nachahmungen handelte: Kunststoff, der aussehen sollte wie Leder, Plexiglas, das man sofort erkannte, und Elemente aus Chromimitat. Deandra wollte anscheinend den Eindruck erzeugen, dass sie in einem Penthouse in Manhattan lebte und in einer Galerie für moderne Kunst arbeitete, statt hier auf dem Land zu versauern und in einem zweitklassigen Wellness- und Friseursalon in New Brunswick Anrufe entgegenzunehmen.

Die Billigkopien schrien förmlich nach unerreichter Perfektion. Wenn man davon ausging, dass der Wohnraum von Menschen ihre Persönlichkeit widerspiegelte, verhieß das für das Paar nichts Gutes.

Und dann war da noch die »Kunst«. Gott, wenn Danny noch ein einziges zuckersüßes Foto von ihr bei ihrer Albtraumhochzeit in einem falschen Silberrahmen sehen musste, würde er kotzen. Die Dinger hingen an allen Wänden, standen auf Sideboards, bildeten einen Altar für die sieben Stunden in Deandras Leben, als sie die Prinzessin gewesen war, die Schönheitskönigin, der strahlende Mittelpunkt.

Hatte Moose überhaupt bemerkt, dass er aus neunzig Prozent der Bilder herausgeschnitten worden war?

»Bist du das, Danny?«, rief die Braut aus der Küche.

»Ja. Hi, Deandra.«

Er ging nach hinten durch. Die Dame des Hauses stand am Herd, in einer rosa Hotpants und einem so engen silbernen Glitzertop, dass die einzige noch freizügigere Option Bodypainting gewesen wäre.

Als sie sich umdrehte, merkte er, dass sie neuerdings Brustimplantate hatte. Und demnach, wie sie den Rücken durchbog und ihm die Kochsalztüten entgegenstreckte, wollte sie eindeutig, dass er das registrierte.

»Lange nicht gesehen.« Sie lächelte und zeigte ihre künstlichen Zähne. »Kann ich dir einen Drink machen?«

»Wo ist Moose?«

»In der Garage. Wo sonst? Es ist ja nicht so, dass alle seine Freunde vorbeikommen, aber er erwartet, dass ich die ganze Arbeit allein mache. Hey, du könntest mir doch helfen? Es gibt Lasagne mit glutenfreien Nudeln, glutenfreies Brot, und ich habe gerade das Biogemüse geschnitten. Du könntest meinen Salat schleudern.«

Ihr Haar war um einige Nuancen heller, und er fragte sich, ob sie so weitermachen und bis Ostern Triple-H-Brüste und Daenerys Targaryens Haarfarbe haben würde. Und er wusste genau, worauf sie hinauswollte.

Danny schüttelte hastig den Kopf. »Ich bin kein guter Koch. Sorry.«

Deandra senkte die Augenlider mit den dichten Wimpern, und ihr Smokey-Eye-Blick wurde zickig. »Anne kommt nicht, weißt du? Ich habe heute Nachmittag mit ihr telefoniert.«

Ach ja, charmant wie immer, dachte er.

»Sie ist sehr beschäftigt.« Er ging zur Hintertür. »Sag Bescheid, wenn das Essen fertig ist.«

Bei jedem und jeder anderen wäre er geblieben und hätte geholfen, denn es war unfair, dass nur eine Person für fünf oder sechs Leute kochte. Aber da es sich um Deandra handelte, würde er Moose' Beispiel folgen.

Er öffnete die Schiebetür und trat hinaus in den für diese Jahreszeit ungewöhnlich warmen Abend. Die hintere Veranda war halb fertig, die Bretter hörten etwa in der Mitte des Rahmens auf – und das Projekt würde vor dem Winter auch nicht mehr fertig werden, darauf hätte Danny gewettet.

Ach ja, das Chaos fing schon an, um sich zu greifen.

Der hintere Teil des Grundstücks war eine von einigen Bäumen umgebene Wiese, und Moose füllte sie bereits mit Schrott. Die Doppelgarage wurde als Werkstatt genutzt, und davor standen ein großer Abfallcontainer, ein Anhänger mit

Transportbox, zwei verrostete Autos und ein halbes Dutzend Fässer, aus denen undefinierbares Zeug herausquoll.

Ganz sicher würde Moose die Fläche bis zu den Bäumen allmählich ganz mit solchem Schrott vollstellen.

Danny ging auf die Werkstatt zu, während Bruce Springsteens »The River« lauter wurde.

»Dannyboy!«, dröhnte Moose' Stimme aus der Garage. »Hey Kumpel!«

Er kam unter einem aufgebockten rostigen Shelby Mustang hervor, der baulich etwa so komplett war wie die Veranda und viel, viel älter als er selbst. Moose hatte ein Budweiser in der einen und einen Schraubenschlüssel in der anderen Hand und war voller Schmierfett – von seinem University-of-Massachusetts-T-Shirt bis zu seiner alten Levi's. Und auch die Arbeitsschuhe waren schwarz vor Dreck.

Danny begrüßte ihn mit High five, nickte Duff und dessen Cousin T.J. zu und umarmte Deshaun. Und er war positiv überrascht, seinen Mitbewohner Jack zu sehen.

»Wo warst du denn die ganze Zeit, Alter?« Danny umarmte Jack fest. »Ich denke immer, ich würde dich abends nach Hause kommen hören, aber Fehlanzeige.«

»Immerhin zahle ich noch Miete.«

»Allerdings.«

»Bier?« Als Danny nickte, ging Jack zu der rot-weißen Kühlbox. »Coors Light?«

»Du erinnerst dich noch. Ich bin gerührt.« Die Flasche flog zu ihm, er fing sie auf und öffnete sie. »Wie geht's deiner Schwester?«

Alle verstummten, und Danny hätte sich in den Arsch beißen können. Nach manchen Dingen fragte man besser nicht. Schließlich hoffte er selbst, dass niemand Anne erwähnen würde.

»Wie immer. Du weißt schon … wie immer.«

»Tut mir leid.« Er nahm einen Schluck und schaute auf das Autowrack. Es war einmal blau gewesen, und der ausgebaute Motor sowie alle vier Räder lagen in einer Ecke. »Also, Moose, was soll aus diesem Schrotthaufen werden?«

»Schrotthaufen? Siehst du denn nicht, wie viel Potenzial da drinsteckt?« Er klopfte an den Stahlrahmen. »Komm schon, das ist ein 66er Shelby GT350, Mann – einer der ersten zweihundertzweiundfünfzig, die als 65er Mustang K-Code Fastbacks gebaut wurden, bevor Shelby American sie umgerüstet hat.«

»Gott, Moose, wie bist du da denn rangekommen?«

»Ich hab ihn in Ohio aufgetrieben und heute hergebracht. Das wird ein Traum.«

»Nach zahlreichen Schönheits-OPs.«

»Die wollen doch alle Frauen«, murmelte Moose.

Nein, nicht alle, dachte Danny und erinnerte sich an Anne an der Kletterwand. Manche erkannten, dass sie perfekt waren, so wie Gott sie geschaffen hatte.

»Lass mich dir helfen«, sagte Danny. »Ich mach mir gern die Hände schmutzig.«

Als Anne ihren Subaru am Ende der Reihe vor Moose' und Deandras Haus parkte, stach ihr nur ein einziger Pick-up ins Auge. Sie stieg aus und nahm sich eine Minute Zeit, um ihre Jeans hochzuziehen und so zu tun, als sähe sie sich das Grundstück an: eine große Wiese, umgeben von einigen Bäumen und Unterholz alias Mutter Naturs Version eines Maschendrahtzauns.

Wow, schicke Autos, dachte Anne, als sie zum Eingang ging.

Moose' knalliger Charger stand neben einem nagelneuen BMW. *Ein Hochzeitsgeschenk?*, überlegte sie. Aber was war dann das Haus – die Flitterwochen?

Sie klopfte an die Fliegengittertür und wartete. Als niemand kam, trat sie zurück und ging außen herum. Wie sich herausstellte, hatte sie richtig vermutet: In der Dämmerung strahlten Lichter aus der offenen Garage und beleuchteten eine klassische Szene einer Männerfreundschaft: mehrere Kerle mit Bier neben einem Auto auf einer Hebebühne.

Dazu natürlich Bruce Springsteen, was sonst?, dachte Anne.

Jack und Moose sahen sie zuerst. Dann Deshaun. Danach Duff und sein Cousin T.J. Danny hatte den Kopf irgendwo unter der Karosserie, und erst als er die Hand ausstreckte und kein Werkzeug darin landete, schaute er unter dem Wagen hervor und entdeckte sie.

Sein Gesicht ließ keine Reaktion erkennen. Er musterte sie von oben bis unten.

»Hi«, sagte sie in die Runde. »Tut mir leid, dass ich hier reinplatze, aber ich hab's mir noch mal anders überlegt.«

»Das ist super!«, sagte Moose. »Komm her, lass dich drücken.«

Er umarmte sie herzlich, dann begrüßte sie die anderen und fing bei Dannys Mitbewohner Jack an. Der Leiter eines SWAT-Teams sah so militärisch aus wie immer, das dunkle Haar an den Seiten so kurz geschnitten, dass die Kopfhaut durchschimmerte, oben wie eine gestutzte Hecke. Er trug ein T-Shirt der New Brunswicker Polizei, das sich über seinen kräftigen tätowierten Armen spannte, dazu eine Tarnhose. Seine stark profilierten Schuhe sahen aus, als könnte man damit den Kilimandscharo besteigen.

»Jack, dich habe ich ja ewig nicht gesehen.« Als sie ihn an sich zog, hatte sie das Gefühl, die Arme um ein Haus zu legen. »Wie geht's dir?«

»Ach, wie immer.« Er zwang sich zu einem Lächeln. »Alles super.«

Also hatte seine Schwester wieder zur Flasche gegriffen. Der Arme. Er war entschlossener als sie selbst, sie am Leben und auf der richtigen Bahn zu halten – und genau da lag sein Problem.

»Duff«, sagte Anne. »T.J. Gott, unser letztes Treffen ist auch schon eine Weile her.«

Und dann war da noch Danny.

Er stand wieder unter dem Auto, nur sein Oberkörper und die Beine schauten unten heraus, als wäre er zum Großvater der Transformers mutiert.

»Hey, Danny«, sagte sie. Früher, wenn sie ihn zusammen mit der Crew getroffen hatte, hatte sie ihn Dannyboy genannt. Aber das durfte man nur tun, wenn man zum Klub gehörte, und das war nicht mehr der Fall.

»Kannst du mir den 5/8-Schlüssel geben?«, fragte er.

»Ja, klar.«

Sie ging zu der abgenutzten eingebauten Werkbank, und natürlich war Moose' Werkzeug ebenso organisiert wie er: Alles war wild auf Haufen verteilt. Sie wühlte darin herum, fand, was sie suchte, und trat wieder an den Shelby Mustang Fastback.

»Hier.«

Dannys schmutzige Hand kam von unten hervor, und, oh Mann, sie stand auf den Anblick einer rauen Männerhand. Diese Kraft, die Geschicklichkeit, die Kompetenz für praktische Dinge – all das hatte etwas Erotisches.

Die Vorstellung, wie sie sich auf ihrer nackten Haut anfühlen würde.

Sie reichte ihm das Werkzeug, aber bevor sie sich wieder entfernen konnte, sagte er: »Ich kann hier noch Hilfe gebrauchen.«

Als er sie ansah, war sein Blick nicht flirtend, sondern sachlich. Sie ignorierte den Stolz, der in ihr aufstieg, weil er sie um Hilfe gebeten hatte.

»Okay, gerne.«

Unter dem Auto konnte sie aufrecht stehen und bequem die Anatomie des Fahrzeugs inspizieren. Die Jungs nahmen alles auseinander, damit sie die verrostete Karosserie und das Bodenblech mit einem Drahtbürstenaufsatz auf dem Bohrer reinigen und dann neu versiegeln konnten, um eine solide und gesunde Basis für das restaurierte Auto zu schaffen. Danny hatte Schwierigkeiten, eine der korrodierten Schellen zu lösen.

»Hier«, sagte er. »Du hältst das fest, ich drehe.«

»Das klappt so nicht.« Sie schaute unter dem Auto hervor. »Moose, hast du ein Punktschweißgerät? Sonst brauchen wir noch bis nächste Woche. Wir müssen das abflexen.«

»Ja.« Er nickte zum Tisch. »Dort ist irgendwo eins.«

»Ich hole es«, sagte Danny. »Halt du das hier fest.«

»Okay.«

Anne legte die Hand an die Stelle, wo seine gewesen war, und als er sich hinausschob, berührten sich ihre Körper. Die sexuelle Anziehung, brodelnd und unerwünscht, schoss augenblicklich durch jede ihrer Fasern.

Bewahre einen kühlen Kopf! Das hier ist nur ein Grund, um aus dem Haus zu kommen, mehr nicht.

VIERUNDDREISSIG

Deandra war eigentlich keine schlechte Köchin, fand Danny. Aber ihre Zutaten waren ungenießbar.

Okay, na gut, vielleicht war sie eine miserable Köchin, *und* sie benutzte seltsame Zutaten.

Er saß mit einem Teller auf dem Schoß im Wohnzimmer und stocherte mit der Gabel in der matschigen Lasagne herum, um die »Nudeln« von der wässrigen Soße und dem Käse zu trennen, der zwar geschmolzen, aber irgendwie trotzdem noch krümelig war.

Anne saß ihm gegenüber in einem Sessel, alle anderen waren am Tisch in der Küche. Deandra hatte darauf bestanden, dass drinnen gegessen wurde, obwohl es einer der letzten warmen Abende des Jahres war. Danny vermutete jedoch, dass sie mit ihren Möbeln angeben wollte und deshalb darauf gedrängt hatte, dass Anne und er hier saßen.

Jack kam mit einem Nachschlag herein und setzte sich neben Danny. »Oh Mann. Was für ein Essen.«

»Jetzt sag nicht, dass das Zeug dir schmeckt!«

»Quatsch, nein. Ich bin nur ausgehungert. Das ›Oh Mann‹ hat sich auf die Stimmung da drüben bezogen.«

Anne nickte in Richtung Küche. »Unangenehm?«

»Auf Deandras Stirn könnte man ein Ei braten, Moose lässt sich mit Bier volllaufen, Deshaun hat die Jacke an und wird vermutlich gleich abhauen, und Duff und T.J. sehen aus, als wollten sie sich beide umbringen.«

Danny behielt seinen Kommentar dazu für sich. »Ich verstehe nicht, warum Moose sich das alles gefallen lässt.«

»Hast du ihren Vorbau gesehen?« Jack sah zu Anne. »Nichts für ungut.«

»Schon okay.« Anne lächelte. »Bei der Hochzeit war sie übrigens noch nicht so gebaut.«

»Stimmt.« Jack schaufelte sich weiter Essen in den Mund, kaute nur kurz und schluckte dann, als wäre er bei *Fear Factor*. »Und, woran arbeitest du gerade bei der Brandschutzbehörde, Anne? Ich mag Brandermittlungen. Das ist cool.«

Anne lachte. »So was kannst auch nur du sagen.«

Danny stellte seinen Teller auf den Couchtisch. Er sehnte sich nach einer Zigarette, aber er würde Jack und Anne niemals allein lassen und ihm die Chance geben, seine Anne zu bezirzen.

Natürlich war es nicht seine Anne – und Jack bezirzte sie auch nicht.

Anne erzählte von den Lagerhausbränden, die sie untersuchte, und Danny beobachtete sie unter dem Vorwand, ihr aufmerksam zuzuhören. Kein Wort drang zu ihm durch. Er sah zu, wie sich ihre Lippen bewegten, wie sie atmete, wie sie mit dem Daumen ihrer Prothese spielte, wie sie die Beine übereinanderschlug und wieder öffnete.

Er konnte nur noch daran denken, wieder mit ihr zu schlafen. Es war nicht richtig und nicht fair, aber das war ihm egal. Dieses Mal wollte er sie ganz nackt. Dieses Mal wollte er sie nicht nur auf seiner Couch für einen Quickie, den sie anscheinend um jeden Preis aus ihrem Gedächtnis löschen wollte.

Er wollte Erinnerungen, die ein ganzes Leben lang hielten.

Aus dem Augenwinkel sah er jemanden im Eingang des

Zimmers. Deandra stand im Schatten, und sie starrte ihn genauso an wie er Anne.

Es war eigenartig, wie leicht man sich mit Jack unterhalten konnte.

Anne musste sich zwingen, nicht zu viel zu erzählen. »Na ja, und dann bin ich hingefahren und hab mich mit Ripkin getroffen, und er war seltsam.«

»Was meinst du mit ›seltsam‹?«, fragte Jack.

Obwohl sie mit ihm sprach, war sie eigentlich auf Danny konzentriert, und da er sie so intensiv ansah, beschloss sie, lieber nicht zu sehr ins Detail zu gehen – vor allem, was die Bedrohung ihrer Mutter anging.

Danny war es zuzutrauen, dass er etwas Dummes tat. Zum Beispiel könnte er in Ripkins Büro stürmen und denUeckskerl aus dem Fenster werfen. Wenn man sich bei Danny Maguire auf eins verlassen konnte, dann darauf, dass er nichts einfach so hinnahm, was er falsch fand, ganz egal, was es ihn kostete.

»Ripkin ist es gewohnt zu bekommen, was er will«, sagte sie. »Er ist ein erfolgreicher Geschäftsmann, und er scheint der Ansicht zu sein, dass ihm alle Welt zur Verfügung steht. Aber ich bin mit ihm schon fertiggeworden.«

»Hat er dich angebaggert?«, fragte Danny leise.

»Überhaupt nicht.« Anne zuckte die Achseln. »Er wollte sich nur aufspielen, um mich zu beeindrucken, aber das hat nicht funktioniert.«

Jack stellte seinen leeren Teller ab – wofür er ihrer Meinung nach eine Medaille verdiente. Die Lasagne hatte wie Astronautenfutter geschmeckt.

»Weißt du, ich habe da einen Fall, der dich vielleicht interessiert.« Jack lehnte sich auf der weißen Couch zurück, die so groß war wie ein Frachter. »Du hast doch gesagt, dir sei bei den Bränden viel Büromaterial aufgefallen? Na ja, wir haben einen Typen verhaftet, der schon vorbestraft war und gegen das Waffenrecht verstoßen hat. Bei ihm haben wir ein ganzes Zimmer voller Kabel, Ladegeräte, Computerteile und Monitore gefunden – als hätte er dort so viele PCs und Handys gelagert wie in einem Elektromarkt und sie schnell verschwinden lassen müssen. Er hat offensichtlich auf dem Schwarzmarkt gehandelt, und ich finde nur, dass das Timing interessant ist. Ich meine, du sprichst von Büromaterial in den Feuern – und er war in den letzten zwei Jahren so oft angeklagt, dass ich mich frage, ob er nicht ein paar Mal Beweismaterial auch verbrannt hat.«

Anne merkte gar nicht, dass sie sich aufrecht hingesetzt hatte, bis sie fast von dem glatten Polster hinuntergerutscht wäre. »Ich will mit ihm reden – und die Fallakte sehen.«

»Kein Problem.« Jack holte sein Handy heraus. »Komm am Montagmorgen in unser Hauptquartier, und ich zeige dir alles. Dann kannst du deine Kontakte spielen lassen, um ihn zu verhören.«

»Das ist super. Danke, Jack.«

»Gerne. Ich schreib dir morgen, wenn ich alles rausgesucht habe.«

Danny stand auf. »Hey, Anne, hilfst du mir mit diesem Bodenblech in der Garage? Ich glaube, wir kriegen es raus, wenn wir es zusammen versuchen.«

»Klar, kein Problem.«

Als sie ihm mit ihrem Teller in die Küche folgte, hatte sie das Gefühl, gegen eine Backsteinmauer zu laufen, so angespannt war die Stimmung am Tisch. Duff und T.J. warfen einander vielsagende Blicke zu, Deandra saß mit vor der Brust verschränkten Armen da, und Moose machte sich gerade noch ein Bier auf. Deshaun stand auf.

»Gehen wir wieder raus?«, fragte Moose mit so viel Hoffnung und Vorfreude wie jemand, der endlich der Erste in der Schlange auf dem Verkehrsamt war.

»Es gibt noch Nachtisch«, meldete sich Deandra. »Aber schon gut. Ihr habt ja sowieso nichts gegessen.«

»Ich muss los«, warf Deshaun ein. »Danke fürs Kochen.«

Auch Duff stand auf, dicht gefolgt von T.J. »Wir müssen auch gehen. Sorry. Wir haben morgen Dienst, deshalb haben wir auch nichts getrunken.«

»Ach, kommt schon, ihr könnt doch noch ein bisschen bleiben.« Moose blickte zwischen ihnen hin und her. »Ihr *müsst* noch bleiben. Es ist gerade mal acht Uhr, verdammt.«

Aber die Flucht ließ sich nicht stoppen, und Anne war froh, an vorderster Front der Evakuierung zu sein, auch wenn sie sich eigentlich tiefer in Moose' und Deandras Territorium hineinbewegte statt davon weg.

Danny und sie schwiegen auf dem Weg zur Garage, und während sie in den kühlen Raum trat, blieb er neben dem offenen Tor stehen und zündete sich eine Zigarette an. Die Sonne war längst untergegangen, und draußen war es dunkel geworden, aber das Licht aus dem Inneren beleuchtete ihn und ließ ihn noch kräftiger erscheinen.

Als er über seine Schulter ausatmete, ging sie zu Moose' Werkzeugsammlung. Sie durchforstete das Chaos und fing an, die Schraubendreher, Schraubenschlüssel und Schraubzwingen auf Haufen zu sortieren.

»Du bist eine große Hilfe, weißt du. Mit dem Auto.«

Sie schaute zu ihm. »Ich mache gern was mit meinen Händen. Meiner Hand.«

»Ja.«

»Deandra ist eine miese Köchin.«

»Ein paar Kilo weniger würden Moose nicht schaden.«

»Er hat Glück, wenn das das Einzige ist, was er durch sie verliert.« Anne schüttelte den Kopf. »Ich wusste, dass die Hochzeit ein Fehler war, aber ich dachte nicht, dass es so schnell so schlimm wird.«

»Wie man sich bettet, so liegt man.« Er drehte die Zigarette um und blickte auf die glühende Spitze. »Hör mal, darf ich dich um einen Gefallen bitten?«

»Was denn?«

»Apropos Hände und so. Ich könnte morgen auf der Farm noch ein Paar gebrauchen. Mir bleiben nicht mehr viele Tage, um bei gutem Wetter auf dem Grundstück zu arbeiten, und ich könnte beenden, was ich angefangen habe, wenn mir jemand helfen würde, das Gestrüpp abzusägen und wegzubringen.«

Anne folgte seinem Beispiel und inspizierte die sternförmige Spitze eines Schraubendrehers. Eigentlich brauchte sie genau das: im Freien arbeiten, ein Gebüsch beseitigen, eine Aufgabe mit klarem Anfang und Ende erledigen. Aber mit Danny war es immer kompliziert.

»Ich wäre dir wirklich dankbar«, fügte er hinzu.

Sie dachte an ihre Mutter. Für Nancy Janice standen sonntags Kirche, Mittagessen mit ihren Freundinnen und normalerweise ein Film und Teetrinken auf dem Plan – viele Leute, viele Orte, viele Verabredungen. Aber möglicherweise würde sie sich gezwungen fühlen, aus Höflichkeit zu Hause zu bleiben.

»Darf ich Soot mitbringen?«, fragte Anne unvermittelt.

FÜNFUNDDREISSIG

Vic Rizzo waren Herbstsonntage heilig, aber nicht aus religiösen Gründen. Er war ein abtrünniger Katholik, worüber seine Mutter ebenso empört wie verzweifelt war. Nein, wenn er das Glück hatte, am Tag des Herrn nicht arbeiten zu müssen, betete er vor dem Altar der Sportsender und tat nichts, als vor dem Fernseher dahinzuvegetieren und zwischen College- und Profi-Ballspielen hin- und herzuschalten.

Er traf niemanden. Er redete mit niemandem.

Er setzte sich einfach auf die schäbige Couch vor seinem Curved-TV-Paradies und stand nur auf, um sich Bier- und Chipsnachschub zu holen.

Seine Zweizimmerwohnung lag in einem Mehrfamilienhaus nur fünf Querstraßen von der 617 entfernt. Er wohnte im mittleren Stockwerk, über einem älteren Paar im Erdgeschoss und unter dem zweiundsiebzigjährigen Besitzer. Es war ruhig dort, und er half allen, die Mülltonnen rauszustellen, und schippte Schnee und führte alle möglichen kleinen Handwerkerarbeiten am Gebäude aus.

Seinen – vorsichtig ausgedrückt – nicht ganz jugendfreien Beschäftigungen ging er immer fern von zu Hause nach. Denn er wollte nicht, dass seine Identität und seine Adresse bekannt wurden.

Deshalb trug er dabei immer eine Maske.

Stöhnend ließ er sich auf seinen Allerwertesten sinken, legte sein steifes Bein auf den ramponierten Couchtisch und schaltete den Fernseher ein, um sich ein Footballspiel vom Vortag anzusehen, das er aufgenommen hatte …

Es klopfte laut an seiner Tür, ein einziger Schlag, der eindeutig von einer kräftigen Hand stammte.

Vic schaltete die Aufnahme auf Pause, griff unter das Kissen neben sich und nahm seine Neun-Millimeter-Pistole in die Hand. »Wer ist da?«

Keine Frage. Eher eine Warnung.

»Dein Boss.«

»Tom?« Vic ließ die Waffe los und setzte sich auf. »Was zur Hölle machst du denn hier?«

Er stand stöhnend auf, allerdings nicht nur wegen seiner kaputten Schulter und des schmerzenden Beins, sondern weil seine Stimmung nun ruiniert war.

Stirnrunzelnd öffnete er die Tür. Chief Ashburn sah aus, als wäre er von einer Dampfwalze überrollt worden: Sein Gesichtsausdruck war erschöpft und verbissen, der Mund eine dünne Linie. Anscheinend wollte er ebenso wenig hier sein, wie Vic ihn oder sonst jemanden in seinem trauten Heim empfangen wollte.

»Was ist denn mit dir passiert?«, fragte Vic.

»Hast du 'ne Sekunde?«

»Wofür?«

»Ich muss mit jemandem reden.«

Vic wich zurück. »Ich kann nicht gut zuhören, gebe beschissene Ratschläge und habe so viel Mitgefühl wie ein Jagdmesser, aber klar, gerne, lass mich dein Therapeut sein.«

Der Feuerwehrchef ging an ihm vorbei. »Du hast den Charme echt mit dem Löffel gefressen, Rizzo.«

»Tja, ich finde einfach immer die richtigen Worte.« Er schloss die Tür. »Und großzügig bin ich auch noch.«

Tom schaute sich um. »Wie ich sehe, hattest du denselben

Innenausstatter wie wir in der alten Feuerwache. Billig trifft Studentenbude. Gute Wahl.«

»Was perfekt ist, muss man nicht verbessern.« Vic humpelte zurück zur Couch. »Setz dich.«

Tom ließ sich aufs Sofa fallen, stand dann wieder auf und holte die Waffe unter dem Kissen hervor. »Ist dein Sicherheitssystem registriert?«

»Nein.« Vic streckte erneut die Beine aus. »Und es hat auch keine Seriennummer. Verpetzt du mich?«

»Sicher nicht.« Der Chief reichte ihm die Waffe. »Keine Lust auf den Papierkram. Erschieß nur niemanden, solange ich da bin.«

»Geht klar.« Vic schob die Waffe unter das Kissen, neben dem er saß. »Lass mich raten: Geht's um Verdammt? Was hat er jetzt schon wieder angestellt? Schmeißt Chuckie P. alles hin? Oder hat der Arsch wieder Wedgie schikaniert?«

Tom konzentrierte sich auf den Fernseher. »Ist das das Pats-Spiel von gestern?«

»Sag mir nicht, wer gewinnt.«

»Ich hab's auch nicht gesehen.«

Da der Chief nicht weitersprach, drückte Vic auf Play, denn die Stille machte ihn nervös. »Also, was ist los?«

Mit dem Gerede der Kommentatoren im Hintergrund fühlte Vic sich etwas besser, durch die Ablenkung war die Situation weniger intensiv.

Zumindest ein bisschen.

»Ich brauche deine Einschätzung zur Feuerwehr«, sagte Tom leise. »Also, wie wir funktionieren, in unseren Einheiten und auch als Ganzes.«

Eine Werbung für Buffalo Wild Wings begann, und Vic wurde hungrig.

»Ich glaube, es läuft gut«, sagte er. »Ich meine, ganz okay.«

Tom sah ihn an. »Wie findest du mich in meinem Job als Chief? Das will ich eigentlich wissen.«

Vic versuchte nicht, seine Überraschung zu verbergen. Es wäre ihm auch kaum gelungen. »Inwiefern?«

»Wie ich mit Personalfragen umgehe. Mit Leuten. Mit Problemen.«

Tja, genau deswegen verbrachte er seine Sonntage gern allein, dachte Rizzo. Nein, nicht nur. Deshalb war er überhaupt gern allein, Punkt.

»Was soll ich dazu sagen?«, murmelte er. »Du bist super.«

»Erzähl mir keinen Schwachsinn.«

Vic rieb sich übers Gesicht und wünschte, er hätte einen Drink. Aber es war noch ein bisschen früh für ein Bier. Und da der Chief auf eine richtige Antwort wartete, wusste er, dass es aus diesem Gespräch nur einen einzigen Ausweg gab.

»Die Jungs schauen alle zu dir auf.« Vic hielt abwehrend eine Hand hoch. »Du hast gefragt, was ich denke, also sag ich es dir. Alle haben großen Respekt vor dir. Du bist der geborene Anführer. Ich meine, hey, du bist für den größten Haufen irrer Adrenalinjunkies auf dem Planeten verantwortlich, und du schaffst es, dass wir alle lebendig und konzentriert und meistens auf Spur bleiben.«

»Haben die Leute das Gefühl, sie können mit ihren Problemen nicht zu mir kommen?«

»Ja. Aber du kannst nicht mit allen Leuten befreundet und gleichzeitig ihr Vorgesetzter sein, und wenn du Verdammt unter Kontrolle halten willst, ohne ihn anzuschreien, wirst du nicht weit kommen, solange du dem Idioten nicht eine Bratpfanne auf den Kopf haust.«

»Aber vielleicht gibt es auch andere Möglichkeiten.« Tom rieb sich die Augen, als hätte er Migräne. »Ich weiß es nicht. Scheiße, ich weiß es einfach nicht.«

»Wie kommst du denn jetzt auf so was?«

»Ich hatte ein aufschlussreiches Treffen mit der Bürgermeisterin.«

»Mit Mahoney allein?« Er dachte an die große, Ehrfurcht gebietende Frau. »Die ist schon eine Nummer.«

»Sie hat mich völlig fertiggemacht.«

»Das ist heiß.« Als Tom ihm einen Blick zuwarf, zuckte Vic mit den Schultern. »Was denn? Stimmt doch.«

»Sie ist eine gewählte Amtsträgerin.«

»Und deshalb darf ich sie nicht mehr als Frau wahrnehmen?«

»Nein. Darfst du nicht.«

Ahhhh, daher weht also der Wind, dachte Vic grinsend.

»Verstehe ich das richtig, Chief?«, sagte er. »Du hast ein einziges Gespräch mit Mahoney, und schon glaubst du, wir müssten uns gegenseitig den Arsch wischen oder so einen Scheiß? Komm schon. Wir sind Feuerwehrleute, keine Theatergruppe. Außerdem, willst du wirklich mitmischen bei Streits über Parkplätze, vergammeltes Zeug im Kühlschrank und wer in der Dusche wessen Handtuch benutzt hat? Sicher nicht. Und sorry, dass ich das erwähne, aber weißt du noch letztes Jahr, als du in der Fastenzeit nicht mehr rumschreien wolltest? Du hast drei Tage durchgehalten und musstest dann zur Beichte gehen, weil du Verdammt so laut als Hurensohn beschimpft hast, dass seine tote Großmutter das noch im Grab gehört hat.« Er sah Tom an. »Du konntest dein Temperament schon immer schlecht zügeln, Chief. Aber du hast definitiv *kein* Problem, deinen Job gut zu machen – und auch kein Problem, uns allen zu helfen, auf Kurs zu bleiben.«

Der Chief atmete fluchend aus. »Wir haben viele Alkoholiker in der Mannschaft. Leute mit ernsten Schwierigkeiten, Vic. Das weißt du.«

»Das ist ihre Sache. Nicht deine.«

»Da bin ich mir gerade nicht so sicher.«

»Hör mal, du bist okay. Wir sind okay. Es ist alles in Ordnung. Und wenn du beim nächsten Meeting auf der Wache Therapiehunde mitbringst, lache ich dich laut aus. Und dann spiele ich mit ihnen. Ich liebe Hunde. Hunde sind toll. Können wir Hunde haben?«

Tom lächelte leicht. »Anne hat sich gerade einen geholt.«

»Wirklich? Deine Schwester mochte ich schon immer.« Vic hielt wieder eine Hand hoch. »Nein, das sollte keine Andeutung sein. Gott, und mich halten die Leute für pervers!«

»Du *bist* pervers.«

Vic grinste, als er daran dachte, was er in der nächsten Woche geplant hatte. »Ja, bin ich.«

»Hast du Bier da?«

Während die Pats den Anstoß ausführten, nickte Vic in Richtung Küche. »Bedien dich. Und bring dem Gastgeber eins mit.«

Der Chief stand stöhnend auf, und Vic wusste genau, wie Tom sich fühlte. »Ach, und du zahlst das Mittagessen, Boss.«

Tom schaute über seine Schulter. »Woher weißt du, dass ich noch bleibe?«

Vic musterte seinen Boss einen Moment lang. Der Kerl sah echt erledigt aus, und Vic überlegte, ob seine Ex-Frau Sheila ihm wohl auf die Pelle gerückt war. Aber das konnte er auf keinen Fall fragen. Frauen und Freundinnen standen nicht auf der Liste akzeptabler Gesprächsthemen unter Männern. Und Ex-Frauen erst recht nicht.

Vic zuckte die Achseln. »Ich sehe dir einfach an, dass du noch eine Weile da sein wirst – und das ist okay. Solange du aufhörst zu reden und mir kalte Budweiser holst, bist du auf meiner Couch willkommen. Und ich will Pizza von Antonio's,

Salami mit dünnem Boden. Eine große. Ach, und die bringen auch Bier mit, wenn du ihnen ein gutes Trinkgeld gibst.«

Er erwartete eine ordentliche Retourkutsche. Stattdessen nickte der Boss nur und ging in die Küche. »Guter Deal.«

SECHSUNDDREISSIG

Am nächsten Morgen begann ein klassischer Neuengland-Herbsttag: der Himmel ein strahlendes, endloses Blau, ein auf den Kopf gestelltes klares Meer, die Sonne so intensiv, dass sie die Welt in Chrom verwandelte. Als Anne die Häuser und Wohnviertel, Shoppingcenter und Bürogebäude hinter sich ließ, breitete sich eine tiefe Ruhe in ihr aus. Vierzig Minuten später war sie fast bei Dannys Farmhaus angelangt.

»Na, bist du bereit für einen Tag auf dem Land?«, fragte sie.

Soot streckte den Kopf zum Fenster hinaus, betrachtete die Bäume und Felder und wedelte zufrieden mit dem Schwanz.

Der Weg, nach dem sie Ausschau hielt, kam direkt hinter einer scharfen Kurve, und Anne musste mitten auf der Straße umkehren und ein Stück zurückfahren. Hügelige Wiesen, dazwischen niedrige Steinmauern und bunte Bäume machten es unmöglich, sich nicht in diese Gegend zu verlieben – und dann erblickte sie die Farm.

Sie war nicht so, wie sie erwartet hatte.

Das butterblumengelbe viktorianische Haus stand auf einem kleinen Hügel am hinteren Ende des Grundstücks. Je näher sie kam, desto deutlicher erkannte sie sein Alter an der abblätternden Farbe und der absackenden Veranda, aber das spielte keine Rolle. Wenn man etwas Arbeit und Zeit investierte, würde es ein Zufluchtsort vor Dannys stressigem Job werden …

Es war das perfekte Zuhause für eine Familie.

Ganz plötzlich stach ihr dieser Gedanke ins Herz wie ein Speer. Aber ihr blieb keine Zeit, weiter darüber nachzugrübeln, denn als sie das Auto anhielt, öffnete Danny die Eingangstür.

»Hey«, rief er.

»Hey«, antwortete sie und schaltete den Motor ab. »Schön hier.«

»Freut mich, dass du 's geschafft hast.«

Sie ging ums Auto herum, ließ Soot aussteigen und überlegte, ob sie ihn an die Leine legen sollte, aber er blieb von ganz allein an ihrer Seite, trottete neben ihr her zu den drei Stufen, die auf die Veranda führten.

Danny trug Arbeitskleidung. Die alte Jeans hing ihm tief auf den Hüften, er war unrasiert, und ein Achselshirt stellte einige seiner Tattoos zur Schau. Die teilweise verheilten Kratzer auf seinen Unterarmen zeugten von der Arbeit, die er bereits verrichtet hatte.

»Das ist …« Sie deutete auf das Haus. »Wunderschön.«

Er lächelte wie ein kleiner Junge, der in der Schule für eine richtige Antwort gelobt worden war. Ein Teenager mit den ersehnten Konzertkarten in den Händen. Ein Erwachsener, der etwas Besonderes besaß und es mit einem wichtigen Menschen teilte.

»Wie viele Hektar sind das?«, fragte sie.

Dannys Knie knackten, als er in die Hocke ging, um Soot willkommen zu heißen – der ihn wie einen engen, längst vermissten Freund begrüßte.

»Zwanzig.« Danny schmiegte sein Gesicht an das des Hundes. »Ich hab dich auch vermisst, mein Junge. Wie geht's? Bist du bereit, mein Grundstück zu markieren?«

»Aber wo ist das Chaos?« Anne versuchte, ihre Stimme nicht misstrauisch klingen zu lassen. »Ich meine, hier sieht doch alles toll aus.«

Als sie auf den gemähten Rasen am Haus zeigte, stand Danny auf und deutete mit dem Daumen über seine Schulter. »Wirst du gleich sehen. Aber schau dich erst mal drinnen um.« Er hielt ihr die Tür auf. »Ich habe fließendes Wasser und Strom, aber ansonsten gibt es hier noch eine ganze Menge zu tun.«

Das war nicht übertrieben. An jedem Fenster hingen zerschlissene Gardinen, und das wenige, was man von den Scheiben sah, war so dick mit Staub bedeckt, dass man gar nicht hindurchschauen konnte. Der Dielenboden war abgenutzt, und die Tapeten waren überall so alt und verblasst, dass man die ursprünglichen Farben kaum noch erahnte. Die Küche war ein farbliches Siebzigerjahrechaos aus Ockergelb und Erbsengrün, und die Geräte schienen alle aus einem Sears-Katalog der Jimmy-Carter-Ära zu stammen.

Aber, Gott, das Potenzial!

Die Holzarbeiten in den Vorräumen und Zimmern waren unglaublich, die Decken, die Kamine und die Treppe mit eleganten Zierleisten versehen. Und es gab auch nirgendwo Flecken, was darauf hindeutete, dass das Dach und die Leitungen nicht leckten, und die Türen waren alle gerade.

Oben gab es drei kleine Schlafzimmer und nur ein Bad für alle – aber, wow, was für eine Löwenfuß-Badewanne!

Sie war groß genug, um als Schwimmbecken durchzugehen, und Anne konnte sich sofort vorstellen, wie man sich darin fühlen musste.

»Und von wem hast du das Haus gekauft?«, fragte sie, als sie wieder ins Erdgeschoss gingen.

Soot lief voraus, man hörte seine Nägel auf den nackten knarrenden Stufen.

»Hier hat schon ewig niemand mehr gewohnt. Das Haus hat zu einem Treuhandfonds gehört, und die Frau, die das Wohn-

und Nutzungsrecht besaß, war die letzten zehn Jahre in einem Pflegeheim. Für mich ist es ein Langzeitprojekt. Ich hätte es nicht kaufen sollen, aber manchmal kann man einfach nicht anders.«

»Du musst es nach … dem Feuer gekauft haben.«

»Als ich aus der Rehaklinik rauskam, musste ich mich irgendwie beschäftigen.«

»Das verstehe ich.«

»Also, willst du sehen, was das Problem ist?«

»Klar.«

Danny ging mit ihr durch die Küchentür hinaus, und dann war ihr klar, was er gemeint hatte. Die Bank oder wer auch immer das Grundstück verwaltet hatte, hatte sich nur um die Vorderansicht gekümmert. Hinter dem Haus herrschte ein einziges verwildertes Chaos – obwohl Danny offensichtlich schon viel davon beseitigt hatte. Haufen von Dornengestrüpp, Ranken und Bäumchen türmten sich hier und da um eine alte Scheune, ein Eishaus und einen Schuppen.

Als Soot zu einem Busch lief und sein Geschäft verrichtete, schüttelte Anne den Kopf. »Wir werden mehr als einen Tag dafür brauchen.«

Dann wurde ihr bewusst, was sie gerade gesagt hatte. »Ich meine, *du* wirst mehr als einen Tag brauchen.«

Erst als Danny sah, wie Anne auf die Veranda trat, wurde ihm bewusst, dass er das Haus für sie gekauft hatte.

In einem Anfall von Wahnsinn hatte er die Anzeige dafür eines Sonntags in der *New Brunswick Post* gesehen und beschlossen, es zu nehmen. Die Finanzierung war nicht einfach gewesen, aber weil er mit den Jungs so lange in der gammeligen WG gewohnt hatte, hatte er einiges gespart.

»Wo hast du Sägen?«, fragte Anne.

»In der Scheune, komm mit.«

Die Sonne schien ihm warm ins Gesicht, und die Luft war kühl auf seinen nackten Armen. Und Anne an seiner Seite zu haben ließ sogar die Schönheit des Morgens verblassen.

Er öffnete die Scheunentür und scheuchte damit ein paar Schwalben von den Balken auf.

»Ich habe diese hier.« Er zeigte ihr seine Sammlung, die er auf groben Brettern zwischen zwei Sägeböcken ausgebreitet hatte. »Wähle deine Waffe.«

Es überraschte ihn nicht, als Anne direkt nach einer der Kettensägen griff, das schwere Ding mit der rechten Hand hochhob und es mit ihrer Prothese stützte. Sie bewegte die Maschine hin und her, um zu testen, wie sie damit arbeiten könnte, und um sicherzugehen, dass sie sie unter Kontrolle hatte, bevor sie sie einschaltete.

»Ich habe verschiedene Prothesen mitgebracht«, erklärte sie, stellte sich breitbeinig hin und schwenkte das starre Blatt durch die Luft. »Aber ich glaube, mit dieser wird es gehen.«

Ich liebe dich, dachte er.

Statt das auszusprechen, griff er nach der anderen Kettensäge und reichte ihr einen Ohrenschutz. »Bist du bereit?«

Sie nickte und steckte sich die knallorangenen Stöpsel in die Ohren. Dann runzelte sie die Stirn. »Ich frage mich, ob ich Soot vielleicht anbinden sollte. Was ist, wenn er Angst kriegt und abhaut?«

»Es ist alles eingezäunt. Siehst du das Tor dort? Na ja, das Tor hinter den Büschen.«

Sie schaute in die angezeigte Richtung, und er genoss den Anblick, wie der in die Scheune strömende Sonnenschein, in dem feiner Staub tanzte, sie in goldenes Licht tauchte.

Danny räusperte sich. »Ich bin heute Morgen, gleich nachdem ich angekommen bin, alles abgelaufen, weil du gesagt hattest, dass du ihn mitbringst. Es ist ein Drahtzaun, aber er ist stabil, und Soot kommt nicht darüber oder darunter durch. Es ist aber kein Stacheldraht, also kann er sich nicht verletzen.«

Sie sah den Hund an. »Hast du das gehört? Du kannst frei rumlaufen. Hab keine Angst vor dem Lärm.«

Sie gingen hinaus und vereinbarten, sich auf den nördlichen Rand des Grundstücks zu konzentrieren. Dann stellten sie sich etwa fünf Meter voneinander entfernt auf, warfen die Sägen an und starteten ein kreischendes Duett. Danny schaute ein paarmal nach Anne und arbeitete dann einfach neben ihr, wobei er nach links ging, sie nach rechts, und die Distanz zwischen ihnen zusammen mit den Pflanzenabfällen wuchs.

Soot war der perfekte Aufseher. Er suchte sich ein schattiges Plätzchen auf dem kühlen Gras neben der Scheune, legte aber den Kopf nicht ab. Stattdessen beobachtete er die beiden die ganze Zeit, als wäre er bereit einzuschreiten, sobald sie gegen die von ihm selbst erdachten Regeln verstießen.

Danach mussten die Pflanzenabfälle weggebracht werden. Anne zog dafür ihre marineblaue Fleecejacke aus, sodass unter ihrem Trainingsoberteil die Konturen ihres Oberkörpers sichtbar wurden. Sie behielt ihr anfängliches Tempo bei, war körperlich vom Sport in Topform und so konzentriert, dass Danny sich fragte, was sie in Gedanken verarbeitete. Dann ging es weiter mit dem Sägen. Und dem erneuten Wegbringen.

Mittags machten sie eine Pause, aßen die belegten Baguettes, die er auf dem Weg hierher gekauft hatte, und unterhielten sich über dies und das. Dann war es plötzlich vier Uhr nachmittags.

Sie schaltete den Motor ihrer Säge zuerst ab und wischte sich mit dem Handrücken den Schweiß von der Stirn.

Er merkte, dass es spät geworden war, weil die Sonne tiefer sank und die Abfälle sich auftürmten – und er wünschte sich, sie würde über Nacht bleiben, obwohl er kein Essen dahatte – und oben nur eine Luftmatratze, die nach Latex stank.

Anne betrachtete die große Fläche, die sie frei gemacht hatten, und die dünnen Stümpfe, die nun stoppelig aus der Erde hervorschauten.

»Wir haben mehr geschafft, als ich dachte.«

»Es bleibt immer noch viel zu tun.« Dann fügte er hinzu: »Das heißt aber nicht, dass wir weitermachen müssen.«

»Gut. Denn ich gebe gern zu, dass meine Schultern und Arme streiken.«

Danny konnte sie nur anstarren. Ihre Lippen bewegten sich, und es war klar, dass sie etwas sagte, aber sein Hirn war völlig benebelt von seinen Gefühlen.

»Danny. Ich habe dich was gefragt.«

»Hm?«

»Warum schaust du mich so an?«

Er wandte den Blick ab. »Das weißt du schon.«

Sie räusperte sich. »Ich, ähm … Ich schätze, ich muss los.«

»Ja. Fahr besser nach Hause.«

Sie brachten die Kettensägen zurück in die Scheune und zogen sich die Arbeitshandschuhe aus. Die Sonne hatte ihm den Nacken verbrannt, und es fühlte sich gut an, die Ohrenstöpsel herauszunehmen. Soot kam herüber und beschnupperte sie beide, blieb aber hauptsächlich bei Anne, und das gefiel Danny.

Eine Frau allein in ihrem Haus? Es war gut zu wissen, dass jemand mit solchen Zähnen auf sie aufpasste. Natürlich wirkte der Hund nicht aggressiv, aber sein Frauchen war ja gerade auch nicht in Gefahr.

»Übernachtest du hier?«, fragte Anne, als sie ins Haus gingen.

Danny öffnete noch eine Wasserflasche und füllte Soots Napf auf. »Vielleicht. Aber ich bin nicht sicher, denn ich muss morgen früh zur Arbeit, und die Straßen sind immer verstopft, wenn man zu den Stoßzeiten in die Stadt fährt.«

»Ja.« Sie schaute an die Decke. »Kann ich mir vorstellen.«

Da sie weiter nach oben starrte, fragte er sich, ob sie einen Wasserfleck oder so was entdeckt hatte.

Dann verstand er. »Ja. Du kannst in meiner Wanne baden. Und ich gebe dir so viel Privatsphäre, wie du willst.«

SIEBENUNDDREISSIG

Als Anne hinaufging, spürte sie ihren Körper auf eine neue Art, und das nicht nur, weil sie schon den ganzen Tag lang schwere körperliche Arbeit verrichtet hatte. Soot lief neben ihr her, aber als sie oben ankamen, wirkte er ziemlich unentschlossen, weil es ja im Erdgeschoss auch jemanden gab, den er mochte.

Ihr war ebenfalls deutlich bewusst, dass Danny unten in der Küche war und neben der Spüle Wasser aus einer Flasche trank.

»Du kannst dich hier hinlegen«, sagte sie leise, bückte sich und klopfte auf den Fußboden am oberen Ende der Treppe. »So hast du alle im Blick.«

Er folgte ihrem Rat, rollte sich zusammen und legte den Kopf ab, schien aber ein Auge auf sie und das andere auf die Eingangstür unten zu richten.

Das Bad leuchtete im warmen Nachmittagslicht, und feiner Staub wirbelte träge im weich hereinfallenden Sonnenschein, als würde die Luft sanft wie Wasser dahinströmen. Als Anne die Hähne aufdrehte, erwartete sie fast, Danny rufen zu müssen, weil es nicht funktionierte.

Und sie war enttäuscht, da das nicht nötig war.

Klares und bald auch warmes Wasser floss in das tiefe Becken, schnell und mit starkem Druck wie früher, als noch niemand daran gedacht hatte, Wasser zu sparen. Sie bückte sich und spülte den Boden und die Seiten ab, aber entweder hatte

Danny die Wanne vor Kurzem geputzt oder selbst benutzt, denn sie war kaum schmutzig.

Anne drehte das Wasser ab und ließ es abfließen, um nun neu anfangen und sauberes Wasser einlassen zu können. Doch als sie sich vorstellte, wie sie nackt in die Wanne gleiten würde …

Drängte sich Ripkins widerliche Stimme skrupellos und lärmend in ihre Gedanken.

Beim Geräusch schwerer Schritte auf der Treppe drehte Anne den Kopf. Durch die offene Tür sah sie Danny zögern, bevor er das Treppengeländer umrundete.

Er blieb stehen. »Ich habe gehört, dass das Wasser ausgegangen ist. Stimmt irgendwas nicht?«

Sein Blick war intensiv, sein Körper angespannt.

Sie richtete sich auf und konnte nicht anders, als auf seine Hüften zu starren, während Ripkins vernichtende Worte in ihrem Kopf immer lauter wurden.

»Nein«, sagte sie und drehte das Wasser wieder auf. »Alles in Ordnung.«

Bevor sie zu lange nachdenken konnte, griff sie nach dem Saum ihres Oberteils und zog es sich über den Kopf. Es war eng, und ihre Brüste genossen die Freiheit, denn sie hatte keinen BH getragen. Dann machte sie mit ihrer Arbeitshose weiter. Der robuste Stoff und der strapazierfähige Reißverschluss ließen sich leicht öffnen, dann streifte sie alles mitsamt ihrem Höschen ab.

Dannys Blick brannte auf ihrer Haut, und sein Körper reagierte, indem sein Schwanz auf der Stelle anschwoll.

Sie zögerte, bevor sie ihre Prothese abnahm. Angst stieg in ihr auf, obwohl sie sich sagte, dass das hier nichts Besonderes war. Es war nicht … anders als jeder andere Teil von ihr.

Die Täuschung funktionierte nicht. Ihr Herz schlug heftig,

als sie die statische Hand löste und die Manschette entfernte. Es kostete sie immense Selbstbeherrschung, ihren Arm nicht hinter ihrem Rücken zu verstecken. Sie senkte den Kopf.

Natürlich war das alles albern. Wenn man sich von der Wertschätzung anderer Menschen abhängig machte, konnten sie sie einem auch wieder entziehen, wenn sie das wollten. Das Sicherste war wie immer, sein eigener Felsen, sein eigener Hafen, seine eigene Zuflucht zu sein.

Bin ich okay? sollte immer nur von der Person beantwortet werden, die die Frage stellte.

Das Problem war nur, dass man, wenn man sich das fragen musste, die Antwort per definitionem nicht wusste. Und während Anne sich all diese Monate nach dem Feuer ins Leben zurückgekämpft, Probleme gelöst, ihren Körper geheilt, ihren Weg gefunden hatte … hatte sie nicht viel darüber nachgedacht, was der Verlust ihrer Hand für sie als Frau bedeutete.

Vielleicht hatte sie sich absichtlich nicht damit beschäftigt.

Doch Ripkin hatte genau das aufgestöbert und entblößt, was sie verdrängt hatte, und eine neue Wunde aufgerissen, um die Anne sich nun kümmern musste.

Und die Wahrheit war, dass es nur einen einzigen Menschen gab, mit dem sie das tun und dem sie diesen Teil von sich zeigen konnte. Trotz all der Barrieren, die sie zwischen sich und Danny errichtete … Sie konnte sich keinen anderen Menschen vorstellen, mit dem sie über diese Hürde hinwegkommen konnte.

Danny hatte alle möglichen Schwächen und schlechten Seiten, aber eins hatte er nie getan: Er hatte sie nie im Stich gelassen, wenn es drauf ankam.

Gott, sie fühlte sich, als wären sie wieder zusammen im Feuer, von Flammen umgeben, in Todesgefahr. Nur sie beide, mit nichts als ihrer gemeinsamen Kraft, ihrer Fähigkeit, zusammenzuarbeiten. Und wie in jenem entscheidenden Moment brauchte Anne Dannys Hilfe, um gerettet zu werden. So gern sie sich nur auf sich selbst verlassen hätte – das hier konnte sie nicht allein.

Bin ich noch ganz?

Danny traten Tränen in die Augen.

Als er diese wunderschöne Frau vor sich sah, ihren gesenkten Kopf und die unbeholfene Art, wie sie den Arm an ihrer Seite hängen ließ, schnürte sich ihm die Brust zusammen.

Aber wenigstens konnte er ihr das, was sie von ihm wollte, leicht geben.

Er ging zur Wanne und drehte das Wasser ab. Dann legte er seine zitternden Hände auf ihre Schultern und strich langsam an ihren Oberarmen hinunter. Als er bei ihren Ellbogen ankam, erstarrte sie, wich aber nicht zurück.

Er wartete, bis sie den Blick zu ihm hob. »Danke.«

»Wofür?«, hauchte sie.

Statt einer Antwort senkte er den Kopf und küsste sie. Als er spürte, wie sich ihr Lippen schließlich an seinen entspannten, legte er ihre Arme auf seine Schultern und streichelte sie weiter.

Ihr Körper war geschmeidig und kraftvoll, ganz glatt unter seinen Handflächen, als er sie an sich zog. Er liebte die Form ihrer Hüften, die Mulde an ihrem unteren Rücken … ihren festen Po in seinen Händen. Vor allem liebte er das Vertrauen, das sie ihm schenkte.

Er löste seinen Mund von ihrem, zog ihr das Gummiband aus den Haaren und legte ihr die brünetten Strähnen um die Schultern. Dann fuhr er mit den Fingerspitzen ihre Gesichtszüge, ihre Wangen, ihre Nase, ihren Mund, ihr Kinn entlang.

Er folgte der Wölbung ihrer Kehle zu ihren Schlüsselbeinen … und ging dann tiefer, neckte ihre Brustwarzen mit sanften Berührungen, erst die eine, dann die andere.

Anne begann, heftiger zu atmen, und biss sich auf die Unterlippe.

Er ging noch tiefer. Zu ihrem Bauch …

Tiefer. Unter ihren Nabel.

Sie schnappte nach Luft, als er die Hand zwischen ihre Beine gleiten ließ, dann übernahm er ganz die Kontrolle, legte einen Arm um sie und bog ihren Rücken nach hinten, sodass Danny ihr Gewicht trug. Während er sie wieder küsste, streichelte er über ihre heiße feuchte Spalte.

»Anne«, flüsterte er an ihren Lippen.

»Ja …?«

»Willst du wissen, was ich fühle, wenn ich dich so sehe? Willst du wissen, was das mit mir macht? Wovon ich nachts träume und tagsüber fantasiere?«

In ihrem Blick war eine ganz leichte Spur von Angst, als sie zu ihm aufsah.

Doch schließlich nickte sie, und er legte seinen Mund wieder auf ihren, drang tief in sie hinein … und ließ sie so heftig kommen, dass sie seinen Namen stöhnte, während sie sich mit ihrer Hand an seiner Schulter festkrallte.

Manchmal war es besser, etwas zu zeigen, statt zu reden.

Als sie aufschrie, hielt er sie fest, küsste sie und sagte ihr in Gedanken, dass er sie liebte. Und nachdem sie wieder zu sich gekommen war, hob er sie hoch und legte sie ins warme Wasser. Sie lehnte sich an den Wannenrand, ihr Körper lockerte sich unter den sanften Wellen, und ihre Lider senkten sich, als sie sich entspannte.

»Brauchst du nicht auch ein Bad?«, fragte sie.

Nichts lieber als das.

Wenn Danny noch Sachen zum Wechseln dabeigehabt hätte, hätte er sich die Kleider vom Leib gerissen. Stattdessen fluchte er innerlich über die halbe Minute, die es dauerte, bis er sein Achselshirt weggeschleudert, die Schuhe ausgezogen und die Hose abgestreift hatte.

Als er zu Anne in die Wanne stieg, spritzte Wasser auf den Fußboden, aber das war ihm egal. Er würde die Holzdielen hier oben sowieso erneuern. Und jetzt vielleicht auch die Decke darunter.

Es wäre ihm auch egal gewesen, wenn er das ganze verdammte Haus hätte abreißen müssen.

Er füllte seine Hände mit Wasser und ließ es über Annes Schultern fließen, sodass sie die Wärme genießen konnte. Das Badewasser reichte ihr bis an die Brustwarzen und leckte leicht daran, sodass sie glänzten und er fast schon von ihrem Anblick kam. Dann benetzte er ihren linken Oberarm mit Wasser, ihren Ellbogen …

Dann kam er an die Stelle, wo er ihr die Hand abgeschnitten hatte.

Bevor er das übrig gebliebene Stück ihres Unterarms berührte, fragte er sich, ob sie ihn aufhalten würde. Das tat sie nicht. Sie sah nur zu, wie er den Stumpf in die Hände nahm.

Wieder traten ihm Tränen in die Augen, als er daran dachte, wie er die Axt auf ihren kostbaren Körper gerichtet und so viel Schaden angerichtet hatte. Gott, er erkannte noch die Spuren der verheerenden Infektion, die Haut am Ende war uneben und verfärbt.

»Es tut nicht weh«, sagte sie ruhig.

Tja, für ihn waren es Todesqualen.

Er zog ihren Arm zu sich, küsste die Innenseite ihres Ellbogens, wo die blauen Adern verliefen, und strich mit dem Daumen über ihre Haut. Dann wanderte er mit den Lippen weiter nach unten und umfing ihren Unterarm mit den Händen.

»Es muss die Hölle gewesen sein«, sagte er heiser. Auch er hatte Schmerzen durchgemacht, aber was bedeutete es schon, seine Milz zu verlieren? Während der Schmerzen hatte er wenigstens gewusst, dass er nach den Qualen wieder er selbst sein würde.

Zumindest körperlich. Mental stimmte das nicht – aber war er das vorher je gewesen?

»Ich erinnere mich nicht genau an die Infektion«, murmelte sie. »Aber was man immer über Phantomschmerzen hört, stimmt tatsächlich. Das ist übel. Ich konnte meine Finger und meine Handfläche spüren, obwohl sie nicht mehr da waren.«

Komisch, aber das Gleiche hatte er auch empfunden, als er auf die Feuerwache zurückgekehrt war. An jeder Ecke hatte er Anne gesehen: im Pausenraum, im Schlafsaal, in den Lösch- und Leiterfahrzeugen. Er hatte ihre Stimme gehört, den Duft ihres Shampoos gerochen.

Und doch war sie nicht da gewesen, und es hatte jedes Mal wehgetan, wenn die Realität ihn unsanft wieder eingeholt und daran erinnert hatte, dass Anne nicht zurückkehren würde.

»Manchmal spüre ich sie immer noch.«

Er brauchte einen Augenblick, um zu verstehen, was sie meinte. »Wachst du nachts davon auf?«

»Ja.«

Er wusste, wie das war. Deshalb trank er so viel. Der Alkohol half ihm, die dunklen Stunden hinter sich zu bringen, wenn sein Gehirn darauf bestand, die Abfolge der Ereignisse vor, während und nach der Amputation wieder und wieder durchzugehen, als könnte irgendwo in jenen Erinnerungen der Schatz versteckt sein, den er suchte.

Vergebung.

»Küss mich«, sagte sie.

Er hätte ihr die Welt zu Füßen gelegt. Dass sie etwas von ihm wollte, worum er sie selbst angefleht hätte, war mehr, als er verdiente.

Dann setzte sie sich rittlings auf ihn und legte die Schenkel um seine Hüften, da die Wanne groß genug war für sie beide. Er umfing ihre Taille, nahm eine ihrer Brustwarzen in den Mund und drückte ihren Schoß im warmen Wasser an sich. Als sie sich nach hinten beugte, drang er in sie ein, und sie stöhnten beide.

Anne bewegte sich langsam auf ihm. Er lehnte sich an den Wannenrand zurück und streichelte ihre Brüste. Er hatte noch nie eine so faszinierende Frau gesehen. Sie glühte im schwindenden Licht.

Oder vielleicht war das ihre Seele.

Bevor er sich seinem Orgasmus hingab, murmelte er: »Ich muss dir was sagen, was du nicht hören willst.«

Sie stoppte. »Was denn?«

Er strich ihr ein paar nasse Haarsträhnen nach hinten und wählte das kleinere von zwei Übeln. »Ich will nicht, dass dies das letzte Mal ist.«

ACHTUNDDREISSIG

Am Montag ließ Anne Soot bei Don im Büro und fuhr weiter zum SWAT-Hauptquartier.

Da sie in New Brunswick geboren und aufgewachsen war und dann bei der Feuerwehr gearbeitet hatte, kannte sie jeden Winkel der Stadt. Trotzdem brauchte sie drei Anläufe, um das zwar große, aber unscheinbare Gebäude draußen beim Flughafen zu finden. Tja, je offensichtlicher, desto unauffälliger. Zwischen all den Flugzeughallen, UPS-Lagern und Logistikunternehmen wirkte die Zentrale des SWAT-Teams wie ein weiteres gewöhnliches Flachdachgebäude.

Als Anne heranfuhr, öffnete sich eine unbeschriftete Tür, und Jack winkte ihr zu. »Du kannst dort drüben parken.«

»Alles klar.«

Sie stellte den Dienstwagen seitlich neben dem Gebäude ab.

»Danke, dass ich herkommen durfte«, sagte sie, als sie auf Dannys Mitbewohner zuging.

»Kein Problem.« Jack umarmte sie kurz und ging dann mit ihr in eine Garage, die so riesig war, dass sie eine eigene Postleitzahl verdient hätte. Darin standen gut dreißig Polizei- und Zivil-, Privat- und Panzerfahrzeuge neben allen möglichen Geländewagen und Transportern. Der Munitionsraum war ein verschlossener Käfig auf der gegenüberliegenden Seite, in dem die Waffen in Reihen an Haken hingen. Alles, von Sturmgewehren über Schrotflinten bis zu Handfeuerwaffen, war registriert und ausgewiesen, zusätzlich zu allem, was die Beamten jeweils am Körper trugen.

»Na, was sagst du zu unserem neuen BEAR?« Jack spielte Glücksradfee vor einem gepanzerten Truppentransporter. »Er ist eine Sie und heißt Shirley. Wir nennen sie auch Big Momma.«

»Sie ist beeindruckend.«

»Ich mag es, wenn Frauen eine gute Ausstattung zu schätzen wissen.« Er ging voraus zu einer mit einem Code gesicherten Tür. »Komm rein, ich habe im Computer schon alles rausgesucht.«

Der Besprechungsraum war ein Vortragssaal, in dem zwei Dutzend Tische auf ein Podium und eine Leinwand ausgerichtet waren. An der einen Seite beugten sich gerade ein Dutzend Männer von Jacks Statur in Grüppchen über verschiedene Laptops. Dort standen sowohl eine digitale Tafel als auch ein Whiteboard mit allen möglichen Personalnotizen und Tabellen. Um eine schwarz-weiße US-Flagge herum hingen eingerahmte Fotos von Teams früherer Zeiten, und in einem gläsernen Schaukasten lag eine Reihe von Dienstmarken zum Andenken an Beamte, die bei Einsätzen ums Leben gekommen waren.

Alle Männer und die zwei Frauen schauten auf, als Anne hereinkam, musterten sie kurz mit geschultem Blick, und widmeten sich dann wieder ihrer Arbeit.

»Wir sind hier drüben.« Jack ging mit ihr zu einem Laptop. »Jetzt lernst du Ollie Popper kennen.«

Anne setzte sich auf einen Bürostuhl. »Jetzt sag nicht, dass er wirklich so heißt.«

»Unter dem Namen ist er bekannt. Passt zu ihm, findest du nicht?«

Das Polizeifoto zeigte einen ungefähr zwanzigjährigen Weißen mit langem dunklem Haar, hervorstehenden Augen und der vernarbten Haut eines Meth-Junkies.

»Hübsch, was? Aber seine Mami hat ihn bestimmt lieb.« Jack klickte zum nächsten Bild. »Und das hier ist seine Sammlung.«

»Ach du … Scheiße.« Anne rückte näher an den Bildschirm. »Das ist …«

»Hat sich ganz schön was unter den Nagel gerissen, was?«

Die Zimmer auf den Fotos schienen die gängige Neun-Quadratmeter-Größe zu haben, mit zwei Meter fünfundsiebzig hohen Decken und verschiedenen Fensteranordnungen – und sie waren alle mit so viel Büromaterial vollgestopft, dass es aussah, als würde Ollie eine Sammelstelle für zurückgegebene Telefone, Computer, Laptops und Projektoren betreiben.

»Wo kriegt er das alles her?« Sie schüttelte den Kopf. »Das ist unfassbar.«

»Wir glauben, dass verschiedene Teams im gesamten Bundesstaat für ihn arbeiten. Die klauen das Zeug, brechen Autos auf und stehlen aus öffentlichen Einrichtungen, und er gibt ihnen einen Anteil, wenn er die Sachen verkauft.«

»Aber wer kauft bei ihm ein?«

»Schon mal von eBay gehört? Und es gibt noch viele ähnliche Websites.«

»Das macht aber viel Arbeit. Ich meine, er müsste alles einzeln verschicken, oder?«

»Wir glauben, dass er große Mengen auf einmal verkauft. Die Detectives besorgen sich gerade einen Durchsuchungsbefehl für seine Online-Konten.«

Anne lehnte sich zurück. »Wie hängt das also mit den Lagerhausbränden zusammen? Angenommen, er gerät wegen einer anderen Sache ins Visier der Polizei.«

»Dann hat er ein Problem.« Jack klickte weiter, und es erschien ein Foto desselben Zimmers, das sie gerade gesehen hatte, aber jetzt war es fast leer. »Er muss die Beweismittel loswerden, bevor die Cops ihn abholen oder seine Räumlichkeiten durchsuchen. Er kennt die leeren Lagerhäuser unten am Kai, weil er Drogen verkauft und konsumiert, und die Gegend gefällt seiner Kundschaft.«

»Er bringt das Zeug dorthin.«

»Er sucht sich irgendein Gebäude aus.«

»Und zündet es an?« Sie sah zu Jack. »Das klingt aber nach keiner effizienten Lösung für seine Probleme.«

»Was wäre die Alternative? Das Zeug im Garten vergraben?« Auch Jack lehnte sich zurück und schob seine kräftigen Schultern unter seinem SWAT-T-Shirt nach hinten. »Die Sache ist folgende: Der Kerl ist schlau. Er will niemanden umbringen, weil man aus so einer Nummer schlecht wieder rauskommt, deshalb bieten sich diese Gebäude an, denn sie sind ziemlich sicher leer. Außerdem passt keiner auf, was dort vor sich geht. Und wie könnte er besser dafür sorgen, dass ihm nichts nachgewiesen werden kann, als wenn das ganze Plastik schmilzt und Seriennummern und Festplatten unlesbar werden. Seine Spuren sind verwischt.«

»Kennt er sich mit Feuern aus?«

»Was muss man da schon wissen? Benzin kriegt man überall. Dann wirft man ein Streichholz rein und haut ab.«

Anne dachte an die ausgebrannte Wohnung, die sie am Samstag gesehen hatte. »Stimmt. Aber wie hat er das ganze Zeug dorthin transportiert?«

»Meinst du, man könnte sich mit Drogen keine billigen Arbeitskräfte kaufen? Mittel, Motiv und Gelegenheit.«

»Das sind aber alles nur Indizien.«

Sie wusste, dass sie da einer logischen Erklärung widersprach. Aber sie wollte Ripkin drankriegen. Der Dreckskerl hatte sie persönlich angegriffen, indem er ihre Mutter und ihren Arm erwähnt hatte.

»Ich werde einen Termin für ein Gespräch mit Ollie arrangieren.«

»Gute Idee.« Jack runzelte die Stirn. »Eins solltest du aber wissen: Wir glauben, dass Ollie gefährliche Freunde hat, sozusagen ›Friends in Low Places‹.«

»Ist das nicht ein Countrysong?«

»Mein Lieblingslied, nebenbei bemerkt. Aber in diesem Fall meine ich Kriminelle. Wir wissen nur nicht, mit wem genau er sonst noch zusammenarbeitet.«

»Gut zu wissen. Ich mache mich auf Verzögerungen und Hindernisse gefasst.«

»Und du musst vorsichtig sein. Ollie als selbstständiger Unternehmer auf dem Schwarzmarkt – das ist eine Sache. Aber wenn er kriminelle Unterstützung hat? Es werden Ressourcen und Leute hinter ihm stehen, die seine Interessen verteidigen, wenn du verstehst, was ich meine.«

»Ich werde vorsichtig sein. Danke, Jack.«

Wie fast alle Feuerwachen in New Brunswick – bis auf Chief Ashburns schickes Geschenk von Charles Ripkin – war die 499 Anfang des zwanzigsten Jahrhunderts erbaut worden. Das Backsteingebäude wurde alle fünf, sechs Jahre frisch in Rot gestrichen und verfügte über drei Garagen für die Lösch- und Leiterfahrzeuge, einen kleineren Anbau für den Rettungswagen sowie Schlaf- und Waschräume im ersten Stock. Die Küche und der Aufenthaltsbereich lagen hinten im Erdgeschoss, dort befand sich auch ein Büro für den Einsatzleiter.

Danny war in der Küche und inspizierte den Inhalt der Schränke. Nach Schichtbeginn hatte Moose es sich auf dem

Sofa vor dem Fernseher bequem gemacht, Deshaun, Duff und T.J. hoben in der Garage Gewichte, und die anderen sechs diensthabenden Männer waren im Gebäude verteilt, reinigten Ausrüstungsgegenstände, überprüften die Fahrzeuge, befüllten den Rettungswagen.

Wider besseres Wissen hatte Danny sich freiwillig zum Kochen gemeldet, obwohl alle gemeckert hatten. Aber er konnte zwischen den Einsätzen nicht untätig herumsitzen, und mit den Jungs Gewichte zu stemmen war keine Option, weil Anne und er gestern den ganzen Tag im Garten seines Farmhauses geschuftet hatten.

Lustlos ging er zum Kühlschrank und öffnete ihn. Da er sich beim Anblick der Eier und der Milch, der Reste und Käsestücke in die Enge gedrängt fühlte, musste er sich eingestehen, dass er auch nach all diesen Jahren auf der Feuerwache immer noch nicht kochen konnte. Und er beschwerte sich über Duff?

Er machte die Kühlschranktür wieder zu und beschloss, draußen eine zu rauchen, während er seine Optionen durchging. Ihm blieben etwa zweieinhalb Stunden, falls es keinen Alarm oder Trainingseinsatz gab, um eine Lösung zu finden.

Im Zweifelsfall konnte er Sandwiches machen. Es gab genug Aufschnitt und Salat im Kühlschrank. Im Regal lag eine frische Tube Mayo. Und Chips. Als Nachtisch konnte er Eis servieren.

Wie es aussah, hatte er also doch einen Plan.

»Wo willst du hin?«, fragte Moose vom Sofa. »Das hier musst du dir anschauen. Die Schwiegermutter will die Realität nicht anerkennen, und gleich öffnet Phil ihr so richtig die Augen.«

Moose liebte Dr. Phil. Wahrscheinlich suchte er in dieser Sendung nach Tipps für den Umgang mit seiner Frau.

»Ich geh nur kurz raus.«

»Du musst aufhören zu rauchen.«

»Hör du erst mal auf, Bier zu trinken, dann können wir weiterreden.«

»Du kannst mich mal«, erwiderte Moose liebenswürdig.

Die Hintertür führte zu einem komplett mit Maschendraht eingezäunten Parkplatz, auf dem die privaten Pick-ups der Crew standen. Heute schien die Sonne nicht. Es war kälter.

Danny zündete sich eine Zigarette an, lehnte sich gegen die Backsteine und stützte einen Fuß an der Mauer hinter ihm ab.

Als sein Handy anfing zu klingeln, hätte er sich mit der Kippe fast ein Loch in die Unterhose gebrannt, so schnell griff er in seine Hosentasche. War es Anne …?

Stirnrunzelnd überlegte er, die Mailbox rangehen zu lassen. »Ja.«

Es folgte eine Pause. »Wie redest du denn mit mir?«

»Deandra, warum zur Hölle rufst du mich an?«

»Ich wollte mit dir sprechen.« Etwas raschelte. »Ich wollte deine Stimme hören.«

»Du musst damit aufhören.«

»Warum?«

»Weil du mit Moose verheiratet bist.« Er zog an der Zigarette. »Im Ernst, Deandra.«

»Ich habe dir ja gesagt, dass ich lieber dich genommen hätte.«

»Daraus wird nichts. Und ich gehe ab jetzt auch nicht mehr ans Handy, okay? Ich will mit dieser Scheiße nichts mehr zu tun haben …«

»Warum, weil du mit Anne zusammen bist?«

»Nein, sondern weil du nicht mein Typ bist.«

»War ich aber mal.« Sie wechselte in die Stimmlage einer Telefonsexanbieterin. »Du weißt doch, dass es dir mit mir gefallen hat. Du weißt doch, dass du mich willst, Danny …«

Moose streckte den Kopf zur Tür heraus. »Hey, Captain Baker will, dass wir den Wohnungsbrand von Freitag noch mal durchgehen.«

»Ich komme.«

»*Ich* kann dich kommen lassen«, meldete sich Deandra. »Erinnerst du dich, Danny?«

Moose verschwand wieder in der Feuerwache, und Danny hatte endgültig genug von den beiden. »Ruf mich nicht mehr an. Sonst muss ich es deinem Mann sagen.«

»Sag es ihm! Das ist mir scheißegal. Ich habe dieses Haus in der Pampa satt, ich habe ihn satt, diese ganze Sache war ein Riesenfehler.«

»Dann kümmere dich um deinen Mist, verdammt noch mal, ich hab mit meinem eigenen schon genug zu tun.«

»Du wirst sie nie kriegen, Danny.« Der grausame Unterton, den er so gut kannte, trat immer deutlicher hervor. »Anne wird dich nie so wollen, wie ich dich will. Sie kennt die Wahrheit über dich, und das törnt sie ab.«

»Sagt die Frau mit den falschen Titten. Verzeih mir, wenn ich in Sachen Echtheit nicht auf dich höre. Ruf mich nicht noch mal, sonst wirst du es bereuen.«

»Pass auf, dass du nicht auch bald etwas bereust.«

»Ich hab weniger zu verlieren als du, Süße.«

Nachdem er aufgelegt hatte, ließ er den Kopf nach hinten gegen die Backsteinwand fallen. Er hätte sich niemals mit Deandra einlassen dürfen. Ihr Flirt hatte ganz klassisch in der Bar angefangen. Danny war sicher gewesen, dass er bei Anne keine Chance haben würde, und hatte deswegen das Angebot angenommen, das Deandra ihm so bereitwillig präsentierte.

Für ihn war es ein One-Night-Stand gewesen – aus den Augen, aus dem Sinn. Deandra hatte das anders aufgefasst und war zu allen Tages- und Nachtzeiten in der WG aufgetaucht.

Moose hatte sich der Schönen in Nöten angenommen, die Lücke gefüllt und sie getröstet, indem er sich als williges, von Deandra lautstark gerittenes Trainingsgerät zur Verfügung gestellt hatte.

Danny hatte sich nicht die Mühe gemacht auszusprechen, was anscheinend für alle außer Moose offensichtlich war. Aber der Kerl hatte unbedingt auch mal »gewinnen« müssen. Nach seiner schweren Zeit als Pflegekind hatte er kaum den Collegeabschluss geschafft, war beim SWAT nicht genommen worden, und neben Danny, Jack und Mick war er immer der Michael Anthony und nicht der Eddie Van Halen oder David Lee Roth gewesen. Er war George Harrison, nicht John oder Paul.

Die Billigversion, nicht die Luxusmarke.

Deandra war viel weiter gegangen, als irgendjemand für möglich gehalten hätte, bis die beiden schließlich zusammen vor dem Altar standen. Und nun, da sie mit Moose festsaß, zappelte sie in dem Netz, das sie sich selbst übergeworfen hatte. Aber Danny kannte sie gut genug. Sie war nicht der Typ dafür, das Schiff vorzeitig zu verlassen, solange sie kein Rettungsboot hatte, deshalb versuchte sie mit diesen Anrufen, ihre Flucht zu organisieren. Wenn es bei Danny nicht funktionierte, würde sie es bei einem anderen probieren.

Auf die Art war sie ja überhaupt erst bei Moose gelandet.

NEUNUNDDREISSIG

Der Anruf, auf den Anne gewartet hatte, kam erst, als sie zur Feierabendzeit ihre Sachen packte, um nach Hause zu fahren.

Der Mann am anderen Ende der Festnetzleitung klang kurz angebunden und sachlich. »Ich rufe von der Verkehrsaufsicht an. Sie wollten Zugang zu Kameraaufnahmen von unten am Kai?«

Anne setzte sich wieder auf ihren Stuhl. »Ja. Es geht um ganz bestimmte Tage – soll ich Ihnen die Daten schicken?«

»Wir haben dafür ein Formular, das ich Ihnen mailen könnte. Die Bearbeitungszeit beträgt zwei Wochen.«

»Zwei Wochen?« Sie schaute zu Soot, der sich in seiner Box zusammengerollt hatte. »Geht das irgendwie auch schneller?«

»Für eine Vorladung vor Gericht.«

»Ich untersuche sechs Brände, bei denen es mindestens zwei Todesopfer gab. Ich bemühe mich wirklich, damit voranzukommen.«

»Wie weit liegen Ihre Daten zurück?«

»Eine Weile.«

»Wir behalten die Aufnahmen nicht sehr lange. Nur dreißig Tage.«

Und es dauert zwei Wochen, bis man Zugang dazu bekommt? Ihr spinnt doch! »Okay, na gut, dann mailen Sie mir bitte das Formular. Ich versuche es einfach und schaue dann, ob ich noch andere Ansatzpunkte finde.«

»Hören Sie, auf dem Formular steht, dass Sie es an die allgemeine Mailadresse zurückschicken sollen, aber senden Sie es stattdessen direkt an mich. Ich werde sehen, was ich tun kann.«

»Danke. Das wäre super.«

Sie legte auf. Sie hatte gehofft, dass es eine andere Möglichkeit gäbe, aber wie es aussah, musste sie zu Plan B übergehen und es auf die harte Tour versuchen.

Beim Aufstehen griff sie nach der Mappe, die sie in der Mittagspause zusammengestellt hatte. »Ich bin gleich wieder da, Soot. Und dann fahren wir nach Hause.«

Die Abteilung Brandermittlung und Feuerinspektion der Stadt New Brunswick erstreckte sich über eine ganze Etage der Brandschutzbehörde. Die wenigen Ermittler und ihre Assistenten arbeiteten in einem Labyrinth winziger Büros mit mehr Türen als Fenstern. Don hatte ein Eckbüro, das aber mit seinem zweiseitigen Blick auf den Parkplatz auch nicht luxuriös war.

Als Anne an den Türrahmen klopfte, schaute er von seinem Computer auf. »Was gibt's denn?« Aber er lehnte sich zurück und hielt dabei seine »Bester Chef der Welt«-Tasse in der Hand. »Sie sehen aus, als wären Sie auf dem Kriegspfad.«

»Ich brauche Ihre Hilfe.«

»Moment. Darauf muss ich mich vorbereiten.« Er öffnete eine Schublade und holte eine Packung Ibuprofen heraus. Nachdem er zwei Tabletten genommen hatte, murmelte er: »Okay, dann mal los.«

Sie reichte ihm die Mappe über den Schreibtisch und trat dann einen Schritt zurück, während er las.

Ihr Boss ging die Unterlagen zweimal durch und schaute dann zu ihr auf. »Sie wollen eine richterliche Anordnung für den Zugriff auf Ripkins Überwachungskameras für die Lagergebäude.«

Anne konnte nicht mehr stillstehen und fing an, auf und ab zu gehen. »Es wundert mich, dass die bisherigen Ermittler nicht schon bei den letzten fünf Bränden eine angefordert haben. Nichts für ungut, aber ich glaube, sie haben sich wenig damit beschäftigt, weil die Lagerhäuser nun mal in keinem guten Viertel liegen und an sich quasi wertlos sind. Wir müssen sehen, wer in diesen Gebäuden aus und ein gegangen ist, denn wenn die Ollie-Popper-Theorie stimmt, musste er eine beträchtliche Menge an Beweismitteln transportieren. Ein Fahrzeug müsste dort halten, und jemand müsste die Sachen reinbringen und das Feuer legen. Vielleicht könnten wir ihn identifizieren.«

Sie setzte sich Don gegenüber auf einen der beiden freien Stühle und musste an den verwanzten Sitzplatz denken, den Ripkin ihr bei dem Gespräch in seinem Büro angeboten hatte.

»Aber mir ist auch noch was anderes eingefallen. Ripkin Development ist ein riesiges Unternehmen, und ich habe das Gefühl, dass der Typ paranoid ist, was Sicherheit und Überwachung angeht. Also ist vielleicht Ripkin derjenige, der Festplatten und Laptops verschwinden lässt. Man kann Daten nie komplett von Computern löschen, solange sie nicht schmelzen.«

Don klappte die Mappe zu. »Sie sind auf Ripkin fixiert.«

»Und auf Ollie.«

»Hauptsächlich auf Ripkin. Seien Sie vorsichtig, wenn Sie nach Informationen suchen, die Ihre These bestätigen sollen.« Er nahm einen Stift und unterschrieb das Formular. »Aber ich mag Ihre Hartnäckigkeit, Ashburn.«

»Danke, Boss. Ich schicke das jetzt gleich weiter ans Gericht.«

Als sie wieder ihr eigenes Büro betrat, klingelte ihr Handy, und sie schaffte es gerade noch, vor der Mailbox ranzugehen. »Tom?«

Na super, ihr Bruder rief sie immer nur an, wenn irgendwas nicht stimmte.

»Hallo?«, fragte sie, als er sich nicht meldete.

»Kannst du dich jetzt mit mir im Haus von Mom und Dad treffen?«

Anne runzelte die Stirn. »Deine Stimme klingt komisch. Ist alles in Ordnung?«

»Triff dich einfach dort mit mir, okay?«

»Ja. Okay – in zehn Minuten. Ich bin noch im Büro.«

Vielleicht waren die Reparaturen des Schadens durch den Baum viel umfangreicher, als er gedacht hatte? Oder … Etwas anderes fiel ihr nicht ein.

»Ist Mom dann auch da?«, fragte sie.

»Nein, nur wir beide.«

Als Anne in die Straße ihrer Kindheit einbog, betrachtete sie die Häuser und stellte überrascht fest, dass die Gegend, in der sie jetzt wohnte, fast identisch aussah. Warum war ihr das bisher nie aufgefallen? Aber wann war sie überhaupt das letzte Mal hier gewesen?

Vor ein paar Jahren.

Und warum sollte sie nicht so ähnlich leben? Ihr Vater hatte das Zuhause der Familie von dem – inflationsbereinigt – gleichen Gehalt gekauft, das sie jetzt auch verdiente. Klar, sie hatte keine Frau und keine zwei Kinder, aber die hatte er anfangs auch nicht gehabt, und in der ersten Zeit hatte ihre Mutter das Einkommen einer Kindergartenerzieherin beigesteuert.

Gott … es war immer noch hellblau.

Das zweigeschossige Haus war in den späten Sechzigern erbaut worden, damals mit weißer Verkleidung. Aber ihre Mutter hatte sich die Gelegenheit nicht entgehen lassen, es »aufzuhübschen«. Also hatte es einen blauen Anstrich bekommen, obwohl es jetzt aussah wie ein verschmähtes Osterei.

Anne parkte den Wagen in der Einfahrt, hinter dem SUV ihres Bruders. »Soot, ich bin nur ein paar Minuten weg. Du warst schon draußen, also müsste das gehen. Bell einfach, wenn du mich brauchst.«

Die Sonne schien nicht, und die Temperatur lag bei zehn Grad, also würde ihm nichts passieren, aber sie machte trotzdem alle Fenster einen Spaltbreit auf.

Beim Aussteigen schaute sie zum ersten Stock hinauf. Rechts war das Zimmer ihrer Eltern gewesen, links ihres, das ihres Bruders an der Rückseite. Dazwischen lag ein Bad, das Tom und sie sich geteilt hatten. Unten gab es einen Erker am Esszimmer, und die Küche und das Wohnzimmer gingen auf die Veranda und den Garten dahinter.

Die Sträucher waren alle akkurat geschnitten. Kein Unkraut wuchs auf dem Weg zum Eingang. Der Rasen war kurz wie ein Teppich.

Bei der Eingangstür angekommen hielt sie die Sturmtür mit der Hüfte auf und versuchte, den richtigen Schlüssel an ihrer Kette zu finden. Es war ihr komisch vorgekommen, den Schlüssel zu behalten, vor allem weil er ein Symbol all dessen war, was sie verloren hatte: Ihr Vater war nicht mehr der Held, für den sie ihn gehalten hatte, ihre Mutter eine schwache Frau, die sie nicht verstand.

Gott, es roch auch noch genau wie früher. Ihre Mutter liebte Duftkerzen, je süßer und blumiger desto besser, folglich stank das Haus nach Gardenien und Lilien.

Sie würde den Geruch noch stundenlang in der Nase haben, selbst wenn sie nicht mehr hier war.

»Tom?« Sie schloss die Tür hinter sich. »Wo bist du?«

Das Wohnzimmer war nicht mehr gleich eingerichtet. Die

Möbel kannte sie zwar, aber sie standen nun in anderen Ecken und vor anderen Wänden. Auch die Gardinen waren ausgetauscht worden. Jetzt waren sie pfirsichfarben. Der Teppich war ebenfalls neu.

Anscheinend machte sich Nancy Janice nicht nur in den Häusern anderer Leute zu schaffen.

»Tom?«

Als sie eine leise Antwort vernahm, ging sie weiter in die Küche. Anne hätte erwartet, dass sich dort auch etwas verändert hatte, aber nein. Die Dekorationswut ihrer Mutter hatte nicht zu einem Austausch der altmodischen gebeizten Kiefernschränke oder der weißen Geräte geführt.

Wusste ihre Mutter denn nicht, dass heute alles grau und aus Edelstahl war?

Aber das Haus war ja auch in einem Blau gestrichen, das nur ihrer Mutter zu gefallen schien, also spielten Trends, die auf den Meinungen anderer Leute basierten, wohl keine große Rolle. Anne hatte sich nie die Mühe gemacht, die Frau nach ihren Ansichten zu fragen, und sie würde jetzt nicht damit anfangen.

Die Tür zur hinteren Veranda war angelehnt, aber Anne sah sich den Schaden am Dach zuerst von innen an. Der Baum war weggebracht worden, die Decke war frisch eingezogen, und in einem neu eingebauten, noch ungestrichenen Rahmen war ein neues Fenster eingesetzt worden.

Gute Arbeit. Sie überlegte, wer von der 617 das wohl gemacht hatte. Wahrscheinlich Vic. Er war der Zimmermann dort.

Die Arbeit würde nichts kosten. Die New Brunswicker Feuerwehr kümmerte sich um die Hinterbliebenen ihrer Mitglieder. Annes Mom hatte nie Installateure, Dachdecker, Elektriker oder Schreiner rufen müssen, denn in der Feuerwehrfamilie fand sich immer ein Helfer.

Sie trat hinaus auf die Veranda und sah ihren Bruder in einem Gartenstuhl neben dem Grill sitzen, mit im Schoß gefalteten Händen, die Knie nach außen gespreizt, die Augen auf den trockenen Rasen und doch ins Leere gerichtet. Auf seinem Feuerwehr-T-Shirt war Sägemehl – ebenso auf der marineblauen Arbeitshose. Und seine Schuhe waren erdverkrustet.

Hinter ihm sah man, welche Stellen an der Außenfassade des Hauses repariert worden waren, das nackte Holz und die beschädigte Verkleidung wirkten wie eine nicht ganz verheilte Wunde.

»Dann hast *du* wohl die Reparaturen ausgeführt.«

Bei ihren Worten zuckte er zusammen, als hätte sie ihn überrascht. Aber er sah sie nicht an. »Ja.«

Stirnrunzelnd ging sie zu ihm und setzte sich neben ihn. Ohne einen besonderen Grund dachte sie daran, dass die beiden Gartenstühle, zusammen mit der Liege und den zwei kleinen Tischen, für den Winter hineingebracht werden müssten. Der Grill käme in die Garage. Die Schaukel dort drüben würde hängen bleiben.

Wie schon immer markierte die Rotation der Gartenmöbel die Jahreszeiten und erinnerte an das Verstreichen der Zeit – bis die Sachen ihren Zweck nicht mehr erfüllten und ersetzt werden mussten.

Mit den Menschen war es genauso, dachte sie. Die älteren Generationen traten ab, neue wurden geboren, der Kreislauf ging immer weiter.

Sie sah ihren Bruder an. Seine eisigen blauen Augen machten ihr Angst, genau wie seine Reglosigkeit. »Ist Mom krank? Bist du krank?«

»Was?« Endlich sah er sie an. »Wovon redest du?«

»Sag es mir einfach. Ich habe dich noch nie so gesehen.«

»Findest du mich …?« Er räusperte sich. »Ist es schwer, mit mir auszukommen? Du weißt schon, so … allgemein?«

Annes Augenbrauen schossen nach oben, und für einen Moment fiel ihr nichts ein. Von allen Dingen, die sie von Tom zu hören erwartet hätte, war dies so ziemlich das Letzte.

Und zwar mit Abstand.

VIERZIG

Nachdem Tom die Frage gestellt hatte, erriet er Annes Antwort an der Art, wie sie sich gerade aufrichtete und ihn anstarrte, als hätte sie kurzzeitig ihre Muttersprache vergessen. Und die darauf folgende Stille ließ vermuten, dass sie nach einer Möglichkeit suchte, angemessen zu reagieren.

Sie wollte sich offensichtlich vorsichtig ausdrücken.

Was im Grunde schon Antwort genug war, oder?

»Das nehme ich als ein Ja«, murmelte er.

Gott, war er müde, und zwar nicht nur, weil er nicht mehr geschlafen hatte, seit Bürgermeisterin Mahoney ihn mit ihrem Stiletto Größe wie auch immer in den Hintern getreten hatte: Er war bis in die letzte Faser seines Körpers erschöpft.

»Wie kommst du denn auf so was, Tom?«

»Ach, ich habe nur überlegt. Nur ... nachgedacht.«

Während sich die Stille in die Länge zog, wartete er. Anne drückte sich nie vor Konflikten, sie würde antworten.

»Du kannst anstrengend sein«, sagte sie nach einer Weile. »Du tust die Dinge auf deine Weise, und damit erstickst du alles und jeden um dich herum.«

»Ich muss für die Sicherheit meiner Leute sorgen. Im Dienst geraten sie jeden Tag in Lebensgefahr, und wenn ich nicht aufpasse, dass die Dinge korrekt gemacht werden ...«

Sie hielt eine Hand hoch, um ihn zu stoppen. »Hey, wenn du meine Meinung nicht hören willst, hättest du auch nicht danach fragen müssen.«

»Entschuldige.« Er rieb sich mit seiner schmutzigen Hand übers Gesicht, doch dann brannten seine Augen vom Sägemehl. Verdammt, er musste dringend das Thema wechseln. »Das Haus ist jetzt übrigens so weit in Ordnung, dass Mom wieder einziehen kann.«

»Das sehe ich.«

»Du musst erleichtert sein.«

»Ich schätze schon.«

Nun war er an der Reihe, überrascht zu sein. »Du willst doch nicht etwa, dass sie bei dir bleibt, oder?«

»Bestimmt nicht. Aber ich will vor allem, dass sie in Sicherheit ist. Und das macht mir Sorgen.«

»Sie ist keine Greisin, die jeden Moment ausrutschen und hinfallen könnte. Sie kann noch heute Abend zurückkommen.«

»Funktioniert die Alarmanlage?«

»Noch nicht. Es muss noch jemand vorbeikommen, der die Kontakte am neuen Fenster anbringt.«

»Dann bleibt sie bei mir, bis das erledigt ist.«

In der Ferne bellte ein Hund, und der Nachbar zur Rechten kam von der Arbeit nach Hause und parkte seinen Kia in der Garage. Tom hoffte, er würde nicht durch die Hecke sehen, dass Leute da waren, und herüberkommen, um sich über den umgestürzten Baum zu unterhalten.

»Alles in Ordnung?«, fragte Anne. »Ich mache mir Sorgen um dich. Du bist zu still.«

»Ach, schon okay. Alles in Ordnung. Nichts, womit ich nicht klarkomme.«

»Na gut.« Es folgte eine weitere Pause. »Bist du sicher, dass du nicht darüber sprechen willst?«

»Ja, das bin ich.«

Im Hinterkopf war ihm bewusst, dass sie beide die typische

Vermeidungsstrategie verfolgten, und als er an Emilio im Krankenhausbett dachte, an Danny, wie er durchgedreht war, und an Chuckie P.s Alkoholproblem, verspürte er das Bedürfnis, die normalerweise geschlossene Tür stoischer Zurückgezogenheit zu öffnen.

Hier ging es um sein eigenes Leben. Nein, nein, nicht heute Abend, Arschlöcher.

»Kannst du mir sagen, warum du Mom so sehr hasst?«, fragte er. Und bevor Anne sich aufregen konnte, schüttelte er den Kopf. »Ich will es nur verstehen. Ich frage nicht, weil ich dich beeinflussen oder deinen Standpunkt ändern oder dich verurteilen will. Ich kapiere es nur nicht. Wenn ich es verstehen würde, könnte ich vielleicht aufhören, dich ihretwegen zu nerven.«

Als Anne den Blick zum Grill wandern ließ, um seinem auszuweichen, zuckte er die Achseln. »Und wenn du es mir nicht sagen willst, ist das auch okay, es ist deine Sache.«

Daraufhin sah sie so schockiert wieder zu ihm, dass er an die Tirade der Bürgermeisterin über sein Versagen als Führungspersönlichkeit denken musste. Scheiße. Er hatte wohl wirklich ein Problem.

Anne holte so tief Luft, als wollte sie sich darauf vorbereiten, ein Auto hochzuheben. »Erinnerst du dich, wie du zwei Tage nach der Beerdigung die Fahrradtour mit Onkel Aaron gemacht hast? Die, die Dad mit dir machen sollte?«

In diesem Kontext gab es nur eine einzige Beerdigung. Und er hasste die Erinnerungen, die er an den Tag hatte: Hunderte Feuerwehrleute in Paradeuniform, die hinter einem Löschfahrzeug hergingen, das den geschmückten Sarg seines Vaters transportierte; seine Mutter, nervös in ihrer schwarzen Kleidung; er selbst, der gerade das College abgeschlossen hatte und ab dem Herbst die Akademie besuchen sollte.

Anne … die sich geweigert hatte zu weinen, obwohl sie damals erst dreizehn gewesen war.

Komisch, erst jetzt fiel ihm auf, dass er ihren mangelnden Gefühlsausdruck als respektlos empfunden hatte und dass er ihr seit jenem Tag deswegen böse war.

Er zwang sich, in die Gegenwart zurückzukehren. »Mit der Radtour haben wir Geld für den Wohltätigkeitsfonds gesammelt.« Bilder von ihm und »Onkel« Aaron, dem besten Freund seines Vaters, tauchten aus seiner Erinnerung auf. Sie waren wie Verrückte durch Connecticut geradelt und hatten beide versucht, auf dem Asphalt ihre Wut zu verarbeiten. »Wir haben gut tausendfünfhundert Dollar eingenommen.«

»Ich bin zu Hause geblieben.«

»Du wolltest mit.«

»Ich war ein Mädchen und durfte nicht.« Als der Zorn wegen dieser Ungerechtigkeit über die Gesichtszüge seiner Schwester huschte, wurde Tom klar, wie oft er diesen Ausdruck schon bei ihr gesehen hatte – er war nie weit entfernt, als wartete dieses Gefühl nur darauf, das Steuer zu übernehmen. »Du solltest am nächsten Abend zurück sein.«

»Wir haben spontan beschlossen, noch auf dem Campingplatz zu bleiben.«

»Ja.«

Eine lange Pause. »Und?«

»Am folgenden Nachmittag ist eine Frau bei uns zu Hause aufgetaucht. Sie war jung. Hübsch, obwohl alles an ihr ziemlich billig wirkte. Sie war ganz aufgelöst, also hat Mom sie hereingelassen. Als ich die Stimmen hörte, schlich ich die Treppe runter und hab gelauscht. Das Mädchen war schwanger. Von Dad, hat sie behauptet.«

Tom lief es kalt den Rücken runter. »Was willst du damit …? Wer zur Hölle war sie denn?«

»Sie war seine Freundin. Das hat sie Mom gesagt.«

Tom blinzelte, als hätte man ihn geohrfeigt. »Oh … Gott. Und was hat Mom gemacht?«

»Sie war nicht überrascht.«

»Wie bitte?«

Anne zuckte mit den Schultern und lehnte sich im Gartenstuhl zurück. »Ich hatte den Eindruck, dass so etwas nicht zum ersten Mal passiert ist. Dass eine Frau bei uns zu Hause aufgetaucht ist, meine ich. Und ich hatte das Gefühl, dass sich das Mädchen etwas ganz anderes erhofft hatte, als das Baby eines toten Feuerwehrmanns zu bekommen. Sie wollte Geld. Für eine Abtreibung. Sie stand kurz vor ihrem zwanzigsten Geburtstag.«

Tom starrte seine Schwester an und suchte nach Anzeichen, dass das alles eine Übertreibung war, ein Irrtum, ein Missverständnis.

»Mein ganzes Leben lang habe ich versucht, ihn zu beeindrucken«, sagte sie. »Und er schwängert eine Neunzehnjährige? Und dann erst Mom … Sie hat dem Mädchen das Geld gegeben. Sie schien nicht mal wütend zu sein. Sie wirkte, als würde sie den Gärtner bezahlen, verdammt noch mal. Ich konnte die ganze Nacht nicht schlafen. In dem Moment war ich mit den beiden einfach fertig. Mit Mom hatte mich sowieso nie irgendwas verbunden. Sie hat mich immer in diese geblümten Rüschenkleidchen gesteckt und wollte, dass ich Tanzunterricht nehme. Ich war schon länger genervt von ihr, aber nach dieser Sache? Da habe ich einfach jeglichen Respekt für diese Frau verloren. Ich meine, im Ernst, was für ein graues Mäuschen muss man sein, um so betrogen zu werden und das einfach zu akzeptieren? Warum hat sie nicht geschrien? Mit Sachen geworfen? Auf ihrem Recht bestanden? Den Dreckskerl verlassen, vor allem wenn es nicht das erste Mal war? Man lässt sich das doch nicht gefallen, als hätte man in seinem eigenen Leben nichts zu sagen. Es sah aus, als hätte sie einfach wieder mal etwas für ihn in Ordnung gebracht. Wie zur *Hölle* konnte sie das vor sich selbst rechtfertigen?«

Neunzehn?, dachte Tom. *Neunzehn.*

Er rechnete sich aus, dass sein Vater damals älter gewesen war als er jetzt. Bei dem Gedanken an eine solche Beziehung drehte sich ihm der Magen um.

»Und was Dad angeht?« Anne schüttelte den Kopf. »Ich habe mich einfach geweigert, die Lügen weiterhin zu glauben. Auf der Wache war er der große Held, der aufrechte Kerl, der in brennende Gebäude gerannt ist und Menschen und Haustiere gerettet hat – und in Wirklichkeit war er ein Aufreißer, der auf junge Mädchen stand, die kaum mit der Highschool fertig waren. Ich wollte immer so sein wie er, und plötzlich hatte ich kein Vorbild mehr, nichts, worauf ich stolz sein konnte. Diese zwei Leute haben mich großgezogen, und dafür schulde ich ihnen wohl etwas. Aber ich mag beide nicht und würde am liebsten nichts mit ihnen zu tun haben.« Sie fluchte. »Unterm Strich hat er eine Jugendliche gevögelt, und Mom hat es zugelassen, und zwar nicht zum ersten Mal. Für mich ist das einfach zu widerlich, um Erklärungen dafür zu suchen.«

Tom klappte den Mund auf. Und wieder zu. Er versuchte erneut zu sprechen … und schaffte es nicht.

»Du hattest keine Ahnung, was?«, fragte seine Schwester leise.

Er schüttelte nur den Kopf. »Ist es falsch, wenn ich sage … das Helden-Image hat mir besser gefallen?«

»Nein, das ist ehrlich.«

»Weißt du, wer das Mädchen war?«

»Nein, ich hatte sie noch nie gesehen, und soweit ich weiß, ist sie auch nie wieder aufgetaucht.« Anne rieb sich über den

Nacken, als wäre er verspannt. »Wie viele andere gab es wohl noch? Ich glaube, das kann nicht alles gewesen sein. Das Mädchen war nur der Abschluss einer ganzen Reihe falscher Entscheidungen und miesen Verhaltens.«

Bilder seines Vaters, groß und stark, in Einsatzkleidung auf der Wache, erschienen vor seinem inneren Auge. Wie Anne hatte auch Tom sein Leben lang danach gestrebt, diesen Erinnerungen gerecht zu werden, und die Tatsache, dass der Mann früh ums Leben gekommen war, hatte ihn zu einer Legende gemacht.

Sein Tod hatte den Mann zu einem Gott gemacht.

Aber stand nicht schon in der Bibel, dass man keine Götzen verehren sollte?

Als Anne schließlich das Haus ihrer Eltern verließ, hatte sie kein gutes Gefühl dabei, ihren Bruder dort auf der Veranda sitzen zu lassen. Er war zu still, zu gefasst für die Bombe, die sie gerade gezündet hatte.

Endlich hatte sie ihrem aufgestauten Ärger Luft gemacht, und während sie in ihr Auto stieg, fragte sie sich, ob es richtig gewesen war, so lange zu schweigen. War sie dadurch nicht genauso schlimm wie ihre Mutter, die alles vertuscht hatte? So gesehen hätte sie es Tom längst erzählen sollen.

Aber wann hatte sie schon die Gelegenheit gehabt, mit ihm über all das zu reden? Tom war genau wie sie, hinter einem Stacheldrahtzaun eingeschlossen, wenn es um persönliche Dinge ging.

Wenigstens hatte sie jetzt endlich das Richtige getan. Sie hatte den Vorhang weggezogen und mit dem Mist aufgehört. Endlich hatte sie die Wahrheit ausgesprochen.

Warum fühlte sie sich also so verdammt mies?

Auf der Fahrt durch die vertrauten Straßen verirrte sie sich in der Vergangenheit, erinnerte sich an eine Kindheit, in der sie ständig hinter ihrem Bruder hergerannt war und als Mädchen immer wieder ausgeschlossen worden war. Letztendlich war sie mit ihrer Mutter immer nur Zuschauerin gewesen, Cheerleaderin statt Teilnehmerin, wegen etwas, was sie nicht ändern konnte und sich nicht ausgesucht hatte.

Ihrer Mom hatte das alles nichts ausgemacht. Sie hätte nur zu gern eine Tochter nach ihrem Ideal großgezogen, die ein hübscher Besitz und keine gleichgestellte Partnerin war.

Anne konnte nur raten, dass alles andere zu deutlich gezeigt hätte, wie verdammt unwichtig Nancy Janice' eigenes Leben war.

Am Nachmittag der Beerdigung ihres Vaters, bei der feierlichen Parade der Feuerwehrleute, die einen ihrer Toten ehrten, war Anne zum letzten Mal stolz gewesen, eine Ashburn zu sein. Nach dem Gottesdienst in der St. Mary's Church waren ihre Mom, Tom und sie zum Familiengrab auf dem katholischen Friedhof gefahren.

Tom hatte sich in sich selbst zurückgezogen. Anne war entschlossen gewesen, nicht zu heulen wie ein Mädchen, und Nancy Janice hatte nur darauf geachtet, dass alle ein Pfefferminzbonbon für frischen Atem im Mund hatten – als wären Hygiene und der Eindruck, den man bei anderen hinterließ, das einzig Wichtige.

Es war ein eisig kalter Frühlingstag gewesen, der Wind drang durch die Mäntel, und Ohren und Nasen froren, obwohl die Sonne am Himmel stand. Nachdem Anne mit minzfrischem Atem aus der Limousine gestiegen war, hatte sie sich in ihrem schwarzen Kleid neben ihre Mutter in einem schwarzen Kleid und ihren Bruder in einem schwarzen Anzug gestellt, vor das schwarze Loch des frisch ausgehobenen Grabes. Das mit schwarzen Girlanden geschmückte Löschfahrzeug, das den

Sarg ihres Vaters transportierte, war das seiner Crew gewesen. Die Feuerwehrmänner, die daneben gingen, hatten alle Tränen in den Augen.

Aber nicht Anne. Auch als die Männer ihren Vater von dem Fahrzeug herunterhoben und zu seinem Grab trugen, auch als das kleine Mädchen in ihrem Inneren hemmungslos schluchzte, hatte sie mit aller Kraft die Fassung gewahrt.

Sie hatte nach Frauen in der Mannschaft Ausschau gehalten und war erleichtert gewesen, als sie unter den rund zweihundert Uniformierten vier oder fünf fand. Das bedeutete, dass sie eine Chance hatte.

Tom hatte schließlich geweint. Aber nicht sie. Nicht einmal, als der Priester im schwarzen Gewand aus der Bibel vorlas und ihr Vater, ihr Held, der Kopf ihrer Familie, in die gierige Erde hinabgesenkt wurde.

Und ein paar Tage später war das schwangere Mädchen bei ihnen zu Hause aufgetaucht.

Die junge Frau war etwa eine Stunde lang geblieben. Sie hatte erwähnt, dass die Abtreibung 582 Dollar kosten würde, und ihre Mutter hatte ihr einen Scheck zugesichert. Als sie in die Küche ging, um ihre Tasche zu holen, war Anne wieder in ihr Zimmer geschlichen.

Die Fenster neben Annes Bett gingen auf den Vorgarten, und das schäbige Auto, das auf der anderen Straßenseite parkte, hatte sie noch nie in der Gegend gesehen.

Das Mädchen hatte sich verabschiedet und lief zum Auto. Beim Einsteigen steckte sie sich den Scheck in die Jeanstasche, und als sie sich umdrehte, hatte Anne ihr Gesicht gesehen. Wenn es nur Show war, musste sie eine großartige Schauspielerin sein: Sie weinte so heftig, dass es ein Wunder war, dass sie überhaupt fahren konnte. Ihr Gesicht war ganz verzerrt vor Schmerz und Leid.

Nein, dachte Anne. Es war keine Lüge gewesen.

Als sie nun wieder in der Gegenwart landete, sah sie, wohin sie gefahren war, und fluchte. »Scheiße!«

Das war die Feuerwache der 499. Irgendwie hatte ihr Unterbewusstsein sie dorthin gebracht, während ihre Gedanken abgelenkt waren.

Dies war auch die Wache ihres Vaters gewesen.

Anne parkte den Subaru, lehnte sich zurück und starrte über die Straße. Die alte rote Feuerwache leuchtete vor dem grauen Himmel, die Fenster waren sauber, der Bürgersteig von Herbstlaub befreit, die Garagentore geschlossen.

Wahrscheinlich war das Team irgendwo im Einsatz. Obwohl es kühl, fast kalt war, blieben die Tore zur Belüftung immer offen, wenn jemand da war.

Da kehrte die Vergangenheit zurück, wie ein Besucher, der sich zu Anne ins Auto setzte.

Als Tom von der Radtour nach der Beerdigung zurückgekommen war, hatte Anne schon begonnen, ihre beiden Eltern zu hassen, und in den darauffolgenden fünfzehn Jahren hatten sich ihre Gefühle zu dieser einen Empfindung selbstgerechter Wut verhärtet.

Aber … da sie nun noch einmal über alles nachdachte, fürchtete sie, dass die Wahrheit möglicherweise komplizierter war.

Vage Erinnerungen an Ereignisse, an die sie seit Jahren nicht mehr gedacht hatte, kamen ihr nun in den Sinn. Sie erinnerte sich, wie ihr Vater oft nach einer langen Schicht nach Hause kam, sich umzog und sofort zum Timeout fuhr – auch wenn ihre Mutter ihn enttäuscht angesehen hatte. Sie wusste noch genau, wie Nancy Janice im Garten ein Blumenbeet angelegt und ihr Vater eine herablassende Bemerkung über die Platzverschwendung gemacht hatte.

Schlimmer noch: Sie spürte wieder, wie es war, die dröhnende Stimme ihres Vaters durch die geschlossene Tür des Elternschlafzimmers zu hören, wenn er seine Frau anschrie wegen irgendwas, was sie gekocht, geputzt, gekauft oder verschenkt hatte. Der große Tom war ein Produkt seiner militärischen Erziehung gewesen, und deshalb musste er auch im Haus immer alles unter Kontrolle haben. Wenn sich eins der Kinder an der Hintertür die Schuhe auszog und sie dort stehen ließ, war nie das Kind schuld gewesen, sondern immer Nancy Janice.

Rückblickend erschien Anne der Herrschaftsanspruch, den ihr Vater über alles im Haus an sich gerissen hatte – so selten er auch daheim gewesen war –, nur wie eine Ausrede, um seine Frau anzuschreien. Für ihn war das eine Möglichkeit, den Zorn und Frust loszuwerden, der sich bei seinem anstrengenden und gefährlichen Job in ihm anstaute.

Oh Gott, dachte Anne. Wenn man es so betrachtete: Wie hätte sich ihre Mutter denn sonst verhalten können?

Vielleicht war die Reaktion, zu einem grauen Mäuschen zu werden, gar kein gravierender Charakterfehler gewesen.

Vielleicht war es … eine Überlebensstrategie.

EINUNDVIERZIG

»Hilfe … ich kann nicht … atmen …«

Danny beugte sich hinunter und steckte den Kopf durch das Seitenfenster des gerammten Autos. Die ältere Frau am Steuer war Ende sechzig und hatte Blut in den grauen Haaren, weil ihr Kopf bei dem Aufprall innen gegen die Tür geschlagen war.

»Ich hole Sie raus, keine Sorge. Wie heißen Sie?«

»Silvia. Meine Enkelin …«

Danny nickte. »Wir haben sie aus ihrem Autositz befreit. Es geht ihr gut. Jetzt sind Sie an der Reihe.«

Der Unfall war in der Mitte einer vierspurigen Kreuzung passiert. Die Frau war bei Grün Richtung Westen gefahren, als irgendein Raser, der nach Osten wollte, seinen roten Abbiegepfeil ignoriert und sie so heftig getroffen hatte, dass ihr Auto bis auf den Standstreifen gerutscht war.

»Ich kann nicht … atmen …«

»Halten Sie durch, Silvia.«

Er hob den Rettungsspreizer hoch, schob die Spreizerbacken in die Türfuge und startete das Ding. Er trennte das verbogene Blech von der Karosserie, damit er es entfernen und das Opfer herausziehen konnte.

Rettungssanitäter aus seinem Team liefen herbei und begannen mit ihren Checks, als Danny das nutzlose Türstück beiseitewarf. Auch das Auto des Unfallverursachers war im Gebüsch gelandet, und der Fahrer stand in einem schwarzen Hemd voller Airbagpulver und mit rotem geschwollenen

Gesicht daneben. Man bekam direkt Lust, rüberzugehen und den Nasenstüber mit der Faust zu vollenden.

Danny konzentrierte sich wieder auf Silvia. Sie hatte den Mund offen, wimmerte und keuchte. Dem Zustand ihrer Tür nach zu urteilen, hatte sie wahrscheinlich ein, zwei gebrochene Rippen und einen Pleuraerguss aufgrund eines Pneumo- oder Hämothorax. Oder beidem. Aber immerhin sah die Kopfwunde recht oberflächlich aus, obwohl sie blutete.

Sie würde überleben.

Zumindest … glaubte er, dass sie überleben würde. Was, wenn sie vorher schon gesundheitliche Probleme gehabt hatte? Was, wenn es ein Blutgerinnsel in der Lunge war?

Oder ein Herzinfarkt?

Das letzte Licht des Tages schwand allmählich, die Scheinwerfer des umgeleiteten Verkehrs leuchteten Danny in die Augen, und sein Herz schlug mit einem Mal schneller. Er sah zu einem der Krankenwagen. Im Lichtschein aus dem Inneren schrie sich die vierjährige Enkelin die Seele aus dem Leib, als sich Fremde mit gruselig aussehenden medizinischen Geräten über sie beugten.

Sie hatte Angst um ihre Großmutter und sich selbst. Alles nur, weil ein Arschloch es eilig gehabt hatte.

Wie oft hatte er schon gesehen, dass unschuldige Leben von Vollidioten gestört wurden, die glaubten, ihr Scheiß wäre wichtiger als die Verkehrsregeln?

»Danny?«

Als er in der von Motoröl erfüllten Luft seinen Namen hörte, drehte er sich um und wurde von den blinkenden Warnleuchten der Polizeiautos geblendet. Vor sich erkannte er nur eine große breite Gestalt in Einsatzkleidung und Helm, und die Realität dehnte und verdrehte sich, verlief plötzlich nicht mehr linear, sondern wiederholte sich in einer Zeitschleife.

»John Thomas?«, sagte er, als er seinen toten Zwillingsbruder vor sich sah.

»Was?« Moose kam näher. »Was zur Hölle redest du da, Danny?«

»Sorry.« Er schüttelte sich. »Nichts. Was ist los?«

Moose deutete auf einen Tieflader, der mittlerweile am Unfallort eingetroffen war. »Ich dachte, du willst vielleicht nicht überrollt werden, wenn das Ding rückwärtsfährt. Denn anscheinend hast du es nicht gesehen.«

Als die Rückfahrleuchten angingen und das Abschleppfahrzeug sich auf Silvias Autowrack zubewegte, fing Danny sich wieder und hob die Tür auf, die er weggeworfen hatte, als hätte er das schon die ganze Zeit vorgehabt. Mann, es war erschreckend, wie viel am Unfallort passiert war, seit er abgeschaltet hatte. Das andere beschädigte Auto war weggebracht worden, Duff streute Sand auf die Ölflecken, und die Streifenwagen machten sich bereit, den umgeleiteten Verkehr wieder fließen zu lassen.

Auf der Fahrt zurück auf die Wache starrte Danny durch das offene Fenster des Löschfahrzeugs nach draußen. Die anderen unterhielten sich über das nächste Patriots-Spiel, Duff erklärte, dass er dringend Sex brauche, Moose sprach von seinem Charger, und Doc saß summend am Steuer.

Danny registrierte das alles, um sich zu vergewissern, dass er tatsächlich am Leben war und sein Gehirn noch mit der Realität mithalten konnte.

Als sie sich der Feuerwache näherten, wusste er nicht, wie er den Rest der Schicht überstehen sollte …

Der Subaru, der gegenüber von den Garagentoren stand, musste ebenfalls ein Produkt seiner Fantasie sein. Doch nur für den Fall, dass dem nicht so war, sprang er aus dem Fahrzeug, sobald Doc stoppte, um rückwärts einzuparken.

»Wo willst du hin?«, rief Moose.

Danny antwortete nicht, sondern lief einfach weiter, und als er bei dem Wagen ankam, war er erleichtert, als Anne das Fenster hinunterließ.

Sie sah ihn mit traurigen Augen an. »Ich sollte nicht hier sein.«

»Doch«, sagte er. »Das solltest du.«

In der Garage der Wache roch es noch wie früher: nach frisch gebackenem Brot, Motoröl und Zitronen-Lufterfrischer.

Anne hatte gedacht, dass sie die Wache nie wieder betreten würde, und irgendwie wurde alles leichter dadurch, dass sie Soot an der Leine an ihrer Seite hatte. Trosthunde schienen tatsächlich zu helfen.

Sie blieb zwischen dem Lösch- und dem Leiterfahrzeug stehen und schaute an der altmodischen Stange hinauf, die nicht mehr benutzt wurde. Das Loch oben, das sich in der Mitte des Schlafsaals befunden hatte, war abgedeckt worden. Aber ihr Vater war zu seiner Zeit noch an der Stange heruntergerutscht.

»Willst du mitessen?«, fragte Danny leise. »Wir haben noch jede Menge da.«

Sie drehte den Kopf zu ihm und sah ihn an. »Du hast Ringe unter den Augen. Du bist erschöpft.«

»Ich glaube, es ist sogar noch Roastbeef übrig. Gestern Abend war es zu roh. Ich könnte es dir noch mal anbraten.«

»Bei was für einem Einsatz wart ihr gerade?«

»Autounfall. Zwei Verletzte in dem Wagen, der sich an die Verkehrsregeln gehalten hat. Dem Arsch, der zu schnell über die rote Ampel gefahren ist, ist so gut wie nichts passiert.«

»Das ist übel.«

In der Ferne hallten vertraute Stimmen von der hohen Decke wider. Moose. Duff. Deshaun. Keiner von ihnen wusste, dass sie hereingekommen war. Alle hatten zugesehen, als Danny über die Straße zu ihrem Auto gejoggt war.

Plötzlich runzelte sie die Stirn. »Hey, erinnerst du dich an die Bilder, die dort drüben hingen?« Sie nickte zu den Fitnessgeräten. »Wo sind sie?«

»Wir hatten an der Wand einen Wasserschaden.«

»Haben sie das nicht überlebt?« Als wären sie sterblich gewesen. »Ich meine, wurden sie weggeworfen?«

»Nein. Sie hängen oben im Flur. Wir dachten, dort sind sie sicherer. Willst du raufgehen und sie sehen?«

»Ja, gerne. Aber kommst du mit? Ich meine, jetzt arbeite ich ja nicht mehr hier und gehöre nicht zur Crew …«

»Du bist immer willkommen. Überall.«

Sie ließ ihn vorausgehen, und als sie sich der alten Treppe zum ersten Stock näherten, winkte Anne den Jungs zu, die bei der Einsatzleitzentrale standen.

Gott, sie fühlte sich, als würde sie herumschnüffeln und wäre gerade erwischt worden.

»Hey, Anne«, rief Moose ihr zu. »Bleibst du zum Essen?«

»Nein, das Essen überlasse ich dir.«

»Ist das dein Hund?«

»Ja.«

Bevor sie in ein Gespräch verwickelt werden konnte, blieb Danny am unteren Ende der Treppe stehen und deutete nach oben. Die Stufen knarrten unter ihren Schritten noch wie früher, und durch die engen Wände fühlte man sich wie in einer Röhre.

Der erste Stock war immer noch mit Holz verkleidet, das tausendmal gestrichen worden war, und das Bad mit den Duschkabinen hatte nach wie vor die Milchglastür.

Die gut zwanzig Fotos hingen am Ende des Flurs, alle in unterschiedlichen Größen und verschiedenen Rahmen, manche Bilder in Farbe und manche in Schwarz-Weiß. Anne erkannte ihren Vater sofort auf den fünf Bildern, auf denen er zu sehen war.

Oh Gott, Tom und er ähnelten einander so sehr.

Irgendwie hatte ihr Vater es geschafft, auf jedem Bild der Mittelpunkt zu sein. Aber so war er eben gewesen. Das Zentrum, um das sich alles drehte, der Anführer, der sich über seine Rolle keine Gedanken zu machen schien. Doch Anne wusste, dass er dieses Image und seine Wahrung in Wirklichkeit sehr ernst genommen haben musste.

Wäre Verehrung eine Währung, dann hätte Tom senior es zu großem Reichtum gebracht. Solange man nicht dagegen aufrechnete, was er seiner Frau angetan hatte.

»Er war eine lebende Legende«, sagte Danny leise. »Dein Vater war das Vorbild, dem alle gerecht werden wollten.«

Anne schaute hinunter auf ihre Prothese und sann über das Wesen der Wut nach. Sie hätte sich selbst nicht als feindselig beschrieben, nur als eine Frau, die direkt war und bekam, was sie wollte und brauchte.

Sie konzentrierte sich wieder auf die Fotos von ihrem Vater, wie er so groß und stolz zwischen den anderen Feuerwehrleuten seiner Generation stand, und dachte daran, wie wütend sie gewesen war – und wie lange.

Dann dachte sie an das Feuer, das ihr Leben verändert hatte, und ihre damalige Entschlossenheit, als sie Emilio die Treppe hinaufgeschickt hatte. Daraufhin sah sie ihn vor sich, wie er nach seinem Selbstmordversuch auf der Intensivstation gelegen hatte – allein durch ein bisschen Glück noch am Leben.

Sie wollte sich nicht zu Danny drehen und ihn an sich ziehen, aber sie konnte nicht anders.

Während er die Arme um sie legte, schaute sie auf all die Fotos, nicht nur die, auf denen ihr Vater abgebildet war.

»Er hat viele Leben gerettet, weißt du«, murmelte Danny.

Und auch viele zerstört, dachte sie.

ZWEIUNDVIERZIG

Am nächsten Morgen wachte Anne um sechs Uhr auf. Oder besser gesagt, um die Uhrzeit stand sie auf. Viel geschlafen hatte sie nicht. Nachdem sie sich angezogen hatte, ging sie mit Soot hinunter in die Küche. Während er draußen sein Geschäft verrichtete, öffnete sie ihre Schränke.

Statt die Umräumaktion ihrer Mutter als ein Eindringen in ihre Privatsphäre zu betrachten, sah sie sich die neue Ordnung genauer an: Die Dosen waren danach sortiert, ob sie Suppe oder Gemüse enthielten. Die Cracker standen neben den Suppen. Die Nudelschachteln neben den Soßengläsern.

Sie öffnete die Schubladen unter den Arbeitsflächen. Ihr Besteck war neben der Spülmaschine, wodurch sie leichter auszuräumen war. Die Teller waren aus demselben Grund nun über der Spülmaschine untergebracht. Die Topflappen waren in der Nähe des Herds statt auf der anderen Seite neben dem Kühlschrank.

Sie schloss alle Schränke wieder und trat ein paar Schritte zurück. Dann ließ sie Soot herein, setzte sich an den Tisch und betrachtete ihr Wohnzimmer. Das Sofa stand jetzt an der gegenüberliegenden Wand, sodass man auf dem Weg in die Küche nicht mehr darum herumgehen musste. Der Lehnstuhl befand sich neben dem Kamin, und die Lampe auf dem Tischchen war näher herangezogen worden.

Wenn man ein Buch lesen oder nähen wollte, würde einem das Licht über die Schulter scheinen.

Perfekt.

Anne saß noch immer dort, als ihre Mom die Treppe herunterkam. Nancy Janice bog um die Ecke und blieb dann stehen. Sie hatte sich bereits geschminkt und die Haare frisiert. Aber sie trug noch ihre Nachtwäsche, das Nachthemd und den zugehörigen Bademantel in Rosa mit gelben Blümchen. Sogar ihre Hausschuhe passten farblich dazu.

Ihr freundlicher Gesichtsausdruck, der so allgegenwärtig war, dass er zu ihr zu gehören schien wie ihre Nase oder ihr Kinn, verschwand sofort.

»Guten Morgen, Anne.«

Als Nancy Janice die Küche betrat, machte sie eigentlich nur wenige Schritte, aber die Distanz, die sie zurücklegte, war kilometerweit.

Anne bemerkte die Falten in ihrem Gesicht. Die leicht herabhängenden Schultern. Die grauen Haare, die an den Schläfen sichtbar wurden, wo die kastanienbraune Haarfarbe herausgewachsen war.

Die Zeit verging, hinterließ ihre Spuren und trieb ihre Gebühren und Strafzahlungen in Form von schwindender Schönheit und Gesundheit ein.

Anne dachte an die Fotos im Flur der Feuerwache, dann an die Beerdigung ihres Vaters und schließlich an das Haus ihrer Kindheit, das für ihren Bruder und sie der Startpunkt ins Leben gewesen war … aber für ihre Eltern ein erreichtes Ziel.

»Ich habe nichts mehr angefasst.« Ihre Mom hielt die Hände hoch. »Das schwöre ich, Anne.«

Der goldene Ehering am linken Ringfinger ihrer Mutter glänzte im Sonnenlicht.

»Darf ich dich etwas fragen?«, begann Anne leise.

Nancy Janice kam zu ihr und setzte sich. »Gerne. Was immer du willst.«

Sie schien seit Jahren auf eine solche Gelegenheit gewartet zu haben.

»Warum trägst du den Ring noch?«

Ihre Mutter erstarrte und senkte den Blick. Dann schob sie die Hand unter den Tisch, außer Sichtweite.

»Warum, Mom?« Anne schüttelte den Kopf. Ihr war bewusst, dass sie nach so viel mehr fragte als nur dem Ring. »Warum?«

Als sie schon dachte, dass keine Antwort kommen würde, sagte Nancy Janice: »Die Ehe ist etwas Privates zwischen zwei Menschen, gesegnet durch die Kirche.«

»Wenn man Kinder hat, geht es nicht mehr nur um zwei Menschen.«

»Dein Vater war ein guter Mann. Kein perfekter, aber ein guter Mann.«

»Ich weiß, was er getan hat, Mom. Du musst es nicht laut aussprechen. Aber ich weiß es.«

Der Zusammenbruch geschah innerlich. Nach außen wahrte Nancy Janice die Fassung, aber das war nur die Fassade eines Gebäudes, dessen Wände und Decken soeben eingestürzt waren.

Die Stimme ihrer Mutter klang schwach, als sie schließlich sprach. »Ich habe immer nur versucht, die Dinge besser zu machen, als sie vorher waren. Für dich. Für deinen Bruder. Ich habe getan, was ich konnte, damit … es funktioniert. Ich hatte keine Möglichkeiten. Als ich geheiratet habe, hatte ich die Highschool noch nicht abgeschlossen. Er wollte nicht, dass ich arbeite. Ich habe keine Ausbildung. Ohne seine Rente wüsste ich jetzt nicht, wohin ich gehen sollte. Wo ich wäre. Was ich tun sollte.«

Anne blickte an ihrer Mutter vorbei in das umgestellte Wohnzimmer. Zu dem Lehnstuhl mit der perfekt platzierten Lampe.

»Ich bin nichts«, flüsterte ihre Mutter. »Das hat er mir immer gesagt. Ich bin … nichts.«

Als Annes Augen sich angesichts der Unterwerfung in jenen traurigen Worten mit Tränen füllten, stand sie auf, ging um ihren kleinen Tisch herum und kniete sich hin. Sie umarmte ihre Mutter, und ihr wurde bewusst, dass sie das zum ersten Mal tat seit … einer Ewigkeit.

»Ach, Gott, Mom«, sagte Anne heiser. »Gott …«

Verdammt soll mein Vater sein, dachte sie.

Lange verharrten sie so. Ihre Mutter weinte leise, Soot kam herüber und setzte sich – so dicht er konnte – neben Anne.

Als sie ihre Mutter schließlich wieder losließ, nahm sie deren Hände in ihre eigenen – in die aus Fleisch und die andere aus modelliertem Kunststoff.

»Es tut mir so leid, dass du verletzt wurdest, Anne«, sagte ihre Mutter und schaute in ihren Schoß, wo sie einander festhielten. »Es tut mir so leid. Es hat mir selbst so wehgetan zu wissen … dass du verletzt wurdest.«

»Manchmal glaubt man gar nicht, was man alles überstehen kann«, murmelte Anne, »und dann macht es einen stärker.«

Sie legte die linke Handfläche ihrer Mutter auf ihre Prothese, nahm den Ehering zwischen zwei Finger und streifte ihn ihr langsam ab. Am liebsten hätte sie das verfluchte Ding quer durchs Zimmer geschleudert. Stattdessen legte sie ihn auf den Tisch und trocknete ihrer Mutter dann die Tränen.

»Es ist an der Zeit, von deinem alten Leben Abschied zu nehmen, Mom.« Ihre Mutter starrte mit müden Augen auf den Ring, und Anne wusste, wie sich das anfühlte. »Von dem alten Leben und alten Träumen, die eigentlich Albträume waren. Stärke existiert nur, wenn man sie benutzt, und glaub mir, du bist viel stärker, als du denkst.«

»Ich war nie stark.« Sie presste die Augen zusammen, und verzog ihren Mund. »Und darum hasst du mich. Weil du weißt, dass ich nicht so bin wie du …«

»Doch, das bist du.« Anne lächelte unter Tränen. »Ich bin deine Tochter, also kommt die Hälfte von mir von dir. Wenn ich wieder aufstehen konnte, kannst du das auch.«

Ihre Mom öffnete die Augen wieder. »Ich habe mir so sehr gewünscht, etwas mit dir gemeinsam zu haben, aber ich war immer froh, dass du nicht so warst wie ich. Du bist der stärkste Mensch, den ich kenne.«

»Davon gibt es zwei in dieser Familie, okay?« Anne drückte ihrer Mom die Hand. »Wir schaffen das. Zusammen.«

DREIUNDVIERZIG

Am nächsten Tag fuhr Anne zum städtischen Gerichts- und Bezirksgefängniskomplex und kam gut zwanzig Minuten vor ihrem Termin mit Ollie Popper, der in Wirklichkeit Douglas Contare hieß, dort an. Nachdem sie durch einen Metalldetektor gegangen und von einem Deputy abgetastet worden war, erhielt sie genaue Anweisungen, um in die Nordwestecke des Beton-und-Glas-Labyrinths zu gelangen. Es herrschte rege Betriebsamkeit. Hunderte Leute bewegten sich durch das Gebäude, das so groß war wie eine Mall, manche professionell gekleidet, andere verwahrlost und ärmlich. Und überall wimmelte es von Cops und Deputy Sheriffs.

Als sie den Gefängniseingang erreichte, musste sie warten, bis die elektronisch gesicherte Tür aufging, dann meldete sie sich an einem kugelsicheren Fenster an. Danach ging alles recht schnell, und man brachte sie in einen langen, schmalen Raum, der in der Mitte von dickem Plexiglas geteilt wurde. Quer dazu schufen Zwischenwände zu beiden Seiten private Abteile, und es gab Stühle und jeweils zwei Telefonhörer für das Gespräch zwischen Gefangenen und Besuchern.

Während Ollie geholt wurde, blieb Anne allein und überlegte, ob sie sich setzen sollte, beschloss dann aber zu warten, bis er hereinkam.

Fünf Minuten später ging hinter ihr eine Tür auf. Ein anderer Deputy – nicht die Frau, die sie hereinbegleitet hatte – trat ein.

»Sind Sie wegen Contare hier?«, fragte die Beamtin.

»Ja.«

»Tut mir leid, dann sind Sie hier falsch. Sein Anwalt erwartet Sie in einem Verhörzimmer.«

Anne runzelte die Stirn. »Sie meinen, sein Pflichtverteidiger?«

»Nein, sein Anwalt ist gerade angekommen. Er hat gesagt, dass Ollie nicht ohne sein Beisein mit Ihnen sprechen darf.«

Der Ortswechsel kam Anne gelegen, weil sie so ein wenig Zeit hatte, ihre Strategie anzupassen. Wenn man Zeugen befragte oder Verdächtige verhörte, war Vorbereitung das A und O: Bevor man sich im Rahmen einer Ermittlung mit jemandem traf, musste man wissen, wonach man suchte, was das eigentliche Ziel war. Und man musste die Fakten kennen und die Fassung bewahren können, ganz gleich, in welche Richtung sich die Dinge entwickelten.

Ein Anwalt war eine Überraschung – vor allem wenn er in letzter Minute auftauchte.

Der Raum, in den Anne gebracht wurde, sah aus wie erwartet: keine Fenster, ein Tisch und vier am Fußboden festgeschraubte Stühle sowie eine oben in einer Ecke montierte Überwachungskamera. Außerdem waren die Wände schalldicht verkleidet und Neonröhren an der niedrigen Decke angebracht. Alles Standard.

Ganz im Gegensatz zu dem weißhaarigen Anwalt in einem Seidenanzug, der aufstand, als sie eintrat. »Miss Ashburn? Wie geht es Ihnen? Sterling Broward.«

Sie machte sich nicht die Mühe, ihn wegen der Anrede mit »Miss« zu korrigieren, obwohl ihr Titel eigentlich Inspector war. »Freut mich, Mr Boward.«

»Broward«, korrigierte er sie.

»Natürlich«, sagte sie lächelnd. »Können wir Ihren Mandanten hereinholen?«

»Nur um mögliche Missverständnisse zu vermeiden: Dieses Gespräch findet nicht unter Eid statt, und ich bestehe darauf, strikt beim Thema zu bleiben.«

»Ihr Mandant ist eine Person von besonderem Interesse, kein Verdächtiger.«

»Ganz genau.«

Nachdem Broward den Deputy aufgefordert hatte, Ollie zu holen, setzte sich Anne, und auch der Anwalt nahm wieder Platz.

»Möchten Sie nicht Ihren Notizblock herausnehmen?«, fragte er.

»Nein. Und Sie?«

Der Anwalt beugte sich vor und faltete seine manikürten Hände. Sein Gesichtsausdruck war bewusst freundlich und wohlwollend. »Ich möchte Ihnen nur helfen, Ihren Job zu machen.«

Der Zusatz »kleines Mädchen« schwang in seinem Ton mit. Anne musterte den Mann und konnte es gar nicht erwarten, bis die unaufhaltsam verstreichende Zeit diese ältere Männergeneration ins Jenseits befördern würde – als würde man aus einer Speisekammer die abgelaufenen Lebensmittel aussortieren: Das Verfallsdatum ihrer herablassenden Art war erreicht, und es war an der Zeit, dass dieses Verhalten im Müll landete.

Als sie ihm nur unverwandt in die Augen sah, zog er die Augenbrauen hoch, und sie konnte sich seinen inneren Monolog über die Feministin mit Achselhaaren vorstellen, die Männer zu sehr hasste, um einen freundlichen Rat von jemandem anzunehmen, der es besser wusste und auf sie aufpasste.

»Wissen Sie«, sagte er, »ich habe schon gehört, dass es schwierig ist, mit Ihnen auszukommen.«

»Mein Job besteht nicht darin, für Wohlfühlmomente zu sorgen.«

»Sie werden wohl noch lernen, dass Sie mit einem Tropfen Honig mehr Fliegen fangen als mit einem Fass Essig.«

Anne beugte sich vor und ahmte seine Haltung nach. »Wie lange arbeiten Sie schon für Charles Ripkin?«

Die Reaktion des Mannes war subtil, aber unmittelbar; seine Augenbrauen senkten sich um einen Millimeter. »Mein Mandant ist Donald Contare.«

»Douglas. Sein Name ist Douglas.« Sie beugte sich noch weiter vor. »Und jetzt gerade frage ich mich, wie sich ein unbedeutender Drogendealer und Junkie wie Ollie Popper einen Anwalt mit Ihrer Garderobe leisten kann. Ist das nicht seltsam? Ollie hat offenbar jeden Cent zusammengekratzt, den er damit verdient hat, in Ripkins Lagerhäusern Büromaterial zu verbrennen.«

»Diese unzusammenhängenden Feuer haben mit Ripkin Development nichts zu tun.«

»Oh Mann, diese Verleugnung geht Ihnen aber leicht von der Zunge. So etwas müssen Sie bestimmt oft sagen, nicht wahr?«

Die Tür zum Verhörzimmer wurde entriegelt und ging auf. Ollie war in Wirklichkeit kleiner, als er auf den Polizeifotos gewirkt hatte, auf jeden Fall unter eins siebzig, und konnte nicht mehr als sechzig, siebzig Kilo wiegen. Und sein Blick war nicht mehr irre; anscheinend hatte er verdaut, was auch immer er kurz vor der Festnahme genommen hatte.

Die Handschellen überraschten Anne. Er wirkte nicht gefährlich.

Als er Broward sah, blieb er so abrupt stehen, dass der Sheriff hinter ihm mit ihm zusammenstieß. Aber Ollie fing sich schnell wieder. »Hey. Was geht?«

Seine Stimme klang kratzig, was vermutlich darauf zurückzuführen war, dass er heiße Schadstoffe eingeatmet hatte.

Sein Anwalt begrüßte ihn betont herzlich, indem er Ollies Hand in seine beiden Hände nahm wie ein Politiker, der ausdrücken wollte, dass jemand ihm besonders wichtig war.

»Ich habe dir doch gesagt, dass ich komme«, sagte Broward. »Du weißt, worum es geht.«

»Ja. Klar. Ich weiß Bescheid.«

Ollie wandte sich Anne zu, was jedoch lediglich bedeutete, dass er sie mit einem Blick streifte, bevor er sich setzte. Broward schien ihn mehr zu beunruhigen, denn er versuchte, den festgeschraubten Stuhl von dem Anwalt wegzurücken.

Anne räusperte sich und holte ihren Ausweis aus der Tasche ihres Blazers. »Ich bin Inspector Ashburn. Ich würde Ihnen gern ein paar Fragen zu einigen Feuern unten am Kai stellen.«

»Ich weiß nix von irgendwelchen Feuern.«

»Okay. Na ja, vielleicht gestatten Sie, dass ich Ihnen trotzdem einige der Vorfälle beschreibe. Es gab sechs in den letzten zwei Jahren, und ich wollte mit Ihnen sprechen, weil an den Brandorten große Mengen von Büromaterial gefunden wurden.«

»Ich weiß nix von Büromaterial.«

»Das ist verwunderlich, denn ich habe Fotos von den drei Wohnungen gesehen, die Sie aktuell mieten, und darauf konnte ich sehen, dass die Zimmer vollgestellt sind mit alten Laptops, Monitoren und Telefonen.«

»Nein, das stimmt nicht.«

»Ich habe die Fotos gesehen.«

»Die sind jetzt leer …«

Broward schaltete sich ein. »Das gehört nicht zum Thema. Hier geht es um die Feuer am Kai, nicht wahr? In den verlassenen Lagerhäusern.«

»Ich weiß nix.«

Anne schaute zwischen den beiden hin und her. »Ollie, ich würde Ihnen gern ein paar Daten nennen und wissen, wo Sie an jenen Tagen waren.«

»Ich erinnere mich nicht, wo ich war.«

»Ich habe Ihnen noch kein Datum genannt.«

»Ich erinnere mich nicht.«

»Wo waren Sie letzten …?«

»Ich erinnere mich nicht.«

Anne war nicht überrascht, dass bei jedem der sechs Daten, die sie aufzählte, die gleiche Antwort kam. Sogar auf die Frage nach seinen Adressen bekam sie seine Standardaussage. Am liebsten hätte sie sich erkundigt, wo er sein Gehirn gelassen hatte, aber das Problem waren nicht seine grauen Zellen – auch wenn die sicherlich unter seinem Drogenkonsum gelitten hatten.

Anne lächelte. »Nun, ich nehme mal an, ich weiß schon, was Sie zu Ihrer Zusammenarbeit mit Ripkin Development sagen werden …«

»Ich erinnere mich nicht.«

»Also streiten Sie die Zusammenarbeit nicht ab. Sie wissen nur nicht mehr, wann sie begonnen hat.« Sie stand auf. »Mehr muss ich nicht wissen …«

Broward widersprach vehement. »Mein Mandant hat diese oder irgendwelche anderen Fragen bezüglich Ripkin Development nicht zustimmend beantwortet. Er hat eine solche Unterstellung vielmehr verneint.«

»Wann soll das passiert sein?«, fragte Anne. »Warten Sie, ich glaube nicht, dass er das getan hat. Wollen wir ihm noch eine Chance geben?«

Sie hielt sich die Hand ans Ohr und beugte sich vor. »Kommen Sie schon, Ollie, sagen Sie die Worte. Wenn Sie dann umgebracht werden und Ihre Leiche von einem Fangschiff in den Ozean geworfen wird, zieht sich der Mord an Ihnen vielleicht nicht allzu sehr in die Länge.«

Daraufhin stand Broward ruckartig auf – ein Glück, dass sein Stuhl am Fußboden festgeschraubt war, sonst hätte er ihn bis an die Wand hinter sich geschleudert. »Das geht zu weit.«

»Es war nur eine Meinungsäußerung.«

»Von einer städtischen Ermittlerin in amtlicher Funktion.«

»Ach, jetzt erinnern Sie sich, dass ich Ermittlerin bin, was? Das werde ich mir notieren. Auf meinem Notizblock.« Sie sah zu Ollie und schüttelte den Kopf. »Erheben Sie keinen Einspruch, Doug. In Anbetracht der Leute, mit denen Sie es zu tun haben, sind Sie hier drin hinter Gittern sicherer aufgehoben als draußen auf der Straße.«

VIERUNDVIERZIG

Als Anne zu Hause an ihrem Herd stand, kochte sich das Abendessen quasi von allein. Dafür hatte sie nach Feierabend eine Schachtel Fettuccine, Hähnchenbrustfilet und Brokkoli gekauft. Ein Glas Alfredo-Soße hatte sie schon in ihren neu eingeräumten Schränken gehabt – was sie ohne die Zauberkünste ihrer Mutter wahrscheinlich gar nicht gewusst hätte.

Es fühlte sich komisch an, ihre Mutter nicht mehr bei sich zu haben, obwohl sie nicht lange hier gewohnt hatte. Nancy Janice war in ihr eigenes Haus zurückgekehrt, nachdem jemand von ADT vorbeigekommen war und das neue Fenster an die Alarmanlage angeschlossen hatte.

Fast sieben.

Als Annes Handy klingelte, hoffte sie, dass Danny nicht absagen würde, tröstete sich aber mit dem Gedanken, dass sie dann immerhin noch genug Essen für zwei weitere Abende übrig hätte, was auch nicht schlecht wäre.

»Hallo?« Sie runzelte die Stirn, als sie nur ein Rauschen hörte. »Hallo?«

Es klickte, dann wurde es still in der Leitung. Verwirrt öffnete sie ihre Anrufliste. Ganz oben stand »Unbekannt«.

Als es laut an ihre Haustür klopfte, drehte sie ruckartig den Kopf, und Soot sprang von seinem Platz an der Hintertür auf, legte die Ohren an und knurrte.

»Anne?« Es klopfte weiter. »Mach auf.«

»Danny?« Sie lief hin und öffnete. »Was ist … oh, Scheiße. Was ist mit meinem Auto passiert?«

Sie wollte hinausgehen, aber er packte sie an den Schultern und schob sie wieder ins Haus. »Du gehst da nicht raus …«

»Meine Windschutzscheibe ist zerbrochen. Ich will wissen, was passiert ist, verdammt …«

Er drängte sich ins Haus und schloss die Tür. »Ich glaube, jemand hat darauf geschossen.« Er hielt sich sein Handy ans Ohr. »Keiner von uns geht da raus! – Jack? Hey, ich habe ein Problem. Kannst du unauffällig jemanden hierher zu Anne nach Hause schicken? Jetzt sofort.«

In der Küche kochte das Nudelwasser zischend über, und Anne ging hin, um den Herd herunterdrehen. Sobald sie dort ankam, meldete sich ihr Handy wieder, diesmal jedoch mit einer Nachricht über ihre E-Mail-App.

Der Absender war WatchingAnne@gmail.com: *Kocht über. Pass auf.*

Sie schaute über ihre Schulter zu ihrem verglasten Büro. Dann zum Fenster über der Spüle. Es war schon dunkel, und sie hatte die Sicherheitsbeleuchtung nicht eingeschaltet, also konnte sie nichts erkennen.

Mit anderen Worten: Das Licht, das von den Häusern ihrer Nachbarn kam, war so spärlich, dass es eine Menge Schatten gab, in denen sich jemand verstecken konnte.

»Was ist auf deinem Handy angekommen?«

Als sie Dannys tonlose Stimme vernahm, sah sie ihn zum ersten Mal richtig an. Er hatte geduscht, seine Haare waren noch nass, und sein marineblauer Kapuzenpulli der New Brunswicker Feuerwehr ließ seine Schultern noch breiter wirken.

»Das hier.« Sie drehte das Display zu ihm. »Können wir das nachverfolgen?«

Er beugte sich zu ihr und las die Nachricht. »Wahrscheinlich nicht. Es gibt alle möglichen Apps und Websites für iOS und Android, mit denen Leute einen solchen Scheiß anonym verschicken können. Man muss sich nur mit irgendeinem beliebigen Gmail-Konto anmelden, das reicht schon. Und wenn derjenige schlau ist, sendet er es als zusätzlichen Schutz von einem Wegwerfhandy aus. Diese Billighandys sind nicht rückverfolgbar, wenn man sie in bar bezahlt, und es gibt sie einfach überall, in jedem Supermarkt. Die Cops haben ständig mit so was zu tun, und es ist extrem frustrierend.«

Der unbekannte Anrufer war sicherlich dieselbe Person, dachte Anne. »Kommt Jack jetzt her?«

»Ja. Lass uns erst mal alle Vorhänge in deinem Haus schließen.«

Eilig zogen sie gemeinsam Vorhänge zu, ließen Jalousien herunter, verriegelten Fensterläden. Als sie fertig waren, gingen sie wieder in die Küche, und Anne versuchte, zur Normalität zurückzukehren.

»Das Abendessen ist ruiniert.« Sie nahm die zerkochten Fettuccine vom Herd. »Ich glaube, die haben sich komplett aufgelöst.«

Danny ließ sich nicht ablenken. Er stand nur breitbeinig und mit finsterem Blick da. Ganz offensichtlich war der Höhlenmensch in ihm erwacht, und sein Frontallappen stritt mit dem Urinstinkt seines Hirnstamms, wie er sich den Schuldigen vorknöpfen sollte.

»Vielleicht hast du dich bei meinem Autofenster getäuscht.«

»Nein.« Er schüttelte den Kopf. »Ich habe den Einschlag gehört.«

»Meinst du den Schuss?«

»Nein, der Schütze hat einen Schalldämpfer benutzt. Ich habe gehört, wie die Kugel auf der Windschutzscheibe aufgeprallt ist.« Er zeigte mit einem Finger auf ihr Handy. »Was läuft da?«

»Ich weiß es nicht.«

»Doch, das weißt du. Woran arbeitest du gerade? Es geht um die Feuer unten am Kai, stimmt's?«

Anne fluchte. Wie es aussah, musste sich nicht nur Ollie in Acht nehmen, mit wem er es zu tun hatte.

Oh Mann, wie gut, wenn man Freunde beim SWAT hatte, dachte Anne eine halbe Stunde später.

Jack brachte zwei Freunde mit, die wie er trainierte Killer waren. Und sie kündigten ihre Ankunft nicht an. Sie tauchten einfach an der Hintertür auf, ein Trio schwarz vermummter Gestalten, die sich lautlos bewegten und bis an die Zähne bewaffnet waren.

Nachdem Anne sie hereingelassen hatte, musste sie einen Schritt zurücktreten, um sie überhaupt in voller Größe ansehen zu können, und Soot fing sofort bedrohlich an zu knurren, was sie von ihm noch gar nicht kannte. Aber die SWAT-Typen trugen auch Skimasken über ihrem Gesicht, nur ihre Dienstmarken identifizierten sie als Gesetzeshüter.

»Entschuldige«, sagte Jack und nahm seine Maske ab. »Wir wollten deinen Hund nicht erschrecken.«

Anne ging zu Soot und setzte sich neben ihn, während sich auch die anderen Männer zu erkennen gaben. »Habt ihr jemanden gesehen?«

»Nein.« Jack holte etwas aus seiner Tasche. »Aber wir haben das hier in deinem Auto gefunden. Es hat im Innenblech deines Kofferraums gesteckt.«

Die Bleikugel war klein, aber das bedeutete überhaupt nichts, wenn man bedachte, wie viel Kraft sie bekam, wenn sie aus einer Waffe abgefeuert wurde.

»Anne wird mit Handynachrichten belästigt.« Danny nickte zu ihr. »Zeig sie ihnen.«

Anne warf ihnen das Handy zu. »Die PIN ist 4999. Ich habe, direkt bevor es passiert ist, einen Anruf von einer unterdrückten Nummer erhalten. Ich bin einfach rangegangen, weil ich dachte, es wäre Danny. Aber ich habe nur ein Rauschen gehört.«

»Hast du dich heute mit Ollie getroffen?«, fragte Jack.

»Ja. Und er hatte einen Anwalt dabei. Sterling Broward.«

»Ich dachte, er hätte nur einen Pflichtverteidiger? So stand es in seiner Fallakte.«

»Broward hat sich als sein Anwalt präsentiert. Als ich wieder in meinem Büro war, habe ich nachgeforscht, und er arbeitet oft für Ripkin Development. Er verhält sich sehr unauffällig und scheint keinen Hintergrund als Strafverteidiger zu haben.«

Danny schaute zu ihr. »Ripkin war mir noch nie geheuer. Kein bisschen. Das Feuer in seinem Haus am Strand war verdächtig, meiner Meinung nach. Und er war verdammt seltsam bei der Eröffnung der neuen Wache.«

»Wir werden diesen Vorfall melden«, sagte Jack. »Und wir werden …«

Anne nahm ihr Handy zurück. »Ich will nicht, dass Ripkin glaubt, ich hätte Angst.«

»Gerade ist eine Kugel in deiner Windschutzscheibe gelandet, verdammt noch mal«, schimpfte Danny. »Nächstes Mal steckt sie vielleicht in deinem Kopf.«

Jack nickte. »Da muss ich meinem Kumpel recht geben. Mut und Dummheit liegen manchmal nahe beieinander.«

Anne zuckte die Achseln. »Na gut, dann nehmt den Fall eben auf, wenn ihr wollt. Bringt die Kugel ins Labor. Kommt bei Tageslicht zurück, und sucht nach Fußspuren. Versucht rauszufinden, wer mich angerufen und mir die Nachricht geschickt hat. Aber ich wette, dass das alles zu nichts führen wird. Wenn hier wirklich Ripkin dahintersteckt, hat er einen Profi beauftragt, um mir Angst einzujagen, und der hinterlässt keine Spuren.«

Darüber diskutierten sie noch eine Weile, bevor Anne sich von Jack und seinen SWAT-Kumpels einen Vortrag anhören durfte, wie sie auf sich aufpassen sollte. Danach verschwanden sie wieder in der Dunkelheit und kehrten zu irgendeinem Fahrzeug zurück, mit dem sie durch die Gegend geisterten.

»Ich übernachte heute hier«, verkündete Danny, noch bevor sich die Tür hinter ihnen geschlossen hatte.

Anne verschränkte die Arme über der Brust. Sie wollte schon widersprechen, als sie bemerkte, wie Soot mit besorgtem Blick zu ihr aufschaute, als witterte er Gefahr.

»Okay.«

»Gut.«

»Ich muss mit ihm raus, und dann können wir schauen, ob das Huhn genießbar ist …«

Ping!

Als sich ihr Handy meldete, durchschoss sie ein Adrenalinschub. Aber es konnte schließlich jeder sein. Oder?

Es war eine Nachricht von demselben Gmail-Konto: *Hab dir ein Geschenk in den Garten gelegt.*

»Scheiße«, flüsterte sie.

Danny schnappte sich das Handy und marschierte dann zur Hintertür. »Bleib hier.«

»Bist du wahnsinnig?«

Bevor sie ihn daran hindern konnte, riss er die Tür auf …

Als er sich nicht bewegte, schnürte sich ihr die Kehle zu. »Was ist?«

Er beugte sich über ihren Schreibtisch, nahm einen Kugelschreiber aus der Tasse, die sie als Stifthalter benutzte, und bückte sich. Als er sich wieder zu ihr umdrehte, hing eine Waffe umgekehrt am Abzugsbügel an dem Stift.

»Damit wurde wohl der Schuss abgefeuert«, murmelte Danny grimmig. »Und ich würde sagen, wir rufen Jack noch mal her.«

Auf Annes Handy ging eine weitere Nachricht ein.

»Lies sie laut vor«, verlangte Danny.

Anne musste sich räuspern. »Wenn du jetzt aufhörst, höre ich auch auf. Du entscheidest, was als Nächstes passiert.«

FÜNFUNDVIERZIG

Anne musste schließlich in ihrem Bett eingeschlafen sein, denn sie wurde urplötzlich von einer heftigen Bewegung geweckt. Ihr an Unfallszenarien gewohntes Gehirn registrierte schnell, was los war: Danny, der nackt neben ihr unter der Decke gelegen hatte, war mit solcher Kraft aufgesprungen, dass er an der gegenüberliegenden Wand gelandet war.

»Danny! Wurdest du angeschossen?«

Obwohl die Vorhänge unbewegt waren, die Fenster intakt und die Alarmanlage sich nicht meldete, sah er irgendwie so aus, als hätte ihn eine Kugel in den Magen getroffen. Er hielt sich im Schein des Nachtlichts den Bauch, als wäre er verletzt.

Anne eilte zu ihm und schob seine Hände beiseite …

Nichts als glatte unbeschädigte Haut. Dennoch starrte er panisch und mit schmerzverzerrtem Gesicht an sich hinunter.

»Danny?« Als keine Antwort kam, zog sie an seinem Arm. »Komm und setz dich hin.«

Seine weit aufgerissenen Augen hatten anscheinend Mühe, klar zu sehen. »Anne?«

»Ich glaube, du hast schlecht geträumt. Komm ins Bett.«

Er folgte ihr wie ein kleines Kind und streckte sich auf den zerwühlten Laken aus. Sie strich mit den Fingerspitzen über die Tattoos auf seinem Oberkörper und prüfte noch einmal, ob sie nichts übersehen hatte. Aber er war nicht verletzt.

»Ich glaube, das war ein Albtraum«, murmelte sie, legte sich neben ihn und zog die Decken zurecht.

Danny hielt sich die Hände vors Gesicht, seine Oberarme waren angespannt, und seine breite Brust hob und senkte sich mehrmals, als versuchte er, seine Gedanken unter Kontrolle zu bringen.

»Willst du mir erzählen, was es war?«, flüsterte sie.

Sie war nicht überrascht, als er den Kopf schüttelte. Nachtangst war bei Ersthelfern nichts Ungewöhnliches, auch wenn sie bisher nicht gewusst hatte, dass er darunter litt. Aber wann hatte sie auch schon mit ihm im selben Bett geschlafen?

Wobei sie in dieser Nacht nicht besonders viel »geschlafen« hatten. Nach einem angespannten Abendessen aus Huhn, Brokkoli und der ganzen Packung Stracciatella-Eis, das sie als Nachtisch gekauft hatte, hatten sie Soot in seine Box gebracht und gar nicht erst so getan, als wüssten sie nicht, was passieren würde, sobald sie oben wären.

Dreimal … Einmal in der Dusche. Einmal auf dem Teppich vor dem Bett. Einmal im Bett.

Anne legte den Arm um Danny – in der Hoffnung, ihn damit in die Realität zurückzuholen. »Es ist alles in Ordnung.«

Sie sagte das, obwohl sie nicht wusste, ob es stimmte. Sie wollte nur, dass er aus der Finsternis wieder herauskam.

»Ja.« Seine Stimme klang rau. »Mir geht's gut. Das war nicht ich.«

Plötzlich drehte er sich zu ihr und küsste sie gierig. Er zog sie an sich, glitt mit seinen warmen Händen über ihre Haut und tauchte mit einer Hand zwischen ihre Schenkel. Während ihre Münder einander verschlangen, schob er die Hüften vor, und seine Erektion drückte heiß und hart gegen ihr Bein. Sie drehte sich auf den Rücken und zog ihn auf sich, während er ihren Hals entlang küsste bis zu ihrem Schlüsselbein. Tiefer. Zu ihren Brustwarzen, an denen er saugte, während er sie zwischen den Beinen streichelte.

»Anne … ich brauche dich.«

Sie strich mit den Fingernägeln über seinen Rücken und bog sich ihm entgegen. »Ich brauche dich auch.«

Er schob sich zwischen ihre Beine und drang kraftvoll in sie ein, stieß mit seinem Glied in sie und ritt sie wie besessen. Das Kopfteil des Bettes schlug so fest gegen die Wand, dass sie froh war, nicht in einem Mehrfamilienhaus zu wohnen, und als er die Kissen beiseiteschob, fegte er damit die Sachen von ihrem Nachttisch.

Aber das kümmerte sie nicht.

Auch sie wollte Dinge vergessen. Dinge wie die Kugel in ihrem Auto und Ripkin und die Feuer, die sie bekämpfte, obwohl die Flammen längst gelöscht waren. Aber während Danny sich leidenschaftlich in ihr bewegte und sie die Beine um seine Hüften schlang, zählte nichts anderes mehr. Nur der Genuss und die Hitze, die ansteigende Woge der Lust, die alles außer ihm fortspülte.

Sie nahm vage wahr, dass er die Position änderte, und dann war seine Hand zwischen ihnen, seine geschickten Finger direkt an ihrem Lustzentrum. Er wusste genau, was sie wollte und wie er sie berühren musste – und der Orgasmus erschütterte sie so tief, dass es sich anfühlte, als hätte sie seit Jahren keinen Sex mehr gehabt.

Dann war Danny an der Reihe. Er beschleunigte seinen Rhythmus wieder, bis er ganz mit ihr verschmolz und tief in ihr erbebte.

Danach war alles still bis auf ihre gemeinsamen Atemgeräusche.

Er ließ den Kopf in ihre Haare sinken und murmelte etwas.

»Wie bitte?«

»Muss schwer sein. Ich. Auf dir.«

Doch als er von ihr herunterrollen wollte, schüttelte sie den Kopf. »Ich mag es, wie du dich anfühlst.«

Hinter seiner breiten Schulter sah sie das Licht an den Rändern der Vorhänge vorbei hereinströmen. Die Morgendämmerung brach an, der neue Tag, und mit ihm kamen alle Schwierigkeiten zurück. Am liebsten wäre sie für immer im Kokon ihres Schlafzimmers geblieben, nur sie und Danny.

Sie glitt mit der Hand an seinem Rücken hinunter, erspürte die Muskeln neben seiner Wirbelsäule, die glatte Haut, die Hitze seines Körpers. Es fühlte sich gut an, sich Zeit zu lassen, und dank der Alarmanlage wusste sie, dass sie einen Eindringling hören würden. Außerdem war Soot unten in seiner Box, und danach zu urteilen, wie er die SWAT-Jungs empfangen hatte, bevor sie einander richtig vorgestellt wurden, war der Hund ein ebenso gutes Sicherheitssystem.

Wenn Danny noch öfter über Nacht blieb, würde sie Soot wieder heraufholen müssen. Vielleicht konnte sie ihn im Bad unterbringen.

Sie schlang die Arme um den kräftigen Mann, der noch immer in ihr war, schmiegte ihr Gesicht an Dannys Hals, sodass seine Haare über ihre Stirn strichen, sein Dreitagebart über die Wange. Plötzlich wurde ihr ganz deutlich bewusst, dass ihr verstümmelter Arm auf seinem Brustkorb lag, und sie dachte daran, dass er ihn nicht anders behandelte als jeden anderen Teil von ihr: Er mochte die Berührung, genoss sie, sehnte sich danach.

Die Art, wie er mit ihrem halben Arm umging, war besser als alle Worte, die er hätte aussprechen können, um ihr zu sagen, dass sie für ihn noch immer schön, begehrenswert ... *ganz* war, obwohl ihr ein Körperteil fehlte. Sie hatte zwar Angst, es zuzugeben, aber diese Zeit hier, mit ihm, hatte sie geheilt, auch wenn sie keine offenen Wunden mehr hatte.

Seine Akzeptanz war Balsam auf der schmerzenden Stelle, die sie nicht hatte wahrhaben wollen.

Auf einmal schossen ihr Tränen in die Augen, und sie drückte ihn an sich. »Danny …«

»Ja?«

Ich liebe dich. »Danke«, hauchte sie.

Er wich leicht zurück. »Weil ich über Nacht geblieben bin? Spinnst du? Ich konnte dich in dieser Situation doch nicht hier allein lassen. Und sobald ich dienstfrei habe, hast du mich wieder.«

»Das würde mir gefallen.«

»Mir auch.«

Bei dieser Übernachtung in ihrem Zuhause war es im Grunde gar nicht darum gegangen, dass jemand auf ihre Windschutzscheibe geschossen hatte. Es ging um so viel mehr, um eine Verbindung, die an dem Tag begonnen hatte, als sie die 499 als Trainee zum ersten Mal betreten und hinauf in die blauen Augen eines draufgängerischen Iren geschaut hatte. Irgendwann im Verlauf der Wochen und Monate war er ein Teil ihres Lebens, ein Teil ihrer Geschichte geworden.

Sie sagte sich, dass die Dinge nur im Nachhinein unvermeidlich wirkten. Aber sie wusste nicht, ob sie das tief in ihrem Inneren wirklich glaubte.

Während die Sonne höher stieg, erschien es ihr mit einem Mal, als wären Danny und sie die ganze Zeit schon füreinander bestimmt gewesen.

Und deshalb beschloss sie, nicht mehr dagegen anzukämpfen, gegen *ihn* anzukämpfen … gegen das Schicksal anzukämpfen, das sie stets wieder zusammenzuführen schien, wo und unter welchen Umständen auch immer.

Manchmal bedeutete Stärke nicht Widerstand, sondern das Niederlegen der Waffen gegen einen selbst geschaffenen Feind.

SECHSUNDVIERZIG

Später an jenem Vormittag lehnte Tom sich gerade an seinem Schreibtisch im Glaskasten zurück und trommelte mit den Fingern auf Berichte, die er lesen und abzeichnen sollte, als jemand die Feuerwache betrat.

Er stand auf, winkte seine Schwester herein, und als sie die Tür öffnete, war es ihm peinlich, dass sie ihn vielleicht dabei ertappt hatte, wie er in die Luft starrte.

»Mit dir habe ich nicht gerechnet.« Er nickte zu dem leeren Stuhl auf der anderen Seite des Schreibtischs. »Willst du dich setzen?«

»Ja, danke.«

Nachdem Anne Platz genommen hatte, musterte er sie. »Mom hat mich gestern angerufen. Sie hat gesagt, ihr hättet euch ausgesprochen.«

Er war nicht überrascht, als Anne seinem Blick auswich und stattdessen auf den chaotischen Haufen Papiere schaute. »Ich … ähm, ich war wohl ziemlich unfair. Zu ihr. Ich glaube, sie musste mit einigen Dingen klarkommen, die mir nicht bewusst waren. Und ich glaube, unser Vater war hinter seiner Heldenfassade ein ziemliches Monster, aber darüber können wir uns ein anderes Mal streiten.«

»Ich bin fertig mit dem Streiten.« Als sie überrascht aufsah, hielt er eine Hand hoch. »Das klingt defensiv, ich weiß. Aber ich habe es ganz ehrlich satt, ständig mit allen zu streiten.«

»Wer bist du, und was hast du mit meinem Bruder gemacht?«

»Tja, das Gleiche könnte ich auch über dich sagen, was Mom angeht.«

»Also werden wir beide von Aliens gesteuert. Gut zu wissen … Brauchen wir jetzt neue Führerscheine?«

Tom lächelte leicht. »Ja, kann schon sein. Also, was ist los? Kann ich irgendwas für dich tun?«

»Ich will mit dir über Charles Ripkin reden.«

Er lehnte sich auf seinem alten Holzstuhl zurück und schlug die Beine übereinander, sodass der Knöchel des einen auf dem Knie des anderen lag. »Ich kenne den Typen kaum.«

»Als er mit dir über dieses Gebäude gesprochen hat« – sie zeigte auf seinen Arbeitsplatz und das ganze nagelneue Drumherum –, »war er … Hattest du da je das Gefühl, dass er uns bestechen wollte? Die Feuerwehr, meine ich.«

»Weshalb?«

»Wegen was auch immer in seinem Haus mit seiner Tochter passiert ist? Oder vielleicht wegen der Brände unten in den Lagerhäusern?«

»Nein.« Tom verschränkte die Arme und sagte sich, dass es jetzt an der Zeit war, seine neuen Vorsätze in die Tat umzusetzen. Namaste und der ganze Scheiß. »Was willst du damit unterstellen? Dass wir uns haben bestechen lassen oder so was? Warum? Wir haben doch nichts Falsches getan.«

»Da stimme ich dir zu. Ich habe alle unsere Einsatzberichte gelesen. Ich denke nur … Jemand wie er tut nichts ohne Hintergedanken, wenn es nicht seinen persönlichen Interessen dient, oder? Ich meine, er hat seinen Ruf nicht ohne Grund. Er ist skrupellos und zwielichtig, und ich habe intensive Nachforschungen betrieben. Ist dir klar, dass der Bau dieser Feuerwache das einzig Wohltätige ist, was er je veranlasst hat?«

»Das kann nicht sein. Reiche Leute spenden immer viel. Sie lassen Museumsflügel nach sich benennen, stiften Bibliotheken und Forschungszentren.«

»Ripkin nicht. Er spendet an Politiker, aber nicht an gemeinnützige Stellen.«

Tom runzelte die Stirn. »Welche Politiker?«

»Er ist Mitglied der Republikaner, aber er spendet an alle möglichen Leute.«

»Was ist mit Bürgermeisterin Mahoney? Hat er ihr was gegeben?«

»Ja. Für diese Wahl ist er am Limit.«

»Was bedeutet das?«

»Er hat für Mahoneys Kampagne schon so viel gespendet, wie legal möglich ist. Ich kann dir den Bericht zeigen, wenn du willst.«

»Nein, das wundert mich nicht.« Tom zuckte die Achseln, aber ob er damit seine Schwester oder sich selbst davon überzeugen wollte, dass es ihm egal war, wusste er nicht genau – und er wollte auch nicht darüber nachdenken. »Er steckt mit ihr unter einer Decke, was die Pläne für das Hafengelände angeht. Ich hatte neulich ein Meeting mit ihr, und sie und ihr Lakai Perry hatten sich direkt davor mit Ripkin Development getroffen. Das Viertel aufzuwerten ist eins ihrer Wahlversprechen – oder wie auch immer man das nennt.«

Als Anne schwieg, beugte er sich vor. »Was ist los?«

»Ich versuche nur, das Ganze zu verstehen.«

»Was meinst du mit ›das Ganze‹? Und bevor du mir jetzt sagst, ich soll mich um meinen eigenen Kram kümmern, möchte ich darauf hinweisen, dass du während deiner gesamten Karriere kein einziges Mal wegen irgendwas in mein Büro gekommen bist. Du bist also sicher nicht ohne Grund hier.«

Anne schwieg noch eine Weile, dann sah sie ihm direkt in

die Augen. »Ich glaube, Ripkin hat versucht, seine Tochter umzubringen und das Ganze wie einen Unfall aussehen zu lassen. Und ich vermute, er hat der Feuerwehr dieses Gebäude geschenkt und den dankbaren Vater gespielt, um den Eindruck zu stützen, dass das Feuer in seiner Villa ein tragischer Unfall und wir die Helden waren. Außerdem denke ich, dass wir keine Möglichkeit haben, ihn noch dafür zu belangen. Brandstiftung verjährt zwar nicht, aber alle Sachbeweise sind verschwunden. Es gibt nichts, was noch einmal untersucht werden könnte.«

»Wie meinst du das? Vor Ort?«

»Nein, sondern allgemein. Ich bin in unseren Lagerraum gegangen, um mir die Beweismittel zu holen, und sie waren nicht mehr da. Es gibt den schriftlichen Bericht online und ein paar Fotos, aber die tatsächlichen Proben und Beweismittel sind verschwunden.«

»Waren es viele?«

»Keine Ahnung. Die Proben wurden notiert, aber ich weiß nicht, wie vollständig die Liste ist.«

»Wer war der Ermittler bei euch?«

»Bob Burlington.«

»Warte mal, ist der nicht gestorben?«

»Bei einem Bootsunfall, etwa drei Wochen, nachdem er die Ermittlungen aufgenommen hatte. Seine Leiche wurde am Ufer der Bucht angespült. Angeblich hatte er einen Herzinfarkt, aber die Haie haben ihn erwischt, deshalb konnte man nicht feststellen, ob er noch andere relevante Verletzungen hatte.«

Tom verspürte ein unangenehmes Kribbeln im Nacken. »Und was hat das alles mit dir zu tun, Schwesterherz?«

Sie sah ihm wieder in die Augen und schüttelte den Kopf. »Nichts. Warum?«

»Weißt du noch, wie du dich nach Dads Tod immer nachts aus dem Haus geschlichen hast? Mom hat uns beim Frühstück gefragt, ob wir nach dem Schlafengehen noch herumgelaufen seien – und dann hattest du jedes Mal genau diesen Gesichtsausdruck.«

Obwohl Danny nur vierundzwanzig Stunden freigehabt hatte, war er wieder auf der Wache, und ausnahmsweise schien es ein langweiliger Tag zu werden. Aber es war ja auch nicht eiskalt, also hatten die Leute ihre Heizgeräte noch nicht herausgeholt, und sie machten keine Dummheiten mehr aufgrund der Sommerhitze. Und es war kein Vollmond – ein weiterer Pluspunkt.

Nachdem er eine Übungseinheit zu Atemschutzgeräten geleitet hatte, machte er gerade in der Garage die Wäsche und dachte dabei, dass sie einen Trainee brauchten. Und zwar nicht nur, weil sie mit mehr Crewmitgliedern zu einem normaleren Dienstplan zurückkehren könnten …

»Oh, Scheiße! Jetzt geht's los«, bemerkte Duff, der auf der Nautilus-Maschine trainierte, und zeigte hinaus auf die Straße. »Hat Moose heute Morgen das Bett nicht gemacht?«

Deandra stieg aus ihrem BMW und marschierte über die Straße auf die Feuerwache zu, wobei ihre Chanel-Tasche an ihrer Hüfte baumelte, ihre Stilettos über den Asphalt klapperten und ihr inzwischen rotes Haar wie eine Kriegsflagge hinter ihr herwehte.

»War sie letztes Wochenende nicht noch blond?«, fragte Duff.

»Ich komm da nicht mehr mit.« Danny drückte auf den Knopf und startete den Trockner. »Ich hole Moose.«

»Ist er überhaupt da? Er war nicht beim Appell.«

»Bestimmt weil er mit ihr Streit hatte.«

Nachdem Danny sich vergewissert hatte, dass der Schleudergang der Waschmaschine noch lief, ging er in den Pausenraum. Moose saß auf dem Sofa, die Beine auf dem ramponierten Couchtisch überkreuzt, und hatte die Hände auf seinem Bierbauch gefaltet.

»Du hast Besuch, Kumpel.«

Er verfolgte weiter gebannt die *Dr.-Phil*-Folge im Fernsehen. »Hab ich nicht. Ich hab ihr gesagt, dass sie nicht herkommen soll.«

»Das Wort ›Nein‹ kennt sie aber nicht. Weißt du noch, wie viel deine Hochzeit gekostet hat?«

Deandra marschierte einfach herein und blieb dann abrupt stehen. »Du bist ein verdammtes Arschloch.« Als Moose sich weigerte, sie wahrzunehmen, stellte sie sich vor den Fernseher. »Du hast meine Kreditkarte gesperrt.«

Moose neigte sich zur Seite. »Kannst du mir aus dem Bild gehen?«

»Du Dreckskerl hast einfach …«

»Nein, hab ich *nicht,* verdammte Scheiße.« Er sprang auf. »Hast du schon mal von einem Kreditlimit gehört? Das heißt, wenn du alles verprasst hast, was du pumpen durftest, kannst du nichts mehr ausgeben. Die haben den Hahn zugedreht, Deandra.«

»Das warst du.«

»Diese Tasche war es.« Er zeigte mit dem Finger auf das Ding, das an ihrer Schulter hing. »Was hat die gekostet? Hm? Zweitausend Dollar? Drei? Hör auf mit der Scheiße, Deandra.«

»Hör du auf, meinen Namen zu sagen, als wärst du mein Vater oder sonst ein Arschloch.«

»Dann verhalte du dich wie eine Erwachsene und bezahle deinen Kram selber.«

»Du hast mir versprochen, du würdest für alles sorgen. Wenn ich dich heirate, würdest du für alles sorgen. Und jetzt wohnen wir am Arsch der Welt, und ich kann mir auf dem Weg zur Arbeit nicht mal einen Kaffee bei Starbucks holen, weil du …«

Danny stellte sich zwischen die beiden. »Das reicht. Ihr könnt in der Umkleide weitermachen, wenn es sein muss, aber nicht hier, okay? Wir anderen müssen nicht …«

»Er fickt mich besser als du, Moose.« Deandra lächelte wie ein Serienkiller, der sich gleich an die Arbeit machen würde. »Er kann es mir besorgen. Du nicht.«

Danny hielt beide Hände hoch und wich zurück. »Ich bin raus. Das hier ist nicht mein Problem …«

»Er treibt es seit einem Monat mit mir, Moose. Und weißt du, was ich mache, wenn du bei der Arbeit bist, Moose? Dann lege ich meine Hand auf meine Pussy und denke an ihn …«

Moose stürzte sich auf sie, als wollte er ihr den Kopf abreißen, und Danny spielte den menschlichen Schutzschild, warf sich vor sie und bekam den Schlag ab.

»Beruhige dich, Moose …«

Plötzlich richtete Moose seine Aufmerksamkeit auf ihn. »Du hast meine Frau gevögelt!«

Seine ganze Wut wurde auf Danny umgeleitet, die fleischigen Hände legten sich um seine Kehle und schoben ihn nach hinten.

»Ich hab sie nicht gevögelt …«

»Und ich liebe es, wenn er es mir macht!«, schrie Deandra. »Er fickt mich besser, als du das je tun wirst, und ich kann es gar nicht erwarten, bis er …«

Danny packte Moose' dicke Handgelenke und versuchte, sich aus seinem brutalen Griff zu befreien. »Halt die Klappe, Deandra!«

Duff und Doc stürmten herein, packten Moose' Arme und zogen daran. Aber auch sie erreichten nichts bei ihm. Zu viert näherten sie sich der Tischtennisplatte, wo Moose Danny auf die Spielfläche drückte.

»Du bist eine Scheißnutte!«, schrie Moose. »Du bist eine verfickte …«

»Bin ich nicht!«, schrie Deandra zurück.

Er meint nicht dich, du Schlampe, dachte Danny. »Moose – ich hab sie nicht gevögelt!«

»Lügner!« Moose war ganz rot im Gesicht, spuckte bei jedem Wort und zitterte so heftig, dass seine Haare bebten. »Du hast sie gevögelt …«

»Nicht, seit du mit ihr zusammen bist!« Heilige Scheiße, er bekam keine Luft. »Nicht, seit …«

»Als würde dir irgendjemand glauben! Dir ist scheißegal, wen du verletzt! Es geht immer nur um dich …«

Deshaun legte einen Arm um Moose' dicken Hals und hielt mit der einen Hand das Handgelenk der anderen fest, dann drückte er den Würgegriff zu, bewegte sich ruckartig zurück und befreite Danny.

Während Moose weiter um sich schlug und trat, fiel Danny nach hinten, breitete die Arme nach beiden Seiten aus und zog die Beine an, um den Druck auf seine Wirbelsäule zu lösen. Dann holte er tief Luft.

Captain Baker platzte herein. »Was zur Hölle ist hier los?«

SIEBENUNDVIERZIG

»Sie sind ein echter Gentleman. Das ist großartig.«

Anne klemmte sich den Hörer ihres Bürotelefons zwischen Ohr und Schulter, öffnete Outlook und aktualisierte ihre E-Mails. Als nichts ankam, klickte sie noch einmal. Und ein drittes Mal.

»Ist der Link schon da?«, fragte ihr neuer Kumpel vom Verkehrsamt.

»Noch nicht – oh, hier ist er. Und ich habe den Login bekommen, den Sie für mich eingerichtet haben. Vielen Dank! Mir ist klar, dass Sie den Vorgang für mich beschleunigt haben.«

»Kein Problem. Rufen Sie mich an, wenn Sie weitere Dateien brauchen, denn ich musste Ihren Zugang den Regelungen entsprechend auf Ihre spezifische Anfrage begrenzen. Tut mir leid, dass wir nicht weiter als vier Wochen zurückgehen können.«

»Das hier ist schon eine große Hilfe. Danke noch mal.«

Nachdem sie aufgelegt hatte, öffnete sie den Link mit einem Doppelklick, kam zum Login und gab ihren Benutzernamen und ihr temporäres Passwort ein. Auf dem Bildschirm erschien eine Tabelle mit Videoaufnahmen. Die Dateien trugen alphanumerische Namen, die den Adressen der Kameras rund um den letzten Lagerhausbrand entsprachen.

Sie öffnete die erste Datei, sah ein Schwarz-Weiß-Bild einer dunklen Straße und darunter ein Steuerungsfeld. Mit der

Maus ließ sie den Film ab 0.01 Uhr im Zeitraffer ablaufen und beobachtete einen hauptsächlich leeren Streifen Asphalt. Nur ein paar Obdachlose liefen durchs Kamerabild. Dann ging die Sonne auf.

Sie stoppte die Aufnahme und nahm einen Stadtplan aus ihrem Schreibtisch. Nachdem sie ihn aufgefaltet hatte, suchte sie den Standort der Kamera und orientierte sich. Dann wandte sie sich wieder den Dateien zu und wählte einen anderen Standort. Dem Einsatzbericht zufolge war das Feuer in dem verlassenen Gebäude gegen halb zehn am Abend ausgebrochen.

Gab es etwas Langweiligeres?

Außer den Schatten veränderte sich nichts, nur gelegentlich brachte ein Truck oder ein Auto oder ein zerlumpter Fußgänger Abwechslung in die unabänderliche Bewegung des Sonneneinfalls. In dieser Perspektive wurde es Nacht. Wieder sah man nur den Schein der Straßenlaterne an der verkehrsfreien Ecke. Nichts näherte sich dem Lagerhaus oder fuhr gar hinein – bis ein plötzlicher Lichtblitz im Inneren aufleuchtete. Rauch. Dann kamen die Löschfahrzeuge und der Krankenwagen des Rettungsteams an.

Nachdem Anne sich erneut orientiert hatte, wechselte sie zu einer anderen Kamera. Jetzt beobachtete sie die Straße, die seitlich entlangführte, und das Ganze fing noch einmal von vorn an. Die Überwachung begann um 0.01 Uhr, ging bis zum Morgengrauen, zur folgenden Abenddämmerung. Dann zum Feuer.

Und noch mal mit der Straßenkamera auf der anderen Seite. Dunkel. Dunkel. Hell. Mittag. Später Nachmittag. Abend. Blitz. Sichtbarer Rauch. Feuerwehrfahrzeuge. Rettungswagen.

Nichts Ungewöhnliches. Niemand mit einem Auto voller Büromaterial.

»Verdammt.«

Sie lehnte sich zurück, streckte den Rücken durch und ließ die Schultern kreisen. Soot schnarchte leise in seiner Box, es war fast Mittag.

Noch ein Film. Sie öffnete die letzte Datei und begann erneut mit der Wiedergabe.

Eigentlich war es ein Wunder, dass es überhaupt Aufnahmen gab, so verlassen jener Stadtteil war. Aber das Bürgermeisteramt hatte als Teil einer Initiative, um Unternehmen zu ermuntern, sich dort niederzulassen und in Renovierungsprojekte zu investieren, in dem gesamten Bereich Kameras aufgestellt. Da es dort so viel Kriminalität gab, galt die Sicherheit als das Hauptproblem, und in einem seltenen Moment der Großzügigkeit war der frühere Bürgermeister Greenfield zur Tat geschritten und hatte die Abschreckung durch Überwachung zu einer Priorität erklärt.

Aber natürlich wusste kein Mensch, womit Ripkin seine Grundstücke ausgestattet hatte. Anne erwartete jedoch nicht, nach ihrem Informationsgesuch in absehbarer Zeit Material zu erhalten. Sterling Broward würde sie sicherlich ausbremsen …

»Was? Moment mal, was war das?«, murmelte sie vor sich hin.

Sie beugte sich zu ihrem Monitor vor, spulte die Aufnahme zurück und ließ den Film noch einmal langsam ablaufen.

3.32 Uhr nachts. Dunkle Straße. Dunkle Straße. Leer …

Der Pick-up mit Transportanhänger rollte an der Kamera vorbei, fuhr dann über den Bordstein und weiter über den spärlichen Rasen. Er hielt an. Jemand stieg aus und schob ein Rolltor an der Seitenwand des Lagerhauses hoch, fuhr hinein und schloss es wieder.

Sechsundvierzig Minuten später, um 4.18 Uhr, ging das Tor wieder auf, der Pick-up kam mit dem Anhänger heraus, dann schloss der Fahrer alles ab und fuhr weg.

Leider war das Bildmaterial so unscharf, dass sie weder Nummernschild noch Beschriftung des Pick-ups oder Anhängers erkennen konnte, und die Person, die hineingegangen war, trug einen dunklen Kapuzenpulli und würde sich deshalb schwer identifizieren lassen.

Aber es war immerhin ein Beweis, dass jemand reingegangen war.

»Erwischt«, sagte sie lächelnd.

Als ihr Handy klingelte, steckte sie geistesabwesend die Hand in ihre Handtasche und ging ran. »Hallo?«

Zuerst hörte sie nichts, dann: »Anne, hier ist Moose. Wir müssen reden.«

Zwanzig Minuten später war Anne bei Hereford Crossings angelangt, einem Einkaufszentrum mit Cafés und inhabergeführten Restaurants zwischen Boutiquen für Frauen mittleren Alters und Läden mit Keramik und handgeknüpften Teppichen in den Schaufenstern.

Hier würde es ihrer Mutter gefallen, dachte Anne, während sie mit den anderen Leuten hindurchschlenderte.

Moose saß auf einer Bank vor einem Restaurant. Er hatte den Kopf gesenkt und spielte mit etwas in seinen Händen herum.

»Hey, Moose.«

Er schaute auf. »Hey, Anne. Danke, dass du gekommen bist.«

Aber statt aufzustehen, um hineinzugehen, ließ er einfach weiter eine dünne Goldkette durch seine Finger gleiten.

»Gehen wir was essen?«, fragte sie.

Als er den Kopf schüttelte, setzte sie sich neben ihn und versuchte, sich ihre Beunruhigung nicht anmerken zu lassen. Doch Moose sah Anne sowieso nicht an.

»Danny schläft mit Deandra.«

Nachdem er die Worte ausgesprochen hatte, wollte sie zuerst laut auflachen. Die Frau war überhaupt nicht Dannys Typ …

»Sie ist heute Morgen auf die Wache gekommen. Sie hat gesagt, dass sie mit ihm schläft, und er hat gelogen und behauptet, das würde nicht stimmen.«

Mit schmerzlicher Klarheit erinnerte sich Anne, wie sie an jenem Abend, als sie bei Danny gewesen war, in seinem Zimmer die Damenwäsche auf dem Fußboden gefunden hatte.

Aber damals waren wir nicht zusammen, sagte sie sich.

»Deandra hat gesagt, sie könne es gar nicht erwarten, bis er es ihr wieder besorgt.« Moose rieb sich übers Gesicht. »Also, ich weiß ja nicht, in welcher Beziehung genau du zu ihm stehst, aber das mit den beiden musste ich dir sagen. Er hat direkt vor unserer Hochzeit mit ihr geschlafen.«

Anne drehte sich zu Moose, sodass sie ihn direkt ansehen konnte. »Wovon redest du da?«

»Er hat es in der WG mit ihr getrieben. Ich hab die beiden zusammen erwischt, als ich nach dem Probeessen am Abend vor der Hochzeit dort war.« Er fluchte. »Ich liebe sie so sehr. Ich wollte immer nur sie …«

»Moose, sorry, aber da komme ich nicht mit.« Oder vielleicht wollte sie auch lieber nichts davon hören. »Was genau meinst du?«

»Sie hatten Sex in der Nacht, bevor wir geheiratet haben. Nach dem Probeessen. Ich sollte sie nicht sehen, bis wir uns am nächsten Tag vor dem Altar treffen würden. Ich habe im Hyatt in Downtown in der Honeymoon-Suite übernachtet, weißt du? Denn dort wollten wir nach der Trauung und der Feier die Hochzeitsnacht verbringen. Aber ich hatte meinen Smoking in der Wohnung vergessen.«

Annes Herz schlug schneller. »Also bist du zurückgefahren, um ihn zu holen?«

»Ja. Ich bin reingegangen und hab Geräusche gehört. Ich dachte, der Fernseher würde laufen, aber dann hörte ich laut und deutlich eine Frauenstimme … Ich hab das Licht nicht angemacht. Ich hatte einfach so ein Gefühl. Ich bin durch den Flur gegangen … und habe ihr Parfüm gerochen. Ihr Kleid lag auf dem Fußboden vor seinem Zimmer. Ich bin weitergegangen, bis ich gehört habe, wie sie seinen Namen gesagt hat. Dann bin ich abgehauen.«

Anne brach kalter Schweiß aus. Wenn Moose die Wahrheit sagte, hatte Danny es zuerst mit der zukünftigen Braut und dann gleich in der nächsten Nacht mit ihr getrieben. Und so lief es wohl auch jetzt, nachdem Anne wieder etwas mit ihm angefangen hatte.

Von wegen Safer Sex, dachte sie.

»Warum hast du sie dann geheiratet?«, platzte sie heraus.

Wobei sie eigentlich fragen wollte: *Warum bin ich auf so eine Scheiße reingefallen?*

»Ich hätte es fast nicht gemacht, aber sie hat mich am Morgen unter Tränen angerufen und gesagt, dass sie mich liebt. Ich habe ihr nicht erzählt, was ich gesehen hatte. Mir war nur wichtig, dass sie mich heiraten wollte. Sie wollte mit mir zusammen sein – nicht mit ihm. Sie hatte *mich* ausgewählt – nicht ihn. Moose hatte den großen Danny Maguire besiegt. Endlich.«

Anne sah Moose genauer an und erkannte, was sich hinter der Fassade des Partylöwen, Linebackers und großmäuligen Autofreaks verbarg: Wie er da neben ihr saß, war er ein leicht übergewichtiger, fast pummeliger Kerl, der mit den coolen Jungs mithalten wollte. Er war nicht der Anführer, sondern der Mitläufer, nicht der Traumtyp, sondern der Lückenbüßer.

»Ich habe versucht, sie glücklich zu machen. Das schwöre ich, Anne.« Sein leidvoller Blick durchbohrte sie, als würde er vor Gericht aussagen. »Ich habe alles getan, was ich konnte, aber es ist nie genug. Sie ist nie glücklich – und das liegt daran, dass ich in Wahrheit nicht gewonnen habe. Sie hat mich aus demselben Grund geheiratet, warum ich dir von ihm erzählen musste. Danny ist Gift für Frauen. Deandra wusste, dass er mit ihr nie was Festes anfangen würde, also war ich die zweite Wahl. Du musst wissen, dass er Frauen nur benutzt, Anne. Er ist kein guter Mann.«

Anne schaute weg und war kurz davor, sich zum Mülleimer neben ihr zu beugen und sich zu übergeben.

»Glaube nicht, bei dir wäre es anders«, fuhr Moose fort. »Das wollte ich dir eigentlich nur sagen. Wir haben alle gesehen, wie er mit dir geflirtet hat, als du noch zur Crew gehört hast. Wir haben Wetten abgeschlossen, wie lange es dauern würde, bis er dich flachlegt, denn jede Frau, die er wollte, hat er auch bekommen. Aber du hast ihn auf Abstand gehalten, und dadurch hat er nicht das Interesse an dir verloren. Er war auf dich fixiert, weil er dich nicht kriegen konnte. Und dann kam das Feuer. Jetzt bist du wieder aufgetaucht, und ich weiß nicht genau, was zwischen euch läuft, aber ich vermute, es ist das Gleiche, was er mit meiner Frau macht.«

Anne klappte den Mund auf. Klappte ihn wieder zu.

»Ich weiß, dass er die letzte Nacht bei dir verbracht hat. Willst du etwa behaupten, er hätte auf deinem Sofa geschlafen?« Moose stand auf und streckte sich. »Ich kann nicht in das Restaurant gehen und essen. Mir ist schlecht.«

Da sind wir schon zu zweit, dachte sie.

»Als heute Morgen auf der Wache alles rausgekommen ist, hätte ich ihn fast umgebracht«, sagte Moose. »Na ja, zuerst hätte ich fast sie umgebracht. Dann habe ich mich auf ihn gestürzt. Ich wurde gezwungen rauszugehen, um mich zu beruhigen, und danach habe ich dich angerufen. Ich erzähle dir das alles nicht, um ihm eins auszuwischen oder so. Ich bin definitiv fertig mit ihm. Ich will nur nicht, dass du genauso verarscht wirst wie ich. Und aus deinem Gesichtsausdruck schließe ich, dass du dich im Moment ähnlich fühlst wie ich – wie ein Volltrottel.«

Anne schaute nach unten, um seinem Blick auszuweichen, und als sie auf ihre Prothese sah, dachte sie tatsächlich für einen Sekundenbruchteil, dass das hier viel, viel schlimmer war, als ihre Hand zu verlieren.

Denn es bedeutete, dass sie sich überhaupt nicht auf ihr Gefühl verlassen konnte.

ACHTUNDVIERZIG

Im Lauf des Tages waren drei Nachrichten auf Annes Handy eingegangen. Die erste war ein Foto von Danny und ihr, wie sie am Morgen mit Soot das Haus verlassen hatten – was aus vielerlei Gründen das Letzte war, was sie jetzt noch einmal sehen wollte. Die zweite Nachricht bestand aus drei Worten: *Ich sehe dich.* Und die dritte war ein Foto von ihr, wie sie aus der Feuerwache ihres Bruders herauskam.

Alle waren von jenem Gmail-Account abgeschickt worden.

Und ja, okay, Danny hatte sich auch gemeldet, aber sie weigerte sich, darauf zu reagieren.

Sie lehnte sich auf ihrem Bürostuhl zurück und schaute durchs Fenster hinter ihrem Schreibtisch. Es war inzwischen dunkel geworden, und sie wollte nicht hinunter zu ihrem Auto auf dem Parkplatz gehen. Immerhin war die kaputte Windschutzscheibe im Laufe des Tages bereits repariert worden, und es grenzte schon an Galgenhumor, sich damit beruhigen zu wollen, dass die Reparaturfirma immer wiederkommen konnte.

Wenn ein zweites Mal auf sie geschossen würde, zum Beispiel.

Aber nicht nur das beschäftigte sie – und es war ein trauriger Beweis für Dannys Täuschungskünste, dass sie sogar in einer möglicherweise lebensbedrohlichen Situation noch einen Gedanken an ihn verschwendete.

Als ihr Handy klingelte, zuckte sie zusammen, sah dann aber, wer es war. Sie ging ran und sagte: »Jack. Ich wollte dich gerade anrufen und fragen, was es Neues gibt …«

»Unser guter Freund Ollie Popper hat sich vor etwa einer Stunde im Gefängnis umgebracht.«

Anne beugte sich vor. »Er ist tot?«

»Er wurde in der Dusche gefunden, aufgehängt an einer Schlinge aus einem Bettlaken.«

»Oh Scheiße.«

»Interessanterweise war die Überwachungskamera abgedeckt.«

Sie runzelte die Stirn. »Also war es kein Selbstmord?«

»Ich finde nicht, dass es danach aussieht. Die Leiche wird genauestens untersucht, aber es würde mich nicht wundern, wenn dabei nichts rauskommt. Danny übernachtet heute wieder bei dir, oder?«

»Ähm, nein. Wird er nicht.«

»Ach ja, stimmt, er hat Dienst.«

Sie ließ das so stehen. Das Letzte, was sie brauchte, war eine Charakterreferenz des SWAT-Teams für einen Mann, den die Jungs nur auf eine machohafte, waffenbrüderliche Art als Ersthelfer kannten.

»Willst du, dass ich mit ein paar von meinen Leuten vorbeikomme?«, fragte Jack.

Bei der Vorstellung, dass große, muskulöse, tätowierte Männer in Kampfausrüstung wie Löwen im Zoo auf dem Fußboden ihres Wohnzimmers schlafen könnten, musste sie fast schmunzeln.

»Nein danke, schon okay. Ich fürchte mich nicht.«

»Hast du noch mehr Anrufe bekommen?«

»Nein.«

»Und wie viele Nachrichten?«, fragte Jack trocken.

Gott, der Typ hatte eine Witterung wie ein Bluthund, was Änderungen der Stimmlage betraf. »Drei. Eine davon war ein Foto von mir, wie ich aus der Feuerwache meines Bruders rauskam.«

»Das gefällt mir nicht, Anne.«

»Ich nehme mir Arbeit mit nach Hause und bleibe drinnen, schließe alles ab und ziehe die Vorhänge zu. Außerdem wohnen eine Menge Leute um mich herum, die meine Schreie hören würden.«

»Das hat auch niemanden daran gehindert, auf deine Windschutzscheibe zu schießen.«

»Das sollte mir nur Angst machen.«

»Ich frage mich, ob Ollie Popper das ebenfalls dachte, als er an einem Rohr aufgeknüpft wurde. In einem Gefängnis. Zwischen Hunderten von Aufsehern.«

So viel also zu einem langweiligen Tag, dachte Danny, als er sich mit der Crew zum Abendessen hinsetzte: viermal Rufsäulenalarm, zwei Autounfälle, ein Junge, der mit dem Kopf zwischen den Eisenstäben des Friedhofszauns festgesteckt hatte, und Moose' Ausraster. Das einzig Gute war, dass nicht Danny der Hitzkopf gewesen und suspendiert worden war.

Aber es war ja noch früh.

Er holte sein Handy heraus, um nachzusehen, ob Anne zurückgerufen hatte – oder zurückgeschrieben. Irgendwas, egal was … aber nein.

Scheiße.

Er schob seinen Teller mit aufgewärmtem Fleisch und Krautsalat in Zimmertemperatur weg und überlegte, wie anstrengend es wohl wäre, draußen eine zu rauchen. Die anderen Männer am Tisch schauten entschlossen auf ihre Teller, und man hörte nur das Klappern von Besteck.

Das letzte Mal hatte es ein solches Festmahl gegeben, nachdem die Patriots beim Superbowl gegen die Eagles verloren hatten.

Er stand auf, ging mit seinem Teller zum Mülleimer, warf das Essen hinein und steckte das Ding in die Spülmaschine. Dann verschwand er zur Hintertür und zündete sich eine Zigarette an. Es war eine kalte Nacht, und er trug nur sein Feuerwehr-T-Shirt und die Arbeitshose, aber er spürte nichts.

Nachdem er es noch einmal bei Anne versucht hatte, beschloss er: *Scheiß drauf.*

Er wählte eine Nummer aus seinen Kontakten und hielt sich das Handy ans Ohr. »Jack. Alles klar?«

»Hey, Kumpel. Ich habe gerade mit deinem Mädchen gesprochen.«

»Anne?« Er runzelte die Stirn. »Sie ist ans Handy gegangen?«

»Ja. Ich hatte Neuigkeiten für sie. Der Verdächtige, den sie gestern befragt hat, wurde in der Gemeinschaftsdusche tot aufgefunden. Ich habe ihr gesagt, dass du heute wieder bei ihr schlafen solltest, aber du hast ja Dienst.«

»Ja. Hab ich. Pass auf, könntest du mir einen Gefallen tun? Könntest du heute Nacht ein paarmal Leute bei ihrem Haus Streife fahren lassen?«

»Noch besser. Zwei meiner Jungs, die freihaben, sind bereit, ihr Haus zu überwachen. Sie übernehmen jeweils eine Vier-Stunden-Schicht, der Erste fängt um zehn an.«

Danny atmete hörbar aus. »Danke. Das ist super.«

»Wir kümmern uns um unsere Leute, Dannyboy. Und ich habe ihr gesagt, dass sie mich anrufen soll, falls irgendwas ist. Ich glaube, das Arschloch mit der unterdrückten Nummer schreibt ihr immer noch.«

»Ja.«

Es folgte eine Pause. »Ich sage so was normalerweise nicht, Danny, aber wenn du ihr irgendwie klarmachen könntest, dass sie die Finger von Ripkin lassen soll, wäre das gut. Damit meine ich nicht, dass sie sich nicht selbst schützen kann oder dass der Typ keine gerechte Strafe verdient, aber wenn sich dieses Arschloch in seinem Bostoner Elfenbeinturm bedroht fühlt, gibt es immer viele Leichen. Ich will nicht, dass sie als Nächste im Ozean treibt oder in einer Müllkippe vergraben wird.«

»Ich auch nicht.«

Nachdem sie sich verabschiedet hatten, starrte Danny auf das Handy und rief Anne dann noch einmal an. Er glaubte nicht, dass sie rangehen würde – und das tat sie auch nicht.

Als sich die Mailbox meldete, räusperte er sich. »Tja, demnach, dass du mit Jack redest, aber nicht mit mir, vermute ich, dass Moose dich angerufen und dir von der Szene zwischen ihm und Deandra heute Morgen erzählt hat. Ich will nur … Pass auf, das Ganze hat nichts mit mir zu tun. Deandra hat einfach irgendwelchen Mist geredet, weil sie sauer war und Geld wollte. Ich hoffe sehr, dass du mich anrufst, damit wir über alles reden können. Ich liebe dich, Anne. Ich wollte es dir heute Morgen persönlich sagen, aber ich habe mich nicht getraut. Ich will wirklich … Ich liebe dich, und wir waren auf einem guten Weg. Ich will, dass es so weitergeht, mein ganzes Leben lang. Also, ruf mich an. Bitte.«

Er legte auf und starrte wieder auf sein Handy, bis der Sperrbildschirm erschien. Und dann noch eine Weile länger.

Als das Display schwarz blieb, wusste er auch nicht, was er erwartet hatte …

So ein Blödsinn. Er hatte gehofft, sie würde sich die Nachricht anhören und ihn zurückrufen und ihm sagen, dass sie ihn auch liebte und dass sie ihm zustimmen würde, dass Moose mit einer schlechten Frau in einer schlechten Beziehung steckte und alles nur ein Missverständnis war.

Er steckte sich das Handy wieder in die Tasche, rauchte und dachte an den Albtraum, der ihn in Annes Bett geweckt hatte.

Er war wieder in der Wohnung gewesen, wo die alte Frau ausgeweidet worden war. Er hatte das Zimmer betreten, einen Blick auf den verstümmelten Körper geworfen und sich übergeben.

Dann hatte sich die Situation verändert, und er war derjenige gewesen, der an Händen und Füßen gefesselt war und schrie, während ihn ein finsterer Verbrecher aufschlitzte und seine inneren Organe entnahm.

Ein echter Horrortrip. Und doch war das ein Spaß gewesen im Vergleich zu dem, was er jetzt fühlte, auf der Wache festgehalten, während das kurze hoffnungsvolle Aufflackern eines guten Lebens, das er gesehen hatte, verglühte und dann in der Nacht verschwand, als hätte es nie existiert.

Er würde Moose umbringen, verdammte Scheiße.

NEUNUNDVIERZIG

Anne lehnte sich auf ihrem Sofa zurück und schloss die Augen. Es war fast zehn Uhr, und sie war umgeben von ausgedruckten Berichten der Lagerhausfeuer. Die Papiere lagen um sie herum wie eine winterliche Schneedecke, ein Dezember von Dokumenten auf dem Fußboden, dem Couchtisch, den Kissen. Nur nicht dort, wo Soot sich neben ihr zusammengerollt hatte.

Während der letzten zwei Stunden hatte sie sich immer wieder dieselben Informationen durchgelesen, und es blieb nichts mehr hängen. Aber es war eine gute Ablenkung. Damit hatte sie die leeren Stunden zwischen Abendessen und Schlafenszeit überbrückt.

»Willst du noch ein letztes Mal raus?«

Soot kannte das Stichwort und stand bereitwillig von seinem Platz auf. Sein Halsband klimperte, während sie zur Hintertür gingen und Anne die Alarmanlage per Fernsteuerung ausschaltete.

Bevor sie hinaustrat, nahm sie die 9-mm-Pistole mit, die sie an der Ecke ihres Schreibtischs abgelegt hatte.

Die Nacht war kalt und trocken, der Mond am Himmel hell und klar. Anne fand es beruhigend, dass ihre Nachbarn alle zu Hause waren. Die Lichter brannten, und die Umrisse ihrer Körper erschienen immer wieder in den Fenstern, während sich langsam das ganze Viertel zur Nachtruhe bereitmachte.

Soot war schnell fertig. Er schnüffelte nicht herum und untersuchte keine fremden Gerüche im Wind, im welken Gras oder an den Büschen.

Das wertete sie als gutes Zeichen. Wenn jemand jetzt oder vor Kurzem in der Nähe gewesen wäre, hätte der Hund das sicherlich bemerkt.

Zurück ins Haus. Tür abschließen. Alarm wieder einschalten.

Sie behielt die Pistole neben sich, während sie überlegte, nach oben ins Bett zu gehen. Letztendlich blieb sie unten. Sie glaubte, einen möglichen Eindringling so besser hören zu können.

Als sie sich wieder aufs Sofa setzte, folgte Soot ihrem Beispiel, und sie legte eine Hand auf seine warme Flanke und strich über sein kurzes glattes Fell. Er seufzte tief vor Entspannung, und sie beneidete ihn.

Sie griff nach dem nächstbesten Einsatzbericht und versuchte, die fehlenden Zusammenhänge herzustellen. Sie hatte Ripkin. Sie hatte Ollie-nicht-mehr-Popper. Und dann hatte sie denjenigen, der mit dem Anhänger beim Lagerhaus aufgetaucht war – wer auch immer das war, vielleicht Ollie, vielleicht auch nicht.

»Wann wurde er festgenommen?«, fragte sie laut.

Also suchte sie noch mal in den Papieren nach Ollies Akte. Leider nein, er war's nicht. In der Nacht, in der das letzte Lagerhausfeuer gelegt wurde, war er in Polizeigewahrsam gewesen.

Verdammt, sie wünschte, sie hätte auch Kameraaufnahmen von den anderen Bränden. Der Schlüssel war die Identität dieser unbekannten dritten Person mit dem Pick-up und dem Anhänger. Wenn sie herausfand, wer das war, könnte sie vielleicht die Verbindung von Ollie zu Ripkin herstellen. Am besten bevor Letzterer die betreffende Person ermorden ließ.

Sie dachte an Bob Burlington, der im Ozean gelandet war. Gott, so wollte sie nicht enden.

Als ihr Handy klingelte, atmete sie tief durch, bevor sie nachschaute, wer es war. Wenn sich der unbekannte Anrufer wieder meldete …

Es war Danny.

»Verdammt noch mal.«

Sie überlegte, noch mal die Mailbox rangehen zu lassen, aber sie war kein Feigling, der die Konfrontation für immer scheute. Danny würde einfach weiter anrufen, bis seine Schicht zu Ende war und er um acht Uhr morgens bei ihr auf der Matte stehen würde.

»Hallo«, sagte sie.

»Ich dachte nicht, dass du rangehen würdest.«

»Ich bin beschäftigt.«

Es folgte eine Pause. »Ich habe dir eine Nachricht hinterlassen.«

»Habe ich mir nicht angehört.«

»Hat Moose sich bei dir gemeldet?«

»Ja.« Sie legte die Papiere beiseite. »Hör mal, wir machen das nicht, okay?«

»Was machen wir nicht?«

»Uns gegenseitig etwas vorspielen. Dafür habe ich keine Zeit. Ruf mich nicht mehr an, komm nicht mehr her, und falls du in ein paar Wochen oder Monaten denkst, ich würde vielleicht gern von dir hören, erinnere dich bitte an dieses Gespräch. Ich werde dich *nie* wiedersehen wollen.«

»Also hast du dein Urteil schon gefällt.«

»Das lag nicht in meiner Hand.«

Sie griff nach der Fernbedienung und schaltete den Fernseher an der gegenüberliegenden Wand ein, um sich von dem Drama abzulenken.

»Ich hatte keinen Sex mit Deandra.«

»Wir wissen alle, dass das nicht stimmt – auch wenn ich schon überrascht war, von ihrem Mann zu hören, dass du noch in der Nacht, bevor sie mit ihm vor den Altar getreten ist, mit ihr geschlafen hast. Anscheinend hast du dir von ihr geholt, was du wolltest, und sie dann abserviert. Zumindest für die Flitterwochen.«

»Wovon redest du da überhaupt?«

»Ich habe keine Lust, weiter ins Detail zu gehen …«

»Erklär mir gefälligst, wie du darauf kommst, verdammt noch mal.«

Anne setzte sich kerzengerade hin. »Wie bitte? Was hast du gerade gesagt? Du glaubst, ich müsste dir *irgendwas* erklären? Vergiss, was zwischen uns passiert ist, ich bin nur ein weiteres weibliches Wesen, mit dem du gespielt hast. Aber Moose war dein bester Freund, Danny. Zehn Jahre lang. Und in der Nacht nach seinem Probeessen, als er noch mal in die WG gegangen ist, um seinen Smoking zu holen, hat er Deandra und dich in deinem Zimmer erwischt. Selbst wenn Deandra heute Morgen auf der Wache gelogen hätte – was ich nicht glaube –, hat Moose definitiv das Kleid seiner zukünftigen Frau auf dem Fußboden vor deinem Zimmer gesehen, verdammt.«

»Ich war an dem Abend nicht mit ihr im Bett«, entgegnete er knapp.

»Erwartest du im Ernst, ich würde das glauben? Denn das tue ich nicht. Und in der Nacht danach hast du mit mir geschlafen, verfluchte Scheiße!« Sie war so wütend, dass sie ihr Handy am liebsten weggeschleudert hätte, aber sie konnte sich gerade noch beherrschen. »Ich muss zugeben, dass du eine beeindruckende Erfolgsquote hast. Du hast mich rumgekriegt. Zweimal. Ich würde dir einen Pokal verleihen, aber in meiner gegenwärtigen Stimmung würde ich ihn dir in den Arsch schieben, und ich gehe nicht ins Gefängnis wegen schwerer Körperverletzung, weil ich dem diesjährigen Preisträger des Bester-Scheißlügner-Award ein Haar gekrümmt habe.«

»Das stimmt alles nicht!«

»Ach ja? Jetzt spinne ich also, oder was?« Sie holte tief Luft. »Hör gut zu, wie ich die Sache zwischen uns sehe: Der Film hat als Komödie begonnen, ist dann peinlicherweise in eine Romanze übergegangen und hat damit geendet, dass Anthony Hopkins jemandes Leber mit Bohnen und einem Chianti verspeist. Ich habe ihn mir bis zum Ende angeschaut, manche Teile genossen, aber insgesamt gebe ich ihm eine schlechte Bewertung, weil die Story zu unglaubwürdig war. Die überraschende Wendung zwar eine Wendung, aber bei Weitem keine Überraschung, und die männliche Hauptrolle ein eindimensionaler Sexsüchtiger. Leb wohl, Danny.«

FÜNFZIG

Anne beendete den Anruf, legte ihr Handy weg und verschränkte die Arme vor der Brust. Sie erwartete nicht, dass Danny noch mal anrufen würde – und das tat er auch nicht. Die Wahrheit war herausgekommen, und er hatte keine Ansatzpunkte zur Manipulation mehr und keine Möglichkeiten, die Realität zurechtzubiegen. Männer wie er – Menschen wie er – brauchten Instabilität und Unsicherheit, damit ihre Taktik aufging.

Jemand, der mit beiden Beinen fest auf dem Boden stand, war kein gutes Opfer.

Sie würde nie wieder von ihm hören. Aber leider würde er andere Frauen finden, die sich von ihm flachlegen ließen, andere weibliche Ziele, die ihn herausforderten, andere Gelegenheiten, die er nutzen konnte.

Genau wie ihr Vater.

Schade nur, dass scharlachrote Buchstaben der Vergangenheit angehörten. Sie hätte ihm sofort einen verpasst, ein großes *A* für »ARSCHLOCH«. Wenigstens hatte sie das Ganze jetzt hinter sich. Aber, oh Mann, er hatte sie ganz schön auf die Palme gebracht.

Sie konzentrierte sich auf den Fernseher und sah Cher aus einem gelben Taxi steigen, in roten Schuhen und einem schimmernden schwarzen Mantel, der das Licht reflektierte, während sie auf einen leuchtenden Springbrunnen zuging. Und da war Nicholas Cage, er sah sich um … sah sich um …

Ein unerwarteter und stechender Schmerz schoss durch Annes Brust, als sie zuschaute, wie sich sein Gesicht beim Anblick seiner Begleiterin veränderte. Und dann unterhielten sie sich in diesen wundervollen New-Yorker-Akzenten:

»Hallo.«

»Hallo.«

»Du siehst wunderschön aus. Deine Haare …«

»Ja, ich war beim Friseur.«

Anne ließ den Kopf nach hinten sinken, als sie das Opernhaus betraten, zum Kronleuchter hinaufschauten, zur Garderobe gingen. Seltsam, dass ausgerechnet jetzt ein Film über einen Mann lief, der eine Hand verloren hatte. So gesehen sollte sie vielleicht versuchen, eine Cher zu daten.

Sie stupste Soot an. »Siehst du, jetzt entdeckt sie ihren Vater mit der anderen Frau.«

An dieser Stelle sagte Ronny Cammareri zu Loretta: »Es ist schon ziemlich lange her, dass ich in der Oper gewesen bin.«

»Eigentlich meint er aber nicht die Oper, Soot. Und ich verstehe dich, Ronny. Ich verstehe dich so gut.«

In diesem Moment hatte Anne das Gefühl, sie wäre überhaupt noch nie in der Oper gewesen. In ihrer Welt war die Met geschlossen, und die Soprane und Baritone, das Orchester und der Dirigent blieben alle mit einer anhaltenden Erkältung zu Hause.

Sie schloss die Augen und fühlte sich einsam. Und müde. Und sehr traurig.

Aber morgen war ein neuer Tag. Sie war klüger als gestern und stärker als je zuvor. Und sie musste dieses Ripkin-Rätsel lösen.

Danny Maguire war Vergangenheit, nicht mehr als eine hässliche Fußnote in einem Leben, das weitergehen würde …

Als Anne die Augen öffnete, wusste sie zuerst nicht, wo sie war. Weil sie Schüsse hörte, griff sie sofort nach ihrer Waffe – aber dann erkannte sie, dass das Geräusch vom Fernseher kam.

Auf ihrem Handy sah sie, dass es fast sieben Uhr morgens war. Soot lag mit angezogenen Pfoten auf dem Rücken und schnarchte.

Doch sobald sie aufstand, war auch er auf den Beinen, und sie schaltete die Alarmanlage aus, ließ ihn hinauslaufen und hielt Wache. Die Leute bewegten sich durch ihre Häuser, kochten im Erdgeschoss Kaffee, duschten und zogen sich im ersten Stock an.

Genau wie sie selbst.

Als sie wieder unten war, schenkte sie sich eine Tasse Kaffee ein und merkte, dass sie vergessen hatte, das Handy mit hinaufzunehmen.

Sie machte sich schon darauf gefasst, ein Foto von sich mit wirren Haaren auf der hinteren Veranda zu sehen, während Soot an seine Lieblingsstelle neben der Hausecke pinkelte.

Aber nein. Nichts.

Zumindest fürs Erste war sie beruhigt.

Sie wollte das Handy gerade in ihre Handtasche stecken, als ihr Dannys dumme Sprachnachricht einfiel. Sie hatte sie noch nicht gelöscht, aber dem Prinzip folgend, dass man so anfangen sollte, wie man weitermachen wollte, tippte sie auf das Telefonsymbol. Die Anrufliste erschien, und sie wollte schon auf das Mailboxsymbol mit der roten »1« in der unteren rechten Ecke drücken, als ihr etwas auffiel.

Die Anrufliste begann mit Danny ganz oben. Da stand sein Name und »(4)« dahinter, in Schwarz, weil sie den letzten Anruf von ihm angenommen hatte. Daneben in Grau: »Gestern«.

Dann kam Jack. In Schwarz. Mit einem grauen »Gestern«.

Und »Bester Chef der Welt«, wie sie Don in ihrer Kontaktliste nannte. Schwarz. Mit einem grauen »Gestern«.

Und darunter stand »Unbekannt«. In Schwarz. Mit einem grauen »Gestern«.

Sie scrollte weiter nach unten und fand den anderen »unbekannten« Anrufer. Er war schwarz von dem Tag, als sie ans Handy gegangen war, direkt bevor ihre Windschutzscheibe zerschossen wurde.

Aber sie hatte nicht *zwei* Anrufe von einer unbekannten Nummer angenommen. Sie tippte bei dem neueren auf den Info-Button und runzelte die Stirn. Die Verbindungszeit war gestern Vormittag, und der Anruf hatte drei Minuten gedauert …

Mit einem Mal drehte sich alles um sie herum, dann schlug sie sich an den Kopf.

Moose. Er hatte sie wegen Deandra und Danny angerufen. Das waren genau das Datum und die Uhrzeit, als er sie gebeten hatte, sich in Hereford Crossings mit ihm zu treffen.

Also war er derjenige, der auf ihr Autofenster geschossen hatte? Er hatte die Waffe auf ihre Türschwelle gelegt? Er hatte ihr geschrieben und sie beobachtet?

Mit weichen Knien ging sie zu einem Stuhl, setzte sich und starrte auf ihr Handy. Vielleicht gab es noch eine andere Erklärung …

Dann ging sie ihre ganze Anrufliste durch, bis zu dem Tag, als er sie zum ersten Mal angerufen und gebeten hatte, an jenem Abend zu Danny zu fahren. Dort erschien die Handynummer in ihren Kontakten mit dem Eintrag »Moose«.

Also hatte er sich zusätzlich zu seinem normalen Telefon noch ein Wegwerfhandy besorgt, um anonym zu bleiben, wenn er sie bedrohte? Aber was hatte er mit Ripkin und Ollie Popper zu tun, mit den Lagerhausbränden und dem Büromaterial …

»Der Transportanhänger! Scheiße! Der verdammte Transportanhänger!«

Sie sprang auf und eilte zum Sofa. Sie hatte sich einen Screenshot des Kamerabilds ausgedruckt, und der musste hier irgendwo liegen …

Als sie das Papier fand, versuchte sie zu erkennen, ob der Anhänger derselbe war wie der, in dem Moose seine Autos transportierte. Sie war sich nicht sicher. In der Stadt New Brunswick musste es Tausende davon geben.

Mit pochendem Herzen und rasendem Verstand war die Versuchung groß, es von allen Dächern zu schreien, Jack anzurufen und das SWAT-Team hinzuschicken, einen Helikopter starten zu lassen. Aber sie wollte sich nicht blamieren.

Und Moose war ein Freund von ihr.

Langsam. Methodisch. Abwarten, wie sich die Situation entwickelt …

Außerdem ergab das keinen Sinn. Warum sollte Moose in seinem eigenen Revier Feuer legen, um für Ripkin Elektronikgeräte zu vernichten? Die beiden waren sich nie begegnet.

»Doch, das sind sie«, sagte sie laut und griff nach ihrem Handy.

Als ihr Anruf angenommen wurde, konnte sie vor Aufregung kaum sprechen. »Tom? Tom! Hör zu, du musst mir einen Gefallen tun …«

»Wie spät ist es?«, nuschelte ihr Bruder.

»In deinem Büro. Im Regal hinter deinem Schreibtisch. Da ist ein Bild …«

»Schwesterchen, du redest zu schnell. Was …?«

»Das Bild. Von der Eröffnung der neuen Wache. Das Bild hinter deinem Schreibtisch. Du musst ein Foto davon machen und es mir sofort schicken. Okay? Mach einfach ein Foto davon, und schick es mir aufs Handy.«

»Warum?«

Sie überlegte, ihn in alles einzuweihen. Aber das war ja nicht nur ihr Bruder, mit dem sie da sprach; er war auch Moose' Boss. Was, wenn sie sich täuschte? Sie hatte nichts als einen »unbekannten« Anrufer – nicht die Nummer selbst. Jack arbeitete noch daran.

»Ich muss es einfach sehen. Bitte!«

»Ja, okay. Wie du willst. Ich bin oben in meinem Bett. Ich brauch noch fünf Minuten.«

Nachdem sie aufgelegt hatte, umklammerte sie ihr Handy. Tom hatte sicher von dem Streit zwischen Danny und Moose in der 499 gehört, und wenn sie jetzt behauptete, Moose sei eine Art Serienbrandstifter, der für einen psychotischen Mörder und Geschäftsmann Feuer legte, würde ihr Bruder sie für verrückt erklären.

Sie brauchte Fakten. Beweise.

Motiv: Moose hatte es im letzten Jahr irgendwie geschafft, eine große Hochzeit, Implantate für Deandra, zwei teure Autos, ein Haus und die ganzen hässlichen Möbel darin zu bezahlen – vom Gehalt eines Feuerwehrmanns. Selbst wenn er in jeder freien Minute als Dachdecker arbeitete, könnte er damit sicher nicht etliche Hunderttausend Dollar verdienen.

Ripkin konnte es sich leisten, die Leute, die für ihn die Drecksarbeit machten, gut zu bezahlen.

Mittel: Moose war bei der Feuerwehr. Feuerwehrleute machten Trainingseinsätze in verlassenen Gebäuden, wo auf kontrollierte Weise Feuer gelegt wurde. Als Anne noch bei der 499 gewesen war, hatten immer Danny und Moose die Gebäude überprüft und die Übungsfeuer beaufsichtigt.

Es war nicht schwer, sich vorzustellen, dass er mit einem Timer oder einer Fernbedienung einen kontrollierten Brand auslösen konnte.

Gelegenheit: der Transportanhänger auf dem Überwachungsvideo.

Falls es seiner war.

»Komm schon, Tom … komm schon …«

Plötzlich hatte sie aus dem Nichts ein Bild vor Augen, aus Erinnerungen, mit denen sie sich nicht befassen wollte. Ein Bild aus dem Feuer, direkt nachdem sie ihre Hand verloren hatte. Danny hatte sie zu der eingestürzten Mauer getragen, wo sich ein Fluchtweg aufgetan hatte, und sie durch das Loch geschoben. Er hatte sie nach draußen gereicht …

In Moose' wartende Arme.

Anne beugte sich wieder über ihren Haufen Papiere, blätterte durch Berichte, Tabellen, Fotos und …

Der Einsatzbericht der 499 folgte dem Standardaufbau, nannte die Uhrzeit des Notrufs, die Adresse des Lagerhauses, die Lösch- und Leiterfahrzeuge sowie die Rettungswagen, die hingeschickt wurden … und die Crew, die in jener Schicht Dienst gehabt hatte. Ganz unten, mit einem Sternchen markiert, stand der Name Robert Miller.

Moose war an jenem Abend wegen Migräne krankgeschrieben gewesen.

Aus diesem Grund hatte er Zivil- und keine Einsatzkleidung getragen, als er geholfen hatte, sie aus den Trümmern zu befreien.

Warum war er überhaupt dort gewesen?

Als sich ihr Handy meldete, öffnete sie die Nachricht ihres Bruders. Sie klickte auf das Bild, vergrößerte es, ging die Reihe der Beamten entlang. Ripkin stand vor einem roten Band vor der Garage der neuen Feuerwache.

Und da war es. Ganz an der Seite.

Moose unterhielt sich eifrig mit einem weißhaarigen Mann im Anzug. Sterling Broward, Ripkins schicker Anwalt.

Aber wie genau war es dazu gekommen? Ollie Popper hatte in mehreren Bundesstaaten Hehlerei mit Büromaterial betrieben, und immer wenn es ihm mit der Polizei zu brenzlig wurde, hatte er die Beweise gegen ihn in Feuern verschwinden lassen, die zufällig in Ripkins Lagerhäusern entzündet wurden. Moose wusste, wie man einen kontrollierten Brand legte, und konnte dafür sorgen, dass das Feuer nur das zerstörte, was es zerstören sollte. Das bedeutete aber nicht zwangsläufig, dass Ollie und er etwas mit Ripkin zu tun hatten.

Nur weil Moose sich bei einem öffentlichen Festakt nachweisbar mit Sterling Broward unterhalten hatte, hieß das nicht, dass die Verbindung zu Ripkin gesichert war.

Doch Annes Bauchgefühl sagte ihr, dass da was im Busch war. Das Feuer in Ripkins Villa, bei dem seine Tochter fast ums Leben gekommen war? Der bei dem Bootsunfall verstorbene Brandermittler? Ollie Popper, von Broward vertreten, tot in der Dusche, bevor sein Fall noch weiter aufgerollt werden konnte?

Sie legte ihr Handy weg und dachte weiter über alles nach, besonders darüber, was Don ihr immer gesagt hatte: Bleib skeptisch, auch wenn Informationen deine These bestätigen.

Und fange mit dem an, was du sicher weißt.

Was Moose anging, war klar, was sie tun musste. Sie holte ihre Tasche, ihre Schlüssel und Soots Leine.

Auf dem Weg aus dem Haus vergewisserte sie sich, dass sie ihre Waffe dabeihatte – und ihre Genehmigung, sie verdeckt zu tragen.

EINUNDFÜNFZIG

Anne raste durch die Landschaft. Moose hatte am Vortag mit Danny Dienst gehabt, wenn sie sich also beeilte, konnte sie vielleicht einen Blick auf den Transportanhänger werfen, bevor er nach Hause kam. Und Deandra? Falls sie da war, würde Anne eben mit ihr klarkommen müssen. Im schlimmsten Fall würde sie ihr ihre Inspector-Dienstmarke vor die Nase halten.

Doch wie sich herausstellte, war niemand zu Hause.

Sie fuhr einmal um das Grundstück herum, bevor sie sich der Einfahrt näherte, und konnte die leeren Parkplätze vor der Farm durch die Bäume erkennen – ebenso wie das Chaos auf dem Rasen.

Jemand war ausgezogen. Oder rausgeschmissen worden.

Als sie das Grundstück zum zweiten Mal umrundete, entdeckte sie eine weitere Einfahrt auf der Rückseite. Da sie nicht wusste, wann jemand nach Hause kommen würde, erschien ihr das sicherer, und sie konnte mit dem Auto bis auf hundert Meter an die Garage heranfahren.

Und an den Transportanhänger.

»Du bleibst hier, Soot.« Sie ließ sein Fenster herunter, damit er auf jeden Fall genug Luft bekam. »Ich bin gleich wieder da.«

Nachdem sie ausgestiegen war, hielt sie mit der einen Hand ihre Waffe vor sich und mit der Prothese ihr Handy, während sie über das Gras zur Garage lief.

Dort angekommen, blieb sie mit dem Rücken dicht am Gebäude stehen. Als alles ruhig blieb, schob sie sich daran entlang und streckte den Kopf um die Ecke.

Der Transportanhänger war groß genug, dass ein Auto hineinpasste und der Inhalt von einem Dach und vier Wänden geschützt wurde. An der Doppeltür hinten hing ein schweres Schloss.

Sie nahm ihr Handy, schoss ein paar Fotos und ging dann näher ran. Sie musste hineinschauen, aber wie?

Moose' Garage stand offen, und Anne hatte den Eindruck, dass jemand sie verwüstet hatte – aber wer konnte da schon sicher sein, schließlich bewahrte Moose sein Werkzeug nie ordentlich auf. Trotzdem würde sie darin sicher etwas finden, was sie benutzen konnte.

Sie sah eine Axt an der Seitenwand und griff danach. Da das Ding schwer und sie einhändig war, würde sie nicht genug Kontrolle darüber haben, also stellte sie die Axt wieder zurück.

Es gab nur eine Möglichkeit.

Sie entsicherte ihre Waffe, kehrte zum Anhänger zurück und richtete die Mündung auf das Schloss. Nachdem sie sich vergewissert hatte, dass nichts als Bäume in ihrer Geschossbahn standen, drückte sie den Abzug.

Im Hinterkopf wusste sie, dass sie damit gegen das Gesetz verstieß. Aber das hier war so ähnlich, wie Emilio zu sagen, er solle ohne sie in den ersten Stock hinaufgehen: Dringlichkeit vor Vorschrift.

Entschuldige dich später, statt vorher um Erlaubnis zu fragen.

Mach deine Arbeit, verdammt.

Die Kugel schoss aus dem Lauf und ließ das Metallschloss wie eine Kirchenglocke läuten. Anne senkte die Waffe. Bingo.

Das hatte einwandfrei funktioniert. Sie öffnete die eine Tür und holte tief Luft.

Computer. Telefone. Monitore. Laptops …

»Verfluchte Scheiße, Anne. Jetzt bist du für mich auch noch ein Problem.«

Anne drehte sich ruckartig um. Moose torkelte mit blutbeschmiertem Hemd und einer Schnittwunde im Gesicht aus dem Haus und zog dabei den einen Fuß hinter sich her.

Er wirkte müde. Frustriert. Erschöpft. Aber vor allem wirkte er wie ein Fremder, der in dem Körper des Freundes und Kollegen steckte, den sie einst wie ein Familienmitglied gekannt und gemocht hatte.

»Moose«, keuchte sie. »Was tust du da?«

Er blieb stehen und schaute an sich hinunter. »Ich habe den Charger zu Schrott gefahren. Er ist irgendwo im Wald. Ich habe Deandra verjagt. Und dann habe ich getrunken.«

»Nein, ich meine das hier.« Sie zeigte auf den Anhänger. »Was machst du mit Ripkin?«

Er hielt die Hände hoch – und da sah sie die kleine schwarze Box in seiner rechten Handfläche. »Was hätte ich denn sonst tun sollen? Ich habe das Geld gebraucht. Deandra ist teuer – *war* teuer.«

»Hast du sie umgebracht?«

»Was? Nein. Ich habe sie rausgeschmissen. Sie ist bei ihrer Schwester. Wir sind fertig miteinander.« Endlich schienen seine blutunterlaufenen Augen klarer zu sehen. »Aber jetzt muss ich mich um dich kümmern. Ich gehe nicht ins Gefängnis, Anne. Ich kann nicht. Das verstehst du doch hoffentlich.«

Sie trat einen Schritt zurück und richtete die Waffe auf ihn. »Komm nicht näher.«

»Nimmst du mich jetzt fest?«

»Du hast Menschen getötet. Du hast deine eigene Crew in

Lebensgefahr gebracht. Und das alles als angestellter Feuerwehrmann.«

»Fang bloß nicht an, über mich zu richten, Anne«, zischte er. »Du bist die Schwester des Feuerwehrchefs, verdammt. In deinem Leben läuft alles prima. Ich habe nichts. Nichts! Meine eigenen Eltern wollten mich nicht. Ich hab kaum das College abgeschlossen. Ich hab's nicht ins SWAT-Team geschafft. Nicht mal Deandra wollte mich, sie wollte Danny!«

Anne schaute wieder auf das Ding in seiner Hand. Die Antenne war verräterisch – und Anne zählte rasch eins und eins zusammen.

Sie bewegte sich vom Anhänger weg in Richtung ihres Autos. »Hör zu, Moose, ich muss dich nicht anzeigen, okay? Wir können einfach vergessen …«

»Nein, ich kenne dich. Wie lange habe ich mit dir gemeinsam Feuer gelöscht? Du lügst, weil du glaubst, ich würde dich umbringen, und da hast du recht. Aber du bist mir nicht wichtiger als ich selbst. Sorry.«

Die Explosion des Anhängers erfolgte augenblicklich, nachdem Moose auf einen Knopf auf der Fernbedienung gedrückt hatte, und die Kraft der Druckwelle riss Anne mit und schleuderte sie ein Stück weit durch die Luft. Als sie auf dem Rücken landete, blieb ihr der Atem weg, und die Waffe fiel ihr aus der Hand.

Sie konnte für den Moment nur zum wolkenlosen blauen Himmel hinaufstarren, während sie versuchte, Sauerstoff in ihre Lungen zu pumpen.

Moose' Gesicht erschien über ihrem. »Weißt du, ich mochte dich, ehrlich.« Er hob ihre Waffe auf. »Und ich bringe das jetzt schnell zu Ende, damit es dir nicht wehtut …«

Der graue Blitz erschien aus dem Nichts. Das Etwas bewegte sich so schnell, dass es nicht zu erkennen war.

Aber Soot wusste, was er zu tun hatte. Er stürzte sich mit solcher Wucht auf Moose' Unterarm, dass sich die Waffe von Anne wegbewegte und die Kugel in die Luft ging. Moose fluchte und begann daraufhin, dem Hund auf den Kopf zu schlagen.

Soot ließ sich davon jedoch nicht stoppen. Knurrend und schnappend war sein muskulöser Körper ebenso eine Waffe wie seine Zähne, und obwohl er auswich, weigerte er sich loszulassen.

»Lass meinen Hund in Ruhe!«

Anne stürzte sich auf Moose, auf seine Kehle, bevor ihr einfiel, dass sie nicht mehr zwei voll funktionsfähige Hände besaß. Aber dadurch hatte sie trotzdem eine großartige Waffe am Körper.

Sie stach Moose mit den harten Fingern ihrer Prothese ins Auge.

Er schrie und fiel auf den Rücken.

Einen Augenblick lang war sie überzeugt, dass sie gewonnen hatten. Aber dann trat ein Stiefel nach ihrem Kopf, und sie konnte sich nicht mehr rechtzeitig ducken. Der schwere Tritt traf sie mitten im Gesicht, Blut spritzte aus ihrer Nase, und sie drehte sich wie ein Kreisel um die eigene Achse.

Und dann hörte sie ein Jaulen und Winseln von Soot.

ZWEIUNDFÜNFZIG

Danny fuhr von vorn an Moose' beschissene Farm heran und stieg dann so fest auf die Bremse seines Pick-ups, dass der Kies nach allen Seiten spritzte. Der gelbe Charger des Arschlochs war nicht da, aber überall im Vorgarten waren rosa Klamotten und hochhackige Schuhe verstreut. Danny wusste jedoch, dass Moose zu Hause war. Vic Rizzo von der 617 hatte alle per Textnachricht informiert, dass Moose' Wagen nach einer Saufrunde im Timeout von zwei Polizisten an einem Baum gefunden und sein alkoholisierter Fahrer hierher zurück in die Pampa geschickt worden war.

Danny stieg aus und …

Die Explosion war so heftig, dass die Fenster des Hauses erzitterten, und er duckte sich, um sich vor den umherfliegenden Splittern zu schützen.

Als ein Telefonhörer ihn am Kopf traf, fluchte er und rannte zur Eingangstür. Im Inneren fand er absolutes Chaos vor. Jemand – sehr wahrscheinlich Moose – hatte die wuchtigen schwarz-weißen Möbel mit einem Messer bearbeitet, und überall lagen Füllmaterial und zerfetzte Kissen herum.

Jedes einzelne der Hochzeitsfotos war zerschlagen worden, die Wände voller blutiger Faust- und Fingerabdrücke.

Danny lief nach hinten durch. Draußen bei der Garage stand Moose' Transportanhänger in Flammen. Der wirbelnde Rauch wehte zum Haus und versperrte ihm die Sicht.

»Moose?«, rief er.

Er rannte auf die Garage zu, bekam Rauch in die Augen und hustete.

Und dann sah er den Kampf auf dem Rasen hinter dem Feuer. Zwei Personen rollten über den Boden. Ein graues Etwas umkreiste sie.

Wollte der Typ Deandra jetzt etwa umbringen?

»Moose, hör auf! Wir haben nichts miteinander, sie lügt …«

Vor der Baumgrenze, am Ende eines unbefestigten Wegs etwa hundert Meter entfernt, parkte Annes Subaru.

Was zur Hölle war hier los?

Danny lief um die Hitze und die lodernden Flammen herum, die hinten aus dem Anhänger schlugen. Und als der Rauch in eine andere Richtung geweht wurde, bekam er einen klaren Blick auf eine Szene, die keinen Sinn ergab: Anne und Moose kämpften miteinander, und Soot raste um sie herum, bellend, knurrend, und er hinkte stark, als wäre er verletzt.

Zeitlupe.

Alles verlief plötzlich in Zeitlupe: Moose, wie er Anne auf den Rücken drehte, Soot, wie er nach seiner Hand schnappte, als Moose eine Waffe auf ihr Gesicht richtete.

Dannys primitiver Beschützerinstinkt brachte die Puzzleteile schneller zusammen, als sein höherer Verstand einen folgerichtigen Gedanken fassen konnte. Er stürmte mit all seiner Kraft vorwärts und griff unterwegs nach der erstbesten Waffe, die er erwischte.

Es war eine langstielige Axt, die an der Garage lehnte.

Gerade, als Moose auf den Auslöser drücken wollte, kam Danny rutschend bei ihm zum Stehen, schwang die Klinge und traf den Möchtegern-Killer am Hinterkopf.

Moose erstarrte in einem Ganzkörperkrampf, und Anne reagierte innerhalb von Sekundenbruchteilen. Obwohl sie aus der Nase blutete, drehte sie sich zur Seite, schnappte sich die

9-mm-Pistole und riss sie dem Kerl aus der Hand, während der vornüber zu Boden fiel.

Dann befreite sie sich und kroch unter dem nun toten Gewicht des Mannes hervor, der reglos dalag.

Danny wurde so benommen, dass er taumelte, den Griff der Axt losließ und auf die Knie ging … während er die ganze Zeit auf die Axt starrte, wie sie der Schwerkraft Widerstand leistete, so sicher, als hätte er die Klinge einfach in einen Eichenstumpf geschlagen.

»Soot!«

Er schüttelte sich und schaute zu Anne. Sie zitterte, während sie die Waffe weiter auf Moose gerichtet hielt, und zog ihren Hund an sich. Das Tier leckte sie ab, schmiegte sich an sie, winselte.

Als sie schließlich zu Danny blickte, hob er die Hände hoch, als könnte sie auch auf ihn schießen.

Es wurde still, und sein Gehirn versuchte, sich mit einer Realität auseinanderzusetzen, die er nicht verstand, die er unmöglich fassen konnte.

Anne schien sich in einer ähnlichen Schockstarre zu befinden.

Warum hatte sein ehemaliger Mitbewohner versucht, sie umzubringen?

»Geht es dir gut?«, fragte er mit brüchiger Stimme.

Ihre großen glasigen Augen fixierten sein Gesicht. »Danny … er war es. Moose war es. Er hat die Feuer in den Lagerhäusern gelegt … und er wollte mich töten.«

Danny ließ langsam die Hände sinken. Auf was zur Hölle hatte Moose sich da eingelassen?

»Er hat es wegen des Geldes gemacht«, murmelte Anne. »Daher hatte er das ganze Geld für die Hochzeit, dieses Haus, den Shelby in der Garage. Er hat in den Feuern Beweismittel vernichtet, aber ich konnte ihn nicht mit Ripkin zusammenbringen. Ich weiß immer noch nicht, was das Ganze mit Ripkin zu tun hat.«

Danny rieb sich übers Gesicht. »Jetzt gerade interessiert mich nur, dass es dir gut geht.«

Er beugte sich vor und griff nach ihrer Hand. Als sie nicht zurückwich, zog er Anne an sich und drückte kurz die Augen zu. Während er sie fest umarmte, blickte er über ihre Schulter auf die Leiche seines alten Freundes.

Die Traurigkeit saß so tief, dass er sicher war, sein Herz würde jeden Moment stehen bleiben. Er konnte sich nicht erklären, wie ein Mann, mit dem er jahrelang zusammengewohnt hatte, zu so einem schlechten Menschen hatte werden können, aber eine Sache wusste er: Anne lebte.

Nichts sonst, nicht einmal Moose, war wichtiger.

Er lehnte sich leicht zurück und strich ihr etwas Gras aus den Haaren. »Du sollst wissen, dass ich in der Nacht vor der Hochzeit nicht mit Deandra geschlafen habe. Auch wenn du mir jetzt eine Kugel durch den Kopf jagst und mich zu meinem Zwillingsbruder schickst, schwöre ich dir das bei meiner Seele. Deandra hat Moose angelogen, um ihn zu provozieren, und zwar vor der gesamten Wache, aber es stimmt nicht. So etwas hätte ich Moose nie angetan. Und dir auch nicht.«

Er ließ Anne in seine Augen schauen, solange sie wollte, während er betete, dass sie die Wahrheit in ihm erkennen würde.

Nach einer gefühlten Ewigkeit flüsterte sie: »Du hast mir schon wieder das Leben gerettet, Dannyboy.«

»Ich werde immer für dich da sein.« Als sie die Hand hob, um sein Gesicht zu berühren, hielt er sie fest und drückte einen Kuss in ihre Handfläche. »Immer.«

DREIUNDFÜNFZIG

Anne saß auf der Heckstoßstange des Krankenwagens und hielt sich einen Eisbeutel ins Gesicht. Die Blutung hatte aufgehört, aber sie fürchtete, dass die Nase gebrochen war. Jedes Mal, wenn sie sie berührte, knirschte es in der Mitte, und das verhieß nichts Gutes.

»… und dann haben Sie beschlossen, herzufahren und ihn zur Rede zu stellen?«, fragte die Polizistin.

Zwei weitere Polizeifahrzeuge trafen ein und stellten sich zu den vier anderen, die bereits im Kreis um die Farm herum parkten. Einige der Beamten, die ausstiegen, kannte Anne noch von ihren Abenden im Timeout, und absurderweise verspürte sie das Bedürfnis, ihnen zuzuwinken und sie zu begrüßen, als wäre sie die Gastgeberin dieser miesen Party.

»Anne?«

»Entschuldigung.« Sie konzentrierte sich wieder auf die Frau. »Ja, ich habe beschlossen herzufahren, um mit ihm zu reden. Alles schien zusammenzupassen, aber ich wollte Gewissheit. Als ich hier angekommen bin, habe ich den Anhänger geöffnet« – dass sie das Schloss weggeschossen hatte, erwähnte sie lieber nicht – »und das Büromaterial darin entdeckt.«

»Welches Büromaterial?«

»Laptops. Computer. Telefone. Ich vermute, dass Ripkin Development Sachen, die vernichtet werden sollten, in Ollie Poppers umfangreicher Sammlung versteckt hat. Oder das Unternehmen ist noch viel tiefer in Schwarzmarktgeschäfte verwickelt, als die Behörden sich überhaupt vorstellen können.«

»Okay, und was ist dann passiert?«

Ihr Mund bewegte sich wieder, Worte strömten heraus, und anscheinend ergaben sie einen Sinn. Die Polizistin nickte und machte sich Notizen.

Aber Anne hatte aufgehört, sich selbst zuzuhören.

Danny kam mit zwei Polizisten hinter der Hausecke hervor. Die drei Männer unterhielten sich konzentriert. Als er ihren Blick bemerkte, blieb er stehen, als wäre er unsicher, ob er willkommen wäre.

Soot, der sich geweigert hatte, von ihrer Seite zu weichen, begrüßte ihn mit einem freundlichen Bellen.

»Das genügt fürs Erste«, sagte die Polizistin. »Jetzt können Sie sich behandeln lassen, aber Sie müssen auch noch eine offizielle Aussage machen.«

»Ich komme auf die Wache, wann immer Sie wollen.«

»Danke, Inspector Ashburn. Wir wissen Ihre Mithilfe zu schätzen.«

Als sie allein war, sagte Danny etwas zu den beiden Cops und kam zu ihr herüber. »Hey. Schicke neue Nase.«

Sie nahm den Eisbeutel herunter. »Findest du, es ist zu viel? Ich wollte nur den Nasenrücken etwas schmaler und die Spitze ein bisschen höher haben.«

»Ich denke, wir müssen abwarten, bis die Schwellung zurückgeht.«

»Ja. So ist das nun mal mit Schönheits-OPs.«

»Darf ich deinen Hund streicheln?«

Als wären sie Fremde. »Natürlich. Er mag dich.«

Danny ging in die Hocke, und sein Knie knackte. Als er sein Gesicht Soots Schnauze näherte, sagte er: »Alles in Ordnung mit dir, Junge? Du hast gehinkt.«

»Ich glaube, Moose hat ihn getreten. Aber wenigstens wurde keiner von uns angeschossen.«

Sie musterte Danny, jeden Zentimeter von ihm, von der Art, wie sein pechschwarzes Haar im Sonnenlicht glänzte, bis zu seinen unglaublich breiten Schultern und seinen Händen. Diesen wunderbaren starken Arbeiterhänden.

Die ihr zweimal das Leben gerettet hatten.

Denn die Wahrheit war, dass ihre Kraft schnell nachgelassen hatte, und wenn Moose abgedrückt hätte, hätte sie eine Kugel in den Kopf bekommen.

Tränen traten ihr in die Augen, also schloss sie sie.

»Anne«, sagte Danny mit erstickter Stimme.

Gleich darauf saß er neben ihr auf der Heckstoßstange des Rettungswagens. »Gib uns noch eine Minute«, hörte sie ihn zu jemandem sagen.

Sie schniefte und versuchte, sich wieder zu fangen. Gott, ihre Nase tat höllisch weh.

»Also, laut Beweisrecht«, sagte sie heiser, »erkennt das Gericht Geständnisse auf dem Totenbett an, auch wenn es sich außerhalb jenes mildernden Umstands nur um Hörensagen handelt. Du weißt schon, weil Menschen nicht lügen, kurz bevor sie sterben.«

»Nein, tun sie nicht.«

»Und dieser Theorie zufolge glaube ich, dass das wahrscheinlich auch auf Menschen zutrifft, die gerade ihren besten Freund umgebracht haben.« Sie schloss die Augen. »Oh Gott, ist das eben wirklich passiert?«

Eine warme raue Hand griff nach ihrer. »Ja. Zu beidem, meine ich.«

»Wie bitte?« Ihr Verstand schien einfach gar nichts mehr verarbeiten zu können. »Ich kann nicht klar denken.«

»Ich habe nicht gelogen, was Deandra angeht.« Als Anne

ihn ansah, erwiderte er ihren Blick. »Du musst nicht mit mir zusammen sein, wenn du das nicht willst, aber du sollst die Wahrheit wissen. Ich habe nicht gelogen, was die Sache mit ihr angeht. Es stimmt, dass sie mich in der Nacht nach dem Probeessen in der WG angemacht hat, aber ich bin nicht darauf eingegangen. Es kann sein, dass Moose ihr Kleid auf dem Fußboden gesehen hat, aber er hat dann wohl nicht mitbekommen, wie ich sie eigenhändig rausgeschleppt und danach alles abgeschlossen habe, damit sie nicht wieder reinkonnte. Sie war nichts für mich. War sie nie. Und ich hatte auch nie was mit ihr, nachdem die beiden verheiratet waren.«

Anne holte so tief Luft, dass ihre Rippen schmerzten, und verzog das Gesicht. Davon tat wiederum ihre Nase noch mehr weh. Aber nichts davon spielte eine Rolle.

»Es tut mir leid«, sagte sie. »Es tut mir so leid. Ich … Ich habe einfach geglaubt, was er mir vor die Nase gehalten hat.«

Für sie war es ein weiterer Beweis ihrer These, dass Danny zu großartig war, um wahr zu sein.

»Schon okay.« Er schaute zu Boden. »Es ist, wie es ist …«

»Ich liebe dich.«

Er drehte den Kopf so schnell wieder zu ihr, dass sie seinen Hals knacken hörte.

»Ich dachte nur, ich sollte dir das sagen.« Anne zuckte die Achseln. »Es ist zu wenig und wohl zu spät, aber …«

Der Kuss kam aus dem Nichts. Sein Mund verschmolz mit ihrem, und sie war zu erschrocken, um zu reagieren. Zuerst. Aber dann erwiderte sie den Kuss.

Als sie sich schließlich voneinander lösten, konnte sie gar nicht genug davon bekommen, in diese blauen Augen zu schauen. »Mir tut es auch wegen Moose leid. Ich kann mir gar nicht vorstellen, wie du dich jetzt fühlen musst.«

Er nickte und strich ihr die Haare nach hinten. »Nichts davon kommt mir real vor. Bis auf eine Sache.«

»Und die wäre?«

Seine Miene wurde hart. »Wenn irgendjemand versucht, dir Schaden zuzufügen, kriegt er es mit mir zu tun. Und ich werde das Problem lösen, was auch immer das bedeutet.«

Annes erster Impuls war, ihm zu sagen, dass sie seine Hilfe nicht brauche, aber das war ein Reflex, nicht die Wirklichkeit. Sie wollte ihn in ihrem Leben, in jeder Rolle, die zählte, und der »edle Ritter« gehörte auch dazu.

Solange ihm klar war, dass sie dasselbe auch für ihn tun würde.

Sie strich mit einer Hand über seine gerunzelte Stirn. »Weißt du, was?«

»Was denn?«

»Das gilt für uns beide.« Sie lächelte leicht. »Ich bin auch für dich da, wenn du mich brauchst. Ich bin deine Partnerin, keine Prinzessin in einem Schlossturm.«

»Und deswegen liebe ich dich, meine holde Schönheit.«

Er küsste sie wieder, und sie gab sich all den Emotionen hin, die zwischen ihnen in der Luft lagen: Hoffnung, Trauer, Dankbarkeit, Wut und Verwirrung … selbst dem langsam nachlassenden Schrecken. Sie hatte schon genügend schlimme Unfallszenarien und Feuer miterlebt, um zu wissen, dass das Ganze noch nicht abgeschlossen war. Aber sie würden es zusammen durchstehen. Was blieb ihnen auch anderes übrig? Man gehörte entweder zu den Überlebenden oder zu den Opfern.

Und sie waren Überlebende.

»Anne.«

Als sie hörte, wie ihr Bruder ihren Namen sagte, lösten Danny und sie sich voneinander. Tom stand am Heck des Rettungswagens, aufrecht wie immer, gebieterisch wie immer – mit Tränen in den Augen.

Von noch mehr Gefühlen überwältigt, erhob sich Anne von der Stoßstange und ging zu ihm. Einen Augenblick lang waren sie beide verlegen, weil sie es nicht gewohnt waren, einander zu umarmen …

Die starken Arme ihres Bruders umfingen sie und zogen sie an seine breite Brust. Sie schloss die Augen und atmete tief durch.

Einen Moment lang verschwammen Vergangenheit und Gegenwart miteinander, und sie erinnerte sich daran, wie sie sich als Kind bei ihrem Vater gefühlt hatte, beschützt von etwas, was größer und stärker war als sie selbst. Aber dann war all das verschwunden und das Heldenimage durch das Bild eines Menschen mit gravierenden Schwächen ersetzt worden.

Aus diesem Grund mussten die Menschen lernen, auf eigenen Beinen zu stehen.

Sie lehnte sich zurück und schaute auf. Die Verletzlichkeit im Gesicht ihres Bruders war ein Schock. Er hatte sie nie um Rat oder Unterstützung gebeten. Darum bat er nie irgendjemanden.

»Es ist okay«, sagte sie zu ihm. »Es ist alles okay. Glaub mir.«

Er erschauderte und ließ den Kopf sinken. »Ich kann dich nicht verlieren, Schwesterchen.«

»Hast du nicht. Wirst du auch nicht.« Sie lächelte. »Ich bin eine Ashburn.«

Der Blick ihres Bruders kehrte zu ihr zurück, und er nickte ernst. »Das bist du. Durch und durch.«

Als sie einander noch einmal umarmten, spürte Anne, wie sich tief in ihrem Inneren etwas löste. Die Wut, die so lange über sie geherrscht hatte, zersprang wie ein Spiegel und löste sich einfach auf. Als Kind hatte sie sich immer nur den Respekt ihres Vaters gewünscht.

Wie sich herausstellte, schenkte ihr das Schicksal etwas noch Besseres, noch Wertvolleres.

Sie hatte sich den Respekt ihres großen Bruders verdient.

Aus dem Augenwinkel nahm Anne wahr, wie Danny sich zurücklehnte und sie beobachtete, mit einem frohen und zustimmenden Lächeln im Gesicht.

Als Tom ihm eine Hand entgegenstreckte, schüttelte Danny sie, ein Schwur, der von beiden Seiten abgelegt und akzeptiert wurde: Inmitten von Chaos und Tod war eine neue Familie entstanden. Eine, die von ihren Mitgliedern selbst gewählt war, kein Zufall der Biologie – und deshalb würde sie solider und dauerhafter sein.

VIERUNDFÜNFZIG

Eine Woche später verließ Anne ihr Büro für eine lange Mittagspause. Don würde auf Soot aufpassen, der zum Maskottchen des Ermittlungsteams geworden war, und sie vermutete, »aufpassen« bedeutete, dass ihr Chef mit dem Hund die Straße runter zum Deli gehen und die beiden sich ein großes Baguette mit Pute, Käse und Mayo und zwei kleine Tüten Kartoffelchips teilen würden.

Kein Wunder, dass Soot den Mann ebenfalls für den besten Chef der Welt hielt.

Auf der Einkaufsstraße, zu der sie fuhr, war sie noch nie gewesen, aber schon oft daran vorbeigekommen, und sie fand leicht einen Parkplatz. Sie war früh dran, und die Mittagssonne war noch ziemlich warm, also schlenderte sie an den Geschäften vorbei.

Die Entwicklungen nach Moose' Tod waren traurig. Er wurde beerdigt, jedoch ohne eine Ehrung durch die Feuerwehr. Wie auch? Er hatte seine Kameraden in Lebensgefahr gebracht, Brandstiftung begangen und versucht, Anne umzubringen.

In die Ermittlungen zu seinen Verbrechen war auch das FBI eingeschaltet worden, da sich Ollie Poppers Schwarzmarktgeschäfte über mehrere Bundesstaaten erstreckten. In Moose' Haus hatte man ein Wegwerfhandy gefunden, in dem die Anrufe auf Annes Handy gespeichert waren, und nur die anonyme Nachrichtenapp TextPort war darauf installiert.

Die Spur des Geldes war im Sand verlaufen. In Moose' Schlafzimmer hatten sie rund fünftausend Dollar in bar gefunden, aber bisher gab es keine Hinweise darauf, woher das Geld gekommen war. Und was Ripkin anging? Die Verbindung konnte nicht aufgedeckt werden, aber Anne glaubte immer noch, dass sie bestand. Moose' finanzielle Ausgaben waren weit über die paar Tausend Dollar hier und da hinausgegangen, die jemand wie Ollie bezahlen konnte.

Und deshalb war sie fest überzeugt, dass in den Feuern nicht nur gestohlenes Büromaterial vernichtet worden war. Ripkin hatte Geheimnisse, aber sie wusste nicht, welche – und konnte es auf offiziellem Weg auch nicht herausfinden. Sie hatte ihren Bericht zum letzten Lagerhausbrand sowie ihre Ergänzungen zu den übrigen fünf eingereicht, aber solange sie nicht zu den Ermittlungen zu Moose' Fall hinzugezogen wurde, war ihre Aufgabe für ihre Behörde beendet.

Das frustrierte sie.

Außerdem machte sie sich Sorgen um Danny. Es war offensichtlich, dass er tief im Inneren traurig war und Dinge für sich behielt, und das beunruhigte sie. Es mochte sein, dass das schon immer so gewesen war, aber seine stoische Durchhaltementalität musste sich ändern. Sie war einfach nicht gesund.

Aber ansonsten lief es zwischen ihnen großartig. Er war nach und nach bei ihr eingezogen, indem er jeden Abend mit noch ein paar Klamotten mehr vorbeikam, auch wenn er insgesamt nicht viele besaß. Außerdem hatte er seinen tollen Fernseher mitgebracht, und sie musste zugeben, dass das im Vergleich zu ihrem Schrottkasten eine große Verbesserung war.

Er wollte die Wohnung kündigen. Eine Ära ging zu Ende. Die vier Männer, die als Studenten zusammengezogen waren, waren nun erwachsen.

Oder tot, wie in Moose' Fall.

Anne blieb vor einer Boutique stehen und legte den Kopf schief, um das Kleid im Schaufenster zu betrachten. Deandra hatte die Stadt verlassen, sie hatte ihren Job aufgegeben, ihre Sachen gepackt und war – wohin auch immer – verschwunden. Aber sie war nicht frei. Noch lange nicht. Sie war verhört worden und stand noch auf der Liste der Personen von besonderem Interesse. Es war ziemlich klar, dass die Frau ein Motiv gehabt haben mochte, doch es gab keine konkreten Hinweise darauf, dass sie selbst etwas Kriminelles getan hatte.

Aber die Ermittlungen liefen noch.

»Anne!«

Sie drehte sich um und lächelte. »Hi, Mom. Danke, dass du gekommen bist.«

Als sie ihre Mutter in der Mitte der Einkaufsstraße traf, stellte sie fest, dass ihr Bruder recht hatte. Ihre Mom wirkte seit einer Woche viel glücklicher und unbeschwerter.

Eine Heilung – welcher Art auch immer – tat den Menschen nun mal gut.

»Du wirst es nicht glauben«, verkündete Nancy Janice, »aber ich habe heute Morgen in einer Galerie zwei meiner Ölbilder verkauft! Ich kann es gar nicht fassen! Wer hätte gedacht, dass jemand mal etwas besitzen möchte, was ich gemacht habe?«

Anne umarmte ihre Mutter und war überrascht, wie leicht ihr das fiel. »Ich bin stolz auf dich.«

»Ich auch.« Nancy Janice nahm Anne an die Hand. »Aber jetzt wollen wir uns auf dich konzentrieren.«

»Oh Gott, dass hier ist keine gute Idee.«

»Doch, das ist es. Und ich bleibe die ganze Zeit bei dir. Na los, gehen wir rein.«

Während sie zusammen den Friseursalon betraten, schaute Anne über ihre Schulter. »Und wenn wir fertig sind, will ich noch kurz in den Laden dort drüben. Ich würde gerne deine Meinung zu etwas hören.«

Danny fiel es schwer still zu sitzen. Er wünschte, das Wartezimmer wäre zwölfmal so groß, wie es tatsächlich war.

Hin und zurück. Hin und zurück. Hin und …

Die Tür ging auf, und Dr. McAuliffe lächelte ihm zu. »Ah, hallo.«

»Hi, Doc.« Er schob die Hände in die Taschen seiner Jeans. »Wie geht's?«

»Gut, sehr gut. Kommen Sie rein.«

Als sie ihm die Tür aufhielt, zögerte er. Aber dann zwang er seine Füße, sich in Bewegung zu setzen.

»Danke, Doc«, murmelte er und ging hinein.

»Setzen Sie sich, wohin Sie wollen. Sie erinnern sich an die Regeln: Es gibt keine.«

Er lächelte, weil er sich dazu verpflichtet fühlte, und wählte das Sofa. »Ja.«

Die Therapeutin setzte sich ebenfalls, und er bemerkte, dass sie eine andere Variante dessen trug, was sie bei der letzten Sitzung angehabt hatte, nur dass das Braun nun mit Lila kombiniert war.

»Ich war überrascht, von Ihnen zu hören.« Sie lächelte mild. »Aber ich bin froh, dass Sie sich gemeldet haben.«

»Danke, dass Sie mich dazwischenschieben konnten.«

»Selbstverständlich.«

Er sah sich um und bemerkte all die Details, die bewusst beruhigend wirken sollten. Aber vielleicht lag es auch an ihr; vielleicht war das alles gar nicht Berechnung, sondern eher der Ausdruck einer mitfühlenden Seele, die mit der Welt und mit ihrer Arbeit im Reinen war.

»Ich sollte wohl erklären, warum ich hier bin«, sagte er.

»Damit können Sie anfangen. Klar.«

Er räusperte sich und rieb sich über die Schenkel. »Ich, ähm, ich bin verliebt.«

»Wirklich! Wie schön.«

Er lächelte, wich ihrem Blick aus und errötete. Wie ein Vollidiot. Wie ein Schuljunge. Wie jemand, der seiner Mama gestand, dass er eine Freundin hatte.

»Sie ist toll.«

»Das glaube ich.«

»Sie ist auch bei der Feuerwehr. Oder war es. Bis sie … Na ja, es ist Anne. Sie wissen schon, Anne Ashburn.«

»Tatsächlich.« Dr. McAuliffe lächelte weiter. »Das klingt nach einer schönen Beziehung.«

»Das wünsche ich mir. Sie bedeutet mir so viel, und ich würde alles tun, um sie zu beschützen und sie glücklich zu machen.« Plötzlich sah er die Therapeutin direkt an. »Und deshalb bin ich hier. Ich will nicht der Grund dafür sein, dass alles Scheiße wird. Entschuldigen Sie meine Ausdrucksweise.«

»Kein Problem.«

»Ich dachte, vielleicht könnte ich mit Ihnen über die Dinge hier drin reden.« Er tippte sich an den Kopf. »Dinge, die ich nicht loswerde, Dinge, die ich nicht rückgängig machen kann, Dinge, von denen ich wünschte, sie wären anders.«

Wie Moose.

Wie Emilio, der wieder arbeitete und dabei aussah wie eine wandelnde Leiche.

Wie Sol, den sie nicht hätten verlieren dürfen.

»Das halte ich für eine sehr gute Idee, Danny. Wo wollen Sie anfangen?«

Er dachte an die alte Dame auf dem Bett in der brennenden Wohnung. Die Axt in Moose' Hinterkopf. Anne und ihre Hand. Emilio im Krankenhausbett. Sol, der geschrien hatte:

»Lass mich nicht allein, lass mich nicht allein«, direkt bevor die Trümmer auf ihn einstürzten.

Er dachte an sich selbst, wie er unter dem Schutt des zusammengebrochenen Lagerhauses wieder zu Bewusstsein gekommen war, mit zerstörter Atemmaske, zerquetschtem Körper und mühsamer Atmung.

Und dann dachte er an John Thomas.

»Ich möchte über meinen Zwillingsbruder sprechen.«

»Okay. Erzählen Sie mir von ihm. Erzählen Sie mir alles.«

Danny musste blinzeln, weil seine Augen anfingen zu brennen. Aber dann lächelte er. »Ach Gott, er war eine echte Nervensäge, als wir klein waren. Abends hat er immer gewartet, bis ich eingeschlafen bin, und dann …«

FÜNFUNDFÜNFZIG

Es passte, dass es anfing zu regnen, als Danny beim Friedhof ankam. Es gab kein Pförtnerhaus oder eine Besucheranmeldung, denn das hier war der günstige Bestattungsplatz, nicht der altehrwürdige mit den kunstvoll beschrifteten Gruften und den Engel- und Heiligenstatuen auf der anderen Seite der Bahnstrecke. Danny bremste seinen Pick-up ab, schaute auf die Kleenexschachtel, auf die er die Wegbeschreibung gekritzelt hatte, und fuhr dann nach links.

Er war bei Anne gewesen, als er den Rückruf erhalten hatte, und die grau-gelbe Taschentuchbox war die erste beschreibbare Oberfläche gewesen, die er gefunden hatte.

Als er sich zwischen den Toten hindurchschlängelte, sah er zahlreiche irisch-katholische Namen und keltische Kreuze und nahm absichtlich den längeren Weg zu dem Bereich, den er suchte. John Thomas war in der nordöstlichen Ecke begraben, bei seinen Eltern, und obwohl Danny mit Dr. McAuliffe einen Neuanfang wagte, war er noch nicht bereit, dort vorbeizuschauen. Aber er hatte vor, eines Tages mit Anne hinzugehen.

Es kam ihm richtig vor, sie der Familie vorzustellen. Seine Eltern waren schon lange tot, bevor Anne in sein Leben getreten war, und John Thomas war der Feuerwehrordnung entsprechend nicht nur auf einer anderen Wache stationiert gewesen, sondern auch in dem Jahr gestorben, bevor Anne angefangen hatte. Also hatte auch er sie nicht gekannt.

Sie hätten sie alle gemocht. Wer würde das nicht?

Er bog um eine weitere Ecke und ging vom Gas. Auf einem gemähten Rasen, dessen Gras schon braun wurde, unter einem Dach aus roten und goldenen Blättern, zogen zwei Friedhofsgärtner einen Sarg aus einem gewöhnlichen Van.

Einen Moment lang konnte Danny nicht atmen.

Moose. Gott … was ist mit dir passiert, Moose?

Dannys Pick-up rollte im Leerlauf weiter, da der Weg leicht abfiel. Als er bei der neuen Grabstätte auf die Bremse trat, schauten beide Männer zu ihm.

Er hob die Hand zum Gruß, aber sie reagierten nicht, sondern trugen den Sarg einfach zu einem Loch, das offensichtlich von dem kleinen Bagger daneben ausgehoben worden war. Der Kollege der beiden, der ihn bedient hatte, gönnte sich eine Zigarettenpause.

Auch Danny griff nach seinen Zigaretten und zündete sich eine an. Er hatte sich geschworen, dass er aufhören würde, aber jetzt gerade dachte er nur: Ganz sicher nicht heute, Arschloch.

Er stieg aus und näherte sich den Friedhofsgärtnern. »Entschuldigung, ist das …?«

»Sind Sie wegen Robert Miller hier?«, fragte der vordere, während der Van wegfuhr.

»Ja. Moose ist … ja, ich bin seinetwegen hier.«

»Gehören Sie zur Familie?«

»Ich weiß nicht.« *Habe ich mal*, dachte er. Sozusagen. »Muss ich das?«

»Uns ist das egal«, sagte der andere Mann.

Stöhnend stellten sie den Sarg auf einer mechanischen Plattform ab, die ihn ins Grab absenken würde. Als sie sich wieder aufrichteten, fiel Danny auf, dass sie aussahen wie Brüder, beide stämmig und mit schütterem Haar. Ihre dunkelgrüne Arbeitskleidung kam vom selben Hersteller, der auch die Feuerwehr ausstattete, und ihre Baseballmützen trugen über dem Schirm das Friedhofslogo mit einem gebogenen Ast.

»Wollen Sie noch eine Minute, bevor wir ihn runterlassen?«, fragte der Linke.

Sie waren eineiige Zwillinge, dachte Danny, als er zwischen ihren wettergegerbten Gesichtern hin- und herschaute. Wie er und John Thomas.

»Ja. Wenn es Ihnen nichts ausmacht.«

»Wir müssen sowieso noch zwei andere Löcher graben. Lassen Sie sich Zeit.«

Der eine zeigte auf den Rasentraktor, der andere ging zu Fuß los, und während das Paar sich entfernte, überlegte Danny, ob ihre Namen wohl auch zusammenpassten. Jim und Tim. Bob und Rodge. Fred und Ted.

Daniel Michael und John Thomas waren ein irischer Reim, hatte seine Mutter immer gesagt. Was auch immer das bedeutete.

Danny zog an der Zigarette und blies den Rauch über seine Schulter, obwohl niemand in der Nähe war, den er damit hätte stören können.

Es war ein schlichter Sarg, keiner aus geschnitztem Mahagoni mit Messingleisten und gerafftem Satinfutter, und die Regentropfen hinterließen auf dem schwarzen Deckel glänzende kreisrunde Abdrücke. Danny fragte sich, was Moose darin wohl anhatte und wer die Kleidung ausgewählt hatte. Ob die Wunde von der Axt geschlossen worden war, bevor man ihn hineingelegt hatte.

Die hypothetischen Antworten, die er in Betracht zog und wieder verwarf, waren wie die Spekulation über die Friedhofsgärtnerzwillinge nur eine Möglichkeit, sich von der Realität abzulenken, dass jemand, der ihm jahrelang nahegestanden,

den er als Bruder gesehen, mit dem er zusammengearbeitet hatte ... jemand gewesen war, den er im Grunde gar nicht gekannt hatte.

Er dachte an Anne und ihren Vater. Erst vorgestern Abend hatte sie mit ihm darüber gesprochen, was nach dem Tod von Tom senior passiert war, von dem Geheimnis, das danach herausgekommen war. Sie hatte ihm von der Enttäuschung über ihre Mutter und der Wut auf ihren Vater erzählt. Von der Desillusionierung und der Abscheu und dem Gefühl des Verrats.

Der Held, den sie früher verehrt hatte, hatte sich nicht nur als ein einfacher Sterblicher, sondern als ein schlechter Mensch erwiesen. Sie würde genau verstehen, was er Moose gegenüber empfand und dass er bisher positive Erinnerungen nun durch einen dunklen Filter betrachtete.

Moose war der liebenswürdige Verlierertyp gewesen, der sich stets bemüht hatte, bei den Großen mitzuspielen, ein gutmütiger Kerl mit einem Herzen aus Gold, der es nie ganz schaffte, aber trotz seiner Misserfolge immer noch gelächelt hatte.

Die Vorstellung, dass Moose Feuer gelegt hatte, bei denen Menschen verletzt wurden, und Geld von Betrügern angenommen hatte ... dass er versucht hatte, jemanden umzubringen, *Anne* umzubringen, verdammt noch mal ... Das alles bedeutete, dass nichts an ihm wahrhaftig, sondern eine einzige Lüge gewesen sein musste. Denn der Mann, den Danny gekannt und mit dem er zusammengewohnt hatte, hätte nie jemandem etwas zuleide getan, erst recht nicht jemandem aus der eigenen Crew.

Er hatte Anne sehr gemocht.

Oder ... zumindest hatte er so getan.

»Scheiße«, sagte Danny in die kühle Herbstbrise.

Als er das tiefe Knattern eines Motorrads hörte, drehte er

den Kopf und runzelte die Stirn. Die schwarze Harley kannte er gut, aber er hatte nicht erwartet, sie oder ihren Besitzer früher als in drei Monaten wiederzusehen.

Nachdem sein ehemaliger Mitbewohner Mick Roth den Motor der Maschine abgeschaltet hatte und abgestiegen war, nahm er den Helm ab und legte ihn auf den Sitz. Sein dunkles Haar war frisch geschnitten, und durch die gebräunte Haut waren die bunten Tattoos um seinen Hals etwas weniger auffällig. Die blaue Jeans war löchrig, auch die Lederjacke hatte ihre besten Zeiten eindeutig hinter sich.

Seine Augen waren wach, aber es lagen dunkle Ringe darunter. »Überrascht?«

»Ja. Positiv.«

Mick schritt über das kurze Gras und um die Grabsteine herum. »Na, wie lauft's, Dannyboy?«

Die beiden umarmten einander, und Danny drückte ihn fest. »Was machst du hier, du bist doch in der Klinik? Ich dachte, du bleibst noch drei Monate in Alabama.«

»Arizona.«

»Sorry.« Sie lösten sich voneinander. »Hast du das Programm abgebrochen?«

»Nicht direkt. Ich habe Bescheid gesagt, dass ich zurückkomme, nachdem ich bei dir war und mich überzeugt habe, dass es dir gut geht.«

»Mir geht's gut.«

»Standardtext, was?« Mick blickte sich um. »Was zur Hölle tun wir hier?«

»Keine Ahnung.« Als ein Pick-up mit verdunkelten Scheiben über den Hügel kam, schüttelte Danny den Kopf. »Und da ist der Dritte im Bunde.«

Jack parkte seinen Ford hinter der Harley und stieg aus. Er trug SWAT-Kleidung, das schwarze T-Shirt mit dem Wappen auf der Brust und die Tarnhose, dazu Stiefel und ein Jagdmesser in einem Holster am Gürtel.

»Du hast hergefunden«, sagte er zu Mick.

»Ja.« Sie klatschten einander ab. »Danke, Mann.«

Und dann standen die drei einfach um den Sarg herum und starrten auf den geschlossenen Deckel, auf dem sich nun so viel Regen gesammelt hatte, dass das Wasser an den Seiten hinuntertropfte – Tränen, die hätten vergossen werden sollen, aber auf keine andere Weise fließen konnten. Ein Vogel, der in einem Baum mit goldenen Blättern zwitscherte, klang zu laut in der Stille. Ebenso wie Dannys Herzschlag.

Gott, er erinnerte sich noch, wie er Moose in der Aufnahmewoche der Studentenverbindung kennengelernt hatte. Der Kerl war entschlossen gewesen, jeden Herausforderer unter den Tisch zu saufen, als hätte er gewusst, dass Trinkfestigkeit seine einzige wertvolle Eigenschaft für eine Studentenverbindung war. Jack hingegen war wegen seines Erfolgs bei der Damenwelt rekrutiert worden. Danny hatten sie als Rausschmeißer gebraucht. Und Mick?

Die Verbindungsbrüder hatten Angst davor gehabt, was er tun könnte, wenn sie ihn nicht aufnahmen.

»Jemand sollte was sagen«, murmelte Jack.

»Ja.« Danny holte tief Luft. »Scheiße.«

»Das trifft es ganz gut«, kommentierte Mick trocken.

Danny steckte eine Hand in die Hosentasche und holte seine Zigaretten heraus. Nachdem er seinen beiden Mitbewohnern je eine angeboten und angezündet hatte, legte er die fast volle Packung und sein Feuerzeug auf den Sargdeckel und betätigte dann den Hebel, sodass der Sarg hinabgesenkt wurde.

Jeder von ihnen warf eine Handvoll Erde ins Grab.

Wie sich herausstellen würde, war diese Zigarette die letzte, die er je geraucht hatte.

Sobald er wieder in seinem Pick-up saß und allein war, rief er Anne an.

»Hallo?«, meldete sie sich. »Freust du dich auf heute Abend? Ich auf jeden Fall.«

Er musste die Scheibenwischer einschalten, als er den Friedhof verließ. »Ja«, antwortete er heiser. »Ich kann's gar nicht erwarten, dich zu sehen.«

»Ist alles in Ordnung?«

»Jetzt ja.« Danny atmete tief und langsam aus. »Ich musste nur deine Stimme hören. Pass auf … Ich will mit dir über Moose reden.«

Sie zögerte keine Sekunde und sagte mit starker fester Stimme: »Wann immer du willst. Du kannst mit mir immer über alles reden.«

Noch ein Grund mehr, dich zu lieben, dachte er, während er weiter durch den Regen fuhr.

SECHSUNDFÜNFZIG

Um Punkt acht Uhr parkte Anne ihren Subaru an der befahrenen Straße und lehnte sich auf dem Fahrersitz zurück. Nach einer Minute klappte sie die Sonnenblende herunter und betrachtete ihr Gesicht im Spiegel. Im Licht der entgegenkommenden Scheinwerfer konnte sie sich gut sehen.

Mit Lippenstift.

Richtigem Lippenstift. Nicht nur Lipgloss, sondern tatsächlichem, echtem L'Oréal-Lippenstift, den sie nach dem Lipliner aufgetragen hatte.

Sie klappte die Sonnenblende wieder hoch und kam sich albern vor. Aber es war zu spät, um noch etwas zu ändern, und eins wusste sie bei Danny Maguire sicher: Sie würde ihm gefallen, was auch immer sie anhatte. Na ja, eigentlich gefiel sie ihm am besten nackt – aber da sie sich hier in der Öffentlichkeit befanden, würde er jegliche Klamotten akzeptieren, die sie zufällig erwischt hatte.

Sie öffnete ihre Tür einen Spaltbreit und ließ dann zwei Autos vorbeifahren, bevor sie sich auf die High Heels stellte, die sie mittags zusammen mit dem Kleid, das sie nun ebenfalls trug, gekauft hatte.

Auf der anderen Straßenseite wartete Danny an der Tür des ehrwürdigen Etablissements, das sie für ihre Verabredung ausgewählt hatten.

Als er sie sah, verschwand sein offenes entspanntes Lächeln schnell.

Und seine Augen wurden riesig.

Anne hatte einen Frosch im Hals, während sie die Fahrertür zuschlug und das Auto abschloss – und dann schwor sie sich bei jedem unbequemen Schritt, dass sie nie, nie wieder versuchen würde, ein Mädchen zu sein. Der Rat ihrer Mutter war offensichtlich völlig daneben gewesen.

Sie trat auf den Bürgersteig und schüttelte den Kopf. »Sorry. Das war eine blöde Idee.«

Dannys Blick wanderte hinunter zu den Stilettos, an der Strumpfhose hinauf, über die Knie zu dem recht kurzen Rock und dann zu dem Cape, das sie sich ganz Lauren-Bacall-mäßig umgeworfen hatte.

»Heilige Maria, Muttergottes …«, stammelte er.

»Ich kann mich noch mal umziehen …«

»Nein! Nein, zieh dich nicht um! Du bist … das Schönste, was ich je gesehen habe.«

Anne blinzelte. Einmal. Zweimal.

Sei kein Mädchen, sagte sie sich. *Sei eine Frau.*

Obwohl es kalt war, öffnete sie das Cape und zeigte ihm das Kleid, das in dem Schaufenster an der Einkaufsstraße gehangen hatte. Es war rot, lag an ihrer Taille an und hatte sogar ein tief ausgeschnittenes Dekolleté.

Danny verschlug es erneut die Sprache.

Anne schloss das Cape wieder und lächelte. Tja, wie es aussah, würde sie ihrer Mutter wirklich danken müssen. Offensichtlich hatte Nancy Janice in der Tat Fähigkeiten. Unglaubliche Fähigkeiten.

»Deine Haare«, hauchte er. »Darf ich sie anfassen?«

»Klar.«

Danny hob eine Hand und strich ihr durch die blondierten Strähnen. »Sie sind wundervoll. Natürlich waren sie vorher auch wundervoll …«

»Wollen wir reingehen?«, fragte sie.

»Oh, ja, sorry, klar, bitte. Danke. Was war die Frage?«

Danny stolperte fast über seine eigenen Füße, als er die Tür öffnete. Die Musik und das Gelächter aus dem Timeout drangen zusammen mit warmer Luft aus dem Inneren auf die Straße. Als sie hineingingen, drehten sich einige Köpfe – und drehten sich dann sofort wieder zurück.

Die Gespräche in der Bar wurden merklich ruhiger.

In jenem Moment blähte sich Dannys Brust, und er legte, ganz der stolze Höhlenmann, einen Arm um Anne. Dann führte er sie zwischen den Tischen hindurch, als hätte er den Lottojackpot, die Präsidentschaftswahl, den Friedensnobelpreis und den Superbowl auf einmal gewonnen – vor allem als sie an der Nische der 617 vorbeikamen und er Vic Rizzo zunickte.

Als sie den Tisch der 499 erreichten, standen alle Männer auf. Duff nahm sogar seine Baseballmütze ab – und ließ sie auf seine Füße fallen.

»Kriegt euch wieder ein, das ist nur ein bisschen Make-up«, sagte Anne lächelnd.

Danny half ihr, das Cape auszuziehen, und rückte ihren Stuhl zurecht. Dann beugte er sich über den Tisch und packte Duff am Kragen. »Dein Blick bleibt auf Augenhöhe. Das gilt für euch alle, Jungs. Sobald ich einen von euch dabei erwische, wie er weiter runter als auf ihren Hals schaut, benutze ich euch als Billardqueue.«

Dann küsste er Anne auf den Mund und setzte sich neben sie, ließ seine Fingerknöchel knacken und musterte die Crew finster.

»Musste das sein?«, fragte Anne gedehnt.

»Ja. Absolut.«

Dann gab es Drinks, Geschichten und Scherze. Das war die

Familie, mit der sie gearbeitet hatte, das waren die Freunde, die sie lieb gewonnen hatte … vor allem den großen schönen Iren, der mit strahlenden blauen Augen neben ihr saß.

Überglücklich blickte Anne zu Danny. Und als er sich zu ihr drehte, wie um zu fragen, ob sie etwas brauchte, legte sie ihre beiden Hände, die aus Fleisch und Blut und die Ersatzhand, an sein Gesicht.

»Danke«, flüsterte sie.

»Für was?«

Anne beugte sich zu ihm und küsste ihn. »Es ist schon ziemlich lange her, dass ich im Timeout gewesen bin …«

DANKSAGUNG

In Verbindung mit diesem Buch bin ich so vielen Menschen zu Dank verpflichtet. Im letzten Jahr hatte ich das Privileg, viele Feuerwehrleute und Polizisten bei der Arbeit beobachten zu dürfen. Sie haben mir stets großzügig ihre Zeit geschenkt, geduldig auf meine Fragen und meine Unwissenheit reagiert und waren unglaubliche Vorbilder heldenhafter Selbstlosigkeit. Insbesondere möchte ich Captain Brian O'Neill von der Feuerwehr Louisville, allen Beamten beim SWAT Louisville und dem (pensionierten) Deputy Sheriff Theodore Mitchell danken.

Außerdem danke ich Meg Ruley, Rebecca Scherer und allen bei der JRA sowie Lauren McKenna, Jennifer Bergstrom und der ganzen Familie bei Gallery Books und Simon & Schuster.

Liz und Steve Berry, euch kann ich gar nicht genug danken für alles, was ihr für mich getan habt, und danke auch an unsere Jillian Stein (und BStein für die Autoberatung!), den FB-Guru aller FB-Gurus.

Team Waud, ich liebe euch alle. Von Herzen.

Und wie immer unterstützt mich die Liebe meiner Herkunfts- und meiner Adoptivfamilie bei allem, was ich tue. Mein besonderer Dank gilt meinem Mann Neville, meiner Mutter sowie Tante Wow, Onkel Nath und Onkel Darrie.

Und ich hätte das hier nicht ohne Naamah, meinen Writer-Dog II, geschafft, der ebenso hart wie ich an meinen Büchern arbeitet!